KNAUR

Von Chris Holm ist bereits folgender Titel als Knaur Taschenbuch erschienen:
So was von tot

Über den Autor:
Chris F. Holm wurde in Syracuse, New York, geboren. Seine Storys sind in bekannten Zeitschriften erschienen. Er war für einen *Stoker Award,* für den *Anthony Award,* einen der renommiertesten US-Krimipreise, sowie für etliche andere Preise nominiert. Mit seiner Frau, einer Krimikritikerin, lebt er in einem Küstenort in Maine.

CHRIS HOLM

DES TEUFELS VOLLSTRECKER

THRILLER

Aus dem amerikanischen Englisch
von Karin Diemerling

KNAUR

Die amerikanische Originalausgabe erschien 2016 unter dem Titel »Red Right Hand«
bei Mulholland Books, New York.

Besuchen Sie uns im Internet:
www.knaur.de

FSC
www.fsc.org
MIX
Papier aus verantwortungsvollen Quellen
FSC® C083411

Deutsche Erstausgabe Januar 2020
Knaur Taschenbuch

The author is grateful for permission to reprint lines from »Red Right Hand«,
written by Nick Cave and published by Mute Song Limited.

Redaktion: Viola Eigenberz
Covergestaltung: Cornelia Niere, München
Coverabbildung: Stu Levy / The Image Bank / Getty Images,
Shutterstock.com
Satz: Adobe InDesign im Verlag
Druck und Bindung: CPI books GmbH, Leck
ISBN 978-3-426-52209-7

2 4 5 3 1

Steve – danke für den Schubs.

What if the breath that kindl'd those grim fires
Awak'd should blow them into sevenfold rage
And plunge us in the flames? Or from above
Should intermitted vengeance arm again
His red right hand to plague us?

John Milton, Paradise Lost [2. Buch, Vers 170ff.]

»Wie, wenn den Hauch,
Der dieses grimmige Feuer entzündete,
Zu siebenfacher Wut Er steigern wollte,
Um in die Flammen uns zu stürzen? Oder
Von oben die beruhigte Rache wieder
Die rote rechte Hand bewaffnete,
Uns neu zu quälen?«

[Ü: Adolf Böttger, 1846]

You're one microscopic cog
In his catastrophic plan
Designed and directed by
His red right hand.

Nick Cave and the Bad Seeds, »Red Right Hand«

SIEBEN JAHRE ZUVOR

Der Mann kam kurz nach drei Uhr morgens in den Empfangsbereich der FBI-Außendienststelle Albuquerque getaumelt. Sein grau meliertes schwarzes Haar war vom Regen angeklatscht, sein Gesicht mit Bartstoppeln bestäubt und von Falten zerfurcht. Nasse, zerrissene Kleidung klebte an seiner hageren Gestalt. Seine bloßen Füße bluteten und färbten die Pfütze rot, die sich unter ihm sammelte.

Special Agent Charlie Thompson sah überrascht von ihrem Schreibkram auf. Keine der Überwachungskameras außen am Gebäude hatte den Mann angekündigt. Wäre nicht plötzlich durch die offene Tür das Brausen des Sturms zu hören gewesen, hätte sie sein Eintreten vielleicht nicht einmal bemerkt.

Thompson hatte erst vor einem Monat ihre Ausbildung in Quantico beendet, es aber irgendwie schon geschafft, ihren neuen Boss zu verärgern. Yancey ließ sie die ganze Woche Nachtschichten an der Anmeldung schieben, was ihr in Wahrheit nicht einmal was ausmachte. Abgesehen von gelegentlichen Anrufen – meist von irgendwelchen irren Verschwörungstheoretikern, die sich zu sehr in ihre Wahnvorstellungen hineingesteigert hatten, um schlafen zu können – war es nachts nämlich ziemlich ruhig.

Heute jedoch ging ein Gewitter nieder, als würde der Himmel zürnen. Gabelblitze zuckten auf, Donnerkrachen erschütterte das Gebäude, und Regenschleier verwischten das Licht der Straßenlampen.

Der arme Kerl ist bestimmt bloß ein Obdachloser, der Schutz vorm Regen sucht, dachte Thompson, auch wenn ihr Gefühl ihr etwas anderes sagte.

»Kann ich Ihnen helfen?«, fragte sie.

Blassblaue Augen sahen sie aus von violettschwarzen Blutergüssen umringten Höhlen an. Der Mann machte den Mund auf, doch es kam nur ein trockenes Krächzen heraus. Er schluckte schwer, verzog schmerzlich das Gesicht und humpelte durch den Vorraum auf sie zu. Als er näher heran war, stellte sie fest, dass seine Fingerknöchel blutig aufgeschürft waren. Sie zeigte ihm ein beschwichtigendes Lächeln und drückte verstohlen die Notruftaste des an ihrem Gürtel befestigten Funkgeräts.

Als er den Anmeldetresen erreicht hatte, versuchte er es erneut. »Ich ... ich muss mit dem leitenden Special Agent sprechen.« Es kam zäh und undeutlich heraus. Getrocknetes Blut klebte in seinen Mundwinkeln, und sein Unterkiefer war deformiert, als hätte er vor Kurzem ein paar Zähne gezogen bekommen, und zwar nicht mit seinem Einverständnis.

»Worum geht es?«

Er fixierte sie mit einem kalten, starren Blick. Ein neuer Donner ließ die Fenster erbeben. »Ich glaube, es ist für uns beide besser«, sagte er schnaufend, »wenn ich diese Information für den verantwortlichen Special Agent aufspare.«

»Es ist sehr spät, Sir. Special Agent Yancey ist schon vor Stunden gegangen und schläft wahrscheinlich längst.«

»Dann nehmen Sie Ihr verdammtes Telefon und wecken Sie ihn!«

Er schlug mit der Faust auf den Tresen, um seiner Forderung Nachdruck zu verleihen – und bemerkte erst da die Sicherheitsbeamten.

Es waren vier an der Zahl. Sie waren losgelaufen, sobald sie Thompsons Notrufsignal über ihre Walkie-Talkies gehört hatten. Drei von ihnen teilten sich mit gezogenen Waffen auf, um den Mann in die Mitte zu nehmen. Der vierte, die Hand am Pistolenholster, wollte sich ihm von hinten nähern, erstarrte jedoch, als er zu ihm herumfuhr.

»Keine Bewegung!«, rief einer der Wachleute. »Hände hoch!«

Der Unbekannte nahm eine geduckte Kampfhaltung ein, und sein Blick schnellte vom einen zum anderen. Trotz seines Alters und heruntergekommenen Aussehens war er offenbar fit und mit sehnigen Muskelsträngen ausgestattet wie ein Mittelgewichtsboxer. Die Wachen wurden nervös, ihre Finger spannten sich um die Abzüge.

»Ich mach keine Witze, Arschloch! Auf den Boden – sofort!«

Thompson stand auf und hob abwiegelnd die Hände. »Hey, immer mit der Ruhe, Leute. Alle erst mal schön durchatmen. Wir können das sicher friedlich regeln.«

In dem Moment traf ein Blitz das Gebäude. Der Donner folgte sogleich darauf, schmetternd, ohrenbetäubend, und die Vorhalle wurde in Dunkelheit getaucht.

Der Unbekannte reagierte schnell.

Mit ausgestreckter linker Hand stürzte er sich auf den nächsten Wachmann. Mündungsfeuer erhellte den Raum und blendete Thompson kurz, als einer von den anderen schoss. Die Kugel sauste durch die Luft, wo der Mann gerade noch gestanden hatte, und schlug in die Wand dahinter ein. Derweil schloss der Fremde die Spanne zwischen Daumen und Zeigefinger um die Kehle seines Opfers. Der Wachmann röchelte grässlich, als seine Atemwege kollabierten, und wäre zusammengesackt, hätte der Angreifer nicht weiter seine Luftröhre umklammert und ihn mit dem Rücken zu sich herumgedreht, sodass er einen japsenden Schutzschild für ihn abgab.

Dann zog er die Seitenwaffe des Wachmanns und eröffnete das Feuer.

Von da an sah Thompson alles in Standbildern ablaufen, bewirkt durch die Blitze und das Mündungsfeuer in der Dunkelheit. Einer der Sicherheitsleute wurde am Knie getroffen und ging schreiend zu Boden. Ein anderer bekam Kugeln in die Schulter, das Handgelenk, die Hüfte. Der letzte, der noch stand, schnellte in dem Versuch, den Mann zu entwaffnen, auf ihn zu. Doch der ließ seinen menschlichen Schutzschild los – der bewusstlos auf den Boden sank –, wich dem angreifenden Wachmann mit einem flinken Schritt zur Seite aus, packte ihn an den Haaren und rammte ihm sein Knie unter die Nase. Gleich darauf riss er ihn wieder hoch, dass ihm das Blut in hohem Bogen aus beiden Nasenlöchern spritzte, und schleuderte ihn in einen Schaukasten aus Glas.

Kaum dreißig Sekunden waren vergangen, seit das Gewitter den Stromausfall im Gebäude bewirkt hatte. Thompson umklammerte ihre glänzende neue Dienstwaffe mit zittrigen Händen und wartete darauf, dass der nächste Blitz ihr die Zielperson zeigte.

Dann sprang die Notbeleuchtung an und bestrahlte die überwältigten Wachen. Der Angreifer war nirgends zu sehen. Thompson fühlte sich auf einmal exponiert und suchte Deckung im Fußraum des Empfangstresens.

Lange geschah gar nichts. Alles, was sie hörte, war das Prasseln des Regens gegen die Fenster und ihr eigener flacher Atem. Schließlich brachte sie den Mut auf, unter der Theke hervorzukriechen und sich dabei vorsichtig umzusehen.

Kaum war sie heraus, fühlte sie den noch schusswarmen Lauf einer Waffe an ihrem Hinterkopf.

»Legen Sie Ihre Pistole auf den Boden und stehen Sie langsam auf.«

Sie gehorchte mit erhobenen Händen und rasendem Herzen.

»Jetzt hören Sie gut zu«, sagte der Unbekannte. »Es ist mir scheißegal, wie spät es ist. Holen Sie Ihren verdammten Boss ans Telefon und sagen Sie ihm, dass des Teufels Vollstrecker mit ihm reden will.«

HEUTE

1. Kapitel

Jake Restons Blick wanderte von dem vergilbten Foto in seiner Hand zu dem gedrungenen Ziegelsteinbau des Fort Point, der, von der Golden Gate Bridge überspannt, in die Bucht von San Francisco hinausragte. Stirnrunzelnd schüttelte er den Kopf.

Emily, seine Frau, seufzte. »Immer noch nicht?« Ihr jüngstes Kind strampelte in ihren Armen und stieß einen unzufriedenen Schrei aus. Emily wiegte die Kleine gewohnheitsmäßig, um sie zu beruhigen. »Sophia hat Hunger. Sie fängt an zu greinen, wenn ich sie nicht bald füttere.«

»Wir sind ganz nah dran«, sagte Jake. »Sieht aus, als wären wir nur noch zehn Meter von der Stelle entfernt, höchstens zwanzig.«

»Das hast du schon vor einer halben Stunde gesagt«, entgegnete Emily müde. Sie sah so erschöpft aus, wie sie sich anhörte. Ihr Gesicht war blass und abgespannt, dunkle Ringe umrahmten ihre Augen. Seit sie vor einer Woche von zu Hause aufgebrochen waren, bekam sie nur ein bis zwei Stunden Schlaf pro Nacht. Offenbar schlief Sophia nicht gut in Hotels und Emily folglich auch nicht.

»Ich weiß. Tut mir leid. Aber diesmal stimmt es.«

Emily schürzte die Lippen, ohne noch etwas zu sagen. Hannah, mit dreizehn ihre Älteste, verdrehte die Augen und zog ihr Handy aus der Jeanstasche. Jake versuchte, sich seine Enttäuschung über den Mangel an Begeisterung seiner Familie nicht anmerken zu lassen. Im Grunde konnte er es ihnen nicht verübeln, denn das Ganze dauerte viel länger, als er erwartet hatte. Wenigstens schien Aidan, der Zweitälteste, der sich gerade mit seitlich ausgestreckten Armen auf der Stelle drehte und Flugzeuggeräusche machte, nichts dagegen zu haben, dass sein Dad den letzten Samstag der Sommerferien auf diese Weise vergeudete.

»Dauert nur noch ein kleines Weilchen, Leute, versprochen.«

»Ja, ja«, machte Hannah, ohne von ihrem Handy aufzusehen.

»Weißt du«, sagte Jake und deutete auf den bevölkerten Aussichtspunkt hinter ihnen, »manche kommen sogar freiwillig hierher.«

»Die warten wahrscheinlich nur darauf, jemand springen zu sehen«, murmelte Hannah.

Aidan hielt abrupt inne, und sein Gesicht leuchtete entzückt auf. »Man darf hier von der Brücke ins Wasser springen?«

»Nein!«, riefen Jake und Emily wie aus einem Mund, ein Moment elterlicher Telepathie.

»Deine Schwester macht nur Spaß«, fügte Emily mit einem strengen Seitenblick auf Hannah hinzu.

»Nein, mach ich nicht.« Sie schwenkte ihr Handy in Richtung ihrer Mutter. »Hier steht, dass seit der Eröffnung der Golden Gate eintausendsechshundert Leute in den Tod gesprungen sind. Sechsundvierzig allein im Jahr 2013, ein Rekord.«

Aidans Miene wurde ernst. »Moment mal, die Leute, die gesprungen sind, sind *gestorben?*«

»Hör nicht auf sie, Kumpel, sie will dich nur ärgern. Hannah, sei nicht immer so morbide. Kommt«, sagte Jake und ging weiter den Pfad hinunter, »ich glaube, das Foto wurde irgendwo hier gemacht.«

Besagtes Foto war eines von Jakes Eltern, sein Lieblingsbild von ihnen. Im kommenden Monat war es vierzig Jahre her, dass sie auf ihrer Flitterwochenreise von Eugene aus die Küste hinunter bis hierher gefahren waren und einen Vorbeikommenden gebeten hatten, diesen Schnappschuss von ihnen zu machen. Die Farben waren mit der Zeit verblasst, was dem Foto etwas irgendwie Magisches verlieh, und die Haltung der beiden – sein Vater mit den Händen in den Jeanstaschen, seine Mutter bei ihm untergehakt, beider Haare vom Wind zerzaust – strahlte eine mühelose Lässigkeit aus. Das Bild kam ihm wie ein geheimes Fenster zu einem fremden Land vor, und die zwei darauf waren so jung und cool, dass Jake Mühe hatte, sie mit den hoffnungslosen Spießern in Einklang zu bringen, die ihn aufgezogen hatten. Beim Betrachten fragte er sich unwillkürlich, wie er wohl auf seine eigenen Kinder wirkte.

Er hatte es für eine hübsche Idee gehalten, auf der Rückfahrt von Disneyland hier haltzumachen und das Foto als Video nachzustellen, um seinen Eltern damit zum Hochzeitstag zu gratulieren, doch die Sache erwies sich als schwieriger denn gedacht. Zuerst hatten sie in dem höllischen Verkehr der Bay Area festgesteckt, dann war die Stadt in dichten Morgennebel gehüllt gewesen, und nachdem der Nebel sich aufgelöst hatte, hatte er Probleme gehabt, die richtige Stelle zu finden. Kein Wunder, dass Emily allmählich mit ihrer Geduld am Ende war.

Doch jetzt schien es bergauf zu gehen. Der Tag war klar und sonnig, der Himmel hinter der Brücke ein weites Blau, nur durchbrochen von den kreisenden Möwen. Ein einzelner Schleppkahn tuckerte durch die mit kleinen Schaumkronen getupfte Bucht. Die angenehme Meeresbrise milderte das Stechen der Sonne und trieb die Brandung gegen die Felsen. Weiße Gischt erfüllte die Luft mit Salzgeruch und malte flüchtige Regenbogen ans Ufer. Es sah aus wie eine bewegte Ansichtskarte.

Jake hob die Hand, damit alle stehen blieben, und verglich die Aussicht wieder mit dem Foto. Diesmal lächelte er triumphierend.

»Stellt euch auf, Leute, wir sind da!«

»Na endlich«, sagte Hannah.

»Hannah!«, tadelte ihre Mutter reflexartig.

»Was denn? Wir laufen schon seit Stunden hier rum.«

Jake klopfte die Taschen nach seinem Handy ab. Nichts. Leise fluchte er in sich hinein.

Emily warf ihm einen Blick zu, der einen Stadtbus zum Stoppen gebracht hätte. »Sag nicht, du hast es im Auto vergessen.«

»Okay«, flapste er mit einem schiefen Grinsen, »ich sag's nicht.«

Normalerweise fand sie seinen kindischen Humor charmant, heute aber wirkte sie alles andere als amüsiert.

Hannah reichte ihm ihr Handy. »Hier, nimm meins. Deine Kamera-App taugt sowieso nichts.«

»Danke, Kleines«, sagte Jake, dem erst einfiel, dass er sie nicht mehr so nennen sollte, als ihre Miene sich verfinsterte. Ihm kam es wie gestern vor, dass sie ihn beim Nachhausekommen von der Arbeit mit einem laut gequietschten »Daddy!« und einer Umarmung auf Kniehöhe empfangen hatte.

Er öffnete ihre Kamera-App und schaltete auf Videoaufnahme. Dann machte er einen großen Schritt rückwärts, um alle draufzukriegen. »Aidan, ein bisschen näher zu deiner Mom. Em, Sophia hat wieder mal ihre Finger in der Nase. Hannah, keine Hasenohren, okay? Sobald die Aufnahme läuft, zähle ich von drei rückwärts, und dann rufen wir: Alles Gute zum Hochzeitstag!«

»Dad«, wandte Aidan ein, »willst du nicht auch mit aufs Bild?«

»Würde ich gern, Kumpel, aber irgendwer muss ja die Kamera bedienen.«

»Aber bei Oma und Opa hat auch jemand anders das Foto gemacht.«

Hm, dachte Jake, der Junge hat nicht unrecht. Er sah sich nach jemandem um, den er ansprechen könnte, aber die Chancen standen schlecht. Ein Radfahrer-Trio, das auf die Brücke zuhielt. Ein Teenagerpärchen, das händchenhaltend am Wegrand saß und sich verträumt in die Augen blickte. Eine Joggerin, die als neongrüner Fleck vorbeiflitzte, mit rotem Gesicht und schweißglänzender Haut. Sie sahen alle nicht so aus, als würden sie gern gestört werden.

Dann entdeckte Jake einen älteren Herrn, der auf sie zukam. Er war blass und ging zögerlich. Trotz der Wärme trug er eine Tweedkappe, Kakihosen und einen Pullover mit Rautenmuster über einem Oberhemd. Die Kleider schlotterten um seine magere Gestalt wie Sachen aus der Reinigung an einem Drahtbügel. Jake fand, dass er einsam aussah, einer von der Sorte, die Tauben im Park fütterte.

»Entschuldigen Sie, Sir? Würden Sie vielleicht das Handy meiner Tochter halten, damit wir eine Glückwunschbotschaft zum Hochzeitstag meiner Eltern aufnehmen können? Dauert nur ein paar Sekunden, ehrlich.«

Der Mann sah das Handy an, sah Jake an. Seine Augen hatten das Blassblau von verwaschenem Jeansstoff. »Tut mir leid«, sagte er, »aber ich bin nicht gut mit so Dingern. Hab keine Ahnung, wie man die bedient.«

»Kein Problem, ich drücke schon mal auf Aufnahme, dann müssen Sie es nur noch hochhalten.« Jake betätigte die entsprechende Taste auf dem Bildschirm und hielt ihm das Telefon hin.

Der Mann zögerte, als überlegte er, wie er höflich ablehnen

könnte. Doch dann kam er achselzuckend herbeigeschlurft. Als er Hannahs albernes Handy mit der Glitzerhülle entgegennahm, tat er es so vorsichtig, als könnte es zerbrechen.

Jake trabte zu seiner Familie hinüber. Er wuschelte Aidan durch die Haare, drehte sich zur Kamera um und legte die Arme um Hannah und Emily. »Sind wir alle im Bild?«

Der alte Mann blinzelte in die Kameralinse, als wäre sie ein Sucher. »Keine Ahnung«, sagte er, »ich seh rein gar nix.«

Aidan kicherte. Emily wurde rot und stupste Jake mit dem Ellbogen an. Jake lächelte gezwungen und sagte: »Ich glaube, Sie halten es verkehrt herum.«

»Was? Ach du Scheiße.« Er drehte das Handy um. »So, jetzt geht's los. Moment mal, heißt das, dass ich jetzt auf Ihrem Video bin?«

»Keine Sorge, wir schneiden den Teil heraus, wenn wir zu Hause sind. Bereit, Leute?«

Alle außer dem Baby murmelten nacheinander ihre Bestätigung.

»Drei, zwei, eins …«

Doch sie nahmen ihre Glückwunschbotschaft nie auf.

Denn in diesem Augenblick knallte der Schleppkahn unten in der Bucht gegen den südlichen Brückenpfeiler und explodierte.

2. Kapitel

Michael Hendricks kippte seinen Shot und knallte das Glas auf den dunkelfleckigen Tresen. »Hey, Barkeeper, noch einen Whiskey.«

Die junge Frau sah von dem Tisch auf, den sie gerade abwischte. »Ich bin kein Barkeeper, ich bin Kellnerin.«

Er musterte sie mit zusammengekniffenen Augen. Sie war um die zwanzig, ungeschminktes, sommersprossiges Gesicht, die braunen Haare zu einem Pferdeschwanz zusammengebunden. Ein hellgraues T-Shirt mit dem Logo des Restaurants und hoch über den Ballerinas umgeschlagene Jeans, sodass die Knöchel zu sehen waren. »Sie schenken mir doch schon den ganzen Nachmittags Drinks ein, oder?«

»Ja.«

Hendricks gähnte und kratzte sich müßig die Barstoppeln. Er hatte sich seit Wochen nicht rasiert. »Dann verstehe ich den Unterschied nicht.«

»Der Unterschied ist, dass ich keine Barkeeperin bin, sondern eine Kellnerin. Ich mache nur vertretungsweise die Bar, bis um fünf unser richtiger Barkeeper kommt.«

Sie wischte weiter. Hendricks sah sich im Speiseraum um. Die Wände waren mit Hummerfallen, bunt bemalten Bojen, lackierten Streifenbarschen und handgeknüpften, durch langen Gebrauch schlammgrün gefärbten Fischernetzen dekoriert. Alle Tische waren unbesetzt. Ein paar mussten noch abgewischt werden, aber die meisten waren schon fürs Abendessen eingedeckt – Besteck in weißen Stoffservietten, saubere Wassergläser, die nur darauf warteten, gefüllt zu werden. Der Mittagsandrang, wenn man die rund zwanzig Gäste so nennen konnte, war schon seit Stunden vorüber. »Entschuldigung, hält meine Bestellung Sie von all den anderen Gästen ab?«

»Nee. Ich sage nur, dass Drinks nicht wirklich mein Gebiet sind.«

»Ist ja nicht so, als wär Whiskey besonders schwer einzuschenken.«

»Jedenfalls ist er offenbar leicht zu trinken.«

»Ach so, verstehe. Sie finden, dass ich ein bisschen viel saufe.«

»Geht mich ja nichts an«, entgegnete sie.

»Dem widerspreche ich nicht.«

»Ich meine ja nur, ist halt noch ein bisschen früh. Die meisten Leute haben noch nicht mal Feierabend.«

Hendricks sah auf seine Uhr, nur um festzustellen, dass er keine trug. Scheinbar verwirrt runzelte er die Stirn. »Tja, hm, ich hab meinen Abschied genommen.«

»Abschied von was?«

Davon, Einsätze unter falscher Flagge für die US-Regierung durchzuführen, dachte er. Davon, meinen Lebensunterhalt mit dem Töten von Auftragskillern zu verdienen. »Davon, mich einen Dreck darum zu scheren, was andere davon halten, wenn ich mich mitten am Tag besaufe«, sagte er.

Seufzend änderte sie ihre Taktik. »Wie wär's dann wenigstens mit einem Happen zu essen?« Sie klang beflissen und optimistisch. Hendricks schätzte sie als chronische Streberin ein, die nicht an Misserfolge gewöhnt war.

»Wie wär's, wenn du mir einfach noch einen gottverdammten Whiskey eingießt?«

»Schön.« Sie holte eine Flasche »Early Times« hinter dem Tresen hervor und füllte sein Glas auf. Dann schenkte sie ihm eine Tasse Kaffee aus der Thermoskanne neben der Kasse ein. »Geht aufs Haus«, sagte sie.

»Hör zu, Mädchen ...«

»Cameron«, sagte sie.

»Hör zu, Cameron, ich weiß deine Fürsorge zu schätzen. Aber du kennst mich nicht und hast keinen Schimmer von dem Mist, den ich durchgemacht habe. Du weißt nicht, warum ich hier bin oder was ich alles verloren habe.«

»Ich habe auch keinen Schimmer, weshalb Sie noch aufrecht sitzen können. Trinken Sie einfach den Kaffee, okay?«

Hendricks nahm die Tasse und trank einen Schluck. Die Brühe war lauwarm und schmeckte nach Plastik. Er verzog das Gesicht, stellte sie ab und prostete Cameron mit dem randvollen Glas zu.

»Zum Wohl«, sagte er. Doch ehe er den Whiskey an die Lippen führen konnte, war sie schon kopfschüttelnd davonmarschiert.

Er sah, wie sie am anderen Ende des Tresens um die Ecke bog und außer Sicht verschwand. Sekunden später hörte er, wie die Schwingtür zur Küche mit einem Knall aufgestoßen wurde. Nachdem sie sich klackend wieder hinter ihr geschlossen hatte und er sicher sein konnte, dass sie nicht zurückkehren würde, ohne dass er es mitbekam, kippte er den Whiskey in die Ficus-Topfpflanze neben ihm.

Er kam schon seit drei Wochen ins »Salty Dog«, ein pittoreskes Fischlokal mit Holzschindelfassade und Blick über den Hafen von Port Jefferson auf Long Island. Pflanzte seinen Hintern immer auf denselben Barhocker, von mittags bis sie zumachten. In all dieser Zeit hatte der Ficus ihn drei zu eins unter den Tisch getrunken. Es wunderte ihn, dass er das Ding nicht schon umgebracht hatte. Hin und wieder verschüttete er auch mit viel Aufhebens einen Shot Whiskey auf dem Tresen, teils, um sich als abgehalfterten Säufer auszuweisen, teils, um eine Erklärung für den Geruch zu liefern, den seine Ecke angenommen hatte. Anscheinend wirkte es, denn niemand in dem Laden hatte auch nur fünf Worte mit ihm gewechselt – bis heute, bis dieses neue Mädchen plötzlich beschlossen hatte, sich seiner zu erbarmen. Und selbst sie hatte eine Woche gebraucht, um den Mut aufzubringen.

Hendricks hielt sie für eine von diesen übereifrigen Studentinnen, putzmunter und idealistisch, die noch lernen mussten, dass die kaputten Menschen auf dieser Welt sich nur selten helfen lassen wollten. Er selbst war ziemlich kaputt, doch das lag an einem Leben voller Gewalt, nicht am Alkohol.

Nachdem er seinen Shot und die Kellnerin losgeworden war, betrachtete er die draußen vor Anker liegenden Segelboote, die wie Seevögel auf den Wellen der Bucht schaukelten. Er war froh über die momentane Ruhe. Sie hielt nicht lange an.

Ein Schatten fiel über die Fensterfront des Restaurants. Hendricks drehte sich samt dem Barhocker um und sah einen schwarzen Range Rover am Straßenrand halten. Ein dosengebräunter Muskelprotz mit Panoramasonnenbrille stieg hinten aus und kam ins »Salty Dog«.

Er trug ein zwei Nummern zu kleines Polohemd zu grellbunten Madras-Shorts. Leinenslipper groß wie Kähne saßen an seinen Füßen. Falls er bezweckte, mit dieser Aufmachung zur Jachtclubszene zu passen, hatte er ziemlich danebengehauen. Seine Nase war schief und krumm, und er hatte ausgefranste Ohren. Für Hendricks bestand kein Zweifel daran, dass er ein Berufsschläger war.

Der Typ nahm seine Sonnenbrille ab und sah sich im Lokal um. Hendricks gab sich gleichgültig, schwankte scheinbetrunken auf seinem Hocker und drehte sein Glas auf dem Tresen herum wie einen Kreisel. Der Mann musterte ihn, seine ausgefransten Kakishorts, das zerknitterte Hemd und die schweißfleckige Titleist-Golfkappe und tat ihn offenbar als uninteressant ab. Hendricks sah aus wie fast alle Säufer in den Bars der Nobelbadeorte von Long Island bis Hilton Head.

Der Gorilla drehte das Schild im Fenster auf »Geschlossen«, zog die Vorhänge zu und baute sich neben dem Eingang auf. Ein zweiter Typ von derselben Machart kam herein und ging wortlos auf die Küche zu. Unterwegs klopfte er an die Türen zu den Toiletten und sah prüfend hinein. Als er die Küche betrat, hörte Hendricks, wie die momentane Überraschung des Chefkochs rasch in freundliche Begrüßung überging. Sie unterhielten sich einen Moment – Hendricks verstand nicht genau, was sie sagten, aber es klang, als würde der Koch die neue Kellnerin vorstellen –, dann kam der Typ zurück in den Gastraum und nickte seinem Kumpel an der Tür zu.

Der öffnete den Vorhang einen Spalt und winkte jemandem draußen zu. Die Tür ging erneut auf, und Hendricks rechnete halb und halb mit einem weiteren künstlich gebräunten Fleischberg, doch stattdessen kam ein gut aussehender, schlanker Mann um die dreißig in Leinenhemd, Seersuckershorts und ledernen Flipflops herein. Sein Gesicht hatte eine mediterrane Färbung, und mit seinen hohen Wangenknochen, den stylisch verwuschelten Haaren und dem gepflegten Dreitagebart schien er geradewegs einem Männermagazin entstiegen zu sein. Sobald die Tür sich hinter ihm geschlossen hatte, fuhr der Range Rover davon.

»Guten Tag«, begrüßte er Hendricks. »Ich heiße Nick Pappas.«

»James Dalton«, sagte Hendricks. »Aber meine Freunde nennen mich Jimmy.« Den Namen hatte er, als Verneigung vor einem alten Freund, von Patrick Swayzes Rolle in dem Film *Road House* entliehen. Früher hatte er sich nie sonderlich viel Mühe mit der Erfindung von Aliassen gegeben, während sein Kumpel und ehemaliger Komplize Lester ziemlichen Ehrgeiz dabei entwickelt hatte. Jeder seiner Namen hatte irgendeinen Insiderwitz, eine Anspielung enthalten.

Lester war vor knapp einem Jahr ermordet worden. Seine Tradition fortzuführen war eine von Hendricks' Methoden, ihn zu ehren. In dieser schicken Touristenfalle auf Pappas zu warten war eine weitere.

»Und wie soll ich Sie nennen?«, fragte Pappas. »James oder Jimmy?«

»Die Entscheidung steht noch aus«, antwortete Hendricks. »Schließlich haben wir uns gerade erst kennengelernt. Aber eins muss ich Ihnen lassen, Nick, Sie legen einen verdammt beeindruckenden Auftritt hin.«

Nick lachte. »Nicht überall, leider. Hier kann ich es mir leisten, weil mir der Laden gehört.«

Hendricks wusste, dass das streng genommen nicht stimmte. Auf den Papier war das »Salty Dog« eines von zahlreichen Restaurants im Besitz einer Firma namens Aegeus Unlimited, die eine Briefkastenadresse in Delaware hatte, ein Bankkonto auf den Caymans und einen Vorstand, der ausschließlich aus Leuten bestand, die vor dem Erreichen der Volljährigkeit gestorben waren – zumindest, wenn man nach den Sozialversicherungsnummern auf den Gesellschaftsverträgen ging. Doch es waren natürlich jede Menge Gründe vorstellbar, weshalb der Kopf der Gangsterfamilie Pappas Wert darauf legen sollte, seinen Namen aus den Unterlagen herauszuhalten.

Hendricks blickte von Pappas zu seinen Gorillas. »Jetzt muss ich aber fragen – kriege ich gleich Ärger? Weil nämlich, wenn Ihre Kellnerin mir den Hahn abdrehen will, braucht sie es nur zu sagen. Dafür hätte sie Sie nicht extra herholen müssen.«

Pappas lächelte breit und zeigte strahlend weiße Zähne. »Aber ganz und gar nicht. Meine Ankunft hier hat nichts mit Ihnen zu tun. Die Sache ist die, James – und glauben Sie mir, ich sage das nicht, um anzugeben –, dass ich ein schwerreicher Mann mit Unternehmen rund um den Globus bin. Hotels. Restaurants. Bauwesen. Abfallentsorgung. Mein Terminplan ist oft recht anspruchsvoll, und von Zeit zu Zeit brauche ich eine Pause, ein paar Stündchen bei gutem Essen und Trinken in guter Gesellschaft. Die beste Gelegenheit, mich zu entspannen. Und heute ist es wieder so weit.«

»Machen Sie immer den Laden dicht, wenn Sie herkommen?«

»Allerdings. Das verhindert unerwünschte Unterbrechungen, wissen Sie.«

Unerwünschte Unterbrechungen war eine interessante Umschreibung für *Mordanschläge,* dachte Hendricks.

Selbst unter Gangsterbossen war Nick Pappas' Verfolgungswahn legendär. Doch Hendricks vermutete, dass es ihm genauso gehen würde, wenn seine Familie so dermaßen verkorkst wäre wie Nicks. Noch bis vor nicht allzu langer Zeit waren die Pappas' kleine Fische gewesen, ignoriert von den größeren kriminellen Organisationen New Yorks, weil sie ihre Geschäftsinteressen auf die griechische Einwohnerschaft von Astoria beschränkten. Nur ihre internen Machtkämpfe von geradezu shakespearehafter Ruchlosigkeit hatte ihnen einen gewissen Ruf eingetragen.

Nicks Onkel Theo hatte die Leitung des Familienunternehmens vor elf Jahren übernommen, nachdem Nicks Großvater in seinem Stadthaus in der Crescent Street die Treppe hinuntergefallen war und sich das Genick gebrochen hatte. Theo selbst hatte seine Leiche gefunden und die Polizei verständigt.

Ein Jahr später hatte Nicks Vater Spiro übernommen, da Theo eines Morgens mit dem Gesicht in seinem Frühstücksjoghurt und einer Kugel im Kopf angetroffen worden war. Sechs Leute hatten sich zu dem Zeitpunkt mit ihm im Haus aufgehalten, alles Familienmitglieder, und alle behaupteten steif und fest, nichts gesehen oder gehört zu haben.

Spiro hatte drei Jahre lang geherrscht, als ihn ein Unfall mit Fahrerflucht ins Wachkoma brachte. Nach diesem sogenannten Unfall hatten Nick und seine fünf Geschwister sich eine monatelange Rangelei um die Macht über Geschäft und Familie geliefert. Als Nick schließlich den Thron beanspruchte, war einer seiner Brüder tot, und seine kleine Schwester hatte das Weite gesucht.

Hendricks konnte sich denken, dass die Familienurlaube der Pappas' eine ziemlich ungemütliche Angelegenheit waren.

Von Neid und gekränktem Ego mal abgesehen, hatten Nicks übrig gebliebene Geschwister jedoch wenig zu klagen. Sie hatten mächtig profitiert, seit er am Ruder war. Mit seinem Geschäftstalent war ihr kleines Imperium exponentiell gewachsen und hatte den Pappas-Clan, vormals nicht viel mehr als eine Bande von Kleinkriminellen, in den Rang von wichtigen Playern auf nationaler Ebene erhoben.

Nick Pappas' kometenhafter Aufstieg war natürlich von anderen New Yorker Mafiafamilien nicht unbemerkt geblieben. Manche hätten ihm gern mit Krieg gedroht, doch die meisten sahen einen Geistesverwandten in ihm, und so kam es, dass er zum jüngsten stimmberechtigten Mitglied in der Geschichte des Rats wurde.

Der »Rat« war ein Zusammenschluss von Vertretern aller großen kriminellen Organisationen in den Vereinigten Staaten. Obwohl sie oft miteinander konkurrierten, traten die

Mitglieder des Rats stets zusammen, wenn die Interessen ihrer jeweiligen Clans sich deckten.

Hendricks zu töten gehörte zu diesen Interessen.

Denn sein Geschäftsmodell war … unkonventionell. Stand jemand auf der Abschussliste einer Verbrecherorganisation, sorgte Hendricks dafür, dass stattdessen der mit dem Tod dieser Person beauftragte Killer unter der Erde landete – vorausgesetzt, das anvisierte Opfer bezahlte ihn dafür. Das Zehnfache der auf den Kopf seines Kunden ausgesetzten Summe, das war sein geltender Tarif. Immer im Voraus, nicht verhandelbar.

Sein Freund Lester, mit dem er zusammen in Afghanistan gedient hatte, war der IT-Spezialist ihres kleinen Unternehmens gewesen. Er hatte die potenziellen Kunden ausgemacht und Informationen über die Zielpersonen, sprich die zu erledigenden Killer, gesammelt. Hendricks war fürs Grobe zuständig gewesen. Eine Zeit lang lief das Geschäft prächtig. Dann kam ihnen der Rat auf die Schliche und schickte einen Killer, um Hendricks seinerseits zu killen. Der beauftragte Profi, ein Mann namens Alexander Engelmann, war beharrlich, sadistisch und schwer umzubringen gewesen. Hendricks war es schließlich mit Mühe und Not gelungen, aber erst, nachdem der Dreckskerl Lester zu Tode gefoltert hatte. Seitdem verbrachte er jeden wachen Moment damit herauszufinden, welche Bosse genau im Rat saßen, damit er sie alle nacheinander umbringen konnte.

Ohne Lesters IT-Kenntnisse war er jedoch gezwungen, sich auf altmodische Detektivarbeit zu verlegen, und die Anhaltspunkte waren rar gesät. Die Ratsmitglieder hatten ihre Truppen fest im Griff. Die Fußsoldaten auf der Straße wurden größtenteils im Ungewissen gelassen, und die Angehörigen der inneren Führungszirkel hüteten sich davor, ihr Maul zu wetzen. Taten sie es dennoch, bissen sie gewöhnlich schnell ins Gras.

Zum Glück waren Pappas' Leute noch relativ neu im Geschäft und nicht so diszipliniert, wie sie sein sollten. Nach einer sechsunddreißigstündigen Crystal-Meth-Sause hatte einer von Nicks engsten Mitarbeitern bei einem Mädchen geplappert, in das er vernarrt war. Hendricks hatte diesem Callgirl einmal das Leben gerettet – sie und ihr erster Zuhälter hatten sich nicht eben einvernehmlich getrennt, also hatte der Lude jemandem fünfhundert Dollar bezahlt, um sie umlegen zu lassen –, was bedeutete, dass sie nur allzu gern an Hendricks weitergab, was sie erfahren hatte.

»Das ist dann wohl mein Stichwort, das Feld zu räumen«, sagte Hendricks nun zu Pappas, obwohl er das keineswegs beabsichtigte. Er hatte Pappas monatelang beobachtet, um einen Weg zu finden, an ihn heranzukommen. Nick ging nirgends ohne seine Leibwächter hin. Er besaß mehrere Immobilien, zwischen denen er sich aufteilte – ein Penthouse in Midtown Manhattan, den Familiensitz in Astoria sowie frei stehende Häuser in Guilford und Oyster Bay. Keines davon gehörte ihm urkundlich, aber jedes war mit seinem eigenen loyalen Sicherheitspersonal ausgestattet. Er änderte ständig seinen Tagesablauf, um Attentate aus dem Hinterhalt zu vermeiden. Er war nicht verheiratet, hatte keine Kinder. Seine Gespielinnen wurden ständig unter Verschluss gehalten.

Ein paarmal im Monat jedoch schaute er gern auf ein ausgedehntes Mahl in einem seiner Restaurants vorbei.

Selbst dann ließ er allerdings Vorsicht walten. Er tauchte zu ungewöhnlichen Zeiten auf und rief nie vorher an. Wenn er eintraf, ließ er die Türen hinter sich abschließen und übernahm die Rechnungen der Gäste, die bereits im Lokal saßen. Hendricks hatte sich gedacht, dass er am leichtesten in seine

Nähe gelangen würde, wenn er sich bei seiner Ankunft bereits in einem seiner Restaurants aufhielt – und wenn er seinen Wunsch zu bleiben nur sehr zurückhaltend äußerte.

»Nicht im Geringsten!«, antwortete Pappas. »Haben Sie schon gegessen?«

Hendricks tat verwirrt über sein Interesse. »Äh, nein«, sagte er.

»Dann bestehe ich darauf, dass Sie bleiben. Wir lassen von allem auf der Karte etwas kommen. Hätten Sie gern einen Drink, während wir warten?«

»Da sag ich nicht Nein.«

»Sehr schön. Was nehmen Sie?«

»Alles, was knallt. Heute ist es Whiskey.«

»Milos«, sagte Pappas zu einem seiner Begleiter, »tu mir einen Gefallen und hol unserem neuen Freund James einen Drink.«

Der Gorilla ging an die Bar und nahm eine ungeöffnete Flasche Johnnie Walker Blue vom obersten Regal. Dabei kam kurz die Pistole zum Vorschein, die er hinten im Gürtel trug. Als er das Siegel brach und ihm drei Finger breit einschenkte – hundert Dollar wert in den meisten Etablissements –, leckte Hendricks sich voll übertriebener Vorfreude die Lippen.

»Bitte«, sagte er zu Pappas, »nennen Sie mich Jimmy.«

Pappas strahlte. Seine Männer lächelten ebenfalls und wirkten so locker, wie Berufsschläger im Dienst es nur sein konnten. Das war gut, hilfreich.

Sie würden nicht mehr so glücklich aussehen, wenn der Abend zu Ende war.

3. Kapitel

Special Agent Charlie Thompson drückte sich an der Schwelle zur Küche ihrer Eltern herum. Die baumelnden Ohrringe, die ihre Mutter ihr letzte Weihnachten geschenkt hatte, zogen unangenehm an ihren Ohren. Töpfe blubberten auf dem Herd, und die feuchtwarme Luft duftete nach Gewürzen.

»Es muss doch irgendwas geben, wobei ich helfen kann«, sagte sie.

»Sei nicht albern«, antwortete ihre Mutter. »Kate und ich haben alles bestens im Griff. Wie wär's, wenn du deinem Vater ein Bier bringst?«

Thompson runzelte besorgt die Stirn, als sie sah, wie Kathryn die Zwiebel zermatschte, die sie zu würfeln versuchte. »Kommst du auch wirklich klar?«

Kathryn O'Brien grinste sie mit hochgezogener Augenbraue an. »Du hast gehört, was deine Mutter sagt«, antwortete sie. »Zisch ab!«

Thompson zuckte die Achseln, nahm zwei Dosen Narragansett aus dem Kühlschrank und ging hinaus zur Garage.

Das Rolltor war hochgeschoben, die Autos standen wie immer in der Einfahrt. Eine Werkbank nahm die Hälfte des engen Raums ein, und an der Hartfaserplatte darüber hing jede Menge Werkzeug. Thompsons Vater beugte sich über einen teilweise zerlegten Rasenmäher, die Hände schwarz von Schmieröl.

Sie machte beide Bierdosen auf und reichte ihm wortlos eine. Schaum sammelte sich auf seinem Schnurrbart, als er trank.

»Musst du gerade jetzt an dem Ding arbeiten, Pop?«

»Was soll ich denn sonst machen? Ist ja nicht so, dass deine Mutter mich in der Küche haben will.«

»Wem sagst du das, mich hat sie auch gerade rausgeworfen. Dafür wollte sie, dass Kate bleibt.«

»Du siehst nicht gerade erfreut aus.«

»Bin höchstens ein bisschen skeptisch.«

»Wieso?«, blaffte er. »Denkst du, deine Mutter sagt was Unpassendes und blamiert dich?«

»Nein«, antwortete Thompson ruhig. »Ich habe nur Angst, dass Kate sich einen Finger abhackt. Ihre Handhabung von Küchenmessern lässt einiges zu wünschen übrig.«

»Ach so.« Er blickte ein wenig zerknirscht drein. »Deine Mutter passt bestimmt gut auf sie auf.«

Thompsons Eltern waren katholisch. Als sie ihr Coming-out gehabt hatte, waren sie so verständnisvoll gewesen, wie ihr Glaube es ihnen erlaubte, aber bislang hatte sie noch nie eine Frau mit nach Hause gebracht. Seit es im Herbst ernst mit ihrer Beziehung geworden war, hatte sie sich Gedanken darüber gemacht, wie ihre Eltern wohl auf O'Brien reagieren würden. Sie hatte den Antrittsbesuch schon dreimal verschoben und hätte beinahe wieder abgesagt, als der Wecker an diesem Morgen klingelte, und dann beinahe noch zweimal auf der Fahrt von Washington, D.C., hierher nach Hartford.

Thompson trank von ihrem Bier und sah ihrem Vater beim Herumbasteln an dem Rasenmäher zu. »Hast du in letzter Zeit mal mit Jess gesprochen?«, fragte sie.

Jess war ihre kleine Schwester, die vier Jahre nach dem Collegeabschluss immer noch versuchte, ihren Durchbruch als Künstlerin zu schaffen, was auch immer das hieß. Nach Thompsons Eindruck vor allem Couchsurfing, Sauforgien und Nervenzusammenbrüche.

»Nicht, seit sie und ihr neuer Typ – Tree? River?«

»Leaf.«

»Leaf, genau. Nicht, seit sie nach Costa Rica aufgebrochen sind. Du?«

»Ich habe ihr neulich eine Nachricht über Facebook geschickt. Sie meinte, sie wäre rechtzeitig zurück, um an diesem Wochenende herzukommen. Hat sich wohl geirrt.«

»Du kennst doch Jess«, sagte er schroff. »Hatte es noch nie so richtig mit der Zeitplanung.« Er schraubte die Sechskantmuttern von den Befestigungsbolzen ab und zerrte den Vergaser des Rasenmähers heraus. Benzin sammelte sich zu einer Pfütze auf dem Boden. »Verfluchte Scheiße!«

»Ist was nicht in Ordnung, Pop?«

»Ja, ich hab vergessen, die verdammte Benzinleitung abzuklemmen.« Er behob den Fehler und wischte die Schweinerei mit einem Lappen auf.

»Mal im Ernst, was ist los?« Normalerweise geriet er nicht so leicht außer sich. »Ist es wegen mir und Kate?«

Ihr Vater wischte sich die Hände an der Hose ab. »Steht mir nicht zu, was zu sagen.«

»Pop, ich frage dich aber. Worum geht's?«

»Sie ist deine Vorgesetzte, verdammt noch mal, Charlie! Darum geht's.«

Aha. Das war es also. Hätte sie sich denken können.

Thompsons Vater war Captain bei der Polizeibehörde von Hartford. Ein pflichtbewusster, arbeitsamer Typ. Er war direkt nach der Highschool zur Polizei gegangen und hatte sich vom einfachen Streifenbullen zum Revierleiter hochgedient. Die Befehlskette war ihm heilig.

»Was willst du damit sagen? Denkst du etwa, deine Tochter schläft sich nach oben?«

»*Ich* sage das nicht, aber du bist naiv, wenn du glaubst, dass andere sich nicht das Maul zerreißen.«

Thompson zuckte die Achseln.

»Lass sie doch. Das kümmert mich ehrlich gesagt einen feuchten Dreck.«

»Ach ja? Es sollte dich aber kümmern. Manche von denen entscheiden nämlich über deine Karriere. Und apropos, hast du mal darüber nachgedacht, was passiert, wenn ihr zwei euch mal trennen solltet? Sie sitzt am längeren Hebel, Charlie. Wenn's schiefläuft, endest du womöglich als Bürotante in irgendeinem muffigen Kellerbüro in der hintersten Prärie.«

»Das wird nicht passieren, Pop.«

»Ach nein? Woher willst du das wissen?«

»Weil Kate und ich heiraten werden, verdammt noch mal! Und egal, was du wirklich von ihr – oder mir – hältst, du könntest wenigstens so tun, als wärst du auf unserer Seite.«

Sie hatte ihn nicht so anfahren wollen. Hatte es ihm nicht auf diese Art und Weise sagen wollen.

Und vor allem hatte sie nicht gewollt, dass Kate es mithörte.

O'Brien stand an der Garagentür, und es war ihr anzusehen, dass sie schon seit einer Weile dort wartete.

Thompson rang nach Worten. Eine fleckige Röte stieg vom Hals ihres Vaters auf.

»Kate, ich …«

»Später«, sagte O'Brien. »Ich habe gerade einen Anruf vom Hauptquartier bekommen. Es ist etwas in San Francisco passiert. Wir müssen los.«

4. Kapitel

Jake Reston rappelte sich mühsam auf alle viere. Er sah nur verschwommen und konnte keinen klaren Gedanken fassen. Abgesehen von dem Klingen in seinen Ohren konnte er auch nichts hören.

Verzweifelt versuchte er sich zu erinnern, wo er war und was er dort wollte. Sein Nacken fühlte sich heiß an und spannte, als hätte er zu lange in der Sonne gesessen. Desgleichen seine Arme und Beine, wo T-Shirt und Shorts sie nicht bedeckten. Mit neunzehn hatte er einmal in den Sommersemesterferien beim Straßenbau gejobbt. Zehn Stunden täglich heißen, dampfenden Teer in der Augusthitze zu schaufeln hatte sich als Garant für einen Kollaps erwiesen, und obwohl er versucht hatte, immer genug Wasser zu trinken, war er mehr als einmal zusammengeklappt. Das hier jetzt fühlte sich ähnlich an, und er überlegte, ob er einen Hitzschlag erlitten hatte, nur dass es eigentlich gar nicht besonders heiß war.

Als er wieder klarer sah, bemerkte er ein übel zugerichtetes Fahrrad neben sich. Der Lack warf Blasen, Sattel und Hinterrad fehlten. Das Vorderrad drehte sich träge um seine Achse, und an dem kahlen Kranz klebten hier und da schwelende Gummifetzen. Unwillkürlich fragte er sich, was aus der Fahrerin geworden war.

Der Erdboden unter ihm war rot gefleckt. Jake führte die Hand ans Gesicht und zuckte vor Schmerz zusammen, als er seine Nase berührte. Er betastete sie noch einmal vorsichtiger; sie schien schief zu sein, und er fühlte einen klaffenden, offenbar mit Erde und gerinnendem Blut verkrusteten Schnitt. Blut sickerte aus beiden Nasenlöchern.

Er wischte sich den Staub von Gesicht und Händen, fuhr

mit der Zunge über die oberen Zähne und spuckte Steinchen aus. Der Nebel in seinem Kopf lichtete sich etwas, und Bruchstücke von Erinnerung kehrten zurück. Er versuchte, sie zusammenzusetzen, aber es fehlten wichtige Teile, weshalb sie sich nicht richtig zusammenfügten, ähnlich den Scherben eines zerbrochenen Glases. Sie waren auf der Heimfahrt von Disneyland gewesen, erinnerte er sich, und hatten haltgemacht, um das Flitterwochenfoto seiner Eltern nachzustellen, und dann … und dann …

Moment mal. *Sie* – also er und Emily und die Kinder.

Adrenalin schoss in seinen Kreislauf und brachte seine Gedanken ins Hier und Jetzt zurück. Sie hatten die richtige Stelle gefunden, hatten sich für die Videoaufnahme in Positur gestellt. Dann hatte ihn etwas von hinten getroffen, und alles war schwarz geworden. Und nun das hier.

Vor Angst krampfte sich Jakes Magen zusammen. Er sah sich rasch um, was sofortigen Schwindel und Kopfschmerz zur Folge hatte. Außerdem gab es nicht viel zu sehen, denn es hing ein dicker, dunkler Qualm in der Luft, der mit jedem Atemzug seine Lunge verätzte.

Jake versuchte aufzustehen. Alles drehte sich um ihn, und er ging wieder in die Knie. »Hannah! Aidan! Emily!«, rief er krächzend, laut genug, um seine Stimmbänder zu strapazieren, und doch so leise, dass er es selbst kaum hörte.

Es kam keine Antwort. Er kroch ein Stück den Hang hinauf und probierte es wieder. Diesmal hörte er etwas. Seinen Namen, gerufen mit hoher, ängstlicher, fragender Stimme. Emily, erkannte er.

Immer noch auf allen vieren krabbelte er auf sie zu und griff mit der Hand in etwas Klebriges. Schreckte zurück, als er feststellte, dass es ein Rinnsal aus Blut war.

Jake folgte dem Rinnsal bis zu seiner Quelle. Es war nicht

Emily, sondern eine Frau in neongrüner Sportkleidung. Er erinnerte sich vage, sie vorbeijoggen gesehen zu haben, bevor passiert war, was auch immer da passiert war. Ihre entblößte Haut war hochrot, wie entzündet. Ein verbogenes, an den Rändern verkohltes Stück Metall ragte aus ihrem Hinterkopf, und die Haare ringsum waren mit Blut durchtränkt.

»Emily!«, schrie er. »Wo bist du? Melde dich! Sind die Kinder bei dir? Bist du verletzt?« Dann fiel ihm ein, dass er Sophia schreien hören sollte, woraufhin sein Herz einen stolpernden Rhythmus gegen seinen Brustkorb schlug.

»Ich bin hier! Ich, äh, ich glaube, ich bin gefallen.« Sie klang benommen, unsicher, nicht sie selbst. »Sophia ist bei mir!«

»Wo sind Hannah und Aidan?«

»Ich … ich weiß es nicht.«

Jake kroch auf die Stimme seiner Frau zu, wobei seine schmerzenden Glieder protestierten. Er traf Emily über Sophia gebeugt an, die still und reglos auf ihrer Windjacke lag. Emily hatte eine Platzwunde an der Stirn, und das Blut strömte ihr in die Augen.

»O Gott. Ist sie …« Er brachte es nicht über sich, den Satz zu beenden, aus Angst, damit das Unheil erst heraufzubeschwören.

»Sie atmet«, antwortete Emily zittrig, »aber sie ist bewusstlos und hat eine Beule am Hinterkopf. Ich … ich muss auf sie gefallen sein, als ich gestürzt bin.« Ihr Kinn bebte, und ihre Gesichtszüge waren vor Angst verzerrt. »Ich weiß, ich hätte sie wahrscheinlich nicht bewegen sollen, aber ich konnte sie nicht einfach da im Dreck liegen lassen.«

Er nahm Emilys Gesicht zwischen beide Hände. »Sieh mich an. Das ist nicht deine Schuld. Was das auch war, es hat uns alle umgeworfen. Und Sophia kommt wieder in Ordnung, das verspreche ich dir.« Emily nickte, blinzelte die Tränen weg und setzte ein tapferes Gesicht auf. Er fragte sich, ob ihre Tapferkeit ihr genauso hohl vorkam wie ihm seine eigene.

Jake kniete sich neben Sophia, legte eine Hand auf ihren winzigen Brustkorb und fasste Mut, als er ein regelmäßiges Heben und Senken spürte. Er tätschelte ihr die Wange und sagte: »Komm, meine Kleine, wach auf, ja? Mama und Papa sind da.«

Sophia rührte sich nicht. Er klopfte ihr etwas fester auf die Wange, und als das auch nichts half, schüttelte er sie sachte. Als er es wieder probieren wollte, hielt Emily ihn davon ab. »Vorsichtig«, sagte sie, und erst da merkte er, dass er kurz davor gewesen war, zu weit zu gehen, sie zu fest zu schütteln, sich von seiner Panik überwältigen zu lassen.

Doch dann, wie durch ein Wunder, schlug Sophia die Augen auf und fing an zu weinen.

Noch nie in seinem Leben hatte Jake etwas so Schönes gehört.

Seine Erleichterung währte allerdings nur kurz. Nun, da Sophia wach war und reagierte, trat anderes in den Vordergrund.

»Em, überleg mal. Als du gestürzt bist, hast du da noch Hannah und Aidan gesehen?«

Sie runzelte die Stirn in dem Bemühen, sich zu erinnern. »Nein, ich glaube nicht. Bei dir waren sie auch nicht?«

Er schüttelte den Kopf. »Nein. Wir sind irgendwie getrennt worden, und als ich wieder zu mir kam … ich … ich weiß nicht. Hilf mir mal aufzustehen. Ich gehe sie suchen.« Sie stützte ihn am Ellbogen, und so kam er endlich auf die Beine. »Hannah!«, brüllte er, gegen den Hustenreiz ankämpfend. »Aidan! Wo seid ihr?«

»Dad!« Hannahs Stimme, klar und deutlich. »Dad, wir sind hier drüben!«

Er stolperte auf sie zu. Ein Lächeln erhellte sein schmutziges, blutverschmiertes Gesicht, als er in den undeutlichen Schemen im Rauch seine Kinder erkannte. Aidans Kopf lag in Hannahs Schoß, und sie streichelte ihm über das Haar, während er weinte. Sie hatten sich auf der ganzen Fahrt hierher gezankt, dachte Jake, aber jetzt war sie für ihren Bruder da, wenn er sie brauchte. Stolz überkam ihn, und es war, als hätte er gerade einen Blick auf die fantastische Frau werfen dürfen, zu der Hannah heranwachsen würde.

»Geht es euch gut?«, fragte er. Aidan schüttelte den Kopf, und seine Tränen gruben Schluchten in die dicke Schicht aus Schmutz und Asche auf seinem Gesicht.

»Ich bin okay«, sagte Hannah, obwohl sie ziemlich zerschrammt aussah, »aber Aidans Bein ist gebrochen. Ich glaube nicht, dass wir ihn ohne Hilfe von hier wegbringen können.«

Sie hatte recht, erkannte Jake. Aidans Bein stand in einer unnatürlichen Zickzacklinie von seinem Rumpf ab. Ein gesplittertes, blutüberzogenes Knochenstück ragte aus seinem Schienbein hervor.

»Wo sind Mom und Sophia?«, fragte Hannah.

»Dort hinten.«

»Sind sie …?«

»Sie sind weitgehend unverletzt. Wir kommen alle wieder auf die Beine«, sagte er und legte seinem Sohn die Hand auf die Schulter. »Hast du gehört, Kumpel?« Aidan nickte.

Jake wusste, dass Aidan schleunigst ärztliche Behandlung brauchte, hatte aber Angst, nicht hierher zurückzufinden, wenn er jetzt loslief, um Hilfe zu holen. Reflexartig griff er in die Hosentasche, in der normalerweise sein Handy steckte. *Mist,* dachte er, *ich hatte das verdammte Ding ja im Auto vergessen, und dann hat Hannah mir ihres geliehen, um das Video zu drehen. Es kann nicht weit sein.*

Er sah sich suchend um – der Meereswind hatte Erbarmen mit ihm und löste den Qualm ein wenig auf – und entdeckte es ein paar Meter weiter am Wegrand. Die Ränder glitzerten silbrig, und der Bildschirm spiegelte dunkel den Himmel wider.

Er rannte hin und wählte 911. Es klingelte zweimal, dann brach die Verbindung ab.

Jake versuchte es erneut und murmelte »Komm schon, komm schon«, als das Klingelzeichen ertönte. Diesmal meldete sich eine Telefonistin. »Oh, Gott sei Dank«, sagte er. »Meine Familie und ich sind auf dem Hügel direkt hinter Fort Point, auf einem der Fußwege, von wo man auf die Golden Gate Bridge sieht. Es hat eine Art Explosion gegeben.«

»Wir wissen von der Situation, Sir«, antwortete die Telefonistin. Nach ihrem knappen Ton und dem Stimmengewirr im Hintergrund zu urteilen rief gerade halb San Francisco beim Notruf an. »Ist jemand von Ihnen verletzt?«

»Mein Sohn hat einen schlimmen Beinbruch. Ich schätze, er braucht eine Tragbahre.«

»Sind Sie in unmittelbarer Gefahr?«

Jake sah sich wieder um. Die Bäume in der Nähe waren versengt und entlaubt. Asche regnete langsam vom Himmel. »Ich … ich glaube nicht.«

»Gut. Dann bleiben Sie, wo Sie sind. Hilfe ist unterwegs.«

»Danke«, sagte er. »Vielen Dank.«

Jake trabte zu Emily zurück, die Sophia an sich drückte und beruhigend auf sie einredete. Er brachte die beiden zu der Stelle, wo Aidan lag, und sagte Emily, dass der Notarzt unterwegs sei. Geschockt von den Ereignissen, wie er war, und ungeheuer erleichtert, dass seine Kinder alle lebten, kam er gar nicht auf die Idee, sich zu fragen, was aus dem hageren alten Mann geworden war, der Hannahs Handy gehalten hatte.

5. Kapitel

»Also sagt er zu mir: ›Nicky, ich möchte dir meinen Onkel vorstellen.‹ Und ich: ›Deinen Onkel? Gott sei Dank, ich dachte schon, das wäre deine Mutter!‹«

Gelächter brach am Tisch aus. Der eine von Pappas' Handlangern, Milos genannt, schlug so fest mit der flachen Hand auf das dunkel gemaserte Holz, dass die Teller hüpften. Der andere, Dimitris, gluckste nur kopfschüttelnd. Die zwei sahen sich so ähnlich, dass Hendricks sie anfangs nicht auseinanderhalten konnte. Mit der Zeit aber schaffte er es, teils, weil Milos der weitaus Gemütlichere war mit seinen trüben, weinseligen Glotzaugen, während Dimitris' Augen listig und wachsam blickten, und teils, weil Dimitris eine hässliche Narbe hatte, die sich um seinen rechten Bizeps schlängelte und in seinem T-Shirt-Ärmel verschwand. Hendricks kannte solche Narben aus seiner Zeit bei der Einheit für verdeckte Operationen. Sie stammten von Schrapnellwunden, was bedeutete, dass Dimitris ein ehemaliger Soldat war.

Sie saßen schon seit fast zwei Stunden hier, und der Tisch war übersät mit halb abgegessenen Platten voller gedünsteter Muscheln und gebratener Calamares, gegrillter Garnelen und gefülltem überbackenem Hummer, sogar mit den Überresten eines Zackenbarsches in Salzkruste, der als Ganzes gebraten und vom Küchenchef persönlich am Tisch filetiert worden war. Dazwischen standen jede Menge Flaschen. Ouzo für Dimitris – Barbayanni, eine Marke, von der Hendricks bisher noch nie etwas gehört hatte. Cruzan Rum für Milos, der ihn jetzt pur trank und dabei jedes Mal das Gesicht verzog – nachdem seine Kumpel sich zuvor über ihn lustig gemacht hatten, weil er ihn mit Diät-Cola mischte. Johnnie Walker

Blue für Hendricks. Eine Flasche eines unaussprechbaren griechischen Rotweins für Pappas.

Pappas' Gorillas schienen keine Bedenken zu haben, sich ordentlich einen hinter die Binde zu gießen, jedenfalls, solange Hendricks das ebenfalls tat – sie wurden von ihrem Boss sogar noch dazu ermuntert, der seinen Wein jedoch mit Bedacht trank. Selbst unter Freunden blieb er wachsam und argwöhnisch, eine Eigenschaft, die Hendricks vielleicht bewundert hätte, wenn er den Mann nicht insgesamt so verachtet hätte.

»Noch ein Gläschen, Mr Dalton?«

»Ich hab Ihnen doch gesagt, Nick, nennen Sie mich bitte Jimmy. Und ich hab ja noch nicht mal mein letztes ausgetrunken!«

Pappas grinste ihn verschmitzt an. »Dann würde ich vorschlagen, dass Sie schleunigst etwas daran ändern.«

Hendricks erwiderte sein Lächeln. »Hey, wer bin ich, Ihnen zu widersprechen? Sie sind der Boss.«

Er blinzelte angestrengt, griff ungeschickt nach seinem Glas und warf es um. Bernsteinfarbene Flüssigkeit ergoss sich über den Tisch. Hendricks nahm stirnrunzelnd eine Stoffserviette und tupfte damit herum.

»Andererseits«, nuschelte er, »hab ich vielleicht auch genug für heute.«

Der Koch, ein schmächtiger, zotteliger Typ namens Noah, der sich als Genie in der Küche herausgestellt hatte, kam mit einer Platte voll aufgetürmter Käsesorten, Obst und Honigwaben aus der Region herbei. Er und Cameron waren die Einzigen vom Personal, die noch arbeiteten. Pappas hatte Noah angewiesen, den übrigen von der Abendschicht freizugeben, und ihm und Cameron je einen Tausender für ihre Überstunden zugesteckt.

»Noah!«, brüllte Milos dem Koch hinterher, als der wieder ging, »setz dich her und trink was mit uns.« Milos' Stirn glänzte schweißfeucht, sein Gesicht war rot, sein Lächeln breit und arglos.

Noah sah Pappas zögernd an, der auf einen leeren Stuhl deutete. »Aber ja, Noah, gesell dich zu uns.«

Noah setzte sich. Milos füllte schwappend ein schmutziges Glas mit Rum für ihn und schenkte sich selbst auch gleich nach. Dimitris goss sich auch noch einen ein. Die drei stießen miteinander an und tranken.

Milos knallte sein geleertes Glas auf den Tisch und stand leicht schwankend auf. »Dimitris«, sagte er und schlug Noah auf den Rücken, »schenk dem Mann noch einen ein. Ich muss mal 'ne Stange Wasser abstellen.«

»Yeah«, sagte Hendricks, erhob sich ebenfalls unsicher und wankte Milos hinterher. »Schließ ich mich an.«

Er hatte die ganze Zeit auf den richtigen Moment gewartet, um loszuschlagen. Er trug keine Waffen, weil er nicht hatte wissen können, ob Pappas' Gorillas ihn bei ihrem Eintreffen abtasten würden. Es mit zwei bewaffneten Schlägern zugleich aufzunehmen wurde dadurch zu einem riskanten Unterfangen – riskanter noch, falls Pappas selbst bewaffnet war. Hinzu kam, dass er die Kellnerin und den Koch möglichst aus der Schusslinie heraushalten wollte.

Sobald er um die Ecke gebogen war, beschleunigte er seine Schritte und holte den in Schlangenlinien durch den Flur torkelnden Milos rasch ein, sodass er gleichzeitig mit ihm an der Toilette ankam. Nach einem kurzen verlegenen Moment, in dem jeder zuerst hineinwollte, stieß Hendricks die Tür auf und ließ Milos den Vortritt.

»Danke, Kumpel«, sagte der große Kerl mit glasigen Augen und immer noch demselben trotteligen Grinsen im Gesicht.

Als er hineinging, stellte Hendricks ihm ein Bein. Milos kippte nach vorn, er packte ihn im Fallen hinten am Kragen und stieß seinen Kopf ins Waschbecken, dass das Porzellan sprang. Der massige Grieche erschauerte unwillkürlich, dann erschlaffte er. Er war schon bewusstlos, bevor er auf dem Boden auftraf, mit eingeschlagenem Kopf und über die Kacheln spritzendem Blut.

Hendricks leerte seine Taschen aus. Fand ein Portemonnaie, ein Handy, eine halbe Packung Kaugummi. Außerdem ein kleines Säckchen aus Plastikfolie, das an einem Ende zugeknotet und mit einem weißen Pulver, vermutlich Kokain, gefüllt war. Er zertrümmerte das Handy mit dem Absatz und warf den restlichen Tascheninhalt daneben. Dann nahm er Milos die Pistole ab, eine halbautomatische Kompaktwaffe mit .22 Rimfire-Kleinkaliber-Patronen, die er hinten am Gürtel trug.

Mist. Hätte er sich fast denken können. Irgendwie schienen solche Kolosse immer kleine Waffen zu tragen. Lag wohl daran, dass sie zu sehr auf ihre Körperkraft bauten, oder vielleicht dachten sie auch, dass sie dann noch riesenhafter wirkten im Vergleich. Was auch immer der Grund sein mochte, es bedeutete, dass er Dimitris jetzt mit einer besseren Spielzeugpistole gegenübertreten musste.

Wenigstens war sie voll geladen. Eine Kugel in der Kammer, neun im Magazin. Er entsicherte sie, öffnete die Toilettentür einen Spaltbreit und lauschte. Milos war so hart aufgeknallt, dass er fürchtete, jemand könnte es gehört haben, aber das fröhliche Beisammensein im Speiseraum ging unvermindert weiter.

Er schlüpfte hinaus in den Gang, schloss die Tür leise hinter sich und eilte durch die Doppelschwingtür in die Küche. Cameron lehnte an einem Vorbereitungstisch aus Edelstahl und schlang einen bunten Teller voller Reste in sich hinein.

»Was wollen Sie hi…?« Ihre Augen wurden groß, als sie die Waffe sah. Hendricks hielt einen Finger an seine Lippen, woraufhin sie verstummte. Dann deutete er mit dem Lauf auf den Kühlraum.

»Aber …«

»Kein Aber. Los.«

Er riss die Tür zum Kühlraum auf und bedeutete ihr hineinzugehen.

»Und wenn ich nicht will?«

»Möchtest du das wirklich herausfinden?«

Sie schielte zur Küchentür und dem Gastraum dahinter. »Ich könnte schreien.«

»Das könntest du, aber du scheinst mir ein intelligentes Mädchen zu sein, deshalb wette ich, du lässt es bleiben.«

Sie musterte ihn kurz und ging hinein. »Bis ganz nach hinten«, sagte er. Seufzend gehorchte sie. »Gut. Jetzt setz dich hin.«

»Warum?«

Damit ich die Tür zumachen kann, ohne dass du versuchst zu entwischen, dachte er. »Weil ich es sage.«

Widerstrebend ließ sie sich auf einem Stapel Gemüsekisten nieder. Ihr Atem kam in Wölkchen heraus, und ihre bloßen Arme überzogen sich mit einer Gänsehaut.

Er schwang die Tür zu.

»Ob du's glaubst oder nicht«, sagte er, »es ist zu deinem Besten.«

Sie entgegnete noch etwas, aber ihre Stimme war durch die isolierten Wände des Kühlraums kaum zu hören.

Hendricks steckte einen Holzlöffel durch das für ein Vorhängeschloss gedachte Riegelloch und marschierte entschlossen in den Speisesaal, ohne sich noch die Mühe zu machen, den Betrunkenen zu spielen. Im ersten Moment achteten die drei Männer am Tisch kaum auf ihn. Das änderte sich jedoch, als er Dimitris ins Gesicht schoss.

Es war nichts Persönliches. Ein Kopfschuss war schlichtweg die schnellste Methode, um einen Gegner auszuschalten. Das heißt, er wäre es auch in diesem Fall gewesen, wenn Hendricks eine richtige Waffe statt dieser lausigen 22er gehabt hätte.

Die Kugel traf Dimitris knapp unterm linken Auge, durchschlug aber nicht den Wangenknochen, sondern prallte davon ab und pflügte durch die Haut bis zum Ohr. Es gab ein lautes Scheppern von Geschirr und Gläsern, als Pappas den Tisch umkippte und dahinter in Deckung ging. Noah, der Küchenchef, huschte schnell an seine Seite.

Hendricks hatte gehofft, dass Dimitris wenigstens zusammenklappen würde, doch der knurrte nur kurz vor Schmerz und Wut und ging auf ihn los. Hendricks schoss erneut und traf ihn in den linken Oberarm, aber Dimitris kam einfach weiter auf ihn zugestampft.

Er versuchte, ihm auszuweichen, nur dass da sehr viel war, dem es auszuweichen galt. Dimitris holte mit seiner fleischigen Faust aus, die Hendricks mit seinem aufwärts geschwungenen linken Unterarm abblockte, den Ellbogen rechtwinklig abgeknickt. Dimitris konterte mit einem brutalen Kinnhaken und traf ihn voll, sodass sein Kopf zurückflog und seine Knie einknickten.

Als er stürzte, griff Dimitris zu seiner Knarre. Hendricks schoss noch im Fallen auf ihn, und der Schuss traf den Griechen in die Seite, doch der ging immer noch nicht zu Boden.

Hendricks landete auf dem Rücken und bekam für eine Sekunde keine Luft. Dimitris hob seine Pistole, eine 22er wie die seines Kumpels. Hendricks jagte ihm schnell drei Kugeln in die Brust, woraufhin Dimitris die Waffe fallen ließ, die quer durch den Saal schlitterte. Er machte noch einen zögerlichen Schritt auf Hendricks zu, bevor er endlich zusammenbrach und dabei nach vorn kippte, sodass er auf ihm landete und ihn am Boden festnagelte.

Ein neuer Schuss krachte, und Dimitris' Körper bäumte sich noch einmal auf wie auf dem elektrischen Stuhl. Ein weiterer Knall, und zehn Zentimeter von Hendricks' Kopf entfernt flogen Splitter von einer Bodendiele weg. Pappas hatte angefangen, hinter dem Tisch hervor auf ihn zu feuern.

Hendricks rollte sich auf die Seite und wuchtete Dimitris' Leiche mit sich herum, benutzte sie als Deckung. Pappas traf seinen toten Leibwächter ins Bein, den Rücken, den Hals, aber zum Glück war keiner der Treffer ein Durchschuss. Hendricks wartete auf eine Feuerpause und jagte dann zwei Kugeln durch den Tisch, hinter dem Pappas sich versteckte. Eine 22er mochte keine große Mannstoppwirkung haben, aber ihre schmalen Patronen konnten verdammt noch mal anderthalb Zentimeter lackiertes Holz durchschlagen. Pappas schrie, und seine Waffe fiel klappernd herunter.

Hendricks stand auf und ging mit der Pistole im Anschlag um den Tisch herum. Pappas übte panisch Druck auf eine Wunde in seinem Oberschenkel aus, während Noah zitternd und mit aufgerissenen Augen neben ihm saß, sein Gesicht mit Pappas' Blut bespritzt. Als er Hendricks kommen sah, kroch Noah rückwärts durch die Scherben des Gelages und fing an zu wimmern.

»Entspann dich«, sagte Hendricks zu ihm. »Ich bin nicht deinetwegen hier, ich will Pappas. Mach keinen Ärger, dann kommst du unbeschadet hier raus, versprochen. Hast du mich verstanden?«

Noah schluckte schwer und nickte.

»Gut.«

Die Waffe auf Pappas gerichtet, kniete Hendricks sich hin und steckte dessen fallen gelassene Pistole ein, eine 45er. Das Kaliber erklärte die mangelnde Durchschusskraft, denn dickere Geschosse verformten sich beim Einschlag stärker, was sie langsamer machte. Das bedeutete wiederum, dass die .45 mehr Mannstoppwirkung hatte, aber Hendricks traute keiner Waffe, die er nicht zuvor inspiziert hatte.

»Was wollen Sie?«, fragte Pappas zwischen zusammengebissenen Zähnen hindurch. »Geld? Nennen Sie eine Summe, ich gebe sie Ihnen gern, wenn Sie mich dafür laufen lassen.«

»Ich will Ihr Scheißgeld nicht.«

»Was sonst? Rache? Dann verschwenden wir doch keine weitere Zeit. Drücken Sie ab und fertig.«

»Keine Sorge, dazu kommen wir noch, nachdem Sie mir alles gesagt haben, was ich wissen will. Zuerst aber machen wir beide einen kleinen Ausflug an einen Ort, wo uns niemand stört. Wo niemand Sie schreien hört. Ich habe ihn schon vor Wochen dafür eingerichtet. Und ich garantiere Ihnen, wenn ich Sie erst einmal dort habe, werden Sie reden.«

Pappas spuckte aus. »Einen Scheißdreck werd ich.«

Hendricks lächelte. »Sie haben keine Ahnung, wer ich bin, oder?«

»Sollte ich die haben?«

»Ich weiß es nicht. Ich hielt es bloß für möglich.«

»Wieso?«

»Im vergangenen Jahr hat der Rat einen Killer namens Engelmann auf mich angesetzt.«

Aufgrund der Schussverletzung war Pappas unter seinem sonnengebräunten Teint erblasst. Bei Hendricks' Antwort wurde er noch bleicher. »Moment – Sie sind der Kerl, der all unsere Profis umgenietet hat?«

Hendricks schwieg.

»Hören Sie, das war nicht meine Entscheidung, müssen Sie wissen. Ich war gerade mal eine Woche beim Rat, als der Beschluss gefasst wurde, diesen Typ auf Sie zu hetzen.«

Hendricks trat auf die Hand, die Pappas auf die Wunde in seinem Oberschenkel drückte. Pappas schrie und wand sich vor Schmerzen. »Soll mich das vielleicht trösten?«, sagte Hendricks. »Mein bester Freund ist tot.«

Er nahm seinen Fuß weg. Pappas hörte auf zu brüllen.

»Und was jetzt?«, fragte er keuchend. »Haben Sie vor, den Rat im Alleingang zu erledigen?«

»Natürlich nicht. Sie werden mir dabei helfen.«

»Sie sind ja vollkommen übergeschnappt … Vor allem, wenn Sie glauben, dass ich reden werde.«

»Das ist keine Frage des Glaubens. Höchstens des Zeitpunkts. Damit wir uns recht verstehen, ich plane, Sie so oder so zu töten, aber Sie können entscheiden, wie schnell und schmerzarm Ihr Tod sein wird.«

Pappas zeigte ein irres Grinsen, das zwischen Furcht und Draufgängertum schwankte. »Na toll, danke.«

»Geben Sie nicht mir die Schuld. Der Rat hat Sie in diese Lage gebracht, und wenn Sie sich bei ihm revanchieren wollen, sagen Sie mir alles, was ich wissen muss.«

»Sie verstehen das nicht. Wenn ich rede, bringen die meine Familie um.«

»Na und? Was kümmert Sie das? Die Hälfte Ihrer Familie wünscht Ihnen den Tod.«

»Das heißt noch lange nicht, dass ich sie nicht liebe«, entgegnete Pappas. »Hören Sie, Sie sind Geschäftsmann. Lassen Sie uns darüber reden. Ich bin sicher, dass wir uns irgendwie einigen können.«

»Wir haben fürs Erste genug geredet. Uns bleibt noch genug Zeit, uns zu unterhalten, wenn wir dort sind, wo ich Sie hinbringe. Ich habe einen Wagen draußen stehen. Stehen Sie auf, sonst mache ich Ihnen Beine.«

Als Hendricks sich zur Tür wandte, rief Pappas: »Warten Sie!«

In dem Augenblick wurde ihm klar, dass Pappas ihn nur hingehalten hatte.

Zu spät wirbelte er herum und sah Noah auf sich zustürzen, das Filetiermesser von dem umgerissenen Tisch in der Hand.

Verflucht.

Er wollte mit der .22 zielen, hatte aber weder Zeit noch Platz dafür. Das Messer drang in seine Seite ein, als Noah mit ihm zusammenprallte. Die noch mit Salzkruste überzogene Klinge brannte wie Feuer.

Noah trieb das Messer mit seinem ganzen Gewicht hinein. Hendricks ließ die Pistole fallen, packte ihn an den Handgelenken und versuchte verzweifelt, das weitere Eindringen der Klinge aufzuhalten, als sie ineinander verkeilt hinfielen.

Noah hatte die Schwerkraft auf seiner Seite, Hendricks den Schwung. Er zerrte Noahs Arme seitwärts, um die Klinge von seinen lebenswichtigen Organen fernzuhalten. Sie glitt an einer Rippe ab, schnitt durch Haut und stach höllisch, bevor sie sich in die Dielen grub. Hendricks landete direkt daneben, während Noah sich durch seinen Vorwärtsdrall überschlug. Hendricks hielt ihn an den Armen fest, sodass er über ihn hinwegflog und hart auf dem Boden aufknallte. Es hörte sich an wie ein Sack Mehl. Hendricks riss das Messer heraus, rappelte sich schnell auf die Beine und grub es in Noahs Brust. Die weiße Kochuniform erblühte rot. Seine Augenlider flatterten, dann regte sich nichts mehr.

Du hältst mich nicht noch mal zum Narren, dachte Hendricks.

Er drückte den linken Arm gegen seine Seite, um den Blutfluss zu hemmen, und suchte nach der 22er.

Gleich darauf entdeckte er sie – in Pappas' Hand. Sie war direkt auf seinen Kopf gerichtet.

Pappas stand zwei, drei Meter vor ihm, das Gewicht auf sein gesundes Bein verlagert, während aus seiner Oberschenkelwunde weiter Blut sickerte. »Du Scheißkerl«, sagte er. »Diese Männer waren wie eine Familie für mich. Jetzt wird deine dafür bezahlen, das schwöre ich dir.«

»Ich habe keine Familie mehr«, erwiderte Hendricks. »Der Rat hat sie mir genommen. Deshalb bin ich hier.«

Das stimmte zwar im Prinzip, war aber auch absichtlich irreführend. Engelmann hatte versucht, ihn zur Strecke zu bringen, indem er sich die einzigen beiden Menschen vornahm, die ihm am Herzen lagen: seinen Partner Lester und seine ehemalige Verlobte Evie. Engelmann hatte Lester zu Tode gefoltert, um Evies Adresse aus ihm herauszupressen. Doch Lester hatte noch lange genug durchgehalten, um Hendricks zu warnen und ihm den nötigen Vorsprung zu verschaffen, damit er Engelmann überlisten und töten konnte. Evie und ihr Mann Stuart hatten sich danach in ein Zeugenschutzprogramm aufnehmen lassen. Hendricks hatte keinen Schimmer, wo sie jetzt waren oder wie er sie finden konnte.

Doch Evie war schwanger gewesen, als er sie zuletzt gesehen hatte. Inzwischen musste sie ihr Kind bekommen haben, was bedeutete, dass es immer noch zwei Menschen auf der Welt gab, an denen ihm viel lag.

Unauffällig ließ er seine Hand auf die Pistole zugleiten, die er eingesteckt hatte. Pappas schüttelte spöttisch den Kopf. »Du kommst nie rechtzeitig an sie ran.«

Damit hatte er vermutlich recht, aber Hendricks sah keine andere Möglichkeit.

Er griff nach der Waffe, ungelenk durch die Stichverletzung, seine Reflexe verlangsamt. Der Hahn verhakte sich kurz an seiner Hosentasche, was Pappas Zeit zum Reagieren gab. Ein Schuss knallte. Hendricks kniff die Augen zusammen und wappnete sich gegen den Aufprall des Projektils – ein nutzloser Reflex.

Doch der Aufprall kam nicht.

Dann kippte Pappas um.

Hendricks schwankte ein wenig durch den Blutverlust und sah die Kellnerin in schulmäßiger Schusshaltung vor sich stehen. Sie war bleich und hatte die Augen weit aufgerissen. Mit beiden Händen, so fest, dass die Fingerknöchel weiß hervortraten, hielt sie Dimitris' Pistole.

Seine Gedanken überschlugen sich. »Was ... wer ... wie zum Teufel bist du da rausgekommen?«

»Der Kühlraum ist mit einem Sicherheitsentriegelungssystem ausgestattet, damit keiner dadrin erfriert. Man kann zwar von innen jemanden aussperren, aber niemanden von außen einsperren. Nächstes Mal sollten Sie die Tür verbarrikadieren. Wenn ich nicht auf Ihrer Seite wäre, wären Sie jetzt am Arsch.«

»Aber ...«

»Pst.« Sie neigte den Kopf schräg und lauschte angestrengt. Zwei Sekunden später hörte er es auch.

Sirenen.

»Wir müssen hier weg«, sagte sie. »Sofort.«

6. Kapitel

Kathryn O'Briens Sandaletten klapperten auf dem glänzenden Fliesenboden, als sie zielstrebig durch die betriebsame Eingangshalle ging. Mit ihrer Caprihose und der ärmellosen Bluse wirkte sie ziemlich fehl am Platz in einem Gebäude, das von Männern in dunklen Anzügen dominiert wurde, aber die Menge teilte sich trotzdem respektvoll vor ihr. Thompson, die sich in ihren Shorts und dem T-Shirt mit V-Ausschnitt erst recht underdressed vorkam, wusste nicht, ob es daran lag, dass die Leute O'Brien erkannten oder dass jede ihrer Bewegungen Autorität ausstrahlte. In jedem Fall war es ein eindrucksvoller Auftritt.

Die FBI-Außenstelle in New Haven, Connecticut, war ein moderner roter Ziegelsteinbau, der einen ganzen Häuserblock einnahm und nur ein paar Schritte vom Campus der Yale University entfernt lag. Der Bau unterschied sich kaum von den anderen Bürogebäuden in der Gegend, abgesehen davon, dass er ein Stück von der Straße zurückgesetzt lag und von einem Zaun aus feuerverzinktem Stahl umgeben war, den man schwarz gestrichen hatte, damit er wie Schmiedeeisen wirkte. Kleine, unauffällige Schilder mit der Aufschrift ZUTRITT VERBOTEN waren hier und da daran angebracht, und sämtliche Eingänge, ob für Fahrzeuge oder Fußgänger, waren durch bewachte Tore abgeriegelt. Die klaren Linien des Komplexes und seine gepflegten Rasenflächen verliehen ihm etwas beinahe Heiteres. Drinnen jedoch, zumindest an diesem Tag, war die Stimmung alles andere als heiter.

Die Außenstelle lag nur rund sechzig Kilometer von Thompsons Elternhaus entfernt und war somit die nächstgelegene FBI-Dienststelle. Sie und O'Brien hatten lediglich eine knappe halbe Stunde bis hierher gebraucht. Auf der Fahrt hatte Thompson versucht, sich für die harsche Reaktion ihres Vaters auf ihren gemeinsamen Besuch zu entschuldigen. Kathryn hatte das mit einem Schulterzucken abgetan und gemeint, dass sie schließlich nichts für die Denkweise ihres Vaters könne, aber Thompson merkte, dass die Sache ihr zu schaffen machte.

Als sie zur Anmeldung kamen, fragte O'Brien: »Was ist die Sachlage?«

»Ma'am?« Der Junge hinter dem Tisch sah sie mit großen Augen an, offensichtlich überfordert.

»Die Sachlage. Ich brauche ein Briefing, je schneller, desto besser.« Sie bemerkte seine Verwirrung. »Meine Ankunft ist Ihnen doch angekündigt worden, oder?«

»Äh ...« Es war klar, dass er keinen blassen Schimmer hatte. Thompson hatte Mitleid mit ihm. Ein Baby-Agent, der ins kalte Wasser geworfen worden war. Sie konnte sich noch gut erinnern, wie man sich dabei fühlte.

»Director O'Brien!« Ein Schwarzer in den Vierzigern in Polohemd und Kakishorts kam mit quietschenden Turnschuhen auf sie zugetrabt und gab ihnen die Hand. »Ty Russell, Special Agent und Leiter der Außenstelle New Haven.«

Der junge Agent am Empfang wurde kreidebleich, als er begriff, dass die Frau vor ihm die ranghöchste Vorgesetzte im Dienstgebäude war, und schrumpfte ein wenig auf seinem Stuhl zusammen.

»Schön, Sie kennenzulernen, Ty. Bitte nennen Sie mich Kathryn. Das ist Charlie Thompson. Sie begleitet mich.«

Russells Händedruck war fest und kühl. »Entschuldigen Sie bitte das Missverständnis«, sagte er zu O'Brien. »Wir bekommen nicht jeden Tag Besuch von der Leiterin der kriminalpolizeilichen Abteilung. Und heute Nachmittag geht es hier sowieso ein bisschen drunter und drüber, wie Sie sich vorstellen können. Ich bin selbst erst vor zehn Minuten eingetroffen, war gerade auf der Geburtstagsfeier meiner Nichte, als ich es erfahren habe.«

»Was können Sie mir über den Vorfall sagen?«

Russell machte ein betretenes Gesicht. »Nicht viel mehr als das, was in den Nachrichten kommt, fürchte ich. Ich bin noch nicht eingehend informiert worden und kann daher nicht einmal definitiv sagen, ob es eine vorsätzlich ausgelöste Explosion war – obwohl das FBI und der Heimatschutz natürlich so vorgehen, als sei das der Fall. Ich habe einen Konferenzraum mit einer sicheren Verbindung nach Washington einrichten lassen, wie Sie es gewünscht haben. Dort weiß man bestimmt mehr.«

Er führte sie zu einem Aufzug und fuhr mit ihnen zwei Stockwerke hinauf. Als die Tür sich öffnete, sahen sie sich einem Großraumbüro gegenüber, in dem es vor nervöser Energie nur so knisterte. Gut zehn Leute telefonierten gleichzeitig, und ständig gingen E-Mails, SMS und Faxe ein. Alle Gesichter waren angespannt.

»Wie Sie sehen«, sagte er, »tun wir, was wir können. Sondieren die Gerüchte, on- und offline, und arbeiten mit unseren Dienststellen an der Westküste zusammen. Aber aus fünftausend Kilometern Entfernung sind unsere Möglichkeiten nun mal begrenzt. So, da wären wir.«

Russell hielt ihnen die Tür zu einem Besprechungsraum auf und zog sie anschließend hinter sich zu. Ein großer Tisch aus Kirschholzfurnier nahm die Mitte ein, umgeben von Bürostühlen aus Kunstleder. Ein Gerätetechniker schloss gerade einen der zwei Laptops auf dem Tisch an einen Flachbildfernseher an der Wand an. »Dan Nakamura, das hier sind Assistant Director Kathryn O'Brien und, äh, Charlie Thompson. Dan wird Ihnen mit allem helfen, was Sie brauchen.«

»Konnten Sie Kontakt mit jemandem vom NSB aufnehmen?«, erkundigte sich O'Brien bei Nakamura.

»Ja, Ma'am«, antwortete er. »Special Agent Sarah Klingenberg wartet schon darauf, dass ich hier alles fertig habe und sie sich einwählen kann.«

»Dann will ich Sie nicht aufhalten.«

Nakamura machte sich wieder an die Arbeit, während O'Brien sich per Remote-Zugriff in ihren FBI-Desktop-Computer in Washington einloggte.

»Kennst du diese Klingenberg?«, fragte sie Thompson leise.

»Ein bisschen«, sagte Thompson. »Wir waren zusammen in Quantico. Sie ist eine kleine Streberin, schielt immer schon auf die nächste Leitersprosse. Hat ihr auch was gebracht, wie ich höre. Es heißt, sie ist inzwischen Ostermans rechte Hand.« James Osterman war der Leiter der Abteilung für Terrorismusbekämpfung des FBI. »Aber sie ist eine verlässliche Ermittlerin und hat das Herz am rechten Fleck. Wir hätten es, ehrlich gesagt, schlimmer treffen können.«

O'Brien nickte. »Gut«, sagte sie. »Das Letzte, was wir jetzt gebrauchen können, ist irgendein Profilierungshickhack.«

O'Brien hatte wie Osterman den Rang eines Assistant Director inne, war also Abteilungsleiterin, nur dass sie die kriminalpolizeiliche Abteilung des FBI leitete, die »Criminal Investigation Division«, kurz CID. Die CID war Teil einer übergeordneten Abteilung, des »Criminal, Cyber, Response and Services Branch«, kurz CCRSB, in dem außerdem die Abteilungen für Cyberkriminalität, die Kriseninterventionsabteilung sowie weitere Dienste zur Verbrechensbekämpfung zusammengefasst waren. Die Abteilung für Terrorismusbekämpfung dagegen unterstand dem NSB, dem National Security Branch. Diese Teilbehörde für nationale Sicherheit war 2005 auf eine Anordnung des Präsidenten hin geschaffen worden, welche vorsah, dass die Abteilungen für Terrorismusbekämpfung, Spionageabwehr, Massenvernichtungswaffen sowie geheimdienstliche Aufgaben zusammengelegt werden und einer einzigen hohen FBI-Führungskraft unterstehen sollten. Die meisten finanziellen und personellen Ressourcen für diese neue Behörde waren ohne viel Federlesens von der CID abgezogen worden. Sie hatten viele gute Agents und über ein Viertel ihres Budgets im Laufe dieser Umstrukturierung verloren und spielten seitdem nur noch die zweite Geige. Das Ergebnis war eine ebenso erbitterte wie kontraproduktive Rivalität innerhalb des FBI.

Thompson fischte ein Paar Ohrhörer aus ihrer Tasche und verband sie mit dem zur Verfügung gestellten Laptop. Einen Stöpsel steckte sie ins Ohr, den anderen ließ sie frei herunterbaumeln. Dann öffnete sie eine Reihe von Tabs im Browser des Laptops: CNN, NPR, der *San Francisco Chronicle,* die *LA Times,* Twitter. Terrorismusbekämpfung fiel ebenso wenig in ihren Zuständigkeitsbereich wie in O'Briens – sie arbeitete für das Dezernat »Organisiertes Verbrechen«, das unter dem Dach der CID angesiedelt war –, aber sie kannte das FBI gut genug, um zu wissen, dass O'Briens offizielles Briefing zensiert und überholt sein würde. Sie wollte sich lieber selbst einen Eindruck davon verschaffen, was dort draußen in Echtzeit passierte.

Der Fernsehbildschirm an der Stirnseite des Raums ging auf einmal an und zeigte eine Windows-Oberfläche und ein Chatfenster. Nakamura gab O'Brien ein drahtloses Keyboard und eine Maus. »Müsste jetzt funktionieren«, sagte er.

»Bleiben Sie denn nicht?«, fragte O'Brien.

Thompson musste grinsen. O'Brien stand mit der Technik immer ein bisschen auf Kriegsfuß. Sie konnte noch nicht mal die Lautstärke am Fernseher zu Hause regulieren, seit sie den Ton auf den Receiver von Thompsons Anlage geschaltet hatten.

»Bin ziemlich sicher, dass dieses Gespräch über meinen Grad der Sicherheitsfreigabe hinausgeht«, antwortete Nakamura.

Kaum dass er zur Tür hinaus war, hatte das Chatfenster eine kleine Störung und zeigte nur horizontale bunte Streifen, doch dann erschien eine Frau auf dem Bildschirm, die ihren blonden Pferdeschwanz hinten durch ihre FBI-Kappe gezogen hatte.

»Special Agent Klingenberg? Hier ist AD O'Brien, können Sie mich hören?«

Eine kleine Verzögerung, bei der O'Brien das Echo ihrer eigenen Stimme hörte, dann nickte Klingenberg. »Ja, Ma'am. Ich habe Order, Sie auf den neuesten Stand zu bringen. Wie viel wissen Sie bereits?«

»Gehen Sie davon aus, dass ich nichts weiß.«

»Verstanden. Kurz nach zwölf Uhr mittags pazifischer Zeit ist ein Schleppboot mit dem südlichen Tragpfeiler der Golden Gate Bridge kollidiert und explodiert. In Anbetracht der Stärke der Druckwelle ist es unwahrscheinlich, dass es sich um einen Unfall handelt. Die Brücke steht Gott sei Dank noch, aber mehrere der Tragseile sind gerissen. Ein paar Abschnitte sind gefährlich am Kippen, und die Straße ist unpassierbar. Ersthelfer und Notärzte koordinieren sich mit dem Katastrophenschutz und dem Army Corps of Engineers, um einen Evakuierungsplan für die Brücke aufzustellen. Es ist noch nicht klar, wie schwer die strukturelle Integrität beeinträchtigt ist und wie viele Verletzte oder gar Tote es gegeben hat.«

»Wissen wir, wie viele Menschen sich zum Zeitpunkt der Explosion auf der Brücke befanden?«

»Nein, wir warten noch auf die Angaben von den Mautstationen. Erste Schätzungen des Verkehrsministeriums liegen bei vier- bis achthundert Fahrzeugen, aber das sind eben nur die Autos, keine Personen. Und diese Schätzungen beziehen die volle Spannweite der Brücke mit ein, zwei Komma sieben Kilometer, sechs Fahrbahnen. Die meisten Menschen auf der Brücke waren zwar ein gutes Stück außerhalb des Explosionsradius, aber die ausgelöste Panik hat zu einer Massenkarambolage nördlich der Kollision geführt, als die Leute zu flüchten versuchten.«

»Und die Ermittlungen?«

»Wir sind noch ganz am Anfang, Ma'am. Die besonderen Umstände des Vorfalls haben das Sammeln von materiellen Beweisen bisher praktisch unmöglich gemacht. Immerhin erweist es sich als Vorteil, dass die Brücke ein so bekanntes Wahrzeichen ist. Die Auswertung von Handyfotos, die kurz vor der Explosion gemacht und in den sozialen Medien gepostet wurden, hat ergeben, dass die Schiffsnummer übermalt wurde, was darauf hindeutet, dass der oder die Täter das Boot möglicherweise gestohlen haben oder zumindest seine Herkunft verschleiern wollten. Die Bucht unter der Golden Gate steht immer noch in Flammen, wie Sie sicher schon in den Nachrichten gesehen haben. Die U.S. Park Police riegelt gerade den primären Tatort ab, selektiert die Verwundeten vor und hält Zeugen zur Befragung fest.«

»Die U.S. Park Police?«

»Ja. Der südliche Teil der Brücke überspannt das Presidio, die Spitze der Halbinsel, die Teil eines Erholungsgebiets ist und in deren Zuständigkeit fällt.«

»Ach so, verstehe. Was ist mit dem Schiffsverkehr?«

»Jegliche Handels- und Freizeitschifffahrt in dem Gebiet ist ausgesetzt worden, und die bereits auf dem Wasser befindlichen Fahrzeuge haben Anweisung, Anker zu werfen, bis die Küstenwache sie überprüft und ihnen die Erlaubnis zum Anlegen erteilt hat. Unser Außenbüro in San Francisco arbeitet mit der örtlichen Polizei und dem Heimatschutz zusammen, um jeden Meter Hafengelände abzusuchen und festzustellen, woher der Schlepper kam und wer ihn gesteuert hat. Wir reden hier allerdings von Hunderten von Wasserfahrzeugen und fast dreizehn Kilometern Kaianlagen, deshalb wird das einige Zeit in Anspruch nehmen. Ich werde mich in Kürze aufmachen, um die Einsätze zu beaufsichtigen, muss mir aber zuerst einen Armeeflug suchen, weil der gesamte zivile Luft-, Bahn- und Busverkehr in die Bay Area und von dort weg eingestellt wurde.«

»Hat sich bereits jemand zu dem Anschlag bekannt?«

»Ja. Größtenteils die üblichen Verdächtigen, mit einer beachtenswerten Ausnahme.«

»Und die wäre?«

»Eine Gruppierung, die sich das ›Wahre islamische Kalifat‹ nennt. Sie haben wenige Sekunden nach der Explosion eine detaillierte Erklärung verschickt, die sie von dem übrigen Spinnerhaufen unterscheidet.«

»Wer sind diese Typen? Von denen habe ich noch nie gehört.«

»Da sind Sie nicht allein. Tatsache ist, dass sie bisher als kleine Fische eingestuft wurden, die außerhalb ihrer syrischen Heimat nur wenig Einfluss haben. Das Außenministerium sagt mir, dass dieses sogenannte Kalifat bislang eher eine Miliz als eine Terrorgruppe war, mit dem Hauptziel, das Assad-Regime zu stürzen. Wir versuchen noch festzustellen, wie und ob überhaupt sie diese Sache durchziehen konnten.«

»Wurde die Erklärung schriftlich oder als Video übermittelt?«

»Video. Grobkörnig, ein Innenraum, schmutziges Bettlaken als Hintergrund. Auf Englisch, aber der Mann, der sie vorliest – wir arbeiten daran, ihn zu identifizieren –, ist eindeutig kein Muttersprachler. Sie haben es per Mail an alle großen Nachrichtensender und das Weiße Haus geschickt. Wie ich höre, wollten sie es kurz danach auch auf YouTube hochladen, doch da hatte die Regierung schon Kontakt zu Google aufgenommen, denen YouTube ja gehört, und die haben den Upload blockiert.«

»Möchte wissen, was dieser kleine Gefallen den Präsidenten gekostet hat«, überlegte O'Brien laut. »Wie lautet die Erklärung?«

»Vorwiegend sind es die üblichen Standardparolen – ›Tod den Amerikanern‹ und so ein Zeug. Aber sie bezieht sich ausdrücklich auf einen Schlepper, der den Südpfeiler der Brücke gerammt habe. Und da der Zeitstempel auf der E-Mail besagt, dass sie weniger als eine Minute nach der Explosion abgeschickt wurde, nehmen wir das ernst.«

»Unbedingt. Wie kommt's, dass das Video noch nicht über den Äther ging?«

Klingenberg zögerte. »In der Botschaft ... wird mit weiteren Gewalttaten gedroht. Es heißt darin, die Golden Gate sei erst der Anfang gewesen. Wir haben die Medien gebeten, das Video vorläufig unter Verschluss zu halten, bis wir die Beteiligung der Gruppe bestätigen können, um unnötige Panik zu vermeiden. Es ist natürlich völlig offen, wie lange diese Sperre halten wird.«

»Kann die CID Sie irgendwie unterstützen? Wir packen gern mit an, egal, wo Sie uns brauchen.«

»Danke. Ich richte das meinem Vorgesetzten aus und melde

mich wieder bei Ihnen.« Klingenbergs professionelle Maske verrutschte für einen Moment, und O'Brien bekam einen kurzen Einblick in den irrsinnigen Druck, unter dem sie stand. »Unter uns gesagt, Ma'am, ist San Francisco zurzeit ein einziges gesetzloses Chaos. Die Stadt ist praktisch abgeriegelt. Die Einwohner sind in Panik, die Polizei ist überfordert. Mehrere muslimische Geschäfte sind bereits verwüstet worden. Wenn das Video durchsickert, wird alles noch viel schlimmer. Alles, was Ihre Leute zum Erhalt des Friedens beitragen können, wäre sehr willkommen.«

»Gut, wir tun, was wir können.«

O'Brien verabschiedete sich und schloss das Chatfenster. Seufzend wandte sie sich an Thompson. »Das lief besser als erwartet«, sagte sie. »Haben die TV-Fritzen was Interessantes zu sagen?«

»Nee«, antwortete Thompson. »Die Fakten sind dünn gesät, weshalb sie weitgehend in der sensationsheischenden Angstmachereiphase sind. Ehrlich, es ist, als würden sie …«

Ihr Gesichtsausdruck veränderte sich plötzlich, und sie legte einen Finger an ihren Ohrstöpsel. »Warte mal«, sagte sie. »CNN meldet gerade etwas Neues. Sie behaupten, sie hätten ein Video.«

»Das von der Bekennergruppe?«

»Nein, von dem Anschlag selbst.«

Thompson zog das Kabel der Ohrhörer aus der Buchse, sodass der Ton blechern über die Laptop-Lautsprecher kam. »… sollte er echt sein, zeigt dieser Amateurfilm, der erst vor wenigen Minuten hochgeladen wurde und schon viral geworden ist, den Moment des Zusammenstoßes. Wir senden ihn unbearbeitet und in voller Länge. Der Inhalt, versteht sich, könnte für manche Zuschauer ungeeignet sein.«

Der Bildschirm wurde schwarz. Dann hörte man Windrauschen und Geraschel, gefolgt von wackeligen Handykamerabildern von einem Wanderpfad mit niedrigem, trockenem Gestrüpp am Rand.

Das Gesicht eines alten Mannes erschien, verschwommen, aber seltsam bekannt, fand Thompson, obwohl sie es nicht einordnen konnte, und füllte gleich darauf den Bildschirm aus. Ein Auge war zugekniffen, als würde der Mann durch den Sucher einer Kamera spähen. Das offene Auge war eisblau.

»Sind wir alle im Bild?«, fragte die gedämpfte Stimme eines anderen Mannes weiter weg von der Kamera.

»Keine Ahnung«, antwortete der Alte überlaut aufgrund seiner Nähe zum Mikrofon, »ich seh rein gar nix.«

Ein Kind kicherte. »Ich glaube, Sie halten es verkehrt herum«, sagte der Mann vor der Kamera.

»Was? Ach du Scheiße.« Der Alte drehte das Handy herum. Eine sympathische Familie – Mutter, Vater und drei Kinder vom Baby- bis zum Teenageralter – kam nach einem Schwenk auf der anderen Seite des Wegs in Sicht. Die Golden Gate Bridge war so nahe, dass sie beeindruckend hoch hinter ihnen aufragte. Ein Schlepper tuckerte durch die Bucht auf den südlichen Pfeiler zu. Aus der Distanz wirkte seine Fahrt gemächlich, wie ins Blaue hinein, doch mit dem Wissen, was passieren würde, bekam die fröhlich-alltägliche Szene etwas Unheimliches, geradezu Perverses. Thompson hatte das Gefühl, einen Snuff-Film oder einen Autounfall in Zeitlupe zu sehen. »So, jetzt geht's los. Moment mal, heißt das, dass ich jetzt auf Ihrem Video bin?«

»Keine Sorge, wir schneiden den Teil raus, wenn wir zu Hause sind. Bereit, Leute?«

Seine Frau und die Kinder murmelten etwas Unverbindliches.

»Drei, zwei, eins …«

Das Bild ruckte leicht, als das Schleppboot mit dem Pfeiler kollidierte, so als hätte der alte Mann in letzter Sekunde gemerkt, was da vor sich ging, und wäre zurückgeschreckt. Der Bildschirm wurde weiß, danach überschlugen sich noch ein paar verschwommene Bilder von Himmel, Flammen und Erde.

Als der CNN-Moderator wieder erschien, spulte Thompson den Feed zurück und ließ ihn erneut ablaufen. O'Brien rief Nakamura herbei und bat ihn, das Material auf den großen Bildschirm zu übertragen.

Sie sahen es sich ein zweites Mal von Anfang bis Ende an, wobei Leute aus dem Großraumbüro vereinzelt durch die offene Tür hereinkamen und mitguckten, ihre Mienen schlaff vor Entsetzen. Als das Video zu Ende war, fragte O'Brien: »Ist es möglich, das Ganze Bild für Bild anzuschauen?«

»Klar«, antwortete Nakamura. Er zog den Fortschrittsbalken des Videos an den Anfang zurück und begann, es manuell voranzubewegen. »So dauert es ewig«, sagte er. »Soll ich ein bisschen was überspringen?«

»Ja«, sagte O'Brien, während Thompson gleichzeitig »Nein!« rief.

Alle im Raum starrten sie an. Thompson merkte, wie sie rot wurde. Ihr Herz schlug, als hätte sie gerade einen doppelten Espresso gekippt. Doch diese körperlichen Reaktionen hatten nichts mit Verlegenheit zu tun, sondern mit der Erregung über eine Entdeckung.

»Fahren Sie noch mal ein Stück zurück«, sagte sie. »Bild für Bild, wie Sie es zuerst gemacht haben.«

Nakamura tat es.

»Langsamer«, befahl sie. »Langsamer. *Da!*«

Auf dem Bild, das Nakamura angehalten hatte, war das Gesicht des alten Mannes deutlich zu sehen. Hager und von tiefen Falten zerfurcht. Seine blassblauen Augen schimmerten im Sonnenlicht. O'Brien sah Thompson fragend an, die offensichtlich ungeduldig darauf wartete, dass sie erkannte, was sie erkannt hatte.

Als O'Brien wieder auf den Bildschirm blickte, fiel der Groschen.

»Meine Güte«, sagte sie. »Das kann jetzt nicht sein.«

»O doch«, bestätigte Thompson. »Ich würde ihn überall wiedererkennen.«

»Wer ist das?«, fragte der leitende Special Agent Russell, der hereingekommen war, als das Video noch lief.

»Das«, antwortete Thompson, »ist Frank Segreti.«

7. Kapitel

Frank Segreti rannte blindlings durch die Gegend. Buchstäblich sozusagen, dank dieser verdammten Bombenexplosion. Es musste schon mindestens eine halbe Stunde her sein, dass das Scheißding hochgegangen war, aber das Nachbild blieb, ein formloser grüner Klecks mitten in seinem Blickfeld, der alles überdeckte und ihn zwang, sich auf sein peripheres Sehen zu verlassen. Das erinnerte ihn an den Banküberfall damals 82, als er die Tür zum Tresorraum ohne Schutzmaske aufgeschweißt hatte. Sein Jungs hatten die Kohle zwar rausgeschafft, aber als die Bullen auftauchten und alle losrannten, wäre er beinahe hopsgenommen worden, weil er nichts sehen konnte und in die falsche Scheißkarre einsteigen wollte.

Wenigstens hatte er eine kleine Vorwarnung gehabt, ehe der

Schleppkahn detonierte. Ihm war klar geworden, dass da irgendetwas faul war, sobald er mitbekommen hatte, wie das Ding beschleunigte und direkt auf den Brückenpfeiler zuhielt. Im Moment des Aufpralls war er schon zurückgewichen und hatte die Arme schützend vors Gesicht gehalten, was wahrscheinlich der Grund war, weshalb er überhaupt etwas sehen konnte. Die Druckwelle hatte ihn umgeworfen, geradewegs in die Büsche am Wegrand. Wenn die seinen Fall nicht abgefedert hätten, hätte er sich bestimmt was gebrochen. Als er wieder zu sich gekommen war, hatte Qualm den Himmel verdunkelt, ihn mit dem schmierigen Braun alter Sepiafotos eingefärbt. Asche schwebte herab, grauweiß und flackernd rot. Die beiden armen Turteltäubchen, die am äußersten Rand des Aussichtspfads gehockt hatten, waren von Trümmerteilen zerfetzt worden, und die Familie, die ihn angesprochen hatte, lag bewusstlos auf dem Weg. Frank wollte ihnen helfen, konnte aber nichts tun, ohne zu riskieren, dass er gefasst wurde, also war er geflohen. Er hoffte, dass sie nicht schwer verletzt waren.

Konnte die Bombe ihm gegolten haben? Auszuschließen war es nicht. Falls seine Feinde spitzgekriegt hatten, dass ihr früherer Versuch, ihn in die Luft zu jagen, fehlgeschlagen war, sahen sie in einem zweiten Bombenattentat möglicherweise eine gewisse befriedigende Symmetrie. Doch im Grunde kam ihm das eher unwahrscheinlich vor. Frank Segreti galt schon lange als tot, und überhaupt war ein Angriff dieser Art doch furchtbar ungenau. Nein, dachte er, wenn sie ihn gefunden hätten, hätten sie ihn schon längst mit einem Scharfschützengewehr umgelegt oder ihn auf der Straße gepackt, in einen Lieferwagen geworfen und an einen abgelegenen Ort gefahren, wo sie ihn in aller Ruhe bearbeiten konnten.

Falls dieser Anschlag also nichts mit ihm zu tun hatte, bestand eine Chance, wenn auch eine geringe, dass er lebend hier herauskam.

»Sir! *Sir!*«

Das kam von irgendwo hinter ihm. Männlich, dröhnend, fern. Frank brauchte einen Moment, um zu begreifen, dass er gemeint war.

Er fuhr herum, wobei ihm sofort schwindelig wurde. Ein Mann in der Uniform der Nationalparkpolizei stand wenige Meter vor ihm. Wieso er ihn nicht schon zuvor bemerkt hatte, war ihm schleierhaft. Erst in diesem Augenblick wurde ihm bewusst, wie sehr die Explosion ihn in Mitleidenschaft gezogen hatte. Seine Ohren klangen. Sein Gleichgewichtssinn war gestört. Sein Kopf war voll Watte und verarbeitete Informationen nur langsam. Wahrscheinlich eine Gehirnerschütterung. Wäre nicht die erste.

Der Officer legte ihm die Hand auf die Schulter. »Geht es Ihnen gut?«, fragte er. Es klang, als würde er ihn vom Ende eines Eisenbahntunnels anrufen. Die Konsonanten verloren sich, die Bedeutung ebenso. Frank las die Worte vor allem von seinen Lippen ab.

»Es geht mir gut.« Seine eigene Stimme klang in seinen Ohren ebenfalls dumpf, aber der Cop fuhr zurück, als hätte er gebrüllt. Die Anstrengung des Sprechens löste obendrein einen Hustenanfall aus, ein heiseres Bellen, das mit dem Ausspucken eines Rotzklumpens auf den Weg endete. »Es geht mir gut«, wiederholte Frank leiser, als der Husten nachgelassen hatte.

»Sie müssen sich untersuchen lassen. Die Rettungskräfte richten gerade einen Triage-Bereich auf dem alten Flugplatz Crissy Field ein. Kommen Sie mit, ich bringe Sie dorthin.«

»Nein!«, rief Frank erschrocken. Wenn man ihn festhielt, erfasste und registrierte, war er so gut wie tot. Er schielte auf die Seitenwaffe des Mannes. Schätzte die Chancen ein, sie in seinem benebelten Zustand aus dem Holster zu reißen. Entschied, dass sie nicht zu seinen Gunsten standen. »Ich meine, das geht jetzt nicht. Dort unten am Weg liegt eine ganze Familie«, sagte er schnell. »Mutter, Vater und drei Kinder. Sie waren näher an der Explosion dran als ich. Ich glaube, sie sind verletzt.«

Der Cop sah unschlüssig drein. Frank war klar, dass er Anweisung hatte, jeden, der ihm begegnete, zur Überprüfung mitzubringen. Doch dann nickte er. »Okay. Ich gehe hin und sehe nach, ob sie Hilfe brauchen. Aber Sie bleiben schön hier, bis ich zurück bin.«

»Natürlich, Officer«, sagte Frank. »Ich rühr mich nicht vom Fleck.«

Der Polizist lief den Weg hinunter. Sobald er außer Sicht war, türmte Frank.

Darauf bedacht, weiteren Cops und Ersthelfern aus dem Weg zu gehen, damit sie ihn nicht zwangen, etwas zu tun, das er später bereuen würde, entfernte er sich von dem Pfad und tauchte in das struppige Unterholz ab, durch das er sich bergan kämpfte.

Kleine Brände leckten an den Bäumen, wo Gluthaufen sich angesammelt hatten. Trümmer bedeckten den Boden, Asphaltbrocken so groß wie Franks Faust, verbogene Metallstücke mit glänzender Karosserielackierung. Dort ein einzelner Mokassin mit Quaste. Sobald Frank erkannte, was es war, sah er weg. Er wollte nicht wissen, ob noch etwas darin steckte.

Als der Weg jenseits des Gestrüpps nicht mehr sichtbar war, kam es ihm vor, als wäre er in einem sich vielleicht meilenweit erstreckenden Wald und nicht in einem schmalen, von Straßen umgrenzten Hain. Doch ringsherum war Sirenengeheul zu hören, das mit dem Sirren in seinen Ohren wetteiferte und seine gefühlte Isolation widerlegte.

Seine in die Jahre gekommenen Muskeln protestierten. Sein lausiges Knie schmerzte. Seine Lunge stach. Hin und wieder wurde er von einem neuen Hustenanfall geschüttelt und musste stehen bleiben, bis er nachließ. Frank war erst dreiundsechzig, zehn Jahre jünger als die meisten Leute ihn schätzen würden, aber es waren dreiundsechzig harte Jahre gewesen. Rund vierzig davon hatte er mit Trinken, Rauchen und Rumhuren verbracht, als wäre er immer noch der junge Rabauke aus Hoboken, der den großen Nummern auf der anderen Seite des Hudson, in New York City, etwas beweisen musste. Jetzt bezahlte er den Preis für diese Ausschweifungen – und die Zinsen waren gepfeffert, wie sich herausstellte.

Frank kam hier heraus, seit er sich vor sechs Jahren in San Francisco niedergelassen hatte. Das Presidio an der Spitze der Halbinsel am Golden Gate war ein ehemaliger Stützpunkt der U.S. Army, heute ein nationaler Erholungspark, wenn auch ein ziemlich ungewöhnlicher, da er inmitten städtischer Besiedelung lag und Menschen darin wohnten und arbeiteten. Mit seinen sanften grünen Hügeln und halbwilden Naturflächen bot er eine willkommene Verschnaufpause von der dicht bevölkerten Metropole. Frank ging gern in den Wäldchen oder den Dünen unten am Meeresufer spazieren. Er konnte stundenlang auf seiner Lieblingsbank sitzen und den über die schimmernde Bucht kreuzenden Segelbooten zusehen. Das war besser, als in seinem überteuerten Einzimmerapartment auf dem Nob Hill an die Wand zu starren, und ließ das Leben, das er hinter sich gelassen hatte, so fern und unwirklich erscheinen wie den dunstigen Umriss von Alcatraz dort draußen.

Heute jedoch könnte sich sein geliebtes Presidio als genauso unentrinnbar erweisen wie dieses legendäre Gefängnis – und wie seine Vergangenheit.

Frank kannte sich mit den Methoden der Strafverfolgungsbehörden gut aus. Er hatte quasi sein Leben damit zugebracht, sie zu studieren, damit er sich ihre Schwächen zunutze machen konnte. Zweifellos waren die Polizeikräfte im Moment dabei, den Park ringsherum abzuriegeln und den Zugang zum Tatort zu beschränken, damit sie den Verletzten helfen, Beweismittel sammeln und nach Verdächtigen unter den Zeugen suchen konnten – eine naheliegende Maßnahme. Aber das Gelände war riesig, etwas über dreieinhalb Quadratkilometer groß, also konnten sie es unmöglich schon vollständig abgesperrt haben. Wenn er es schaffte zu entkommen, bevor alles dicht war, hatte er eine Überlebenschance.

Er kam zu einem mit Stacheldraht bewehrten Maschendrahtzaun. Auf der anderen Seite schnitt eine schmale Straße durch den dicht bewachsenen Hang. Er hörte Reifenknirschen und eine näher kommende Sirene. Fluchend warf er sich auf den Boden. Ein weißer Dodge Charger mit einem blauen Streifen an der Seite sauste vorbei, und der Lichtbalken auf dem Dach tauchte ihn dort unten kurz in Rot und Blau. Noch mehr Nationalparkpolizei, dachte er, und die Bundespolizei kam bestimmt dicht dahinter.

Als der Charger weg war, stand er mühsam auf und hielt sich dabei am Zaun fest. Dann zog er seinen Pullover mit dem Rautenkaro aus und warf ihn als Schutz über den Stacheldraht. Er blieb mit seinem Oberhemd hängen, als er ächzend über die mit dem Pulli behängte Stelle kletterte, und rammte sich bei dem Versuch, sich zu befreien, einen Stachel in den rechten Handteller. Mit zusammengebissenen Zähnen unterdrückte er ein Schmerzensgeheul, nur ein Stöhnen entfuhr ihm, als er seine Hand losriss und auf der anderen Seite herunterkletterte. Blut sammelte sich in der hohlen Hand an. Er wischte es an seinem Hemd ab und machte eine Faust, um die Blutung zu stillen. Rot quoll es zwischen seinen Fingern hervor und tropfte auf die Fahrbahn.

Ein weiteres Fahrzeug näherte sich mit röhrendem Motor. Frank überquerte die Straße so schnell, wie sein blödes Knie es erlaubte, und ging den Bruchteil einer Sekunde bevor das Auto vorbeisauste in Deckung. Dann hastete er wieder durch das Unterholz bergan.

Nicht schlecht, alter Mann, sagte er sich. *Gar nicht schlecht. Lauf einfach weiter, dann wird keiner je erfahren, dass du hier warst.*

8. Kapitel

In einem staubigen Winkel einer ausladenden Tudorstil-Villa in Clinton, New York – einem ruhigen Collegestädtchen nicht weit von der verfallenden Industriestadt Utica gelegen –, klingelte ein Telefon.

Sal Lombino runzelte die Stirn. Seine Tochter Isabella unterbrach ihr Klaviergeklimper und sah ihn an. »Darf ich rangehen, Daddy?«

»Diesmal nicht, Schatz. Was hat Ms Malpica gesagt?«

Sie verdrehte die Augen. »Dass ich jeden Tag mindestens eine halbe Stunde üben muss.«

»Und wie lange spielst du jetzt schon?«

Sie zuckte die Achseln. »Keine Ahnung. Zwanzig Minuten?« Sie wusste genau, dass das nicht stimmte, wie ihr verschmitztes Grinsen verriet, hoffte aber, ihren alten Herrn um den Finger wickeln zu können.

»Das glaubst du doch selber nicht«, sagte Sal und musste ebenfalls grinsen. Er wünschte, Izzie würde nie eine bessere Lügnerin werden als jetzt mit sechseinhalb, wusste aber, dass sein Wunsch vergeblich war. Das Lügen lag ihr im Blut. Dieses elende Miststück von ihrer Mutter tat es zum Spaß, er selbst tat es beruflich.

»Okay, fünf Minuten«, sagte sie trübsinnig und zog einen Flunsch.

»Das kommt schon eher hin. Dann solltest du also weiterüben, würde ich sagen, und das Telefon mir überlassen.«

»Okay«, seufzte sie widerstrebend und fuhr fort, ihre Melodie zu hämmern, eine abgehackte Version von »Twinkle, Twinkle, Little Star« mit mehr falschen als richtigen Tönen.

Eigentlich lag Sal nicht besonders viel daran, dass sie übte, denn die Klavierstunden waren die Idee seiner Ex-Frau gewesen und zweifellos dazu gedacht, ihm das Geld aus der Tasche zu ziehen und ihn in den Wahnsinn zu treiben, wenn er Izzie am Wochenende hatte. Doch das klingelnde Telefon war nicht der Hauptanschluss des Hauses. Es war sein Geschäftstelefon, das nur selten läutete und das er seine Tochter niemals abnehmen ließ.

Sal arbeitete für den Rat, war dessen einziger fester Angestellter. Die Aufträge des Rats wurden im Allgemeinen von Freiberuflern oder Mitgliedern der einzelnen Organisationen ausgeführt, aber da diese Organisationen oft in Konkurrenz miteinander standen, brauchte das Gremium jemanden als Mittelsmann, der keiner von ihnen angehörte.

Dieser Jemand war Sal. Er hatte dafür zu sorgen, dass die Anordnungen des Rats umgesetzt und seine Interessen weltweit wahrgenommen wurden. Eine Position, die Furcht und

Respekt gebot. Es gab keine offizielle Bezeichnung dafür, und Sal brauchte auch keine, aber dank seines Vorgängers, der die Rolle ins Leben gerufen hatte, wurde er vom dunklen Gelichter der Unterwelt tuschelnd als »des Teufels Vollstrecker« bezeichnet.

Sal persönlich hielt nicht viel von diesem Beinamen. Erstens war er als Junge Messdiener gewesen und mochte die implizite Bedeutung nicht, dass er für das falsche Team spielte. Zweitens fand er ihn ein bisschen zu schurkisch. Und drittens veranlasste er ihn zu der Grübelei, ob Gott nicht doch einen Gegenpart hatte, der ihn eines Tages für seine Sünden bestrafen würde.

Sals Büro entsprach dem Klischee eines maskulinen Arbeitszimmers. Wandtäfelung aus Mahagoni. Eingebaute, bis zur Decke reichende Regale voller Bücher, die er nie gelesen hatte. Ein drehbarer, handgemalter Globus, der zugleich als Barwagen diente. Breite Sessel aus Glattleder. Bankierslampen. Ein antiker Wooton-Schreibtisch mit einem Telefon, einer ledernen Schreibunterlage und einem Computer.

Sal ging blicklos daran vorbei. Sein Büro war nur zur Show da, ein Rodeo-Clown, der vom Eigentlichen ablenken sollte. Er erledigte nie wirklich wichtige Geschäftssachen darin.

Das klingelnde Telefon war im Gästezimmer, das sich hinter der Küche verbarg. Im zweiten Stock seines Hauses gab es eine ganze Gästewohnung – Schlafzimmer, Bad und Wohnzimmer –, und dort kamen seine Besucher gewöhnlich unter. Weshalb dieses Zimmer hier unten nur selten benutzt wurde und alles darin lieblos zusammengewürfelt wirkte: das einfache Doppelbett mit Metallrahmen, die billige Steppdecke mit Blumenmuster, die leere Kommode, der Baumarkt-Nachttisch aus Spanplatte, auf dem eine Lampe, eine Schachtel Papiertaschentücher und ein altes Telefon mit Wählscheibe standen.

Das Telefon war nicht auf Sals Namen angemeldet. Der Anschluss hatte sich früher im Zimmer der Teenagertochter seines Nachbarn befunden. Als das Haus während der Rezession unter den Hammer gekommen war, hatte er die Leitung heimlich umlegen lassen, und der monatliche Rechnungsbetrag wurde von einem speziell zu diesem Zweck eröffneten Online-Konto abgebucht. Dazu hatte er einfach eine Rechnung aus dem Briefkasten der Nachbarn gefischt und die Telefongesellschaft angerufen, um sie über die neue Zahlungsweise zu informieren. Einem großen Konzern auf betrügerische Weise Geld abzuluchsen ist eine knifflige Angelegenheit, ihm dagegen auf betrügerische Weise Geld *zukommen* zu lassen sehr einfach, denn niemand stellt Fragen, solange er bezahlt wird.

Sal betrat das Zimmer und schloss die Tür hinter sich, wodurch Izzies stockendes Klimpern zwar leiser klang, aber immer noch zu hören war. Das Telefon klingelte weiter und würde nicht aufhören, bis er abnahm, wie er wusste. Er kramte in der Taschentücherbox auf dem Nachttisch herum und zog ein kleines elektronisches Gerät von der Größe zweier Spielkartensätze heraus: ein Störsender. Das schwarze Gehäuse war an einer Seite mit Löchern für den innen liegenden Lautsprecher versehen, und als Bedienelement gab es nur einen einzigen Knopf zum Ein- und Ausschalten sowie als Lautstärkeregler. Der Sender wurde von einer kleinen Neunvoltbatterie betrieben und hatte Sal gerade mal etwas über hundert Flocken gekostet – ganz legal bei Amazon, unglaublich.

Er schaltete das Gerät ein und drehte die Lautstärke hoch. Elektrostatisches Rauschen erfüllte das Zimmer, nicht so laut, dass es unerträglich war, aber laut genug, um jedes Abhörgerät im Umkreis von fünfzig Metern untauglich zu machen. Dann nahm er endlich den Hörer ab. »Ja?«

»Sal, hier ist Bobby. Wir müssen miteinander reden.« Bobby V. war der Vertreter der Mafiafamilie Ventura im Rat.

»Ich hoffe, es ist was verdammt Wichtiges, Bobby«, erwiderte Sal. »Das ist mein Wochenende mit Izzie.«

»Ah. Dann hast du es also noch nicht gesehen.«

»Was gesehen?«

»Wenn du es gesehen hättest, brauchtest du nicht zu fragen. Mach den Fernseher an.«

»Welcher Sender?«

»Ist egal. Läuft auf allen.«

»Warte kurz.«

Er nahm die Fernbedienung aus der Nachttischschublade und schaltete den kleinen Flachbildfernseher auf der Kommode ein. Die Kabelbox war standardmäßig auf den lokalen NBC-Sender eingestellt. Unter dem Banner »Eilmeldung« war eine Luftaufnahme der Golden Gate Bridge zu sehen, unter der dichter Rauch hervorquoll. Der Abschnitt direkt über dem Qualm war kaum zu erkennen, doch die Brücke schien zur Seite gekippt zu sein, und mehrere der vertikalen Trägerkabel schwangen lose und mit ausgefransten Enden herum. Umgestürzte Autos türmten sich über die ganze Spannweite.

»Herrgott«, murmelte Sal.

»Ja, sieht nicht gut aus.«

Sal räusperte sich. »Weiß man schon, was passiert ist?«

»Falls sie es wissen, sagen sie es jedenfalls nicht, aber für mich sieht's aus, als wär da 'ne Riesenbombe hochgegangen.«

»Bobby, ich hoffe, du rufst nicht an, um mich zu fragen, ob wir was damit zu tun haben.«

Bobby schnaubte. »Natürlich nicht! War bestimmt der IS oder so 'n Scheißverein.«

»Warum rufst du dann an? Ich gehe davon aus, dass du

noch einen anderen verdammten Grund hast als bloß den, mir mein Wochenende zu versauen.«

»Haben sie schon das Video gezeigt?«

»Welches Video?«

»Sie haben ein Handyvideo von der Explosion. Glücklich lachende Familie. Großer Knall.«

»Nein.«

»Guck weiter. Kommt sicher gleich. Und dann achte auf die hässliche Fresse ganz am Anfang.«

Sal seufzte frustriert. »Hör mal, warum hörst du nicht mit dem Scheiß auf und sagst mir einfach, worum es geht?«

»Weil man manche Sachen mit eigenen Augen gesehen haben muss, um sie zu glauben.«

Sal guckte weiter. Wie versprochen wurden die Luftaufnahmen von einem wackeligen Handyvideo abgelöst, das zuerst einen Wanderweg, dann das verschwommene Gesicht eines alten Mannes zeigte. Sal legte den Kopf schräg und kniff die Augen zusammen. »Leck mich am Arsch. Das ist Frank Segreti.«

»Oh, Gott sei Dank, du siehst es auch. Als er auf meiner Glotze auftauchte, dachte ich, ich verlier meinen gottverdammten Verstand.«

»Er sieht scheiße aus.«

»Findest du? Ich würde sagen, er sieht verflucht gut aus für einen Toten.«

»Das kann doch nicht sein! Wir haben Segretis Arsch vor sieben Jahren in die Luft gejagt.«

»Haben wir das?«

Sal schnaufte abfällig.

»Ach komm, Bobby. Das sichere Haus, in dem das FBI ihn versteckt hatte, wurde dem Erdboden gleichgemacht. Da wäre niemand lebend rausgekommen. Außerdem wurde DNA von ihm gefunden, als sie die Trümmer damals untersuchten, das stand in ihrem Bericht.«

»Tja, das Video erzählt eine andere Geschichte«, entgegnete Bobby. »Wir müssen den Rat zusammenrufen und eine Abstimmung abhalten, damit Geld für einen Profi bewilligt wird, den wir auf Segreti ansetzen können.«

Sal runzelte nachdenklich die Stirn. Es würde mindestens zwei Tage dauern, um die Versammlung zu organisieren, und dann gab es nicht einmal eine Garantie, dass die Mitglieder dafür stimmen würden, Segreti um die Ecke bringen zu lassen. Sie verhielten sich sehr zögerlich, seit das mit Engelmann im letzten Jahr so gründlich in die Hose gegangen war. »Nein. Dafür ist keine Zeit. Mit jeder Minute, die wir warten, steigt Segretis Chance, uns zu entwischen.«

»Ich erinnere dich nur ungern daran, Sal, aber du hast nicht die Macht, ohne Genehmigung des Rats einen Hit anzuordnen.«

»Das weiß ich selbst«, blaffte Sal. »Und du auch nicht. Es gibt nur einen, der das kann.«

»Willst du damit sagen, du gehst mit der Sache zum Vorsitzenden?«

»Ich sehe keine andere Möglichkeit.«

»Dann tu mir einen Gefallen und lass mich da raus.«

»Hey, Bobby, du klingst ja, als hättest du Angst.«

»Angst? Quatsch, nein. Ich meine nur … du weißt ja, wie er ist, seit die Feds Engelmanns Tod bekannt gegeben haben. Kommuniziert nur via totem Briefkasten. Stimmt immer durch einen Vertreter ab. Zweimal die Woche ein neues Wegwerfhandy, egal, ob er das letzte benutzt hat oder nicht. Er ist total paranoid, und das aus gutem Grund. Wenn die Geschäfte des Rats je mit ihm in Verbindung gebracht würden, wären er und alles, worauf wir hinarbeiten, ruiniert. Ich habe keine

Lust, mich bei ihm unbeliebt zu machen, nur weil ich dir einen Floh ins Ohr gesetzt habe.«

»Scheiße, was glaubst du denn, wie es mir geht? Ich habe Engelmann schließlich angeheuert. Der Vorsitzende gibt mir die Schuld an seinem Versagen.«

»Ach, komm. Du bist sein Mann, er hat dich persönlich ausgesucht. Er kann nicht ewig auf dich sauer sein. Und, Mensch, wenn du Segreti unter die Erde bringst, bist du bei ihm bestimmt wieder gut angeschrieben.«

»Vielleicht. Trotzdem bin ich erst mal derjenige, der ihm vorsichtig beibringen muss, dass der Scheißkerl noch lebt. Aber eins steht fest.«

»Nämlich?«

»Diesmal werde ich nichts dem Zufall überlassen. Ich will ihn mit eigenen Augen sterben sehen. Nur so können wir sichergehen, dass der Drecksack endlich tot ist.«

9. Kapitel

Hendricks stützte sich schwer auf Cameron, als sie ihm aus dem Auto half, und die Stichwunde an seiner Seite stempelte ihr T-Shirt bei jedem Schritt rot. »Halt durch«, sagte sie, »ich wohne dort oben. Bringen wir dich rein, bevor dich noch jemand sieht.«

Sie wankte unter seinem Gewicht, als sie über den dürren Rasen gingen. »Warte«, sagte er und versuchte, sich von ihr loszumachen. »Das Auto.«

Cameron sah zu seinem acht Jahre alten Honda Accord hinüber, viertürig, silbergrau, unauffällig. Sie hatte ihn vom Restaurant aus die drei Kilometer landeinwärts gefahren, während Hendricks auf der Rückbank gelegen, die Hand auf die Wunde gedrückt und bei jedem Schlagloch geflucht hatte. Jetzt stand der Wagen am Straßenrand vor einem hässlichen Vorkriegshaus, das vor einigen Jahrzehnten schludrig zu mehreren Wohneinheiten umgebaut worden war. »Ist gestohlen, nehme ich an.«

Wer ist dieses Mädchen bloß?, fragte er sich. »Nee, ist sauber. Ich habe es von einem Privatmann gekauft und bar bezahlt. Ist aber egal jetzt. Wenn uns jemand vom ›Salty Dog‹ hat wegfahren sehen, führt es die Bullen direkt zu deiner Tür. Wir müssen es loswerden.«

»Was wir müssen, ist, dich schleunigst ins Haus kriegen. Du kannst ja kaum stehen und blutest wie verrückt.«

»Verdammt noch mal, Mädel, ich diskutiere nicht mit dir. Das Auto muss weg.«

Cameron verdrehte die Augen.

»Hör zu, nicht weit von hier gibt es eine kleine Einkaufsmeile. Ich bringe dich jetzt rauf und versorge dich kurz. Wenn du erst mal sicher von der Straße weg bist, gehe ich wieder runter und fahre das Auto auf den Parkplatz dort, okay?«

Er blickte von dem Honda auf sein blutdurchtränktes Hemd. Sah ein, dass Letzteres mehr auffiel. »Okay«, gab er nach.

Sie erklommen die Treppe zur Haustür. Hendricks hielt sich mit der freien Hand an dem rostfleckigen Rohrgeländer fest. Aus der Nähe sah er, wie schäbig die Alu-Hausverkleidung war und dass die untere Scheibe des nächstgelegenen Erdgeschossfensters einen diagonalen Sprung hatte. Mehrere der Briefkästen neben der Tür hingen schief, und jeder war mit Klebebuchstaben in Leuchtfarben, A bis E, und handgeschriebenen Namensschildern aus Malerkreppband versehen.

Er überflog sie im Vorbeihumpeln: Ndiaye. Williamson. Goldenstern. Samuels. Karasiewicz. »Wer bist du?«, fragte er.

Cameron schnaubte, als wollte sie sagen »Netter Versuch!«. »Niemand davon. Ich hab den alten Namen nicht abgemacht, als ich eingezogen bin.«

Die Haustür war nicht abgeschlossen. In dem schmalen Flur stank es nach Zigaretten. Der braune Allwetterteppich war völlig abgetreten. Sie gingen an den Wohnungen A und B vorbei und dann die knarrende Treppe hinauf. Die Stichwunde in Hendricks' Seite zog höllisch bei jedem Schritt, und schon im ersten Stock schnaufte er heftig.

»Tut mir leid«, sagte Cameron, »ich wohne in E. Wir müssen noch eine Etage höher.«

Hendricks biss die Zähne zusammen, und sie kämpften sich weiter hinauf.

Die oberste Etage war schmaler als die ersten beiden, da es sich praktisch um einen ausgebauten Dachboden handelte. Hier oben war es gut zehn Grad heißer, und es gab keinen Flur, sondern nur einen kleinen Treppenabsatz vor der einen Tür. Als sie davorstanden, fing drinnen ein Hund fuchsteufelswild an zu bellen.

»Du hast vergessen zu erwähnen, dass du einen Hund hast«, sagte Hendricks.

»Ach, keine Panik. Das ist nur Cujo.«

Über Holzdielen scharrende Krallen. Von Schnapplauten unterbrochenes Knurren. »Klar, ein tollwütiger Hund namens Cujo, kein Grund zur Panik.«

»Nein, ich mein's ernst.« Mit einer schwungvollen Geste öffnete sie die Tür. Das Bellen wurde dreimal so laut. Hendricks erstarrte, aber da war kein Hund – nur ein Bewegungsmelder, der behelfsmäßig mit einem Lautsprecherdock verbunden war, in dem ein MP3-Player einer Billigmarke steckte. »Das ist der Sound des echten Cujo … aus dem Film nach Stephen King, weißt du? Mein Vermieter ist ein Ekel, und das hier hält ihn vom Rumschnüffeln ab. Dafür nimmt er die Miete gern in bar und hat beim Einzug nicht viele Fragen gestellt.«

Sie bückte sich und stellte das Bellen ab. Dann half sie ihm zu ihrem Futonsofa. Hendricks ließ sich keuchend darauf nieder.

Cameron verschwand im Bad und kam mit einem Handtuch zurück. »Lass mich mal sehen«, sagte sie.

Hendricks streifte sein ruiniertes Hemd ab. Sie wurde blass um die Nase, als sie die klaffende, schartige Wunde quer über seinem Brustkorb sah. Dann atmete sie tief durch, faltete das Handtuch zusammen und drückte es darauf.

»Halt das mal kurz.«

Er gehorchte. Sie nahm ihren Gürtel ab, ein grobes Textilding im Militärstil, band ihn um seine Brust und das Handtuch und zurrte ihn fest.

Hendricks japste auf.

»Sorry«, sagte sie, »aber wir brauchen eine Art Druckverband, damit die Blutung aufhört.«

»Ich hätte es auch einfach weiter draufhalten können.«

»Vielleicht, aber am Ende verlierst du das Bewusstsein, während ich weg bin.«

»Ich komme schon klar. Ist nicht das erste Mal, dass jemand auf mich eingestochen hat.«

Cameron musterte seinen nackten Oberkörper, straff und mit Narben übersät. »Ja, sieht so aus.«

»Okay, ich habe getan, was du wolltest, und bin widerstandslos mit hier raufgekommen. Jetzt geh und fahr das Auto weg.«

»Schon gut, ich mach's ja.«

Sie durchquerte das Zimmer zu einer Kommode und holte ein frisches T-Shirt aus einer der Schubladen. Kehrte ihm den Rücken zu. Zögerte kurz, zog dann das blutbefleckte Top über den Kopf und warf es auf den Boden. Hendricks konnte ihren unteren Rücken sehen, schmal und sommersprossig, wandte aber den Blick ab, bevor ihr BH zum Vorschein kam.

An der Wohnungstür blieb sie noch einmal stehen. »Stirb mir nicht weg, okay? Ich bin gleich zurück.«

Hendricks nickte mit einer gequälten Grimasse, woraufhin sie widerstrebend ging.

Sobald die Tür hinter ihr zugefallen war, stand er wackelig von dem Futon auf und fing an, alles zu durchsuchen. Die Wunde behinderte ihn, und er wusste, dass er nicht viel Zeit hatte, aber zum Glück war die Wohnung nicht groß, höchstens fünfzig Quadratmeter inklusive Bad. Möbel gab es auch kaum, nur das Futonsofa, die Kommode und einen Papasansessel – offenbar alle mitgemietet, nach den Mustern auf den lichtgebleichten Dielen zu urteilen, die beim Verrücken der Sachen zum Vorschein kamen.

Er zog Schubladen heraus und kippte sie um. Durchwühlte den Inhalt und sah nach, ob irgendetwas an der Unterseite angeklebt war. Dann untersuchte er die Füllung des Futons und des Sessels. Den Spülkasten der Toilette und den Minikühlschrank.

Jedes Mal, wenn er sich drehte, bückte oder etwas anhob, stach die Messerwunde, aber wenigstens war sie nicht tief, und das Handtuch hatte die Blutung schon merklich verringert. Sein Unterkiefer knackte, wenn er ihn bewegte, was Dimitris' Fausthieb zu verdanken war, gebrochen schien er jedoch nicht zu sein.

Hendricks kochte innerlich, weil er sich von Pappas hatte übervorteilen lassen, und obwohl er Cameron – oder wie sie auch in Wirklichkeit hieß – dankbar dafür war, dass sie ihm das Leben gerettet hatte, wusste er doch nicht, für wen sie arbeitete, und konnte daher die Möglichkeit nicht ausschließen, dass sie Pappas erschossen hatte, um ihn rechtzeitig zum Schweigen zu bringen. Aber wenn sie für den Rat arbeitete, warum hatte sie ihn dann bei der Gelegenheit nicht gleich mit erledigt?

Also gut, vielleicht war sie auf seiner Seite – aber warum? Und wer zum Teufel war sie überhaupt? Hendricks hatte keine Ahnung, gedachte aber, es herauszufinden.

Zwanzig Minuten später kehrte Cameron zurück. Beim Hereinkommen sagte sie: »Alles okay, ich bin's nur«, bevor Verwirrung über ihr Gesicht zuckte, als sie ihre Sachen in Haufen auf dem Boden liegen sah. Dann erst bemerkte sie, dass Hendricks auf ihrem Futonsofa saß und die .45, die er Pappas abgenommen hatte, auf ihren Bauch richtete. »Äh, habe ich etwas falsch gemacht? Oder delirierst du jetzt durch den Blutverlust? Ich habe dir das Leben gerettet, erinnerst du dich?«

»Ich erinnere mich«, sagte er. »Aber ich finde, es ist Zeit, dass wir beide uns ein bisschen besser kennenlernen.«

»Ist mir recht«, sagte sie, wobei das Beben in ihrer Stimme ihre Kaltschnäuzigkeit Lügen strafte, »aber meinst du wirklich, du musst dazu eine Waffe auf mich richten? Ich bin eine von den Guten.«

»Wer sagt, dass ich einer bin?« Er deutete mit der Waffe auf den Papasansessel, dessen Schonbezug daneben auf dem Boden lag.

»Ich sage das.« Sie ging langsam, mit halbherzig erhobenen Händen darauf zu und setzte sich. »Aber ganz wie du willst.«

Er warf einen Blick auf den Laptop neben ihm, eine aufgemotzte Spezialanfertigung mit mehr Ports, als er je einzusetzen wüsste, und einem Siebzehn-Zoll-Bildschirm. »Ich habe deinen Computer gefunden«, sagte er.

»Glückwunsch. Ich hatte ihn nicht versteckt.«

»Das ist ein beeindruckendes Gerät.«

»Für eine Kellnerin, die in einem miesen Dreckloch wohnt, meinst du?«

»Für jeden«, erwiderte er. »Willst du mir erklären, was ich darauf gefunden habe?«

»Klar«, sagte sie. »Ich glaube, das Wort, nach dem du suchst, ist *nichts*.«

»Wie bitte?«

»Ich habe das Teil selbst gebaut. Es ist nach allen Regeln der Kunst verschlüsselt und erfordert einen USB-Hauptschlüssel zum Einloggen. Dieser Hauptschlüssel steckt in meiner Hosentasche. Ich könnte ihn dir geben, wenn du ihn hochfahren und dich ein bisschen umsehen möchtest.«

Hendricks runzelte die Stirn. »Vielleicht später. Reden wir erst mal über das Dossier, das du da über mich hast.«

»Wie, das in der Kommode?«

»Genau.«

»Ach, das würde ich kaum als *Dossier* bezeichnen«, sagte sie herablassend. »Das sind nur ein paar Zeitungsausschnitte von Sachen, die ich online nicht finden konnte und noch nicht einscannen konnte. Wenn du wirklich wissen willst, was ich alles kann, solltest du dir ansehen, was auf dem Baby da ist.« Sie deutete auf den Computer. »Ich habe eine virtuelle Pinnwand mit Nachrichtenmeldungen aus den letzten vier Jahren. Dazu Tatortfotos und rechtsmedizinische Berichte. Dann das richtig pikante Zeug. Ich rede von Datensammlungen in Echtzeit über jede kriminelle Organisation des Landes aus einem halben Dutzend bundespolizeilicher Datenbanken – plus denen von Interpol natürlich. Fünf verschiedene Regressionsanalysen, sowohl parametrische als auch nicht parametrische, die alle in ein gewichtetes Modell eingelesen werden, um jede nach ihrer Genauigkeit bei der Vorhersage bereits bekannter Bewegungen …«

»Hey, mal langsam. *Wessen* bereits bekannte Bewegungen?«

Sie sah ihn an wie das Kind in der Klasse, dem man keinen Klebstoff anvertrauen kann. »Na ja, *deine.*«

»Du gibst also zu, dass du mir nachspioniert hast?«

»Ja, natürlich!«

»Wie lange schon?«

»Weiß ich nicht, ein paar Monate vielleicht? Aber wie gesagt, meine Daten reichen viel weiter zurück.«

»Für wen arbeitest du?«

»Für niemanden im Moment. Deshalb bin ich ja hier.«

»Ich kann dir nicht folgen.«

Cameron legte den Kopf schräg und sah ihn forschend an. »Du erinnerst dich wirklich nicht an mich, oder?«

»Sollte ich das?«

»Keine Ahnung. Du hast vor vier Jahren meiner Mutter das Leben gerettet. Ich dachte, du erkennst mich vielleicht wieder.«

»Ich habe eine Menge Leute gerettet. Auch eine Menge getötet. Du musst mir schon noch ein paar mehr Hinweise geben.«

»Cameron ist nicht mein Vorname, sondern mein Nachname.«

Es dauerte ein paar Sekunden, doch dann machte es klick. »Mein Gott. Du bist Dana Camerons Tochter?«

Als Hendricks Dana Cameron kennengelernt hatte, hatte sie die Bioinformatik-Abteilung des Pharmakonzerns »Veridian Laboratories« geleitet. Dana war eine brillante Programmiererin und ein aufsteigender Stern am männlich dominierten Himmel von Silicon Valley gewesen, bevor der Pharmariese sie abgeworben hatte, um ihr diesen im Entstehen begriffenen Bereich anzuvertrauen. Dessen vorgegebenes Ziel war es, mittels schneller Genotypisierung und Computermodellierung der nächsten Generation ein neues, vielversprechendes Krebsmedikament des Konzerns individuell auf die Patienten zuzuschneiden. Der Vorstand sagte ihr eine Milliarde Dollar zu, die sie nach Gutdünken einsetzen konnte, um dieses Ziel zu erreichen.

Als Veridian die Nachricht von der Neuentwicklung bekannt gab, schossen die Aktien des Konzerns in die Höhe. Die Wissenschaftsgemeinde bezeichnete den Schritt als revolutionär. Bill Gates schrieb in seinem jährlichen Brief der Gates Foundation, dass diese Partnerschaft die Sterblichkeitsrate bei Krebs innerhalb der nächsten zehn Jahre um achtzig Prozent senken könne.

Doch die Anfangseuphorie währte nur kurz.

Nach einem halben Jahr in ihrem neuen Job kam Dana dahinter, dass mehrere firmeninterne Untersuchungen über das neue Medikament unterdrückt worden waren – Untersuchungen, die darauf hinwiesen, dass besagtes Mittel das Risiko der Patienten, einen Schlaganfall oder Herzinfarkt zu erleiden, um mehr als das Zwanzigfache erhöhte. Sie beging den Fehler, dem Vorstandsvorsitzenden von Veridian, Gavin Lockley, die Chance zu geben, die Angelegenheit zu bereinigen und die bedenklichen Informationen zu veröffentlichen, bevor sie es tat. Doch Gavin Lockley war klar, dass Veridian Laboratories Gefahr liefe, zweistellige, wenn nicht gar dreistellige Milliardenbeträge zu verlieren, wenn die Welt von den Testergebnissen erführe, also reagierte er, wie es jeder knallharte Geschäftsmann getan hätte, und setzte einen Auftragskiller auf sie an. So kam es, dass Hendricks von ihr engagiert wurde.

Er konnte sich noch gut an den Auftrag erinnern, teils weil der Mann, den Lockley angeheuert hatte, ein routinierter Profi gewesen war, der seine Aufgabe beinahe erfolgreich zu Ende gebracht hätte, bevor Hendricks ihn ausschalten konnte, und teils, weil seine Kunden selten so anständig und charakterfest waren wie Dana.

Hendricks legte die Waffe ab und lächelte. »Du warst damals noch ein staksiges Kind mit Zahnspange.«

»So jung war ich gar nicht – ich war sechzehn!«

Hendricks war damals einunddreißig gewesen. Er brachte es nicht über sich, ihr zu erklären, dass aus seiner Warte sechzehn allerdings *so jung* war. »Ich meine mich zu erinnern, dass deine Eltern dich Rosie gerufen haben.«

»Ja, ich heiße Rosalind mit Vornamen. Meine Eltern haben mich nach Rosalind Franklin benannt, der Wissenschaftlerin, deren Forschungsergebnisse von Watson und Crick geklaut worden waren, damit sie ihren Artikel über die Helixstruktur der DNA schreiben konnten. Mom meinte, das solle mich daran erinnern, dass ich für das, was ich im Leben will, kämpfen muss. Dad hat gern gewitzelt, dass er ihr nur nachgegeben hätte, weil er dachte, dass so ein altbackener Name mögliche Verehrer abschrecken würde.«

»Wie geht es ihnen? Deinen Eltern, meine ich.«

»Mom geht's gut, denke ich. Sie lebt in Genf, arbeitet für die Weltgesundheitsorganisation.«

»Und dein Vater?«

»Er hat am letzten Heiligabend auf der Heimfahrt von einer Bar seinen Benz um einen Baum gewickelt.«

»Das tut mir leid.«

»Danke. Mir auch. Aber irgendwie hatte ich fast mit so was

gerechnet. Nach dem Mordanschlag auf Mom ging es immer mehr mit ihm bergab. Er ließ sich von seiner Anwaltskanzlei beurlauben und fing an zu saufen. Aufgrund von Moms Zeugenaussage bei dem Prozess gegen Lockley fielen die Veridian-Aktien in den Keller, und Mom wurde zur Vorzeigefigur für Unternehmenstransparenz. Sie wollte ihren unerwarteten Ruhm dazu nutzen, Gutes zu bewirken. Dad wollte das alles nur hinter sich lassen. Sie haben sich viel gestritten. Eines Abends, nachdem er eine halbe Flasche Canadian Club gekippt hatte, wurde er handgreiflich, und da hat sie ihn rausgeworfen. Als die Polizei anrief, um mir zu sagen, dass er …« Sie schluckte und räusperte sich. »Ich hatte ihn ein Jahr lang nicht gesehen.«

Hendricks schüttelte den Kopf.

»Cameron, was machst du hier?«

»Wie meinst du das?«

»Das weißt du genau. Was willst du von mir?«

»Ich will dir *helfen*.«

»Bei was helfen?«

»Na, du weißt schon … bei dem, was du tust.«

»Leute umbringen?«

»Fiese Typen aufhalten«, korrigierte sie. »Sieh mal, bei meinen Recherchen habe ich alles Wissenswerte über dein Business herausgefunden. Als du angefangen hast, warst du ziemlich nachlässig. Leichtsinnig geradezu. Dann, etwa ab der Zeit, als du meine Mom gerettet hast, bist du vorsichtiger geworden, cleverer. Und in den letzten Monaten hat sich deine Vorgehensweise wieder verändert, du spielst offensiv, nicht defensiv, und bist wieder leichtsinniger geworden. Ich vermute, du hattest eine Zeit lang Unterstützung von jemandem, der dir Rückendeckung gegeben und dir geholfen hat, deine Kunden ausfindig zu machen. Aber jetzt nicht mehr. Und nach deinem Hassfeldzug gegen diesen Rat, oder wie der Verein heißt, zu schließen, schätze ich, dass jemand gestorben ist.«

Hendricks' Mund wurde zu einem dünnen Strich und seine Miene so finster wie seine Gedanken. »Er hieß Lester. Er war ein guter Mann. Ein guter Freund.«

»Das tut mir leid. Es sollte nicht flapsig klingen. Ich denke nur, dass ich dir von Nutzen sein kann, und soweit ich es sehe, hast du Bedarf an jemandem, der dir unter die Arme greift.«

»Ich bin eigentlich nicht auf der Suche nach einer Praktikantin«, sagte er.

»Ich bewerbe mich auch nicht um ein Praktikum. Du bist ein Mann der Tat, ist mir schon klar. Aber mir scheint, du könntest ein wenig technische Unterstützung gebrauchen. Ein Auge am Himmel. Eine Stimme im Ohr. Einen Geist im Getriebe.«

»Weiß deine Mutter, dass du hier bist?«

»Weiß deine es von dir?«

Hendricks lächelte matt. Er war Waise und hatte seine Mutter nie gekannt. Es beruhigte ihn ein wenig, dass Cameron zumindest das nicht über ihn wusste.

»Hör zu«, sagte er, »mein letzter IT-Spezialist, Lester, war ein ausgebildeter Soldat, ein Krieger, und er ist trotzdem umgebracht worden, und zwar meinetwegen. Es wäre verrückt, unmoralisch sogar, dich zu engagieren.«

»Unmoralisch?«

»Genau. Du bist noch ein Kind, verdammt.«

»Ich bin zwanzig.«

»Eben.«

»Komm mir nicht mit diesem altersdiskriminierenden Scheiß. Wenn dein Kumpel Soldat war, warst du vermutlich auch einer. Passt zu dem von mir erstellten Profil. Wie alt warst du, als du dich verpflichtet hast?«

»Achtzehn«, antwortete er, »und wenn ich auch nur die leiseste Ahnung gehabt hätte, auf was ich mich da einlasse, wäre ich schreiend davongelaufen.«

»Ich weiß, worauf ich mich einlasse.«

»Nein, weißt du nicht. Und ich kann es mir nicht leisten, den Babysitter zu spielen, bis du kapiert hast, dass das kein Leben für dich ist.«

»Niemand bittet dich, mein Babysitter zu sein. Ich kann selbst auf mich aufpassen. Frag nur Nick Pappas.«

»Das war ein Glückstreffer«, erwiderte er.

»Von wegen. Dank Lockley hat Mom dafür gesorgt, dass ich mit Schusswaffen umgehen kann.«

»Hast du vorher schon mal auf einen Menschen gezielt?« Sie öffnete den Mund zu einer Antwort, aber es kam nichts heraus. »Dachte ich mir. Pappas ist tot, weißt du. Du hast ihn *getötet*. Wie fühlt sich das an?«

»Es hieß, entweder er oder du. Ich habe ihn nicht so sehr getötet, als einen Tod durch einen anderen ersetzt, wodurch unterm Strich weniger unschuldige Menschen zu Schaden kommen. Mein Gewissen ist rein.«

»Ach ja? Warum zittern dann deine Hände so?«

Cameron sah an sich herunter und schien überrascht, dass er recht hatte. Sie ballte ihre Hände zu Fäusten, um sie zur Ruhe zu bringen. »Tun sie gar nicht. Mir geht's gut.«

»Blödsinn. Einem Menschen das Leben zu nehmen ist keine Tabellenkalkulation. Jedes Mal, wenn du jemanden umbringst, ob gerechtfertigt oder nicht, fordert das einen Tribut von dir. Vor allem beim ersten Mal. Dich trägt jetzt wahrscheinlich noch das Adrenalin, aber wenn der Absturz kommt, wenn die Hormone nicht mehr helfen, fällst du hart.«

»Sag mir nicht, wie ich mich zu fühlen habe.«

»Tue ich nicht. Ich sage nur, dass ich das kenne. Bei mir war das Zittern nur der Anfang. Dann ist mir auf einmal der kalte Schweiß ausgebrochen, und meine Kehle hat sich zusammengeschnürt, bis ich glaubte, keine Luft mehr zu bekommen. Der Speichel ist mir in den Mund geschossen und …«

Cameron war schon losgelaufen und halb im Bad. Hendricks folgte ihr wortlos, kniete sich neben sie und hielt ihr die Haare zurück, während sie sich übergab. Ihr Magen krampfte sich zusammen, und die Tränen strömten ihr über die Wangen. Sie würgte, bis nichts mehr herauskam, und noch ein bisschen länger.

Es tat ihm leid, dass er sie so weit getrieben hatte. Wahrscheinlich hätte sie nicht gekotzt, wenn er es nicht darauf angelegt hätte, aber sie musste begreifen, dass das Ganze hier kein Spiel war.

Als sie sich endlich ausgekotzt hatte, zapfte er ihr ein Glas Wasser an der Spüle. Es roch nach alten Rohren. »Hier. Trink das.«

Sie trank in großen Zügen. Wasserrinnsale flossen aus ihren Mundwinkeln und an ihrem Kinn herab.

»Langsam«, riet er, »sonst kommt es wieder hoch.«

Sie schluckte vorsichtiger. Als das Glas leer war, holte er ihr noch eines.

»Besser?«, fragte er.

»So allmählich«, sagte sie, ihre Stimme rau wie Sandpapier.

»Du verstehst jetzt, dass ich dich nicht anstellen kann, oder?«

Neue Tränen glänzten in ihren Augen. »Aber ich habe dir das Leben gerettet.«

»Was schon mehr ist, als ich verdiene.«

»Das war's dann also?«

»Oh, so schnell wirst du mich nicht los«, sagte er. Cameron lachte. Es klang schwach und ein wenig gezwungen, war aber besser als nichts. »Wie ich es sehe, hängen wir da zusammen drin, bis ich sicher weiß, dass wir sauber rausgekommen sind. Was bedeutet, dass du mich zusammenflicken musst. Danach werden wir uns eine Weile versteckt halten und ausruhen, und dann verschwinden wir gemeinsam von hier. Aber sobald Long Island samt diesem Pappas-Fiasko im Rückspiegel erscheint, gehen wir getrennte Wege. Abgemacht?«

»Abgemacht«, sagte sie widerstrebend. »Sag mal, kann ich dich was fragen?«

»Klar.«

»Es gibt eine Information, die ich nicht finden konnte, wie sehr ich es auch versucht habe. Falls jemand sie hat, ist sie so gut gesichert, dass nicht mal ich da rangekommen bin.«

»Und was ist das?«

»Dein Name. Du hast keinen genannt, als du meine Mom gerettet hast.«

Hendricks ging in Gedanken seine vielen Aliasse durch und dachte dann, *scheiß drauf, das hat sie sich immerhin verdient.*

»Ich heiße Michael«, sagte er.

10. Kapitel

Charlie Thompson ging unruhig vor dem Sitzungsraum auf und ab. O'Brien war schon seit fast einer Stunde dort drin und telefonierte mit dem Director, dem obersten FBI-Chef.

Vor vierzig Minuten hatte irgendeine Online-Newssite aus der hintersten Provinz die Nachrichtensperre für das Bekennervideo, in dem weitere Anschläge angedroht wurden, gebrochen und zweifellos Millionen von Klicks bekommen, bevor die großen Sender nachziehen konnten. Seitdem tobte unter den Medien das große Fressen, und die Telefone beim FBI standen nicht mehr still – verängstigte Bürger zumeist, die bei jedem Schatten zusammenzuckten.

Die Tür zum Sitzungsraum ging auf, und O'Brien kam heraus, wirkte müde und abgespannt. Thompson blieb abrupt stehen und sah sie begierig an.

»Und?«, fragte sie.

»Tut mir leid. Die Antwort lautet nein.«

»Was soll das heißen?«

»Ich bitte dich, Charlie, das kann dich jetzt nicht im Ernst überraschen. Wir stecken mitten in einer nationalen Sicherheitskrise. Wir wissen so gut wie nichts über die Irren von diesem ›Wahren islamischen Kalifat‹ und haben keine Ahnung, was sie als Nächstes planen. Ein neuer elfter September ist das Letzte, was wir gebrauchen können, der reinste Horror. Und jetzt, da das Video veröffentlicht wurde, sind die Augen der ganzen Welt auf uns gerichtet. Wir müssen nach Vorschrift vorgehen und alle Kräfte bündeln, das heißt, keine schleichende Ausweitung eines Einsatzes, keine Nebenprojekte. Wir haben schlichtweg nicht die Ressourcen, jetzt nach Segreti zu fahnden, falls er das überhaupt wirklich war.«

»*Falls?* Machst du Witze? Du weißt genau, dass das Segreti war.«

»Der Mann sah aus wie er, sicher, aber wir haben erdrückende Beweise dafür, dass er im Gewahrsam des FBI verstorben ist.«

»Wir *hatten* erdrückende Beweise, meinst du«, erwiderte Thompson. »Die sind in dem Moment den Bach runtergegangen, als Segreti auf diesem Video aufgetaucht ist. Meiner Meinung nach sind wir es diesem Mann schuldig, ihn zu beschützen. Wir haben schon einmal bei ihm versagt. Und denk daran, er ist damals freiwillig zu uns gekommen.«

»Ja, und hat dabei vier FBI-Beamte ins Krankenhaus gebracht. Drei waren so schwer verletzt, dass sie für dienstuntauglich erklärt wurden. Einer wird nie wieder richtig gehen können.«

»Du warst nicht dabei, Kate. Aber ich. Segreti war fix und fertig, als er hereinkam. Er fühlte sich in die Enge getrieben, bedroht. Wenn er uns hätte umbringen wollen, hätte er das ohne Weiteres tun können. Hat er aber nicht. Er hat sich zurückgehalten. Dann hat er seine Waffe abgegeben und der Abteilung zur Bekämpfung der organisierten Kriminalität ihren größten Fang in dreißig Jahren auf dem Silbertablett angeboten.«

»Ach komm, das ist bestenfalls Spekulation. Wir wissen nicht einmal genau, was Segreti uns geliefert hätte. Du musst zugeben, dass die Geschichte, die er uns auftischen wollte, ein bisschen zu schön klang, um wahr zu sein.«

»Ja, ja, nur dass wir noch nicht mal dazu kamen, ihn genauer zu befragen, bevor das geheime Haus, in dem wir ihn untergebracht hatten, in die Luft flog. Wenn du mich fragst, ist das ein starkes Argument für seine Glaubwürdigkeit.«

»Mag sein, Charlie, aber darauf kommt es jetzt nicht an. Das FBI kann sich im Moment keine Ablenkung durch Segreti erlauben.«

»Dann schick eben nur mich los. Ich mache es auch allein. Ich setze mich auf seine Spur, versuche, ihn herzubringen. Dagegen kann der Director doch nichts haben.«

O'Brien runzelte die Stirn und schwieg. Thompsons Augen weiteten sich, als sie begriff.

»Das kommt gar nicht vom Director, stimmt's? Sondern

von dir. *Du* hast entschieden, dass nicht nach ihm gesucht werden soll!«

»Hör mir zu, Charlie …«

»Warum sollte ich? Es ist offensichtlich, dass du mir auch nicht zuhörst.«

O'Briens Miene drückte Gekränktheit und Verärgerung aus. »Du würdest gut daran tun, erst mal Luft zu holen und dir klarzumachen, mit wem du sprichst. Im Moment muss mein Status als deine Lebenspartnerin hinter dem als deine weisungsbefugte Vorgesetzte zurücktreten.«

»Schön, und als meine weisungsbefugte Vorgesetzte solltest du mich meine verdammte Arbeit tun lassen. Sei ehrlich, hast du den Director überhaupt gefragt? Hast du Segreti bei eurer Telefonkonferenz eben überhaupt erwähnt?«

»Was willst du hören? Nein, ich habe ihn nicht erwähnt, verdammt noch mal. Unser Land wird angegriffen. Soll ich etwa meinem Chef und jedem Abteilungsleiter des FBI erklären, dass wir Zeit und Arbeitskraft von der Jagd nach diesem Kalifat abziehen müssen, weil die Beamtin, mit der ich schlafe, eine fixe Idee hat?«

»Ach, jetzt bin ich also plötzlich nur noch ein Bürofick mit lauter albernen Vorstellungen im Kopf?«

»Natürlich nicht. Aber so verletzend das auch war, was dein Vater gesagt hat, mit einem hatte er recht: Wir müssen das objektiv betrachten, daran denken, wie andere beim FBI es sehen.«

»Eigentlich dachte ich, sie würden es als eine Gelegenheit ansehen, eine der schlimmsten Scharten in der Geschichte des FBI auszuwetzen. Aber die Chance willst du ihnen offenbar nicht geben.«

»Glaub mir, Charlie« sagte O'Brien, »ich tue dir damit einen Gefallen. Wenn ich ausgerechnet jetzt dein Herzensprojekt genehmige, würde keine von uns beiden je wieder ernst genommen werden.«

»Okay. Dann lass mich einfach so nach ihm suchen.«

»Das geht nicht. Du weißt, dass ich das nicht erlauben kann.«

»Gib mir nur drei Tage, mehr verlange ich nicht.«

»Tut mir leid. Dazu gibt es zu viel Arbeit. Der Director hat Anweisung gegeben, dass wir beide so schnell wie möglich nach Washington zurückkehren. Ich buche uns auf den nächsten Flug. Wir können dein Auto von einem der Mitarbeiter hier nach Hause fahren lassen.«

»Weißt du was? Ich glaube, ich erspar ihnen die Mühe und fahre es selbst zurück. Ich könnte ein paar Stündchen allein gebrauchen, um mich abzureagieren.«

11. Kapitel

Sal Lombino atmete einmal tief durch, um sich zu beruhigen, dann wählte er das jüngste Wegwerfhandy des Ratsvorsitzenden aus dem Gedächtnis an. Sal hatte einen guten Kopf für Zahlen, was ihm in seinen Tagen als Kredithai beim Kalkulieren der Wucherzinsen sehr zustattengekommen war.

Es klingelte siebenmal, ehe der Vorsitzende sich meldete, dessen Mailbox wie stets deaktiviert war.

»Sie haben vielleicht Nerven, mich heute anzurufen. Sehen Sie keine Nachrichten?«

»Doch, Herr Vorsitzender«, sagte Sal. »Deswegen rufe ich ja an.«

»Ich fürchte, ich kann Ihnen nicht folgen.«

»Dieser alte Typ am Anfang des Handyvideos, das alle paar Minuten gezeigt wird? Das ist Frank Segreti. Der Kerl, der …«

»Ich weiß, wer das ist«, schnauzte ihn der Vorsitzende gereizt an, weil Sal seine oberste Regel missachtet hatte: Niemals Namen nennen, wenn man über eine ungesicherte Leitung sprach.

»Dann wissen Sie auch, was für einen Schaden er unseren Anstrengungen zufügen könnte, sollte er wieder auftauchen. Wir müssen ihn finden und dafür sorgen, dass das nicht passiert.«

»Dann berufen Sie eine Versammlung ein. Lassen Sie abstimmen. Und halten Sie mich da raus.«

»Dazu ist keine Zeit, und selbst wenn wir die hätten, gäbe es keine Garantie, dass die Abstimmung in unserem Sinne ausgeht.«

»Was wollen Sie dann? Meine Genehmigung, Gelder des Rats dafür zu verwenden, ihn aufzuspüren? Die haben Sie.«

»Danke, Sir. Ich fürchte nur, ich brauche mehr als Geld.«

»Was noch?«

»Wir haben da einen gewissen Aktivposten, jemanden, der mindestens genauso viel zu verlieren hat wie wir, wenn der fragliche, äh, Gentleman wieder auftaucht. Er ist allerdings im Moment mit anderen Dingen beschäftigt, deshalb würde ich es nicht wagen, ihn ohne Ihre Erlaubnis damit zu betrauen.«

»Sind Sie noch bei Trost? Ist Ihnen klar, was Sie da verlangen? Es ist absolut notwendig, dass er an seiner Aufgabe dranbleibt. Wenn er jetzt auffliegt, ist eine Schlüsselkomponente in der Endphase unseres Projekts gefährdet.«

»Das ist mir bewusst, Sir. Und ich will nichts beschönigen, die Möglichkeit besteht. Aber die Endphase steht ohnehin auf der Kippe, wenn wir diese Bedrohung nicht neutralisieren.

Außerdem schuldet er uns eine Menge in Anbetracht der Umstände, würde ich sagen.«

»Da sind wir einer Meinung, aber denken Sie wirklich, er ist der richtige Mann für den Job? Sie wissen, was er beim letzten Mal für eine verfluchte Sauerei angerichtet hat, und dann hat er es offenbar trotzdem geschafft, sein Scheißziel zu verfehlen.«

Sal wusste es nur allzu gut. Er hatte die rechtsmedizinischen Berichte gelesen. Abgetrennte Gliedmaßen. Fleisch und Haare zu Asche verbrannt. Bruchstücke von Zähnen und Knochen, die aus den Deckenbalken gepickt worden waren. »Ich denke, uns bleibt nicht viel anderes übrig. Aber diesmal werde ich auf einem Videobeweis bestehen.«

Der Vorsitzende schwieg einen langen Moment. »Gut. Machen Sie es. Aber kommen Sie nicht mehr damit zu mir. Ich will keinen Pieps mehr von Ihnen hören, bis Segr… bis die Angelegenheit erledigt ist«, sagte er dann mit Nachdruck. »Haben Sie mich verstanden?«

»Ja, Herr Vorsitzender.«

»Gut. Denn davon hängt die Fortdauer Ihrer … Anstellung ab.«

Der Vorsitzende legte auf. Sal saß da und horchte auf das Rauschen in der Leitung. Dann legte er den Hörer zurück auf die Gabel und stieß einen schweren Seufzer aus.

»Wer war das, Daddy?«

Izzie stand plötzlich an der Tür. Er hatte sie mit ihren Fingermalfarben in der Küche zurückgelassen, als Belohnung für die halbe Stunde Klavierüben. Ihre Hände schimmerten in allen Farben des Regenbogens, und sie hatte einen glänzenden grünen Klecks auf der Nase.

»Niemand, Schatz. War verwählt. Komm, wir machen dich erst mal sauber.«

12. Kapitel

»Bist du bereit?«, fragte Cameron.

Hendricks vergewisserte sich, dass das Bettlaken, mit dem sie seine Fußknöchel an das andere Ende des Futonrahmens gebunden hatten, fest verknotet war, und hielt sich an der metallenen Armlehne fest, die im Moment als Kopfstütze diente. Er rollte den Kopf, dass die Halswirbelsäule knackte, und atmete tief aus in dem Versuch, sich zu entspannen. Dann nickte er. Sprechen konnte er nicht, weil Camerons Gürtel zwischen seinen Zähnen klemmte.

»Gut. Wenigstens einer von uns.« Sie drehte eine Flasche Reinigungsalkohol auf und griff nach dem Frottiertuch über Hendricks' Messerwunde, das bis eben noch mit ihrem Gürtel befestigt gewesen war. »Halt dich fest, das wird jetzt fies.«

Sie zog das Handtuch ab, das durch das geronnene Blut an der Haut festklebte. Als Luft an die offene Wunde kam, keuchte Hendricks auf und biss fester zu. Cameron zuckte beim Anblick der klaffenden, rosarot gestreiften Scharte zurück, bevor sie sie sichtlich widerstrebend großzügig mit Alkohol übergoss.

Sämtliche Muskeln in seinem Körper spannten sich an. Er bäumte sich unkontrollierbar auf dem Futonsofa auf, seine Halssehnen traten wie Schnüre hervor, und sein Gesicht lief zuerst rot, dann violett an. Sein ganzer Körper überzog sich mit einem scharf riechenden Schweißfilm. Eine durch sein Gestrampel gelöste Schraubenmutter fiel ab, woraufhin die Stützstrebe an dem Futonrahmen nachgab, der Rahmen auf den Boden krachte und die Matratze bedenklich in Schräglage geriet.

Schließlich flaute die Qual ab. Seine Muskeln entkrampften sich, und er ließ die Armlehne los. Mit zitternden Gliedern ließ er sich wieder auf die schiefe Matratze sinken und rang nach Luft, bemühte sich, seine fünf Sinne beisammenzuhalten.

In dem Moment hörte er ein lautes Klopfen – an der Tür, dachte er zuerst, und sogleich tanzten Bilder von einem herannahenden Sondereinsatzkommando durch seinen Kopf. Doch dann begriff er, dass es vom Fußboden kam.

Cameron bemerkte seine zu Schlitzen verengten Augen und seine kalkulierende Miene. »Keine Sorge. Das ist nur Wayne, mein Nachbar von unten.« Sie brüllte in Richtung Dielen: »Ist gut jetzt, Wayne! Ich mach keinen Lärm mehr.«

Das Klopfen hörte auf. Hendricks sah zu ihr auf. »Müssen wir uns Gedanken wegen ihm machen?«

»Inwiefern?«

»Dass er misstrauisch wird. Die Bullen ruft.«

Cameron lachte. »Ach, der ist sowieso schon ziemlich misstrauisch. Aber wenn er seit heute Morgen, als ich zur Arbeit gefahren bin, nicht plötzlich mit Grasdealen aufgehört hat, haben wir nichts zu befürchten.«

»Gut«, sagte Hendricks. Die Vorstellung, einen Unbeteiligten zum Schweigen bringen zu müssen, behagte ihm gar nicht. »Dann mal weiter mit Schritt Nummer zwei.«

»Bist du dir auch sicher?«

»Nö. Hab das noch nie mit einer so großen Wunde gemacht. Aber ich sehe keine Alternative. Und denk daran: Wenn ich ohnmächtig werde, mach einfach weiter. Wäre wahrscheinlich sowieso besser, für uns beide.«

Cameron schluckte schwer. Goss Alkohol über das Papiertuch, auf dem ihre Instrumente lagen: eine Pinzette, eine Garnrolle, eine mehr schlecht als recht zu einem Halbkreis gebogene Nähnadel. Alle drei waren noch feucht, weil sie sie gerade schon einmal desinfiziert hatte.

Den Faden einzufädeln war schwieriger, als sie gedacht hatte, aber schließlich gelang es ihr. Sie setzte die Nadelspitze seitlich der Wunde an, sodass es eine kleine Vertiefung gab, und atmete tief aus, ehe sie begann. Als die Nadel in seine Haut stach, spannte Hendricks reflexiv die Bauchmuskeln an und stieß ein Knurren aus.

»Tut mir leid«, sagte Cameron und hörte auf.

»Muss es nicht«, entgegnete er mit gepresster Stimme. »Und mach um Himmels willen weiter. Du tust nur, worum ich dich gebeten habe. So scheiße das auch weh tut, ist es immer noch besser, wenn du es machst, als wenn ich es selbst mache.«

»Warum?«, fragte sie, zwirbelte die Nadelspitze durch den gegenüberliegenden Wundrand und packte sie mit der Pinzette. »Du meinst, weil ich ein Mädchen bin, muss ich nähen können?«

Hendricks' Wangen färbten sich. »Nein! Ich …«

»Oh, Mann.« Sie zog die Nadel samt Faden heraus und begann mit der zweiten Schlinge. »Ich mach doch nur Spaß.«

»Hat dir schon mal jemand gesagt, dass du ein lausiges Timing für komödiantische Einsätze hast?«

»Ich dachte halt, das hilft dir, dich ein bisschen locker zu machen.«

»Ich mache mich locker, sobald ich zugenäht bin«, sagte er, obwohl er das im Stillen bezweifelte. Er würde nervös wie eine Ringelnatter bleiben, bis sie Long Island weit genug hinter sich gelassen hatten, dass die Wahrscheinlichkeit, mit dem Pappas-Desaster in Verbindung gebracht zu werden, gleich null war. Und *richtig* entspannen würde er sich erst, wenn er jedes amtierende Mitglied des Rats ausfindig gemacht und unter die Erde gebracht hatte.

»Ich wünschte, ich könnte dir wenigstens einen Schnaps anbieten. Ich hätte mal daran denken sollen, eine Flasche Wodka aus dem ›Salty Dog‹ mitgehen zu lassen.«

»Eigentlich hatte ich schon genug heute.«

»Apropos, ich muss dir mindestens acht Shots eingeschenkt haben heute Nachmittag. Wie um alles in der Welt hast du es geschafft, so nüchtern zu bleiben?«

Hendricks lächelte unter Schmerzen. Die Kleine hatte wirklich Fingerspitzengefühl, sie wollte ihn ablenken, damit er die Stiche nicht zu sehr spürte. »Ein kleiner Taschenspielertrick und ein strategisch günstig stehender Ficus.«

»Ach, deshalb hat es in deiner Ecke der Bar immer so gestunken. Ich glaubte, du wärst das. Nicht böse gemeint.«

»Kein Problem«, sagte er. »So war es ja schließlich gedacht.«

»Tut mir leid, dass ich dir diesen Kaffee aufgedrängt habe. Zu dem Zeitpunkt hatte ich Angst, dass ...« Sie unterbrach sich gedankenverloren.

»Kein Problem«, wiederholte er.

Sie schwiegen eine Weile. Cameron konzentrierte sich auf das Nähen und Hendricks darauf, sich nicht vor Schmerzen zu krümmen. Als es schlimmer wurde, entschied er, dass es mit Ablenkung doch besser ging.

»Okay, ich habe dir das Geheimnis verraten, wie ich nüchtern bleibe«, nuschelte er durch zusammengebissene Zähne hindurch. »Jetzt bin ich an der Reihe, dich etwas zu fragen.«

»Schieß los.«

»Hast du dich extra im ›Salty Dog‹ einstellen lassen, damit du mich im Auge behalten kannst?«

»Ja«, antwortete sie.

»Das war ziemlich tollkühn.«

»Tja, wenn ich eins bin, dann tollkühn.«

»Du hast aber nicht deinen echten Namen angegeben, oder?«

»Hältst du mich für blöd? Ich habe ihnen eine falsche Sozialversicherungsnummer unter dem Namen Cameron Franklin genannt und einen Trick-Führerschein gebastelt, bei dem das Foto unscharf wird, wenn man es fotokopiert.«

»Einen Trick-Führerschein?«

»Genau. Dazu braucht man nur ein bisschen durchsichtige Reflexfarbe. Du weißt schon, das Zeug, wodurch Schilder und so im Dunkeln leuchten. Kriegt man in jedem Baumarkt. Jedenfalls taucht man einen Pinsel hinein, wartet, bis es ein bisschen klebrig wird, und schnippt dann ein wenig auf das Foto – auch auf die Adresse, wenn die ebenfalls getürkt ist. Nicht so viel, dass alles ganz bedeckt ist, nur ein paar Spritzer hier und da. Wenn der Ausweis dann fotokopiert wird, reflektiert die Farbe den Blitz vom Kopierer, und alles, was dahinter ist, wird dunkel, undeutlich. Wenn man's richtig macht, sieht es aus, als wäre da ein Fehler in der Glasplatte des Apparats. Aber egal, wie oft jemand das Dokument verschiebt, um eine bessere Kopie zu bekommen, das Ergebnis ist immer das gleiche.«

»Beeindruckend«, sagte Hendricks und meinte es ehrlich. Nicht einmal Lester hatte diese Technik gekannt.

»Nur eins von den vielen Talenten, die ich mitbringe, wenn du dich entschließt, mich zu engagieren.«

Er seufzte. »Ich dachte, das hätten wir schon geklärt.«

»Nicht zu meiner Zufriedenheit.«

»Wieso denkst du, dass du für diese Art Job geeignet bist?«

»Wieso denkst du, dass ich es nicht bin? Meinst du, wenn eine Frau keinen Nasenring und kein Halstattoo hat, kennt sie sich nicht mit Computern aus?«

»Es sind nicht deine Computerkenntnisse, die mir Sorgen

machen«, sagte er. »Du hast mich weiß Gott leicht genug aufgespürt. Aber da du gerade davon sprichst, so eine dicke Nerdbrille wäre nicht verkehrt.«

Sie tat verblüfft. »Moment mal, war das gerade ein Scherz? Versucht der große böse Actionheld etwa, Sinn für Humor zu entwickeln?«

Hendricks war selbst ein bisschen überrascht. Die Neckerei war ihm ganz ungeplant über die Lippen gekommen. Seit Lesters Tod war ihm kaum noch nach Scherzen zumute, und meist war er so darauf fixiert, den Tod seines Freundes zu rächen, dass er ganz vergaß, wie sehr er seine Gesellschaft oder überhaupt die eines freundlichen Menschen vermisste.

»Spaß beiseite«, sagte er, »du musst doch einsehen, dass ich dich unmöglich engagieren kann. Mein Job, mein ganzes Leben, das ist alles viel zu gefährlich. Ich könnte nicht damit klarkommen, noch jemanden zu verlieren.«

»Okay, ich hab's kapiert, dein Job ist der Horror. Aber du hast dich dafür *entschieden,* so wie ich mich dafür entschieden habe, dich ausfindig zu machen. Ich bin das Risiko bewusst eingegangen – zu deinem Glück, wie ich hinzufügen könnte, denn sonst wärst du jetzt tot.«

»Mag sein, aber warum um alles in der Welt *willst* du dich für so ein Leben entscheiden? Du bist noch ein Kind, Herrgott noch mal. Du solltest zur Schule gehen und nicht Profikiller in irgendeiner Absteige zusammenflicken.«

»*Einen* Profikiller«, erwiderte sie, »Singular. Und ich bin kein verdammtes Kind! Außerdem habe ich es mit dem College versucht, das war nichts für mich.«

»Was soll das heißen, es war nichts für dich? Was ist passiert? Du kommst mir nicht wie jemand vor, der leicht aufgibt.«

Cameron schürzte die Lippen, schien abzuwägen, ob sie es

ihm erzählen sollte. »An meinem ersten Tag im College wurden wir im Erstsemester-Wohnheim von den Vertrauensstudierenden in Gruppen aufgeteilt. Typischer Orientierungswochenquatsch, schätze ich. Wir sollten uns in einem Kreis zusammensetzen und uns vorstellen. Alle sollten von einer Erfahrung in ihrem Leben erzählen, die sie geprägt hat. Die meisten gaben den üblichen Kram von sich, der vor allem darauf abzielte zu beeindrucken. Ein spielentscheidender Schlagschuss bei der Eishockeymeisterschaft. Das Wochenende, an dem jemand Freiwilligenarbeit für ›Habitat for Humanity‹ geleistet hat. Wie die Erdnussallergie eines Cousins ihn auf die Idee gebracht hat, Immunologe werden zu wollen oder was auch immer. Es war schrecklich öde, als würden sie ihre Aufsätze für die Collegebewerbung vorlesen.« Sie schüttelte den Kopf. »Dann war das Mädchen vor mir dran. Sie war bis dahin sehr still gewesen und hatte kaum Blickkontakt zu den anderen aufgenommen, aber als sie zu reden anfing, kam auf einmal Leben in sie. Sie erzählte von einem ständig quälenden Gefühl seit frühester Kindheit, dass irgendetwas mit ihr nicht stimmte, etwas ganz Wesentliches. Von ihren Problemen in der Schule und zu Hause deswegen. Von ihrem Selbstmordversuch mit vierzehn und wie die Psychotherapie, zu der ihre Eltern sie danach geschickt hatten, ihr die Kraft gegeben hatte, sich bei ihnen zu outen. Ihnen zu gestehen, dass ihr hübscher, liebenswerter Junge sich selbst als jemand anders sah. Dass er tief drinnen wusste, dass er als Mädchen gedacht war.«

»Ach du je.«

»Ja. Alle im Gemeinschaftsraum waren erschüttert. Den Mut dazu zu haben … und wie sachlich sie das alles darstellte. Dabei hätte sie das nicht mal zu tun brauchen, denn sie hatte mit dem Einverständnis ihrer Eltern schon früh mit einer

Hormontherapie begonnen und sah zu hundert Prozent nach dem Geschlecht aus, das sie repräsentierte. Ich glaube, sie hat sich vor uns geoutet, weil sie wollte, dass wir wussten, was sie hinter sich hatte. Weil sie verstanden werden wollte, so akzeptiert werden wollte, wie sie wirklich war.«

»Respekt. Und wie hast du das getoppt?«

»Gar nicht! Bevor sie ihre Geschichte erzählte, wollte ich es wie die anderen machen und mich aufplustern, damit sie mich mögen. Aber nach ihrer Rede merkte ich, dass das nicht ging, und passte einfach.«

»Seid ihr Freundinnen geworden?«

»Könnte man denken, was? Ich meine, in einem Roman würde es wahrscheinlich so ausgehen. Die Sache ist nur, ich hatte totale Hochachtung vor ihrem Mut, aber ich war so mit meinen eigenen Erstsemester-Unsicherheiten beschäftigt, dass ich nicht wusste, was ich zu ihr sagen sollte oder wie ich mich ihr gegenüber verhalten sollte. Die Antwort ist also nein. Nicht dass ich unfreundlich zu ihr gewesen wäre, ich grüßte sie, wenn wir uns sahen und so, aber ich habe ihr nie gesagt, wie inspirierend ihre Geschichte für mich war. Wie sehr sie mir geholfen hat zu begreifen, dass meine eigene Teenagerangst nur wehleidiger Schwachsinn ist.«

»Aus deinem Ton schließe ich, dass es jetzt nicht mehr geht. Was ist passiert?«

»Dasselbe, was immer passiert, wenn jemand sich wie ein aufrichtiger Mensch benimmt. Irgendein Idiot kommt daher, um alles in den Dreck zu ziehen.«

»Wie das?«

»Einer der Typen in unserer Gruppe an diesem ersten Abend ist vor seinen Freunden über sie hergezogen. Die Jungs fingen an, sie zu hänseln, nur so aus Lust und Laune. Und kurz darauf hat der ganze Campus mitgemacht. Ein

Foto von ihr aus der sechsten Klasse wurde überall angetackert, weil sie damals noch Thomas hieß, nicht Rebecca. Sie haben sie zu einer Ausgestoßenen gemacht. Einem Jahrmarktmonster. Zwar haben viele Leute dagegen protestiert, aber keiner von ihnen, keiner von *uns,* hatte den Mumm, ihr wirklich freundschaftlich zur Seite zu stehen. Wir haben bloß aus sicherer Entfernung tadelnd mit der Zunge geschnalzt. Sie war ein Fall für uns, keine Person. Und ich glaube ehrlich gesagt nicht, dass irgendwer besonders überrascht war, als sie tot aufgefunden wurde.«

»Selbstmord?«

»Die Polizei behauptete, nein. Die Todesursache wurde als versehentliche Überdosis bestimmt – eine von vier in dem Jahr auf dem Campus, aber die anderen waren nicht tödlich. Ist doch scheißtypisch, dass sie erst wie eine normale Jugendliche wahrgenommen wurde, als sie kalt auf einem Obduktionstisch lag.«

»Das ist furchtbar. Aber es erklärt nicht ganz, warum du das College aufgegeben hast.«

»Ich bin weg wegen dem, was danach passiert ist.«

»Nämlich?«

»Das ist es ja – *nichts.* Zumindest nicht offiziell. In ihren paar Monaten auf dem College hatte Becca zig Vorfälle von Mobbing gemeldet. Ihr Zimmer im Wohnheim wurde auf den Kopf gestellt, Sachen wurden zerstört, ihre Accounts bei Facebook und Twitter mit Spam zugemüllt. Sie musste sich anzügliche Pfiffe und Hassreden gefallen lassen, man machte sie öffentlich zum Gespött. Aber als man sie tot fand, reagierte die Collegeleitung, als wäre nichts davon je passiert. Man wollte alle Unannehmlichkeiten unter den Teppich kehren und schnell zur Normalität zurückkehren.«

»Ich vermute mal, du hattest was dagegen?«

»Verdammt richtig, allerdings. Ich habe mich total beschissen gefühlt, weil ich nicht für sie eingetreten bin, mich nicht vor sie gestellt habe, als es nötig gewesen wäre. Als es vielleicht etwas genützt hätte. Als ich sie vielleicht sogar hätte retten können. Ich war zu sehr mit mir selbst beschäftigt. Zu schüchtern. Zu ängstlich. Am meisten hat es mich angekotzt, dass die Typen, die ihr das Leben zur Hölle gemacht hatten, ungestraft davonkommen sollten. Also beschloss ich, etwas dagegen zu tun.«

»Und wie?«

»Auf meine Art, mit den einzigen Mitteln, die ich beherrschte. In der Schule habe ich mich für grafisches Zeichnen interessiert – übrigens eine nützliche Fähigkeit, wenn man Ausweise fälscht –, aber meine erste große Liebe und mein größtes Talent sind immer Computer gewesen. Mom hat mich ja praktisch damit aufgezogen. Ich programmiere schon, seit ich lesen kann, und hacke mich zum Spaß in gesicherte Systeme, seit ich ein Teenager bin. Also habe ich gemacht, worin ich am besten bin. Ich habe die Arschlöcher gehackt, die sie online gemobbt hatten. Habe einen Wurm geschrieben, der ihre Smartphones infizierte und nach den Nachrichten suchte, in denen der Name Becca erwähnt wurde. Außerdem die Worte *Transe*, *Tunte* und ein halbes Dutzend andere Ausdrücke, so widerwärtig, dass du rot werden würdest. Dann habe ich das Gleiche bei den Empfängern dieser Nachrichten gemacht. Am Ende hatte ich eine Liste von den dreiundzwanzig schlimmsten Schikanierern. Alle anderen, die nur dabeigestanden hatten, während sie ihre Sprüche klopften, strich ich von meiner Liste, weil sie im Grunde auch nicht schlimmer waren als ich, sie hatten halt nicht den Mund aufgemacht.«

»Und was passierte mit diesen dreiundzwanzig?«

»Ich habe ihren Suchverlauf so manipuliert, dass es aussah, als hätten sie die Chatrooms bekannter Terrorgruppen besucht. Hab sie auf die No-Fly-Liste gesetzt. Hab ihre Sozialversicherungsnummern und Kreditkarteninformationen im Dark Web gepostet. Hab für jeden eine extra Website eingerichtet, auf der sein Online-Pornokonsum nachverfolgt wurde, und die Suchmaschinenoptimierung so eingestellt, dass diese Seite der erste Treffer war, wenn jemand sie googelte.«

»Teufel. Erinnere mich daran, dich nie gegen mich aufzubringen.«

»Ist besser, mich als Verbündete statt als Feindin zu haben«, stimmte sie zu. »Jedenfalls habe ich möglicherweise ein bisschen damit angegeben, dass ich hinter den Websites steckte, und die Verwaltung bekam Wind davon. Der Dekan wusste meine Anstrengungen nicht zu schätzen. Wie sich herausstellte, war einer von den Typen, die Becca gemobbt hatten, ein reicher Erbe, dessen Familienname auf unserer Sportanlage stand.«

»Sie haben dich rausgeworfen?«

»Ja. Wegen Verstoßes gegen die Collegebestimmungen zu Mobbing, ausgerechnet.«

»Autsch.«

»Die Ironie ist mir nicht entgangen«, sagte sie. Dann tätschelte sie ihm sachte den Bauch. »Du bist übrigens fertig zusammengeflickt.«

Hendricks begutachtete ihre Arbeit. Für jemanden ohne medizinische Ausbildung hatte sie eine passable Naht hinbekommen. Es würde nicht schön verheilen, aber es würde verheilen. *Noch eine Narbe für die Sammlung*, dachte er. Irgendwann würde er die hier nicht mehr von all den anderen unterscheiden können.

»Danke«, sagte er. »Hast du irgendwas zu essen da? Mir scheint, ich sollte ein bisschen was von dem Füllmaterial ersetzen, das ich verloren habe.«

»Klar«, sagte sie. »Möchtest du Ramen-Nudeln oder Ramen-Nudeln?«

Hendricks lächelte. »Ramen wären prima.«

Cameron füllte den Wasserkocher und stellte ihn an.

»Schade, dass du keinen Fernseher hast«, bemerkte er. »Ich würde gern mal in die Lokalnachrichten reinschauen, ob irgendwer nach uns sucht.«

Sie sah ihn an, als hätte er sich gerade beklagt, dass sie kein Grammofon besaß. »In welchem Jahrhundert leben wir noch mal? Ich brauche keinen Fernseher, ich habe einen *Laptop*.«

»Ach so«, sagte er kleinlaut. »Stimmt. Wirf ihn für mich an, ja?«

Cameron holte einen USB-Stick aus der Hosentasche, steckte ihn in den Laptop und schaltete ihn ein. Er bootete erschreckend schnell. »Kannst du jetzt allein weitermachen, oder muss ich dir erklären, was ein Browser ist?«

»Ich komm schon klar, danke.«

Hendricks ging auf Google News, doch noch bevor er etwas ins Suchfeld eingetippt hatte, fiel sein Blick auf die Top-Schlagzeilen des Tages. »Ach du Scheiße«, murmelte er.

»Was ist los?«

»Es hat offenbar einen Anschlag gegeben.«

»Wo?«

Er klickte durch CNN. Ein Video lief ab – drei zugleich plappernde Nachrichtensprecher mit einer Katastrophenszene auf dem Studiobildschirm im Hintergrund. »San Francisco«, sagte er. »Die Golden Gate.«

»Oh, Gott.« Sie trat hinter ihn und blickte ihm über die

Schulter. »Ich bin ein Stück südlich davon aufgewachsen, in Redwood City. Steht sie noch? Gibt es Verletzte?«

»Die Brücke steht noch«, antwortete er, während er auf ruckelnde, aus einem Helikopter gemachte Aufnahmen von Rettungskräften starrte, die versuchten, die dort festsitzenden Menschen herunterzuholen. Die Gesichter der Gestrandeten waren rußig und schimmerten feucht von dem Spritzwasser der Löschboote unten. Sie drückten eine Mischung aus Hoffnung und Entsetzen aus. Dichter, dunkler Rauch verband sich mit dem aufsteigenden Sprühnebel und verdeckte immer wieder die Sicht auf die Brücke. »Aber es scheint Opfer gegeben zu haben.«

Der Wasserkocher schaltete sich klickend und blubbernd ab. Keiner von beiden reagierte darauf.

Stumm und betroffen sahen sie weiter zu. Die Bilder von den Rettungsbemühungen wurden bald von Handyaufnahmen von dem Anschlag selbst abgelöst, die aussahen, als wären sie als fröhliches Heimkino gedacht gewesen. Dann kam ein grobkörniges Video von einem jungen Mann mit struppigem Bart und traditioneller muslimischer Kleidung. Er behauptete im Namen einer Terrorgruppe, von der Hendricks noch nie etwas gehört hatte – worüber er sich wunderte, da er mit seiner alten Einheit jahrelang Terroristen gejagt hatte –, für den Anschlag verantwortlich zu sein, und kündigte weitere an. Darauf folgte eine Ansprache des Präsidenten, der zur Ruhe mahnte, sowie eine Tirade von diesem wichtigtuerischen Senator Wentworth, der mal wieder forderte, dass die USA ihre Grenzen schließen und aus dem Mittleren Osten einen großen Parkplatz machen sollten. Zwischen jedem Beitrag analysierten, spekulierten, argumentierten, schürten und spalteten die Nachrichtenmoderatoren.

Hendricks zwang sich, die Berichterstattung zu verlassen

und nach irgendwelchen Reaktionen auf die Sache im »Salty Dog« zu suchen.

»Gibt's was?«, fragte Cameron.

»Nur eine Titelzeile: ›Schüsse in hiesigem Restaurant gemeldet‹. Wenn man weiterklickt, folgt aber kein Bericht, sondern bloß ein Hinweis, dass die Seite aktualisiert wird, sobald weitere Fakten verfügbar sind.«

»Das ist doch gut, oder?«

»Könnte sein. Zumindest ist es nicht schlecht. Wenn ich raten müsste, würde ich sagen, die örtliche Polizei hat im Moment anderes zu tun. Wahrscheinlich ist gerade jeder Cop von der Ost- bis zur Westküste damit beschäftigt, bekannte Extremisten aufzustöbern. Ich sage es nur ungern, aber der Zwischenfall in San Francisco hat uns geholfen. Was bedeutet, dass wir heute Nacht relativ unbesorgt hier pennen und dann morgen früh ausgeruht losfahren können.«

»Das ist makaber.«

»So ist das Leben – *mein* Leben zumindest. Und deins wäre es auch, falls ich dich engagieren würde.«

»Falls?«, fragte sie hoffnungsvoll.

»Ah, falsche Wortwahl«, sagte er. »Der Fall wird nie eintreten.«

Seufzend kehrte Cameron in ihre spartanische Küche zurück, um das Wasser erneut zum Kochen zu bringen. Sie öffnete zwei Packungen Ramen und warf die quadratischen Tafeln aus gelockten Nudel in zwei Schalen. Während sie damit beschäftigt war, klickte Hendricks in das Suchfeld des Browsers und rief Twitter auf. Er tippte seinen Benutzernamen ein, *j_rambo1972*, und dann das Passwort, 3v31yn, und drückte auf »Enter«.

Sein Account war geschützt. Ein kleines Vorhängeschloss neben dem Benutzernamen wies darauf hin, dass nur Nutzer, denen er die Erlaubnis erteilt hatte, seine Tweets sehen konnten, und er hatte nur einen Follower – dessen Account ebenfalls geschützt war. Keiner von beiden hatte je etwas getwittert, und ihre Avatare bestanden aus dem voreingestellten Twitter-Ei.

Die Accounts waren vor Jahren von Lester als zusätzliche Kommunikationsmöglichkeit eröffnet worden für den Fall, dass ihre üblichen Kanäle zu gefährlich geworden waren oder sie aus irgendwelchen Gründen keinen Zugriff darauf hatten. Nach außen schienen die beiden Kontos inaktiv zu sein, zwei unter Millionen von aufgegebenen Nutzernamen auf der Plattform. Doch sie konnten sich darüber Privatnachrichten schicken, ohne dass sich etwas an ihrer null anzeigenden Tweets-Zählung änderte.

Kurz nach Lesters Tod im vergangenen Jahr hatte Hendricks bei einer Begegnung mit Evie, seiner Ex, ihr Lesters Benutzernamen samt Passwort auf einem Zettel zugesteckt, als sie zum Abschied seine Hand gedrückt hatte. Der Account war nur für Notfälle gedacht, und es hatte sich in all den Monaten nichts darauf getan, aber Hendricks sah trotzdem jeden Tag nach.

Als die Seite geladen war, richtete er sich plötzlich kerzengerade auf. Seine Stiche zogen, doch darauf achtete er kaum.

Über dem Briefumschlag-Icon in der Symbolleiste stand eine 1.

Er hatte eine Nachricht.

Er klickte sie an, sein Puls hämmerte in seinen Ohren.

Wir müssen miteinander reden, lautete sie.

Hendricks antwortete: *Wo/wann?,* und hielt die Luft an, obwohl es keinen Grund gab, mit einer umgehenden Antwort zu rechnen.

Doch sie kam umgehend. *Raststätte Roadhouse Truck Stop an der I-76, PA. ASAP.*

Er googelte die Raststätte. Sie lag mitten im Nirgendwo und hatte rund um die Uhr geöffnet. Anfahrbar vom Highway sowie zwei verschiedenen Landstraßen. Ein guter Treffpunkt für jemanden, der auf der Flucht war. Ein guter Treffpunkt auch, um jemanden in eine Falle zu locken.

Als ob das eine Rolle spielte. Wenn es keine Falle war, dann steckte Evie in Schwierigkeiten. Und *wenn* es eine Falle war, dann steckte Evie erst recht in Schwierigkeiten.

Er tippte rasch eine Antwort, während Cameron hereinkam. Sie reichte ihm eine Schale Ramen samt Stäbchen. Zog eine Augenbraue hoch, als er hastig das Browserfenster schloss.

»Planänderung«, sagte er und begann zu essen. »Wir verschwinden hier noch heute Abend.«

13. Kapitel

Frank hockte im Unterholz und beobachtete, wie die Park Police die Häuser an der Funston Avenue abklapperte. Sie arbeiteten in Zweierteams, einer sprach kurz mit den Bewohnern, während der andere bei laufendem Motor im Streifenwagen wartete. Er hatte überall Dutzende von ihnen gesehen, als er durch den Wald landeinwärts geflüchtet war, zuerst parallel zum Battery East Trail, bis dieser auf den Lincoln Boulevard stieß, und dann am Lincoln entlang in südöstliche Richtung.

Er hatte gehofft, aus dem Presidio herauszukommen, ehe das ganze Gebiet abgeriegelt war, aber es wimmelte im Park von Bullen, die jeden, dem sie begegneten, genauestens in Augenschein nahmen. Sein gefälschter Ausweis taugte zwar für den alltäglichen Gebrauch, würde aber nie einer Datenbanksuche standhalten, und wenn er auch als tot galt, waren seine Fingerabdrücke mit Sicherheit noch irgendwo gespeichert.

Am besten war es, sich irgendwo eine Weile zu verkriechen, bis die Ermittlungen sich vom Park wegverlagerten, und sich dann unbemerkt hinauszustehlen. Ein annehmbares Versteck zu finden erwies sich jedoch als ungeahnt schwierig.

Zuerst hatte er eine halbe Stunde damit zugebracht, die Häuser in der Lendrum-Court-Siedlung zu inspizieren. Das waren nichtssagende, aus den Fünfzigern stammende beige Schachteln mit braungrauen Akzenten an einem terrassierten Hang, der von einer gewundenen Wohnstraße in zwei Hälften geteilt wurde. In den meisten Städten hätten Einfamilienhäuschen wie diese als Wohnraum für Leute mit niedrigem Einkommen gegolten. Auf dem Presidio dagegen kosteten sie fast fünf Mille im Monat.

So exorbitant die Mieten auch waren, gehörten die Häuser doch zu den günstigsten im Park, was bedeutete, dass sie nicht so stark gesichert waren wie die Luxusanwesen, die vom Presidio Trust überwacht wurden. Hohe Bäume überragten Lendrum Court von allen Seiten und grenzten den Komplex nach außen ab. Der Parkplatz war halb leer, was darauf schließen ließ, dass sich in einigen Häusern aufgrund der Polizeisperre zurzeit niemand aufhielt.

Kurzum, die Siedlung schien perfekt für Franks Zwecke – zumindest bis ein Nachbar ihn dabei ertappte, wie er gerade die Glasschiebetür eines Eckhauses aufbrechen wollte, und ihn verjagte.

Das war vor über einer Stunde gewesen. Er hatte alles darangesetzt, möglichst viel Abstand zwischen sich und den aufgebrachten Nachbarn zu bringen für den Fall, dass der ihn anzeigte, und machte sich Sorgen, dass die Park Police schon nach ihm suchte. Wegen seiner Verletzungen kam er nur langsam voran. Seine durchbohrte Handfläche blutete jedes Mal, wenn er sie versehentlich anspannte, und sein blödes Knie knirschte bei jedem Schritt wie Kies.

Frank hatte sich im Schutz des Waldes gehalten, wo es nur ging. Es ging nicht immer. Um unter dem Presidio Parkway hindurchzukommen, blieb ihm nichts anderes übrig, als die Unterführung zu benutzen und ein paar schweißtreibende Minuten lang für alle sichtbar auf dem Bürgersteig zu gehen, denn es gab nicht genügend Deckung am Straßenrand, bis der Lincoln Boulevard sich endlich wieder vom Highway 101 wegschlängelte.

Als er sich weiter in Richtung Osten durch die Kiefern vorankämpfte, umschloss ihn ihr dichtes Kronendach. In diesem Wäldchen geborgen, konnte er sich beinahe einreden, dass die Welt aus Feuer, Chaos und Zerstörung, vor der er floh, schon tausend Meilen weit weg lag. Doch das bisschen, was er durch die Zweige hindurch vom Himmel sah, wurde von dem giftigen, immer noch aus dem Wrack des Schleppers dringenden Qualm gelblich braun gefärbt, und die Luft, die bei jedem Atemzug in seiner Kehle kratzte und Hustenreiz auslöste, schmeckte nach Öl und Asche. Nicht einmal der würzige Geruch des Pinienharzes kam dagegen an.

Schließlich hatte er eine Lichtung erreicht und sich am Ende eines großen Friedhofs wiedergefunden. Er ruhte sich einen Moment im Schatten eines Obelisken aus, schöpfte Atem und versuchte, sich zu orientieren. Die Grabsteine ringsherum ergaben düstere, gestrichelte Linien, die aus dieser Perspektive alle bei ihm zusammenzulaufen schienen. Die Symbolik gefiel ihm nicht. Er tauchte wieder in den Wald ab und hinterließ einen blutigen Handabdruck auf dem Granitstein, an dem er gelehnt hatte.

Als er unerwartet auf das Gelände des alten Offiziersclubs Main Post stieß, erstarrte er vor Schreck. Der Main Post war im Prinzip das Ortszentrum des Presidio. Von seiner Übergabe durch die Mexikaner an die U.S. Army im Jahr 1848 an bis zu seiner Schließung per Kongressbeschluss 1989 war er der Mittelpunkt des administrativen und gesellschaftlichen Lebens der Landspitze gewesen. Heute beherbergten seine historischen Ziegelsteinbauten Museen, Geschäfte und Touristenattraktionen.

Die große Rasenfläche in der Mitte wurde an diesem Tag als Bereitstellungsfläche und Sammelpunkt genutzt – überall Zelte, Personal und schweres Gerät. Dutzende, vielleicht Hunderte Polizisten und Ersthelfer flitzten hin und her, ihre Kleidung und Gesichter rußgeschwärzt. Bewaffnete Männer in Kampfausrüstung waren in regelmäßigen Intervallen als Wachen postiert. Frank fühlte sich, als hätte er gerade mit der Fußspitze das papierartige Gewebe eines Wespennests durchbohrt.

Im Gebüsch hockend, hatte er das Treiben eine Weile verfolgt, während der Nachmittag rasch auf den Abend zuschritt. Er versuchte, ein Muster, eine Logik, eine Strategie zu erkennen, aber die Szene war zu chaotisch. Bald gab er es auf und ging langsam um das Gelände des Main Post herum, stets dicht am Waldrand entlang, stets auf der Hut. Dabei entdeckte er plötzlich das ideale Haus, um sich darin zu verstecken.

Es war eine prachtvolle Villa im Queen-Anne-Stil mit grauweißer Schindelverkleidung und einem roten Dach. Drei Etagen, ein Frontgiebel und eine umlaufende Veranda, die zum Teil verglast war. Schlichte Holzstreben verliehen dem Dach und den Verandapfosten eine historische Note. Eine kleine Steintreppe führte vom Gehweg hinauf zum Vorgarten, und schmale Rabatten mit Sukkulenten und durch die Dürre verwelkten Wildblumen umgaben das Haus an allen Seiten.

Die Rückfront grenzte an den Wald, sodass Frank ohne großes Risiko, gesehen zu werden, geradewegs zum Hintereingang gelangen konnte. Er hatte beobachtet, wie die Park Police mehrere Minuten lang vergeblich an die Vordertür geklopft hatte – offenbar hatten sie den glänzenden blauen Jaguar F-Type in der Einfahrt als Anzeichen dafür genommen, dass jemand zu Hause war –, und wusste daher, dass er die Villa für sich haben würde.

Er wartete, bis die Cops um die Ecke verschwunden waren, brach dann zwischen den Bäumen hervor und rannte steifbeinig und knirschend aufs Haus zu. Beim Durchqueren des hinteren Gartens fühlte er sich nackt und exponiert, und er seufzte erleichtert auf, als er die Tür erreichte. Hier war er den Blicken der Nachbarn und denen von der Straße entzogen.

In die Tür war ein quadratisches Sprossenfenster eingelassen, dreimal drei Scheiben. Er brauchte etwas, womit er die dem Türknauf am nächsten gelegene Scheibe einschlagen konnte, dann wäre er drin. Doch als er sich nach einem Stein, einem Gartenzwerg oder etwas in der Art umsah, hörte er ein Geräusch, das ihn stutzen ließ: ein warnendes Knurren direkt hinter der Tür.

Er fuhr zum Fenster herum, aber der Hund war offenbar zu klein, als dass er ihn sehen konnte. Was er stattdessen sah, war eine Frau, die ihn mit großen Augen anstarrte.

Frank war im ersten Moment wie gelähmt, und sie musterten sich eine Weile gegenseitig. Unter anderen Umständen wäre er von ihrem Aussehen frappiert gewesen. Sie war eine hellhäutige Schwarze, ein paar Zentimeter kleiner als er und schlank auf eine Art, die eher nach viel Bewegung als nach Diäten oder Eitelkeit aussah. Hohe Wangenknochen und braune, goldgesprenkelte Augen. Bekleidet war sie mit einem weißgrundigen Baumwollpyjama mit feinen rosa Streifen und kleinen Röschen, die wie ein Punktemuster dazwischen wirkten. Sie war vielleicht Anfang, Mitte sechzig, und ihr stahlgraues Haar fiel in dichten, natürlichen Locken um ihr Gesicht. Die Spitzen waren nass, als hätte sie gerade ein Bad genommen, und der Pyjama schmiegte sich eng um Brüste und Hüften, wo die Feuchtigkeit hindurchdrang.

Ihm schien, dass sie gerade geweint hatte. Ihre Augen waren glasig und rot gerändert, die Haut darunter schimmerte dunkelviolett wie von Blutergüssen. Das war in Anbetracht der heutigen Ereignisse schließlich nur zu verständlich. Ihre Stadt war schwer getroffen worden. Frank wusste, wie tief dieser Schmerz gehen konnte. Als junger Herumtreiber, der sich mit kleinen Gaunereien auf den Straßen von Hoboken durchschlug, hatte er die glitzernde Stadt jenseits des Hudson immer mit einer fast romantischen Sehnsucht beäugt. Diese Sehnsucht hatte unaufhaltsam zugenommen, bis er dem Sirenengesang Manhattans erlegen war, dem Traum von einem Leben als gemachter Mann. Doch als die Türme fielen, hatten sie einen verborgenen Teil von ihm mit sich genommen, etwas, das kein neues Gebäude, wie ambitioniert auch immer, ersetzen konnte. In Franks Augen war die Skyline von Manhattan ein Schlüssel, der nicht mehr passte. Was sie einst in ihm geöffnet hatte, würde sie nie wieder öffnen.

Er sah die Frau auf die Tür zukommen. Sie bewegte sich langsam, ihre in Hausslippern steckenden Füße schlurften über die Bodendielen. Das gut gefüllte Glas Weißwein in ihrer Hand schwappte beinahe über, aber nur beinahe. Sie schloss auf und öffnete die Tür weit. Neben ihr stand ein kleines braunes Fellknäuel, das genauso verdutzt schien wie Frank selbst.

Die Frau drehte sich wortlos um und schlurfte dorthin zurück, von wo sie gekommen war. Der Hund, ein Zwergspitz, wie Frank vermutete, taxierte ihn noch einen Augenblick und kam dann auf ihn zugetrabt. Er hielt ihm seine immer noch blutverkrustete Hand hin. Das Hündchen leckte einmal darüber und ließ sich am Kopf kraulen, dann folgte es seinem Frauchen ins Haus, seine Klauen auf den Dielen eine tickende Uhr.

Frank schüttelte verwundert den Kopf und folgte ebenfalls, mit so bedachten Bewegungen, als überquerte er ein Minenfeld. Er schloss die Tür hinter sich, verriegelte den Türknauf und ließ das Bolzenschloss einrasten. Als er sich umdrehte, war die Frau nicht mehr zu sehen.

Achselzuckend schlug er die Richtung ein, in der sie verschwunden war, und fand sich bald darauf in einer hellen Küche aus Edelstahl und schimmerndem Weiß wieder. Ein Hundenapf in der Ecke quoll von Trockenfutter über. Die Frau kramte im unteren Fach des Kühlschranks herum und war von der offenen Tür größtenteils verdeckt. Eine Erinnerung durchzuckte Frank, an einen blöden Wicht, dem er eine Lektion hatte erteilen sollen und der eine Notfall-Knarre in seinem Gemüsefach aufbewahrt hatte. Das Arschloch hatte ihm ein Bier angeboten, ganz ruhig und manierlich, hatte in den Kühlschrank gegriffen und ihm dann beim Umdrehen beinahe den Kopf weggepustet. Zum Glück hatte die Waffe aufgrund der Kondensationsfeuchtigkeit mit Verzögerung gefeuert, sonst wäre Frank jetzt nicht mehr am Leben – dafür aber dieser blöde Wicht.

Als die Frau den Kühlschrank schloss, machte er sich auf das Schlimmste gefasst und schielte schon zu dem Messerblock in der Nähe hin, aber sie hielt nur eine halb leere Flasche Chardonnay in der Hand. Sie stellte die Flasche neben ihrem Weinglas auf der Arbeitsfläche ab, holte ein frisches Glas aus dem Schrank, schenkte ihm ein und sich nach. Automatisch nahm er das Glas entgegen, obwohl er keinen Schimmer hatte, was hier vor sich ging, und ihn das nervös machte.

»Sie bluten«, sagte sie und deutete mit dem Kinn auf den Blutfleck auf seinem Hemd. Sie lallte nicht, klang aber matt und emotionslos. Als hätte sie irgendeinen Tranquilizer geschluckt, Valium oder Xanax, ehe sie sich an den Chardonnay gemacht hatte.

»Ich habe mich in die Hand geschnitten«, sagte er verhalten. »Nicht schlimm. Ist schon besser jetzt.« Ob das stimmte, wusste er nicht, der Stacheldraht war rostig gewesen, der Einstich tief, aber er wollte auf keinen Fall, dass sie einen Arzt rief.

Sie sagte eine volle Minute lang gar nichts. Sah ihn nur an und trank. Frank hielt ihrem Blick stand, ohne sein Glas an die Lippen zu setzen. Der Hund blickte erwartungsvoll zwischen ihnen hin und her.

»Ich kenne Sie«, sagte sie schließlich.

Frank wartete darauf, dass sie weitersprach, doch es kam nichts. »Ich verstehe nicht«, sagte er.

»Aus dem Fernsehen.«

In Franks Magen fing es an zu kribbeln, und seine Arme überzogen sich mit einer Gänsehaut. »Ich glaube, Sie verwechseln mich mit jemandem.«

Sie schüttelte den Kopf. Runzelte leicht die Stirn, als wollte sie einen flüchtigen Gedanken festhalten. In ihre Augen kam mehr Leben, und ihre Stimme klang nun kräftiger, entschiedener. »In den Nachrichten zeigen sie ständig so ein Handyvideo. Eine lachende Familie. Ein Boot, das gegen die Brücke knallt. Ich habe es bestimmt dreißig Mal gesehen, bevor ich den Fernseher ausgeschaltet habe. Ich konnte es nicht mehr ertragen, es war zu schrecklich. Sie haben dieses Video gemacht, nicht wahr?«

Mist. Wenn sein Gesicht dort draußen herumgezeigt wurde, war es nur eine Frage der Zeit, bevor der Rat ihm wieder jemand auf den Hals hetzte. »Ja«, gestand er, »das war ich.«

»Die Sprecherin sagte, die Familie in dem Video hätte überlebt. Offenbar hat das älteste Kind es hochgeladen. Aber niemand schien zu wissen, was aus Ihnen geworden ist.«

»Ich bin froh, dass es ihnen gut geht«, sagte Frank. »Wir wurden durch die Explosion getrennt.« Weder gab er weitere Einzelheiten über sich preis, noch bot er eine Erklärung dafür an, warum er hier vor ihrem Haus aufgetaucht war, drei Kilometer von der Stelle der Videoaufnahme entfernt.

Wieder breitete sich Schweigen aus. Die Frau nippte an ihrem Wein, er ließ seinen stehen. Sie zitterte, bemerkte er, denn ihr Ehering schlug leise klirrend an das Glas, wenn sie es zum Mund führte.

»Ich tue Ihnen nichts«, sagte er.

Sie blinzelte ihn verwirrt an.

»Sie zittern.«

»Oh. Ich habe keine … Es ist nur …« Sie winkte ab, als wäre das Erklärung genug.

»Haben sie in den Nachrichten meinen Namen genannt?«

»Falls ja«, antwortete sie, »kann ich mich nicht daran erinnern.«

»Ich heiße Max«, sagte er. »Max Rausch.« Das war der Name auf all seinen gefälschten Ausweisen.

»Ich wünschte, ich könnte sagen, es ist schön, Sie kennenzulernen, Max. Ich bin Lois.« Sie prostete ihm halbherzig zu. Frank tat das Gleiche. Dann tranken sie, zwei Fremde in einem stillen Haus, er nur einen Schluck, sie das ganze Glas.

14. Kapitel

Hendricks sah von seinem Beobachtungsposten am Straßenrand aus zu, wie der große Sattelschlepper ruckelnd ansprang. Die Lichtleiste am Führerhaus flackerte auf, und die Druckluftbremsen gaben ein hydraulisches Zischen von sich. Dann gingen die Scheinwerfer an, drängten das Dunkel der Nacht zurück, und der Truck fuhr vom Parkplatz, wirbelte im Vorbeirumpeln ordentlich Staub auf. Hendricks wandte den Kopf ab und blinzelte die Körnchen weg, bis sein Blick wieder klar wurde.

Die Raststätte lag am Pennsylvania Turnpike, auf dem Abschnitt zwischen Harrisburg und Morgantown. Bei Tag sah man hier zweifellos die schönste Landschaft, nachts jedoch nur trostlose Schwärze, durchschnitten von dem schmalen Band eines kaum befahrenen Highways.

Das »Roadhouse« war ein Familienlokal, nicht Teil einer großen Kette, und wirkte wie ein Überbleibsel eines längst vergessenen Amerikas. Ein aus den Fünfzigerjahren des vergangenen Jahrhunderts stammendes Schild auf einem hohen Metallmast kündigte es weithin sichtbar an, doch die Farben waren verblasst und die umrahmenden Glühbirnen vermutlich schon seit Langem kaputt. Das Hauptgebäude bestand aus Betonschalsteinen, war schmutzig weiß und noch schmuddeliger an den Ecken von den Abgasen. Neonlicht fiel durch seine Fensterfront und tauchte die Raucher davor in einen trüben Schein. Zwei Reihen von Benzinpumpen flankierten es rechts und links. Dahinter gab es ein kleineres, fensterloses Gebäude, in dem sich die Duschen befanden, und dahinter wiederum einen Tag-und-Nacht-Parkplatz, auf dem ein Dutzend Sattelzüge Seite an Seite standen. Der kleinere

Parkplatz vorn war bis eben von dem gerade losgefahrenen Truck verdeckt gewesen.

Die Raststätte stand an der Kreuzung zweier Landstraßen, markiert durch eine gelb blinkende Ampelanlage. Auf der gegenüberliegenden Straßenseite befand sich in der einen Richtung ein niedriges Motel, dessen Neonschild »vacancy«, freie Zimmer, verkündete, und in der anderen Richtung ein kuppelförmiger, dunkelbrauner Behälter für Streusalz mit zwei stillgelegten Schneepflügen daneben, zwischen deren Reifen Unkraut spross.

Es war kurz vor drei Uhr morgens und nicht viel los. Der Imbisstresen war zu einem Viertel besetzt, während die Sitznischen außer Sicht um die Ecke lagen.

Hendricks beobachtete das Lokal seit einer Stunde und hatte immer noch eine Stunde Zeit bis zu seiner Verabredung. Die Fahrt von Long Island hierher hatte weniger als vier Stunden gedauert, aber er hatte der Person, die ihn hier treffen wollte, gesagt, dass er sechs brauchen würde – teils, weil er dachte, dass er Zeit einkalkulieren müsste, um einen neuen fahrbaren Untersatz zu klauen, teils, weil er den Laden zuerst checken wollte, ehe er reinging.

Was den fahrbaren Untersatz anging, hatte er sich geirrt. Wie sich herausstellte, hatte Cameron ein Auto um die Ecke stehen gehabt, einen vier Jahre alten Volvo-Kombi. Er war sauber, ein immer noch auf ihre Mutter angemeldetes Erbstück, und außerdem geräumig genug, dass er sich hinten langlegen und ausruhen konnte, während sie fuhr. Hendricks war heilfroh, dass sie der Typ war, der mit dem Fahrrad zur Arbeit fuhr, denn sonst würde ihr Auto jetzt noch auf dem Parkplatz des »Salty Dog« stehen, unerreichbar und nutzlos. So hingegen stand es nun auf dem Parkplatz des Motels gegenüber dem »Roadhouse«, und Cameron hockte am Steuer, damit sie die Raststätte von dort aus im Auge behalten konnte. Sie war ganz aus dem Häuschen gewesen, dass sie mitmachen durfte, aber er hatte sie gewarnt, dass sie sich nicht zu früh freuen solle, sie dürfe nichts weiter tun als beobachten, und das auch nur dieses eine Mal.

»Na klar, Boss«, hatte sie geantwortet.

Der Wind blies kühl und böig. Die einsame Straßenlampe schwankte hin und her. Der Himmel war klar und mit Sternen übersät, die Hitze des Tages schon längst ins All abgegeben. Hendricks zog den Reißverschluss seiner neuen Sweatshirtjacke hoch und verschränkte die Arme, um sich warm zu halten. Die Stiche an seiner Seite protestierten. Er überlegte, wie lange es her war, dass er vier Schmerztabletten auf dem Parkplatz eines Walmart in Hempstead, New York, mit Gatorade heruntergespült hatte, um sowohl den Schmerz zu betäuben als auch verlorene Körperflüssigkeit zu ersetzen.

Von seinem Ausguck auf einem der Schneepflüge sah er die Trucks kommen und gehen. Der ungepflasterte Abstellplatz hier war dunkel, und die Streusalzkugel hinter ihm verhinderte, dass man seine Silhouette sah.

Seine neuen Klamotten stammten ebenfalls aus dem Walmart: eine olivbraune Cargohose, ein dunkelblaues Henley-Shirt und das graue Reißverschluss-Hoodie. Sie passten einigermaßen, wenn auch nicht ganz, denn da seine alten Sachen voller Blut waren, hatte er Cameron zum Einkaufen hineinschicken müssen. Sie hatte bei der Gelegenheit noch ein paar andere Dinge besorgt: Verbandsmull, Pflaster und eine Packung Desinfektionstücher. Außerdem zwei Taschen-Ferngläser, Munition für die 45er von Pappas, mehrere billige Prepaid-Handys (Android-Smartphones zu seiner Überraschung – auch Wegwerfhandys hatten es in den vier Jahren, die er sie nun benutzte, weit gebracht). Zwei Bluetooth-Hörer, einen Rucksack, ein paar Snacks für unterwegs. Alles in allem eine ziemliche Rechnung, aber mit dem Bargeld, das Pappas Cameron im »Salty Dog« zugesteckt hatte, locker zu bezahlen.

Als sie beim Roadhouse-Restaurant angekommen waren, hatte er Cameron ein paarmal langsam daran vorbeifahren lassen, jedoch keine Anzeichen für einen Hinterhalt bemerkt. Allerdings auch kein Anzeichen von Evie, weshalb er entschieden hatte, dass sie sich an zwei Aussichtspunkten postieren und bei ständigem Telefonkontakt das Lokal eine Weile beobachten sollten.

»Hey«, sagte sie nun in seinem Ohr, »kannst du jetzt, da der Sattelschlepper weg ist, das Nummernschild von diesem Pick-up erkennen?«

Er hob das Fernglas an die Augen. Musterte den kastenförmigen alten Chevy – Baujahr Mitte der Achtziger, schätzte er, zweifarbig, rot und weiß. »Ja, ich kann es lesen.«

»Pennsylvania-Kennzeichen?«

»Yup.«

»Sehr gut. Ich wär dann so weit.«

Hendricks las ihr das Kennzeichen vor und hörte ihr Keyboard klackern. Richtete das Fernglas auf sie, während sie arbeitete, ihr Gesicht vom Bildschirm des Laptops geisterhaft beleuchtet und aus dieser Entfernung nur vage zu erkennen. Widerstrebend musste er sich eingestehen, dass es schön war, mal wieder ein bisschen Unterstützung zu haben. Und die Kleine war gut. Sie verstopfte die Leitung weder mit unnützem Geschwätz, noch beklagte sie sich, dass ihr langweilig sei. Sie war aufmerksam und auf Zack, ihre Konzentration unerschütterlich. Und sie hatte sich ohne größere Anstrengung in die Datenbank des Straßenverkehrsamts von Pennsylvania gehackt.

»Hier steht, er ist auf einen Stan Walters zugelassen«, sagte sie.

Hendricks' Adrenalinpegel schoss nach oben, und seine Hände fingen an zu schwitzen. Seine Brust fühlte sich an, als hätte sie jemand mit Helium gefüllt.

»Stan Walters« klang verdammt ähnlich wie »Stuart Walker«. So hieß Evies Ehemann, und die vom Zeugenschutzprogramm erfanden gern Decknamen, auf die ihre Schützlinge leicht reagierten, weil sie ihnen vertraut waren.

»Ha!«, machte Cameron.

»Was ist?«

»Also, ich habe natürlich die Adressen der Fahrzeughalter in der Datei gleich mit den Steuerverzeichnissen des jeweiligen Wohnorts verglichen.«

»Und?«

»Und die für Walters' Zulassung angegebene Adresse scheint nicht zu existieren.«

Das entscheidet es, dachte Hendricks. *Evie ist wirklich dort drin.* Er hoffte, dass es ihr gut ging. Fragte sich, wie lange sie schon wartete. Fragte sich, ob sie allein war oder Stuart dabeihatte. Fragte sich, zwischen Wunsch und Schuldgefühlen schwankend, ob Stuart überhaupt wusste, dass sie hier war.

»Das ist der Wagen, nach dem wir gesucht haben«, sagte er. »Ich gehe jetzt rein.«

»Hast du nicht gesagt, ich soll zuerst reingehen und mir den Laden genau ansehen, bevor du es riskierst?«, fragte sie, merklich enttäuscht.

Es stimmte, das hatte er gesagt. Cameron war die perfekte Späherin. Niemand suchte nach ihr. Niemand würde sie verdächtigen, mit ihm zusammenzuarbeiten, weil es keine bekannte Verbindung zwischen ihnen gab. Doch er konnte den

Gedanken nicht ertragen, Evie noch länger warten zu lassen – oder dass Cameron sie irgendwie erschreckte.

»Tja, der Plan hat sich geändert.«

Behutsam wegen seiner ziehenden Stiche kletterte er von dem Schneepflug herunter und schlug die Kapuze der Sweatjacke hoch. Dann trottete er über die Straße, die Hände tief in den Jackentaschen vergraben, in deren einer Pappas' .45 steckte. Die rauchenden Fernfahrer draußen beäugten ihn misstrauisch, als er aus der Dunkelheit auftauchte. Hendricks nickte ihnen im Vorbeigehen zu.

Im Restaurant drinnen roch es nach Fett. Der Fußboden bestand aus den allgegenwärtigen braunen Standardfliesen, abgewetzt und matt. Die Sitzbänke der Nischen und die Barhocker waren mit dunkelgrünem Vinyl bezogen, der Tresen und die Tische mit einem passenden grünen Furnier beschichtet, das wie Marmor aussehen sollte, aber vor allem dreckig wirkte. Auf dem Fernseher in der Ecke liefen die Nachrichten des Senders Fox, zum Glück leise gestellt. Eine Live-Aufnahme der Golden Gate Bridge war per Greenscreen-Technik hinter den Sprechern eingeblendet. An der Westküste ging es auf Mitternacht zu, aber die Rettungsteams rangen immer noch damit, die Brände zu löschen und die Brücke zu evakuieren. Rauch- und Dampfwolken wurden von innen durch Feuer und Blaulicht beleuchtet.

Ein Koch an der Grillpfanne, Halsbart, T-Shirt, Schürze, Pferdeschwanz. Zwei Männer am Tresen. Einer fett und wie ein Sack auf seinem Hocker hängend, Arschfalte zwischen Arbeitsshirt und schmutzstarrender Jeans sichtbar. Der andere alles harte Kanten – Knie, Ellbogen, Nase, Adamsapfel – und ständig mit einem seiner dünnen Beine zuckend, während er krumm über seinen Kaffee gebeugt saß. Ein Ehepaar an einem Tisch, anscheinend beide Fernfahrer, unterhielt sich halblaut bei zwei Tellern paniertem Beefsteak. Alle wirkten sie angespannt, nervös, sorgenzerfurcht.

Und dann sah er sie.

Nur dass es die falsche *Sie* war.

Nicht Evie.

Sondern Special Agent Charlotte Thompson.

Sie hatte die Hände um eine Tasse Kaffee gelegt und den Blick auf ihn gerichtet, als er wie vom Donner gerührt mitten im Lokal stehen blieb.

»Entspannen Sie sich«, sagte sie seufzend. »Ich bin allein.« Falls jemand von den anderen Gästen das hörte, so kümmerte er sich nicht darum. Hendricks ging zögerlich auf ihre Nische zu und achtete dabei auf jede Andeutung von Bewegung im Augenwinkel, die ihn umzingelnde FBI-Agents signalisieren konnte.

»Was zum Teufel machen Sie hier?«

»Das ist eine lange Geschichte.«

»Machen Sie's kurz.«

»Ist schwierig in dem Fall. Setzen Sie sich, ich spendiere Ihnen einen Kaffee und erkläre alles.«

Hendricks blieb stehen.

»Arbeiten Sie immer noch fürs FBI?«

»Ja.«

»Gehöre ich immer noch zu den Meistgesuchten auf Ihrer Fahndungsliste?«

»Ja.«

»Dann kaufe ich mir meinen Kaffee lieber selber, und zwar woanders, danke.«

Er machte auf dem Absatz kehrt.

»Warten Sie!«, rief Thompson. »Bitte.«

Er blieb stehen. Sah sie über die Schulter hinweg an. Sein Bauchgefühl schrie ihm zu, sich davonzumachen. Seine Messerwunde brachte ihn bei der Drehbewegung beinahe wirklich zum Schreien.

»Nennen Sie mir einen vernünftigen Grund«, sagte er. »Einen einzigen Grund, warum ich nicht schnellstmöglich von hier, vor Ihnen, abhauen sollte.«

Sie schluckte schwer und runzelte die Stirn. Er stellte fest, dass sie aufgeregt war. »Hören Sie«, sagte sie, »beim FBI weiß niemand, dass ich hier bin. Wenn ich heute Nacht umkommen würde ... spurlos verschwinden würde ...«

»Ich habe keinen Anlass, Sie umzubringen«, sagte er scharf, empört über die Unterstellung.

»Das weiß ich. Wirklich. Ich wollte Ihnen nur klarmachen, was für ein Risiko ich eingehe, wenn ich mich mit Ihnen treffe. Meine Karriere, mein *Leben,* liegen in Ihrer Hand.«

»Mag sein, aber wieso? Wenn Sie solche Angst vor mir haben, warum sind Sie dann hergekommen?«

»Weil es sonst niemanden gibt, an den ich mich wenden kann. Weil ich Ihre Hilfe brauche.«

15. Kapitel

Als Thompson das Außenbüro in New Haven verlassen hatte, war sie mit ihrem Ford Escape wie versprochen Richtung Süden gefahren, auf Washington, D.C., zu. Doch hinter Trenton, New Jersey, war sie von der I-95 abgebogen und westwärts nach Lancaster County, Pennsylvania, gekurvt.

Grüne Felder erstreckten sich zu beiden Seiten, als sie durch die in der Dämmerung liegende Landschaft brauste. Der Sonnenuntergang erhellte den Horizont wie ein Leuchtsignal, Pinktöne verschwammen mehr und mehr mit Indigoblau. Der Himmel wirkte so viel weiter hier draußen als in D.C. Die höchsten Gebäude waren Getreidesilos, und Bäume waren zumeist an die naturbelassenen Ränder zwischen den riesigen Ackerflächen verbannt. Heuballen warfen lange Schatten über die Wiesen.

Schließlich kam sie schaukelnd auf einer gewundenen Landstraße zum Halten, direkt neben einem bescheidenen Haus im Ranchstil, das zwar gepflegt aussah, aber einen Anstrich nötig hatte. Petunien wuchsen in Hängekörben auf der Veranda, und an der Seite gab es einen von einem Maschendrahtzaun geschützten Garten. Tomatenpflanzen raschelten im lauen Abendwind.

Innen und außen brannte Licht, die Vorhänge waren zugezogen. Sie teilten sich einen Spaltbreit, als sie anhielt, und fielen wieder zu, bevor sie ausgestiegen war.

Trockenes Gras knisterte unter ihren Füßen, als sie über den Rasen ging. Sie stieg die Verandatreppe hinauf, doch bevor sie dazu kam anzuklopfen, sprach ein Mann sie von hinten an.

»Hände hoch, sodass ich sie sehen kann.«

Thompson gehorchte.

»Gut. Jetzt ganz langsam umdrehen.«

Sie tat es und blickte in den mattgrauen Lauf eines Gewehrs, der im Schein der Verandalampe schimmerte.

»Wenn Sie mit dem Ding schießen wollen«, sagte sie, »sollten Sie es fest an der Schulter anlegen. So locker mit dem Oberarm gestützt, würden Sie mich wahrscheinlich sogar aus dieser Distanz verfehlen und sich am Ende obendrein den Arm brechen.«

»Charlie?«

»'n Abend, Stuart.«

Er senkte das Gewehr. »Herrgott, Charlie, Sie haben uns vielleicht einen Schreck eingejagt!« Dann lauter: »Evie, du kannst herauskommen, es ist Charlie Thompson!«

Die Haustür ging auf, und Evelyn Walker trat heraus. Sie sah sehr schön, wenn auch etwas erschöpft aus in ihrem geblümten Sommerkleid und mit dem zu einem lockeren Knoten aufgesteckten Haar. Ihr Gesicht war sonnengebräunt, ihr Blick müde. Ein pausbäckiges Baby hing an ihrer Hüfte.

Vor drei Jahren hatte Thompson begonnen, gegen einen neuen Profikiller in der Szene zu ermitteln, der es ausschließlich auf andere Killer abgesehen zu haben schien. Er war talentiert, schwer zu fassen. Mied stets alle Überwachungskameras oder deaktivierte sie. Hinterließ nie Fingerabdrücke oder DNA-Spuren. Ihre Kollegen zweifelten anfangs an seiner Existenz und bezeichneten ihn spöttisch als ihren »Geist«. Irgendwann aber sprachen die von ihr angehäuften Beweise für sich.

Sie hatte zuerst angenommen, dass der Unbekannte für ein neues, aufstrebendes Verbrechersyndikat arbeitete und die Konkurrenz ausschalten wollte. Doch da täuschte sie sich.

Im vergangenen Jahr dann hatten sich ihre Wege in einem Casino in Kansas City gekreuzt. Sie war einem Profikiller namens Leonwood auf der Spur gewesen – und ihr rätselhafter Killerkiller ebenfalls. Weder sie noch er hatten geahnt, dass Leonwood nur ein Köder war, der ihren »Geist« anlocken sollte, damit ein Auftragsmörder namens Engelmann ihn erledigen konnte.

Engelmann war dann auch der Grund, weshalb der Einsatz im Casino brutal danebenging. Mehr als dreißig Menschen kamen dabei um, und Thompson wäre selbst darunter gewesen, wenn der »Geist« nicht seine Unsichtbarkeit aufgegeben hätte, um ihr das Leben zu retten.

Nachdem Engelmann die Identität seines anvisierten Opfers herausbekommen hatte, hatte er sich schnurstracks auf den Weg zu Hendricks' ehemaliger Verlobter, Evelyn Walker, gemacht. Hendricks kam ihm zwar zuvor, sah sich aber gezwungen preiszugeben, dass sein Soldatentod im Einsatz nur vorgetäuscht gewesen war und er das Töten von Menschen zu seinem Beruf gemacht hatte. Obwohl er Engelmann letztlich ins Jenseits beförderte, konnte er doch auf Dauer nicht für Evies Sicherheit garantieren, und so hatte er Thompson genötigt, Evie und ihre kleine Familie in das staatliche Zeugenschutzprogramm WITSEC aufzunehmen.

»Du meine Güte«, sagte Thompson, »ist das Lucy? Die ist ja groß geworden!«

»Acht Monate alt nächste Woche«, sagte Evie.

»Krabbelt sie schon?«

»Und wie. Sie flitzt herum wie nichts, die arme Abby kann kaum mithalten.« Abigail war die Bulldogge der Walkers, die sogleich mit wedelndem Stummelschwanz herausgetapst kam, als sie ihren Namen hörte.

»Dauert nicht mehr lange, dann fährt sie Auto«, bemerkte Thompson.

Evie lächelte matt. »Ich vermute, Sie sind nicht einfach nur vorbeigekommen, um nach dem Baby zu sehen.«

»Nein, das stimmt.«

»Dann sollten Sie vielleicht reinkommen und uns erzählen, weshalb Sie den weiten Weg auf sich genommen haben.«

Sie gingen ins Haus, wo Evie Thompson mit einer Geste einlud, sich zu setzen. Lucy zappelte in ihren Armen und fing an zu schreien. »Sieht aus, als gehörte hier jemand schleunigst ins Bett. Stu, hol doch unserem Gast was zu trinken, während ich Lucy hinlege, ja?«

»Na klar. Was kann ich Ihnen anbieten, Charlie? Kaffee? Wasser? Eistee?«

»Ehrlich gesagt«, antwortete Thompson, »hätte ich am liebsten ein Bier, wenn Sie eins dahaben.«

Er zog eine Augenbraue hoch. »Ich dachte, Cops dürfen im Dienst nicht trinken.«

»Ich bin eigentlich nicht im Dienst.«

Stuart ging in die Küche und kam mit zwei PBR-Longneckflaschen wieder, von denen er ihr eine reichte. Sie drehte den Deckel ab und nahm einen Zug.

»Also«, sagte Evie, als sie zurückkam, »was können wir für Sie tun?«

Einen Moment lang herrschte verlegenes Schweigen. Thompson trank ihr Bier und überlegte, wo sie anfangen sollte.

»Als Erstes müssen Sie wissen, dass ich nicht in offizieller Eigenschaft hier bin«, sagte sie. »Im Gegenteil, wenn das Bureau je erfährt, dass ich hier war, bin ich meinen Job los – vielleicht sogar meine Freiheit.«

»Jetzt verstehe ich gar nichts mehr«, sagte Evie. »Worum geht es denn eigentlich?«

Thompson seufzte. »Stuart, würde es Ihnen etwas ausmachen, uns kurz allein zu lassen?«

»Evie und ich sind ein Team. Alles, was Sie ihr sagen, können Sie auch mir sagen.«

Thompson sah Evie an, die fast unmerklich nickte.

»Evie, Sie müssen mir helfen, mit Michael Hendricks in Kontakt zu treten.«

Stuart verzog angewidert das Gesicht. »Sie meinen dieses Arschloch, das unser Haus in die Luft gejagt und uns gezwungen hat, als Untergetauchte zu leben?«

»Langsam, Stu«, sagte Evie. »Das bringt doch jetzt nichts.« Sie wandte sich wieder an Thompson. »Warum wollen Sie ihn kontaktieren?«

»Haben Sie die Nachrichten gesehen?«

»Ja. Es ist furchtbar. Aber Sie können doch nicht glauben, dass Michael etwas damit zu tun hat?«

»Nein, natürlich nicht. Doch es wird überall dieses Handyvideo von dem Anschlag verbreitet, und der Mann, der es gemacht hat, ist in Gefahr. Er hat sich vor einigen Jahren zum Kronzeugen gegen einige sehr gefährliche und sehr mächtige Kriminelle gewandelt. Sie haben versucht, ihn umzubringen, bevor er aussagen konnte, und bis heute dachten alle, Gute wie Böse, dass es ihnen auch gelungen war. Und jetzt, da er offensichtlich lebendig wieder aufgetaucht ist, werden sie es garantiert wieder versuchen, und das kann ich nicht zulassen. Ich brauche Michael, um ihn zu beschützen.«

»Das ist nicht Ihr Ernst«, sagte Stuart.

»Leider doch.«

»Warum können Sie das denn nicht selbst tun? Sie sind vom FBI, Herrgott noch mal!«

»Es ist mir untersagt worden. Wir haben zu wenig Leute, das FBI ist zurzeit überfordert. Bis wir diese Schweine, die uns angegriffen haben, gefasst haben, sind mir die Hände gebunden.«

Evie runzelte die Stirn. »Selbst wenn ich Ihnen helfen wollte, wie kommen Sie darauf, dass ich auch nur die leiseste Ahnung habe, wie?«

Thompson seufzte. »Weil Sie sich monatelang geweigert haben, gegen Michael auszusagen, und dann auf einmal einverstanden waren. Weil ich zufällig weiß, dass er *wollte,* dass Sie bundespolizeilichen Schutz annehmen, auch wenn das bedeutete, mit uns gegen ihn zu kooperieren. Weil …« Sie unterbrach sich und schielte kurz zu Stuart hin, unsicher, ob sie auch diesen Grund in Worte fassen sollte. *Weil Ihnen trotz allem immer noch etwas an ihm liegt.* Doch sie brauchte gar nichts zu sagen. Evie verstand sie auch so und brachte sie mit einem Blick zum Schweigen.

»Das ist doch Schwachsinn«, polterte Stuart. »Sie können hier nicht einfach auftauchen und meine Frau beschuldigen, sie hätte …«

»Stu, reg dich ab. Sie hat recht. Michael und ich stehen miteinander in Verbindung.«

»Bist du noch ganz bei Trost? Nach allem, was er uns zugemutet hat?«

»So einfach ist das nicht, Stuart. Er hat uns das Leben gerettet. Und ob es dir passt oder nicht, ich war mal mit ihm zusammen. Außerdem ist es ja nicht so, dass wir uns heimlich Liebesbriefe geschrieben hätten. Er hat mich vor ein paar Monaten kontaktiert und darauf bestanden, dass ich das Angebot des FBI annehme. Er hat mich beschworen, nicht zu lügen oder mit irgendwas hinterm Berg zu halten, um ihn zu schützen. Nur so könne ich für die Sicherheit meiner Familie sorgen, meinte er. Also habe ich auf ihn gehört. Lucy zuliebe. *Dir* zuliebe.«

»Und um seinen beschissenen Märtyrerkomplex zu nähren.«

»Das ist jetzt nicht fair.«

»Ach nein? Entschuldige, Evie, aber dein Ex-Freund ist kein traumatisierter Soldat mit einem goldenen Herzen – er ist ein durchgeknallter Loser, der Leute für Geld umbringt. Je eher du dir das klarmachst, desto besser.«

»Verlobter«, sagte sie.

»Wie bitte?«

»Er ist nicht mein Ex-Freund, sondern mein Ex-Verlobter.«

Bebend vor Wut holte Stuart weit aus und schleuderte seine Bierflasche gegen die Wand. Es regnete Scherben und Schaum, und Thompsons Hand zuckte unwillkürlich zu ihrer Waffe, aber Stuart war schon halb an der Hintertür. Er riss sie mit solcher Wucht auf, dass das ganze Haus erzitterte, und verschwand in der Nacht.

Tränen glänzten in Evies Augen. Abigail kauerte sich zu ihren Füßen. Weiter hinten im Flur begann Lucy zu weinen.

»Es tut mir leid«, sagte Thompson. »Ich wollte weiß Gott keinen Keil zwischen Sie beide treiben. Glauben Sie mir, wenn ich eine andere Möglichkeit sähe, wäre ich nicht hier.«

»Machen Sie sich keine Gedanken wegen Stu. Der beruhigt sich schon wieder. Er braucht nur ein bisschen Zeit.«

»Ich hoffe es«, erwiderte Thompson, weil ihr nichts anderes einfiel.

»Schwören Sie mir, dass das kein Trick ist? Denn wenn doch …«

»Nein. Ich schwöre es.«

»Und Sie denken wirklich, dass Michael diesen Mann beschützen kann?«

»Ehrlich gesagt, ich weiß es nicht, aber wenn es jemand kann, dann er.«

Evie wischte sich die Augen und nickte.

»Okay«, sagte sie, »ich mache mit.«

16. Kapitel

Hendricks rutschte auf die Sitzbank Thompson gegenüber. Sie trank von ihrem Kaffee und setzte den Becher mit beiden Händen wieder ab. Das tat sie mit Absicht, wusste er, wollte ihn so darauf aufmerksam machen, dass sie unbewaffnet war. Er selbst hatte die Hände immer noch tief in den Taschen seines Hoodies, die rechte schweißfeucht um den Rautenstrukturgriff der entwendeten .45 gelegt.

»Ist das Evies Pick-up da draußen?«, fragte er.

»Ja. Ich dachte, Sie suchen gleich wieder das Weite, wenn Sie mein Auto sehen, also habe ich ihn mir ausgeliehen.«

»Ist alles okay mit ihr?«

»Evie geht es gut. Ich soll Sie schön grüßen.«

Hendricks zögerte. »Und das Baby?«

»Wunderhübsch«, sagte Thompson. »Ganz die Mutter. Stuart lässt Sie auch grüßen«, fügte sie hinzu.

»Ich glaube, da haben Sie ihn irgendwie falsch verstanden«, erwiderte er.

Eine Kellnerin kam herbeigeschlurft, um seine Bestellung aufzunehmen. Ihre müden Augen, die fettig glänzende Haut und die spröden Locken ließen vermuten, dass ihre Schicht schon am frühen Abend angefangen hatte.

Hendricks bat um einen schwarzen Kaffee. In seinem Ohr stöhnte Cameron: »Ooh, bring mir auch einen mit!« Er hatte völlig vergessen, dass sie noch in der Leitung war. Rasch drückte er die Taste an seinem Bluetooth-Hörer, mit der der Anruf beendet wurde. Thompson zog die Augenbrauen hoch, sagte aber nichts.

Nachdem die Kellnerin seinen Kaffee gebracht hatte und wieder gegangen war, sagte er: »Ich höre.«

»Sie wissen vermutlich, was in San Francisco passiert ist?«

»Ja, ich hab's gesehen. Schrecklich. Wie geht es mit den Rettungsarbeiten voran?«

»Sehr langsam, soweit ich weiß. Durch die Beschädigung der Bausubstanz ist es äußerst schwierig, die Trümmer aus dem Weg zu schaffen. Jeder falsche Handgriff könnte eine neue Katastrophe auslösen.«

»Was ist das mit diesem ›Wahren islamischen Kalifat‹? Ich

muss gestehen, dass ich noch nie von denen gehört hatte. Sind Sie denen schon auf der Spur? Irgendeine Ahnung, was die sonst noch geplant haben könnten?«

»Wir gehen verschiedenen Hinweisen nach«, gab sie die Routineantwort, verdrehte dann aber selbst die Augen darüber und sackte ein wenig in sich zusammen. »Ach, scheiß drauf, wem sollten Sie es schon weitererzählen? Die Wahrheit ist, vor dem Anschlag heute hatten wir diese Typen kaum auf dem Schirm. Niemand dachte, dass sie das Know-how oder überhaupt den Mumm hätten, so etwas durchzuziehen. Was bedeutet, dass wir schwer hinterherhinken und nicht die geringste Vorstellung davon haben, wann oder wo sie als Nächstes zuschlagen könnten.«

»Ich schätze, diese Arschlöcher zu finden ist im Moment oberste Priorität beim FBI«, sagte Hendricks. Thompson nickte zustimmend. »Was die Frage aufwirft: Was machen Sie hier?«

»Haben Sie das Handyvideo gesehen, das ständig in den Nachrichten gezeigt wird?«

»Natürlich. Wer nicht?«

»Der alte Mann, der es filmt, ist ein ehemaliger Mafioso namens Frank Segreti«, erklärte Thompson. »Er kam vor sieben Jahren in unsere Außendienststelle in Albuquerque gewankt, halb verrückt und schwer verletzt, und verlangte, mit dem befehlshabenden Special Agent zu sprechen. Ich hatte an dem Abend Dienst am Empfang. Es war schon ziemlich spät und stürmte draußen. Der Kerl sah so fertig aus, dass ich ihn zuerst für einen verwirrten Obdachlosen hielt, der Schutz vor dem Regen suchte, und den Wachdienst rief. Er setzte die Männer alle im Handumdrehen außer Gefecht. Dann hielt er mir eine von ihren Waffen an den Kopf und befahl mir, meinen Chef anzurufen. Das tat ich, woraufhin er die Waffe niederlegte und sich ergab.«

»Was wollte er?«

»Rache. Schutz. Ein Publikum, das ihm zuhört. Wohlgemerkt, ich war nicht dabei, als er vernommen wurde, und seine Akte steht dermaßen unter Geheimhaltung, dass ich immer noch nicht die Freigabe bekommen habe, sie vollständig einzusehen, aber er hat mich ganz schön zugetextet, als ich ihn auf einer dreistündigen Autofahrt zu einem sicheren Haus des FBI in Las Cruces eskortiert habe. Er behauptete, es gebe eine Schattenorganisation, so eine Art Kriminellen-UNO, wie er es darstellte, die innerhalb der Vereinigten Staaten hinter den Kulissen operiert. Jedes große Verbrechersyndikat des Landes hätte einen Sitz am Tisch, und man könne ohne die Genehmigung dieser Leute nicht mal ein Kilo Koks in den achtundvierzig US-Festlandstaaten verschieben. Er sagte, er hätte jahrelang für sie gearbeitet, sei ihre ›rote rechte Hand‹ gewesen. Nannte sich des Teufels Vollstrecker.«

Hendricks bekam einen trockenen Mund, als er das hörte. So beiläufig wie möglich fragte er: »Hat er gesagt, wie diese Organisation heißt?«

»Wir kamen nie dazu, seine Geschichte zu verifizieren, müssen Sie bedenken, aber er sagte, sie nenne sich schlicht ›der Rat‹.« Thompson musterte ihn eindringlich. »Sagt Ihnen das was?«

Es hatte keinen Zweck zu lügen, merkte er. Sie kannte die Antwort, las sie an seiner Körpersprache ab, seinen geweiteten Pupillen. »Ja.«

Thompson schlug triumphierend mit der Faust auf den Tisch. Kaffee schwappte über die Resopalplatte, und alle Köpfe fuhren zu ihnen herum. Hendricks, dessen Überleben davon abhing, in jeder beliebigen Umgebung so unauffällig wie möglich zu bleiben, fühlte sich wie durch ein Vergrößerungsglas betrachtet. Er warf ihr einen vernichtenden Blick zu, sagte aber nichts, bis sich die anderen Gäste nacheinander abwandten und ihre Gespräche wieder aufnahmen.

»Ich muss Sie ja wohl nicht daran erinnern, was für uns beide auf dem Spiel steht, wenn uns jemand zusammen sieht und sich das merkt«, murmelte er schließlich.

»Nein, ich weiß. Tut mir leid. Aber verstehen Sie, Segretis Auftauchen in Albuquerque hat inzwischen quasi Legendencharakter beim FBI. Die meisten Kollegen denken, dass er sich mit seinen verrückten Geschichten nur aufspielen wollte, dass seine Informationen übertrieben oder gar frei erfunden waren, damit wir uns bereit erklären, ihn zu beschützen. Man kann ihnen die Skepsis nicht verübeln – der Gedanke, dass eine Organisation dieser Größenordnung ohne jegliches Wissen des FBI ihr Unwesen treibt, scheint ziemlich weit hergeholt, und obendrein ist der Typ einfach so mir nichts, dir nichts bei uns aufgetaucht.«

»Aber Sie glauben ihm.«

»Ich habe mit eigenen Augen gesehen, zu was er fähig ist. Außerdem hatte ich auch mal die fixe Idee, dass da ein neuer Killer auf der Bildfläche erschienen ist – einer, der wild entschlossen zu sein scheint, die Konkurrenz auszuschalten. Die FBI-Bosse haben mich für verrückt gehalten. Meinten, niemand könne so viele Profis im Alleingang erledigen. Wie sich herausstellte, hatte ich recht. Sagen wir, ich habe gelernt, auf mein Bauchgefühl zu vertrauen.«

»Ihr Bauchgefühl liegt falsch, was mich betrifft. Ich bin nicht wie die Männer, die ich getötet habe. Das waren schlicht und einfach Ungeheuer. Die Welt ist ohne sie besser dran.«

»Es steht Ihnen aber nicht zu, darüber zu entscheiden, oder?«

Hendricks zuckte die Achseln. »Ich habe sie aufgehalten, weil ihr es nicht konntet. Mein Gewissen ist rein.«

»Tatsächlich?«

»Was *diese* Toten angeht, ja.«

Sie verstummten einen Moment, denn der Geist von Lester Meyers verfolgte sie beide. Hätte Hendricks ihn nur nicht in sein Geschäft mit hineingezogen. Wäre Thompson nur *vor* Engelmann bei ihm gewesen statt erst kurz danach.

Hendricks räusperte sich verlegen. »Segreti kommt also bei Ihnen reinmarschiert und verspricht Ihnen das Blaue vom Himmel. Aber«, er deutete mit dem Kopf nach oben, »das Blau ist immer noch da, wo es hingehört. Was ist schiefgelaufen? Wieso sitzen Sie jetzt hier?«

»Das sichere Haus wurde verraten. Jemand hat es in die Luft gesprengt, bevor wir damit fertig waren, ihn näher zu befragen. Vier FBI-Leute sind dabei ums Leben gekommen, außerdem zwei U.S. Marshals und zwei Staatsanwälte. Und, wie wir glaubten, Segreti. Durch die starke Explosion war von den meisten dort drin nur noch Asche übrig, aber wir konnten DNA von ihm aus ein paar Überresten isolieren. Sie deckte sich mit den Proben von dem Verbandsmull, mit dem wir seine Wunden verarztet hatten, während er in unserem Büro in Albuquerque in Schutzhaft saß. Beim Verbandwechseln hatten wir etwas davon aufbewahrt, damit wir es durch die Datenbank mit den DNA-Profilen jagen und sehen konnten, ob es irgendwelche relevanten Vorstrafen gab. Zu dem Zeitpunkt wussten wir noch nicht, ob er der war, der er zu sein vorgab.«

»Man sollte meinen, wenn jemand Ihr sicheres Versteck in die Luft jagte, müsste das eine ausreichende Bestätigung seiner Aussage sein.«

»Ja, sollte man meinen. Aber als wir im Laufe der Jahre keine Beweise für Segretis Phantomorganisation beibringen konnten, vergaßen die leitenden Special Agents, die im Gegensatz zu mir nicht direkt an dem Fall beteiligt waren, das Ganze irgendwie.«

»Diese Bombe … denken Sie, Sie hatten da einen Maulwurf? Jemand, der alles an den Rat verpfiffen hat?«

»Vielleicht, vielleicht auch nicht. Schwer zu sagen. Niemand hatte an dem Tag seine Schicht ausfallen lassen. Es gibt keinen Nachweis für irgendwelche abgehenden Anrufe aus dem sicheren Haus. Die Gesprächsnachweise der Handys seiner Bewacher waren sauber.«

»Das Nichtvorhandensein von Beweisen …«

»… ist kein Beweis für das Nichtvorhandensein, ich weiß«, sagte Thompson. »Genauso wahrscheinlich aber ist es, dass der Rat ihn irgendwie über einen Sender geortet hat oder so. Wir wissen nichts darüber, wie sie arbeiten.«

Hendricks fand das eher unwahrscheinlich. Der Rat pflegte durch Treue und Furcht zu manipulieren. Es war viel naheliegender, dass sie jemanden unter Druck gesetzt hatten, als dass sie sich auf raffinierte technische Gerätschaften verließen. Doch Thompson glaubte an den Rechtsstaat und an die Behörde, für die sie arbeitete, und war daher nicht willens, der Tatsache ins Gesicht zu sehen, dass es auch auf ihrer Seite korrupte Typen gab. Hendricks verstand sie. Damals als jungem Soldaten war es ihm genauso gegangen.

»Hören Sie«, sagte er, »das ist ja eine faszinierende Geschichte, aber ich muss gestehen, dass mir immer noch nicht klar ist, warum wir hier beieinandersitzen.«

»Segretis Gesicht war auf jedem Bildschirm im Land zu sehen. Meinen Sie, die Leute, die vor sieben Jahren versucht haben, ihn umzubringen, werden jetzt nicht alles daransetzen, die Sache zu Ende zu bringen?«

»Natürlich werden sie das. Was aber heißt, dass sie sich eine Blöße geben müssen. Und in Anbetracht der Tatsache, dass

Sie für eine der mächtigsten Strafverfolgungsbehörden der Welt arbeiten, sollte Sie das vor mehr Möglichkeiten als Probleme stellen. Spüren Sie Segreti still und heimlich auf. Legen Sie eine Falle, mit ihm als Köder. Schnappen Sie sich alle, die hinter ihm her sind, und sperren Sie sie in ein dunkles Verlies, bis sie reden.«

»Glauben Sie, darauf wäre ich noch nicht gekommen? Nichts würde ich lieber tun. Das Problem ist, dass die FBI-Oberen nichts davon wissen wollen – sie sind viel zu sehr auf den Anschlag fokussiert. Nach Segreti zu fahnden kommt ihnen so aussichtslos vor, dass ich meine Vorgesetzte noch nicht mal dazu kriege, wenigstens einen Versuchsballon zu starten.«

»Ist Ihre Vorgesetzte nicht Kathryn O'Brien? Ich dachte, Sie beide wären …«

Thompsons Miene verfinsterte sich. »Sind wir auch«, sagte sie in einem Ton, der Hendricks nahelegte, das Thema schleunigst fallen zu lassen. Er konnte es ihr nicht verübeln. Bei ihrer letzten Begegnung hatte er O'Brien und Thompsons Schwester Jess mit dem Tod bedroht, um Thompson dazu zu zwingen, Evie in das Zeugenschutzprogramm aufzunehmen. Das war zwar geblufft gewesen, er hatte nie die Absicht gehabt, ihnen etwas anzutun, aber wie er selbst nur allzu gut wusste, waren geliebte Menschen ein gutes Druckmittel.

»Also ist Ihnen nichts Besseres eingefallen, als ausgerechnet zu mir zu kommen?«

»Menschen zu beschützen, auf die ein Kopfgeld ausgesetzt ist, ist schließlich Ihr Spezialgebiet«, entgegnete sie. »Und ich kann nicht behaupten, dass mir viele andere Möglichkeiten offenständen. Außerdem decken sich unsere Interessen in diesem Fall, so unwahrscheinlich es klingen mag.«

»Ach ja? Glauben Sie wirklich? Normalerweise werde ich

für meine Dienste gut bezahlt, und ich tippe darauf, dass weder Sie noch Segreti genug auf der hohen Kante haben, um mein Honorar aufzubringen.«

Thompson verzog den Mund zu einem müden Lächeln. »Wenn wir schon mal dabei sind, stillen Sie meine Neugier: Wie hoch ist Ihr Honorar? In all meinen Gesprächen mit Evie sind nie Zahlen genannt worden.«

Kein Wunder, dachte Hendricks. Als er gezwungen gewesen war, Evie zu gestehen, dass er die letzten Jahre als Auftragsmörder gearbeitet hatte, hatte er den Aspekt, dass er todgeweihte Menschen rettete, stark betont und den, dass er ihnen einen Haufen Geld dafür abknöpfte, stark heruntergespielt.

»Das Zehnfache des auf meine Kunden ausgesetzten Kopfgelds«, antwortete er.

»Und wenn Ihre Kunden Sie sich nicht leisten können?«

Das war die Gretchenfrage, die Hendricks sich schon selbst tausendmal gestellt hatte. »Dann sind sie zumindest gewarnt und können türmen.«

»Das ist verdammt kaltherzig.«

»So ist das Leben. Die meisten Leute, die ich beschütze, sind keine Heiligen. Und ich töte nie ohne guten Grund.«

»Hört sich für mich nach Schönfärberei an, wenn Geld als ›guter Grund‹ zählt.«

»Das meiste davon habe ich Evie geschickt«, erwiderte er. »Nicht dass sie gewusst hätte, woher es kam, sie dachte, es stammt aus einem Vergleich mit einem Hersteller von fehlerhaften ballistischen Schutzwesten. Der Rest, abzüglich der Betriebskosten, ging an Lester.«

»Na, ich vermute mal, dass Sie selbst auch etwas für magere Zeiten zurückgelegt haben.«

»Habe ich«, sagte er. »Aber das vergangene Jahr war klapperdürr.«

»Warum? Musste niemand gerettet werden?«

»Daran liegt es nicht. Meine Mission ist jetzt eine andere, sagen wir mal.«

»Lassen Sie mich raten«, sagte Thompson, »Rache statt Rettung?«

»Ich nenne es lieber Gerechtigkeit. Ich hatte genug davon, das Monster nur in die Waden zu kneifen. Bin zu dem Schluss gekommen, dass ich meine Zeit sinnvoller nutze, wenn ich auf seinen Kopf abziele.«

»Aha? Und wie geht es voran?«

»Langsam«, räumte er ein. »Aber das brauche ich Ihnen ja nicht zu sagen. Das FBI arbeitet daran, das organisierte Verbrechen auszumerzen, seit es noch nicht mal das FBI war.«

»Stimmt«, antwortete sie. »Weshalb Segretis Wiederauftauchen ein Glücksfall für uns beide ist.«

»Ach ja? Inwiefern?«

»Als ich dieses Video zum ersten Mal gesehen habe, habe ich an das gedacht, was er damals sagte, als er zu uns kam. Dass man noch nicht mal ein Kilo verticken könne, ohne dass der Rat sein Okay gibt. Also habe ich mich gefragt, wenn dieser Rat wirklich existiert, müsste er es dann nicht auch gewesen sein, der angeordnet hat, Michael Hendricks umzunieten?«

Hendricks sagte nichts darauf. Er saß reglos da, und auch sein Gesicht zeigte keine Reaktion, abgesehen von einem kaum merklichen Zucken der Kiefermuskulatur. Doch das genügte schon. Thompson sah es und wusste, dass sie recht hatte.

»Ist Ihnen klar, was Sie da von mir verlangen? Sie erwarten, dass ich, ein gesuchter Krimineller, eine der umfangreichsten polizeilichen Ermittlungen in der Geschichte der Vereinigten Staaten anleiere und versuche, einen Mann ausfindig zu machen, der zweifellos alles in seiner Macht Stehende tun wird, um nicht gefunden zu werden. Und dann, falls ich tatsächlich das irrwitzige Glück habe, den Kerl aufzuspüren, soll ich ihn vor der mächtigsten kriminellen Vereinigung der Welt beschützen.«

»Genau.«

»Sie haben den Verstand verloren.«

»Hab ich das? Denken Sie mal daran, was Sie dem Rat mit Segretis Hilfe für einen Schaden zufügen können.«

»Vorausgesetzt, seine Infos sind noch einen Pfifferling wert«, erwiderte Hendricks. »Gut, nehmen wir mal an, ich finde ihn. Was macht Sie so sicher, dass ich ihn an Sie übergebe?«

»Ganz ehrlich? Gar nichts. Aber zumindest bleibt er mit Ihnen an seiner Seite so lange am Leben, dass ich ihn mir eventuell noch mal vornehmen kann. Und wer weiß, am Ende übergeben Sie ihn uns ja vielleicht doch, und sei es nur, weil es recht unwahrscheinlich ist, dass Sie den Rat so ganz allein als einsamer Wolf zu Fall bringen.«

»Sie unterschätzen mich.«

»Nein, das tue ich nicht. Ich denke bloß, dass Sie klug genug sind, den Wert eines strategischen Bündnisses zu erkennen.«

»Soll es das etwa sein?«

»In Ermangelung eines besseren Ausdrucks.«

Hendricks schwieg eine Weile, stützte den Kopf auf die verschränkten Hände und dachte nach. Thompson musterte ihn gespannt, ohne noch etwas zu sagen. Schließlich legte er die Hände flach auf den Tisch und sah ihr ins Gesicht. »Nein.«

»Wie bitte?«

»Ich habe Nein gesagt. Die Voraussetzungen sind miserabel. Es spricht viel zu viel dafür, dass das Ganze schiefgeht, und verdammt wenig dafür, dass es gut geht. Und das auch nur, wenn Sie ehrlich zu mir sind. Wenn Sie mich anlügen, sind meine Überlebenschancen noch geringer.«

»Warum sollte ich Sie anlügen? Wenn ich Sie schon über Evie herlocken konnte, warum sollte ich mir dann noch die Mühe machen, Sie auf irgendeinen alten Kerl anzusetzen, wo ich doch einfach diese Raststätte umstellen lassen und Sie an Ort und Stelle verhaften könnte?« Sie sah, wie er sich versteifte, und fügte hinzu: »Ganz ruhig. Ich meine ja nur.«

»Hören Sie, da Lester tot ist, kann ich mich nur auf mein Gefühl verlassen, und mein Gefühl sagt mir, dass das eine ganz schlechte Idee ist.«

»Segreti wird dort draußen sterben, das wissen Sie. Der Rat wird ihn finden, und dann werden sie ihn bestrafen. Sie werden ihn langsam auseinandernehmen, Stück für Stück, bis seine Organe endlich versagen. Wollen Sie das?« Sie appellierte an sein Mitgefühl, indem sie ihn daran erinnerte, was Engelmann Lester angetan hatte. Die Masche war ebenso hinterhältig wie durchschaubar. Hendricks dachte nicht daran, darauf hereinzufallen.

Er zuckte die Achseln. »Wenn er stirbt, stirbt er eben. Das geht auf Ihre Kappe, weil das FBI ihn nicht schützen konnte. Außerdem, wenn das alles stimmt, was Sie mir erzählt haben, hat der Kerl selbst jede Menge Dreck am Stecken. Ich tippe darauf, dass niemand ihn vermissen wird.«

Er trank seinen Kaffee aus, der bitter schmeckte, und verzog das Gesicht. Dann stand er auf und griff an seine Gesäßtasche. Thompson zuckte leicht zusammen und langte mit der rechten Hand unter den Tisch, wo sie eine Waffe versteckt hatte, wie er wusste. Doch als er nur sein Portemonnaie hervorzog und ein paar Ein-Dollar-Scheine auf den Tisch warf, entspannte sie sich.

»Der Kaffee geht auf mich. Sie sollen nicht denken, dass ich Ihnen etwas schuldig bin.«

»Hier«, sagte sie und holte mit langsamen, bewusst unbedrohlichen Bewegungen eine Visitenkarte und einen Stift aus ihrer Tasche. Kritzelte eine Nummer auf die Rückseite und reichte ihm die Karte. »Falls Sie Ihre Meinung ändern und mich erreichen wollen. Die handgeschriebene Nummer ist die von meinem Privathandy.«

Er nahm sie und warf einen Blick darauf. Dann zerknüllte er sie in der Hand und warf sie in seinen leeren Kaffeebecher. »Ich ändere meine Meinung nicht«, sagte er. »Kontaktieren Sie mich nie wieder.«

17. Kapitel

Frank Segreti saß zusammen mit Lois Broussard auf dem Wohnzimmersofa. Das Erdgeschoss wurde nur vom Geflimmer des Fernsehers erhellt. Es war schon nach Mitternacht, die Vorhänge waren zugezogen. Lois' Hündchen, Ella, schnarchte zu Franks Füßen. Sirenen heulten in der Ferne, mal lauter, mal leiser, aber nie in nächster Nähe. Das Haus lag nicht an einer Durchgangsstraße.

Mehrere leere Gläser, Teller und Lieferservice-Kartons bedeckten den Couchtisch. Zwei leere Weinflaschen standen daneben auf dem Boden. Auf Franks Zureden hin hatte Lois den größten Teil des Inhalts selbst gekippt, bis sie – unterstützt von den Medikamenten, die sie vor seiner Ankunft geschluckt haben musste – sturzbetrunken war und sich nicht regte. Er hatte es darauf angelegt, dass sie das Bewusstsein verlor, damit er das Haus für sich hatte, bis die größte Aufregung vorbei war.

Im Laufe des Abends war Lois ständig von einem Extrem ins andere gekippt, von einer manischen Mitteilsamkeit – Gerede über ihre Kindheit in Gulfport, Mississippi, über ihren Garten, über eine alte Jazzplatte, die er *unbedingt hören musste* – in lange Perioden abgekapselten Schweigens, in denen Frank ihr leises Weinen als Beben durch das Sofa spürte. Als die zweite Flasche geleert war, sagte er sich, dass er eine neue holen sollte, aber in Wahrheit machte er sich langsam Sorgen um sie. Also hatte er stattdessen ihren Kühlschrank geplündert und den Tisch mit sämtlichen Überresten, die er finden konnte, reich gedeckt.

Wenn er sie dazu bringen konnte, etwas zu essen, würde sie vielleicht wieder ein bisschen nüchterner, sagte er sich. Dabei kam ihm gar nicht in den Sinn, dass er selbst seit dem Frühstück nichts mehr gegessen hatte. Durch den Adrenalinausstoß war der Hunger unterdrückt worden, doch als er das Aroma von kaltem Hunan-Schweinefleisch schnupperte, lief ihm das Wasser im Mund zusammen. Sie langten beide kräftig zu, schlangen genug für zwei hinunter, und Lois lebte sogar für ein Weilchen wieder auf.

Jetzt döste sie unruhig, mit gerunzelter Stirn, und wimmerte hin und wieder leise, während im Fernsehen James Stewart eine verzweifelte Kim Novak aus der Bucht von San Francisco fischte, drei Kilometer und sechzig Jahre von Franks und Lois' Beisammensein entfernt. Die Brücke ragte hoch über den beiden im Film auf, ihre Pfeiler wunderbar unbeschädigt. Der Szenenablauf war für heutige Verhältnisse etwas steif: Wie Novak die Blumen einzeln ins Wasser warf, bevor sie sprang, hatte etwas geradezu Ritualistisches, und als Stewart langsam mit ihr in den Armen aus dem Wasser auftauchte, wirkte das auf Frank weniger wie eine Lebensrettung als wie eine Taufe.

Ein paar Stunden zuvor hatte er sich in dem Badezimmer unten gewaschen und auf Lois' Drängen hin einen der Jogginganzüge ihres Mannes Cal angezogen, damit sie seine Kleider in die Waschmaschine stecken konnte. Das Haus war zu verdammt ruhig, wenn der Fernseher nicht lief, und da Lois nicht wollte, dass er CNN einschaltete, hatte er durch die Sender gezappt, bis er auf seinen absoluten Lieblingsfilm gestoßen war, Alfred Hitchcocks *Vertigo*. Der Film war sogar der Grund, weshalb er sich in San Francisco niedergelassen hatte. Die Art und Weise, wie Hitchcock die Stadt gefilmt hatte, besaß etwas melancholisch Romantisches, und er hatte sich schon damals als Teenager, als er *Vertigo* zum ersten Mal gesehen hatte, in sie verliebt.

Wie sich herausstellte, war es auch einer von Cals Lieblingsfilmen, also ließen sie ihn an.

»Er sollte längst zu Hause sein«, sagte Lois mehrmals, »aber sein Flieger konnte nicht starten … *wegen dem, was passiert ist.*« Immer wieder diese verschleiernde Formulierung, immer mit einem Bühnenflüstern geäußert, als könnte sie den Tatsachen nicht ins Gesicht sehen.

Sie erzählte ihm, dass Cals Baufirma ein neues Hotel in Reno hochziehe und er die ganze Woche dort gewesen sei, um das Vorankommen der Arbeiten zu überwachen. Es lag auf der Hand, dass sie Probleme hatte, ohne ihren Mann zurechtzukommen, und in ihrem Tabletten- und Alkoholnebel hielt sie Frank wohl für einen annehmbaren Ersatz. Die Frage war, was sie über seine Anwesenheit hier denken würde, wenn sie wieder nüchtern war – oder was Cal denken würde, wenn er nach Hause kam.

Lois regte sich auf der Couch, ihre Augen aktiv hinter geschlossenen Lidern. Ohne aufzuwachen, lehnte sie sich an ihn und legte ihren Kopf an seine Schulter. An seinem Hals fühlte er warm ihre Wange, ihr Atem roch süß vom Wein, ihr Haar schwach nach Äpfeln. Franks Pulsschlag beschleunigte sich. Es war lange her, dass er einer Frau so nahe gekommen war.

Ihm wurde auf einmal unbehaglich zumute, er räusperte sich, und Lois schlug benommen die Augen auf. Sie sah ihn so unkoordiniert an, dass er das Gefühl hatte, sie blicke durch ihn hindurch wie durch einen Geist. Ihr Gesichtsausdruck zeigte weder Wiedererkennen noch Furcht.

»Kommen Sie«, sagte er, »ich bringe Sie ins Bett.«

»Ja.« Die Anstrengung war ihr anzusehen, als sie gegen den Nebel in ihrem Kopf ankämpfte. »Das ist wahrscheinlich das Beste.«

Lois versuchte vergeblich, sich vom Sofa zu erheben. Sie konnte kaum ihren Kopf hochhalten, geschweige denn stehen, und stützte sich den ganzen Weg nach oben schwer auf Frank, während Ella ihnen auf den Fersen folgte. Hin und wieder gaben Lois' Knie nach, und sie stolperte, sodass sie sich am Geländer festhalten und Frank sie mühsam wieder aufrichten musste. Als er sie endlich im Bett hatte, war er schweißgebadet und sein blödes Knie kurz davor zu versagen. Er zog ihr die Hausslipper aus und deckte sie zu.

Plötzlich sah sie ihn mit einem Blick an, in dem Klarheit aufzuckte. »W-wer sind Sie? Wo ist Cal?«

»Cal sitzt in Reno fest, Lois«, antwortete er sanft. »Wegen dem, was passiert ist, erinnern Sie sich? Ich bin Max. Sie kennen mich.«

»Max«, wiederholte sie, und ihre Augen wurden ein bisschen feucht. »Natürlich. Wollen … wollen Sie die Nacht hier verbringen?« Sie wurde rot, ihr Gesicht eine Karikatur trunkener Verlegenheit. »Ich meine, äh, nicht hier natürlich … ich wollte nicht … es ist nur, das Haus ist so still, jetzt, wo mein Calvin fort ist …«

»Keine Angst, ich gehe nicht weg. Und wie es aussieht, würde Ella nur zu gern Cals Platz einnehmen.« Das Hündchen trippelte auf der Stelle und versuchte vergeblich, aufs Bett zu springen. »Haben Sie etwas dagegen, wenn ich ihr hinaufhelfe?«

Doch Lois fielen schon wieder die Augen zu, der lichte Moment verflüchtigte sich, und innerhalb von Sekunden war sie eingeschlafen. Frank zuckte die Achseln und setzte Ella aufs Bett.

Überlass die Lady sich selbst, sagte er sich. *Sie ist nicht dein verdammtes Problem.* Doch er konnte den Gedanken nicht abschütteln, dass sie sich morgen früh grässlich fühlen würde.

Seufzend nahm er das leere Glas von ihrem Nachttisch und ging in das angrenzende Badezimmer, um ihr etwas Wasser zu holen.

Das Bad war geräumig und spektakulär – Wände, Decke und Waschtisch weiß, der Holzdielenboden glänzend schwarz lackiert, darauf ein Läufer aus grober weißer Wolle. Es gab eine offene Dusche in einer Ecke und eine klauenfüßige Badewanne in einem Alkoven auf der anderen Seite.

Frank ging auf den Waschtisch zu, stutzte dann jedoch. Ein Handy lag in dem dichten Flor des Läufers, dort, wo seine Kante fast an die Badewanne heranreichte. Es war eins von diesen übergroßen Galaxy-Dingern, für die sie bei Baseballspielen immer Werbung machten, eher ein Tablet als ein Smartphone. Wassertropfen glänzten auf dem Bildschirm. Tatsächlich war der halbe Läufer durchweicht, und Wasser hatte sich in den Ritzen zwischen den Dielen angesammelt.

Frank sah in die Badewanne hinein. Sie war noch halb voll, ein nasses Handtuch lag über dem Rand. Er erinnerte sich, dass Lois' Haare feucht gewesen waren, als sie ihm die Tür aufgemacht hatte. Erinnerte sich, dass die Cops kurz vor seinem Einbruchsversuch bei ihr angeklopft hatten, ohne eine Antwort zu erhalten. Offenbar hatte sie hier oben in der Wanne gelegen, und als sie nach unten gekommen war, musste sie angenommen haben, dass er es war, den sie klopfen gehört hatte.

In dem Moment fiel sein Blick auf einen Beistelltisch. Er war schwarz lackiert wie der Fußboden und halb hinter der Badewanne verborgen. Ein Bluetooth-Lautsprecher von Bose stand darauf, außerdem eine Stumpenkerze mit Sandelholzduft auf einem kleinen schmiedeeisernen Untersetzer sowie ein umgekipptes Tablettenfläschchen. Der Deckel lag daneben, die Pillen waren auf den Boden gekullert.

Frank nahm das Fläschchen in die Hand. Es war weder Xanax noch Valium, wie er angenommen hatte, sondern Flexeril. Auf dem Etikett stand, dass man es bei Muskelkrämpfen dreimal täglich nach Bedarf nehmen solle, und es wurde davor gewarnt, dass es sich nicht gut mit Alkohol vertrug.

Er sammelte die verstreuten Tabletten auf und tat sie zurück in den Behälter. Ein paar waren unter die Wanne gerollt, also machte er sich lang und wischte mit der flachen Hand darunter herum, um sie hervorzufegen. Seine Fingerspitzen streiften dabei etwas Größeres und Schwereres, das sich nach Holz anfühlte. Er angelte danach, bekam es mit zwei Fingern zu fassen und zog es heraus.

Es war ein altmodisches Taschenmesser mit nur einer Klinge und einem Wurzelholzgriff. Das Ding war aufgeklappt, weshalb er froh war, den Griff und nicht die Klinge erwischt zu haben. Darin eingraviert waren drei Initialen: *CWB*. Calvin Broussard, nahm er an und fragte sich müßig: *William? Walter? Wayne?*

Frank klappte das Messer zu und steckte es ein. Dann ging er wieder auf die andere Seite der Wanne und hob das Handy auf. Er fummelte ein Weilchen daran herum und versuchte dahinterzukommen, wie man es einschaltete oder aufweckte oder was auch immer. Frank hatte es nicht so mit technischen Geräten. Er traute ihnen nicht über den Weg, besonders Handys nicht. All diese herumschwirrenden Informationen machten ihn nervös. Es kam ihm außerdem so vor, dass sie viel zu leicht zu orten oder abzuhören waren.

Aber irgendetwas hatte er richtig gemacht, denn der Bildschirm wurde hell, und er starrte auf eine Art Tastenfeld ohne Ziffern. *Okay,* dachte er, *gehen wir das wie einen Einbruch an. Suchen wir nach Fingerabdrücken. Erraten das Muster.* Er hielt das Telefon ein wenig schräg und sah zickzackförmige Fingerabdruckspuren über dem Tastenfeld. Lois wirkte nicht gerade geheimniskrämerisch auf ihn, also probierte er das Naheliegendste, von oben nach unten und von links nach rechts. Die Bildschirmsperre wurde sofort aufgehoben, und er fand sich in Lois' Mailbox wieder.

Die angezeigte Nachricht war siebenundzwanzig Sekunden lang. Lois musste sie mehrfach angehört haben, denn es waren mehrere Fingerabdrücke auf der entsprechenden Taste zu sehen, deren Linien und Wirbel sich überschnitten. Frank fügte seinen hinzu und hielt das Handy ans Ohr.

»Hey, Baby, ich bin's. Wo steckst du denn – draußen im Garten? Dann hoffe ich, dass du das abhörst, bevor ich nach Hause komme, damit du dich noch frisch machen kannst. Mein Flug sollte ja erst heute Abend gehen, aber es kam mir so verschwendet vor, allein an einem schönen Samstag in Reno herumzuhängen, also habe ich ein Auto gemietet und uns für heute Nachmittag ein paar Massagen gebucht, danach Abendessen bei Aziza, dachte ich. Ich musste einen Gefallen einfordern, um noch einen Tisch zu bekommen, also sag bloß nicht, dass du eher in der Stimmung für Lieferservice bist. Ich bin schon auf der Brücke und in ein paar Minuten zu Hause. Falls du gerade einen knackigen Jüngling bei dir hast, der dir in meiner Abwesenheit Gesellschaft geleistet hat, solltest du ihn jetzt …«

Dann war ein Feuertosen zu hören und ein Rauschen. Das Splittern von Glas, seltsam melodiös. Ein Rumpeln wie von einem Bleigewicht in einem Wäschetrockner, als der Wagen sich überschlug, und die ganze Zeit dabei Cals Schreie. Eine schnelle Abfolge von knallenden Lauten – die reißenden Tragseile der Brücke, schätzte Frank –, gefolgt von einem Augenblick der Stille und dann ein Platschen. Cals Schreie verstummten. Der Anruf endete.

Cal Broussard steckte nicht in Reno fest. Cal Broussard war tot.

Und als die Polizei bei Lois angeklopft hatte, begriff Frank, war sie drauf und dran gewesen, ihm in den Tod zu folgen.

18. Kapitel

Jake Reston schlurfte mit einem grünen Plastiktablett, das übervoll mit Essen und Getränken beladen war, von der Krankenhaus-Cafeteria zu seiner Familie zurück. Es war früh am Sonntagmorgen, und die Welt draußen vor den Fenstern lag in das kühle Blau der ersten Morgendämmerung getaucht.

Sein Kopf pochte durch die Verspannungen in Hals und Schultern, und die Ohren klangen ihm noch immer von der Explosion. Seine gebrochene Nase schmerzte dumpf. Ein Gestank wie von verbranntem Kunststoff hing in seinen Haaren und Kleidern, auch wenn er sich inzwischen so daran gewöhnt hatte, dass er ihn kaum noch wahrnahm. Er hatte seit gestern nichts mehr gegessen, und jetzt, da die Panik der Langeweile und der Erschöpfung gewichen war, starb er fast vor Hunger, so einem bohrenden Hunger, der schon an Übelkeit grenzte.

Auf dem Tablett befanden sich ein Croissant mit Ei und Käse für Emily und ein Müsli mit Mandelmilch für Hannah, die, seit sie dreizehn war, eine vegane Phase durchmachte. Außerdem ein Berg Corned Beef für Aidan, der Hannah gern ärgerte, indem er so viel Fleisch verdrückte, wie er nur konnte. Ein Bagel mit Frischkäse für ihn selbst. Ein Teller hausgemachte Pommes für alle. Kaffee für die Erwachsenen, Orangensaft für die Kinder. Und so viele Flaschen Wasser, wie er nur tragen konnte, weil sie alle dehydriert und heiser vom Einatmen des Qualms waren.

Die Nacht war aufreibend gewesen. Hannah, die kein bisschen geklagt hatte und gänzlich unverletzt zu sein schien, hatte sich, wie sich herausstellte, beim Hinfallen das Handgelenk gebrochen. Die Ärztin in der Notaufnahme hatte ihren Arm geschient und gesagt, dass sie in den nächsten Tagen zur Nachbeobachtung einen Orthopäden aufsuchen müsse. Die Platzwunde an Emilys Stirn hatte zwanzig Stiche erfordert, und Hannah hatte geflapst, dass sie wie Frankensteins Braut aussehe – vor allem, um den armen Aidan zum Lachen zu bringen, vermutete Jake. Dessen Bein war kompliziert gebrochen und hatte operiert werden müssen. Die Stunden, in denen er in Vollnarkose gelegen hatte, gehörten zu den schlimmsten in Jakes Leben. Doch der Chirurg hatte gesagt, dass alles gut verlaufen sei, und Aidan war bald danach in ein normales Krankenzimmer verlegt worden. Er hatte in der

Nacht mit Unterbrechungen geschlafen, war aber vor Kurzem hungrig und gut gelaunt aufgewacht. Die ganze Familie kampierte nun in seinem Zimmer, was vom Personal freundlicherweise erlaubt wurde.

Sophias Anfall von Bewusstlosigkeit machte Emily und ihm immer noch Sorgen, aber das Kopf-CT war negativ gewesen, und die behandelnde Ärztin hatte vorläufig Entwarnung gegeben, ihnen jedoch geraten, ihr Verhalten in den nächsten paar Tagen besonders zu beobachten. Sie hatte ihnen versichert, dass man Sophia ohne Weiteres schlafen lassen könne, aber Emily sah sich außerstande, das länger als zehn Minuten am Stück zuzulassen, weshalb sie beide fast die ganze Nacht wach gewesen waren. Zum Glück war Emily vor zwei Stunden dann doch eingenickt, und das Baby hatte es ihr gleich darauf nachgetan.

Hannah hatte die halbe Nacht die steigende Zahl der Klicks auf ihr Handyvideo verfolgt – über zwei Millionen nach dem letzten Stand, den Jake mitbekommen hatte –, aber irgendwann war ihr Akku leer und sie somit gezwungen gewesen, sich auszuruhen.

Er selbst war noch zu aufgedreht gewesen, um zu schlafen, und hatte ihnen einfach zugesehen, bis Aidan aufgewacht war. Dann war er losgegangen, um etwas zum Frühstück zu holen.

Jake bog um die Ecke in den Gang, in dem Aidans Zimmer lag, und blieb abrupt stehen. Ein Mann stand davor, hager und wettergegerbt, um die fünfzig, schätzte Jake. Er trug einen dunkelblauen Leinenblazer, ein weißes Oberhemd und ausgewaschene Jeans. Cowboystiefel, so runzelig und braun wie sein Gesicht, zierten seine Füße. Seine dichten, gewellten Haare waren einen Ton zu dunkel gefärbt, als dass es natürlich wirkte, und der graue Ansatz schimmerte schon durch.

Eine .357 Magnum ragte aus einem Holster an seiner Hüfte heraus.

Der Unbekannte starrte stirnrunzelnd auf sein Handy, aber als er Jakes Gegenwart bemerkte, steckte er es in die Vordertasche seiner Jeans und lächelte breit, wobei seine Krähenfüße und die Klammerfalten um den Mund sich vertieften. Sein Gesicht hatte etwas Verschlagenes, fand Jake.

»Jacob Reston?«, fragte er.

»Der bin ich«, antwortete er.

Der Mann zog ein Portemonnaie aus der Innentasche seines Blazers und klappte es mit einer Hand auf, eine geübte Geste. Eine Art Behördenausweis steckte darin, das Foto starrte Jake entgegen. »Chet Yancey«, sagte er, steckte das Portemonnaie wieder ein und wollte ihm die Hand geben. Jake hob das Tablett ein Stück an zum Zeichen, dass er keine Hand frei hatte. Als der Mann seinen Arm herunternahm, fiel ihm der Türkisring auf, den er am kleinen Finger trug.

»Was kann ich für Sie tun, Mr Yancey?«

»Ich habe ein paar Fragen zu den Ereignissen unten bei der Brücke gestern und dachte, vielleicht könnten Sie sie mir beantworten.«

»Ich habe schon mit der Polizei gesprochen.«

»Natürlich. Sie sind ein guter Bürger. Hilfsbereit. Sie verstehen, dass man sich einbringen und seinen Teil leisten muss, wenn ein Anschlag wie dieser passiert. Deshalb werden Sie nun auch mit mir sprechen. Es dauert nur eine Minute.«

Jake blickte auf das Tablett in seiner Hand. Überlegte, Yancey zu sagen, dass er einen Augenblick warten solle, während er seiner Familie das Frühstück brachte. Doch irgendetwas hielt ihn davon ab. Er hatte den Verdacht, dass dieser Mann einfach mit hineinkommen würde, und das passte ihm gar nicht. Also sagte er nichts und wich nicht von der Stelle.

»Sicher«, sagte er.

»Guter Mann.« Yancey schlug ihm auf die Schulter, dass das Essen auf seinem Tablett herumrutschte, aber zum Glück fiel nichts herunter. Dann zog Yancey einen kleinen Notizblock und einen Kuli aus seiner Gesäßtasche und klickte die Mine heraus. »Wie geht es denn Ihrer Familie? Ich habe gerade kurz zu ihr hineingespäht, aber als ich sah, dass Ihre Frau und das Baby schlafen, hielt ich es für besser, hier draußen auf Sie zu warten. Ich wollte sie nicht stören«, sagte er jovial.

»Äh, es geht ihnen gut. Meine Jüngste …«

»Sophia, nicht wahr?«, unterbrach ihn Yancey, von seinem Block ablesend.

»Ja«, sagte Jake, etwas irritiert. »Sie hat sich wohl den Kopf gestoßen, als meine Frau mit ihr gestürzt ist, und war ein paar Minuten lang bewusstlos, aber die Ärztin sagt, es ist alles in Ordnung mit ihr. Sie kann sogar hier unten bei uns bleiben und muss nicht auf die Kinderstation, aber wir sollen ihr Verhalten im Auge behalten. Emily musste genäht werden, aber sonst ist ihr nichts passiert. Mein Sohn …«

»Aidan«, warf Yancey ein.

»… hat einen Beinbruch, der operativ gerichtet werden musste. Er ist noch etwas mitgenommen, darf aber schon feste Nahrung zu sich nehmen, und das Bein sollte gut verheilen, meinen die Ärzte. Und Hannah, die zäheste von uns allen offenbar, hat sich das Handgelenk gebrochen und es kaum gemerkt.«

»Hannah ist Ihre älteste Tochter, nicht wahr?« Jake nickte. »Was für ein hübsches, hübsches Mädchen. Schlägt nach ihrer Mutter, wenn ich das so sagen darf.«

»Ehrlich gesagt«, erwiderte Jake gereizt, »finde ich es …«

»Jedenfalls bin ich froh, dass alle wohlauf sind«, ging Yancey rasch über Jakes offensichtliche Empörung hinweg. Sein

Tonfall passte nicht zu seinen Worten, er klang eilig und routiniert, als scherte er sich im Grunde keinen Deut um das Wohlergehen der Familie. »Und jetzt, wie mein Daddy gern sagte, mal ans Eingemachte. Sie wohnen in Eugene, richtig?«

»Das stimmt.«

»Schöne Gegend da oben. Viel Grün. Nur ein bisschen kühl für meinen Geschmack. Was hat Sie und Ihre nette Familie nach San Francisco geführt, Jake?«

»Wir waren auf dem Rückweg von Disneyland«, antwortete er, »und dachten, wir legen einen Zwischenstopp ein und machen ein bisschen Sightseeing.« Er hatte keine Lust, ihm die Geschichte mit dem Foto seiner Eltern zu erzählen.

»Haben Sie jemanden besucht, während Sie in der Stadt waren?«

Die Frage wunderte Jake. »Nein. Wir sind nur zur Brücke gefahren, um ein Familienfoto zu machen.«

»Ein Video, meinen Sie.«

»Wie bitte?« Jake fühlte sich von dieser Berichtigung aus dem Gleichgewicht gebracht. Er merkte, wie er auf einmal abwehrend reagierte, als wäre er bei einer Lüge ertappt worden, was lächerlich war, denn er hatte schließlich nichts zu verbergen.

»Sie sind zur Brücke gefahren, um ein Video zu machen. Es war in allen Nachrichten.«

»Ja, das stimmt. Hannah hat es auf Facebook gepostet, als die ersten Anfragen von Freundinnen kamen, ob alles in Ordnung mit ihr wäre – sie hatte nämlich erwähnt, dass wir in San Francisco haltmachen würden. Eine von ihren Freundinnen hat es dann auf YouTube hochgeladen. Das Video sollte für meine Eltern sein, eine Überraschung zu ihrem Hochzeits…«

»Was können Sie mir über den Mann sagen, der das Video gedreht hat?«

»Was?«

»Der Mann, der das Video gemacht hat. Ist er vielleicht ein Onkel? Ein Freund der Familie? Als ich meinen Kopf in das Zimmer Ihres Sohns gesteckt habe, habe ich ihn nicht gesehen.«

»Nein, äh, er gehört nicht zu uns. Wir sind ihm nur zufällig auf dem Weg dort begegnet.«

»Tatsächlich.«

Jake wartete darauf, dass Yancey weiterfragte, doch der sah ihn nur unverwandt an, eine stumme Herausforderung. Jake wand sich unter seinem Blick wie ein Schulkind, das zum Direktor gerufen worden war, sagte aber nichts.

»Sie haben einen Fremden auf dem Weg angesprochen und ihn gebeten, ein Video für Sie zu drehen?«

»Ja. Mein Sohn hatte die Idee«, fügte er schwach hinzu und fragte sich, warum das seine Geschichte – die ja die Wahrheit war – glaubwürdiger klingen lassen sollte. Irgendwie kam es ihm vor, als hätte er gerade sein eigen Fleisch und Blut verraten.

»Warum gerade diesen Mann?«

Jake zuckte die Achseln, was die Sachen auf dem Tablett erneut ins Rutschen brachte. »Keine Ahnung. Er war allein unterwegs. Alle anderen waren zu mehreren oder gerade beschäftigt.«

»Was ist aus ihm geworden? Wohin ist er nach der Explosion verschwunden?«

»Das weiß ich nicht. Als die Bombe hochging, bin ich gestürzt und habe das Bewusstsein verloren. Als ich wieder zu mir kam, war er fort.«

»Haben Sie ihn zufällig nach seinem Namen gefragt?«

»Nein. Das ging ja alles ganz schnell, eine zufällige Begegnung. Wenn diese Explosion nicht gewesen wäre und wenn er sich nicht aus Versehen kurz selbst gefilmt hätte, könnte ich mich wahrscheinlich nicht mal mehr an sein Gesicht erinnern.«

Jake sah, wie jemand den Kopf aus Aidans Zimmertür herausstreckte. Es war Hannah, mit zerzausten Haaren, schlafverquollenem Gesicht und fragender Miene. »Dad? Ich habe gedacht, dass ich dich hier draußen höre. Wer ist der Mann?«

Jake blickte unsicher zwischen seiner Tochter und Yancey hin und her. Yancey wandte sich voll zu Hannah um und setzte sein breites Grinsen auf. »Chet Yancey ist der Name, kleine Lady, und ich arbeite für den guten alten Onkel Sam«, sagte er augenzwinkernd.

Jake räusperte sich lautstark. »Mr Yancey hat nur ein paar Fragen wegen der Sache an der Brücke. Wir sind fast fertig. Geh wieder rein und weck Mom auf. Sag ihr, ich komme gleich mit dem Frühstück.« Hannah verschwand wieder im Zimmer, und Jake entspannte sich merklich, als sie weg war.

Yanceys … Flirt? … mit ihr war zwar nicht direkt anzüglich gewesen, aber doch alles andere als angemessen, fand er. Er wurde das Gefühl nicht los, dass der Mann ihn absichtlich provozieren wollte – und es hatte funktioniert.

Yancey zeigte ihm wieder sein Zahnpastalächeln und schien sich an seinem Unbehagen zu weiden. Dann klaubte er eine Fritte von dem Tablett, tunkte sie in einen der kleinen Pappbecher mit Ketchup und schob sie sich in den Mund. Er kaute langsam und genüsslich und leckte sich anschließend das Fett von den Fingern.

»Ich stelle also zusammenfassend fest, Jake, dass Sie mir nicht viel über den alten Mann in dem Video sagen können. Ist das eine korrekte Einschätzung?«

»Ja, ich denke schon. Tut mir leid, dass ich Ihnen keine große Hilfe war«, heuchelte Jake. Er wollte den Typ nur endlich loswerden.

»Sie verschweigen mir doch nichts, oder? Wir haben uns gerade nett und freundlich miteinander unterhalten, würde ich sagen, aber sollte ich herausfinden, dass Sie mich angelogen haben – und glauben Sie mir, so etwas finde ich immer heraus –, wird unser nächstes Gespräch sehr viel weniger angenehm verlaufen. Und wenn ich gezwungen bin, Sie zur Vernehmung mitzunehmen, wer soll sich dann um Ihre reizende Familie kümmern?«

»Ich habe Ihnen alles gesagt, was ich weiß. Ich habe nichts zu verheimlichen.«

»Gut, dann danke ich Ihnen für Ihre Zeit«, sagte Yancey und ließ noch einmal sein Lächeln aufblitzen. Er klickte den Kuli zu und steckte ihn samt Notizblick wieder ein. Dann nahm er eine Visitenkarte heraus und warf sie auf das Essenstablett. Es standen nur sein Name und eine Telefonnummer darauf, keine Adresse, keine Dienstbezeichnung, kein Hinweis auf die Behörde, für die er arbeitete. »Tun Sie mir den Gefallen und behalten Sie die, falls Ihnen noch etwas einfällt, das ich wissen sollte. Und grüßen Sie bitte Aidan, Emily, Hannah und Sophia von mir. Sie haben großes Glück, dass sie so glimpflich davongekommen sind.«

Er machte Anstalten, ihm wieder die Hand zu geben, schüttelte dann den Kopf und formte eine Pistole mit Daumen und Zeigefinger, die er scherzhaft auf Jake richtete. Er tat, als drückte er ab, und stolzierte in Richtung Ausgang davon.

Ohne sich noch einmal umzudrehen, rief er: »Aber keine Sorge, Jake, wenn ich Sie noch mal brauchen sollte, weiß ich, wo ich Sie finde.« Damit begann er unmelodisch vor sich hin zu pfeifen.

Als er um die Ecke bog und sein Gepfeife im Flur nachhallte, fiel Jake auf, dass er ihm keine einzige Frage zu der Bombenexplosion gestellt hatte.

19. Kapitel

Der Privatjet landete um kurz nach neun Uhr morgens in Palo Alto, das Aufsetzen des Fahrwerks auf der Rollbahn riss Hendricks aus dem Schlaf.

Fahles Sonnenlicht fiel durch die Kabinenfenster herein. Er gähnte und streckte sich, wobei das weiche Leder unter ihm knarzte. Seine Glieder waren steif und schmerzten, doch sonst konnte er nicht klagen. Cameron, die ihm in ihrem eigenen beigen Ledersessel gegenübersaß, schien es weniger gut ergangen zu sein. Sie war blass und hatte blutunterlaufene Augen mit dunklen Ringen darunter. Außerdem tippte sie immer noch auf ihrem Laptop herum, der an der Steckdose neben ihrem Sitz hing und mit dem bordeigenen WLAN verbunden war – was sie auch schon getan hatte, bevor Hendricks vor mehreren Stunden eingeschlafen war.

Als er nach seiner Begegnung mit Thompson zu Camerons Auto zurückgekommen war, hatte sie mit schräg gelegtem Kopf bemerkt: »Du siehst nicht gerade glücklich aus.«

»Es war nicht die Person, die ich erwartet hatte.«

»Ja, das habe ich schon aus deinem Ton geschlossen, als du dort drin warst. Dann wurde die Verbindung unterbrochen, und ich habe angefangen, mir Sorgen zu machen. Ich war schon drauf und dran, dir hinterherzugehen.«

»Sie wurde nicht unterbrochen. Ich habe aufgelegt.«

»Wieso das?«

Hendricks' Erinnerung beschwor ein Bild von Lesters geschundener Leiche herauf, liegen gelassen wie Abfall, nachdem Engelmann die gewünschten Informationen aus ihm herausgepresst hatte. Ein Anblick, der ihn nie mehr losließ. »Wir haben über Dinge gesprochen, die du nicht mithören solltest. Weil es zu gefährlich für dich wäre, davon zu wissen.«

Ein unbehagliches Schweigen hatte sich zwischen ihnen ausgebreitet. »Und wie geht es jetzt weiter?«, fragte Cameron schließlich. »Ich setze dich irgendwo ab, und wir gehen getrennte Wege?«

Er schüttelte den Kopf. »Die Situation hat sich geändert. Du hast gesagt, du bist in der Bay Area aufgewachsen?«

»Ja, stimmt.«

»Kennst du dich gut dort aus?«

»Machst du Witze? Meine Eltern haben hundert Stunden die Woche gearbeitet oder so, und ich war ein braves Kind, also haben sie mich nur zu gern mir selbst überlassen. Ich war öfter in der Stadt als zu Hause.«

»Gut, Glückwunsch. Hiermit ernenne ich dich zu meiner Fremdenführerin.«

»Wie bitte?«

»Du hast schon richtig gehört. Wir fliegen nach San Francisco.«

Hendricks hatte jemanden angerufen, der ihm etwas schuldete, und einen von Philadelphia aus startenden Businessjet besorgt, eine schnittige, luxuriöse Cessna Citation Ten mit Platz für zwölf Passagiere und zwei so leistungsstarken Rolls-Royce-Allison-Triebwerken, dass die Höchstgeschwindigkeit an die Schallmauer stieß. Laut Hersteller war sie das schnellste Zivilflugzeug der Welt, und im Gegensatz zu den meisten Charterjets brauchte sie bei einem Flug von Küste zu Küste nicht aufgetankt zu werden. Sie kostete knapp dreiundzwanzig Millionen Dollar, Benzin und Wartung nicht mit eingerechnet. Ein einziger Flug quer übers Land belief sich auf fünfundzwanzig Mille.

Hendricks wusste das alles, weil der Besitzer der Maschine,

ein ehemaliger Kunde namens Morales, Wert darauf gelegt hatte, es ihm zu sagen. Seine Bitte hatte ihn zweifellos verstimmt, und es hatte ihm selbst widerstrebt, einen derart großen Gefallensscheck einzulösen, aber die Zeit drängte, und die Transportsicherheitsbehörde TSA war in höchster Alarmbereitschaft, was das Reisen als gesuchter Verbrecher überaus erschwerte. Obendrein waren sämtliche Linienflüge nach San Francisco und in die Bay Area gestrichen. Der winzige Flughafen von Palo Alto, der sich einer einzigen Landebahn rühmen konnte und Piloten beim Anflug vor Präriehasen warnte, stand Privatflugzeugen nur aufgrund seiner Nähe zum Silicon Valley offen. Die IT-Lobby hatte Druck auf den Kongress ausgeübt, um sicherzustellen, dass ihre Topmanager schnell an- und abreisen konnten, und der Kongress hatte den Druck an die Bundesluftfahrtbehörde weitergegeben.

Der Flug von Philly an die Westküste hatte fünf Stunden gedauert, doch durch die Zeitverschiebung war es jetzt nur zwei Stunden später. Die Cessna war stets knapp vor dem Sonnenaufgang hergeflogen, in die sternenbesetzte Dunkelheit hinein, den blutroten Himmel fast auf der ganzen Strecke hinter sich. Hendricks war längst weggedämmert, als das Tageslicht sie überholte. Cameron offensichtlich nicht.

»Habe ich dir nicht gesagt, dass du ein bisschen schlafen sollst?«

»Ich hab's versucht, aber mein Gehirn lässt mich nicht. Ich weiß nicht, wie du das machst«, sagte sie.

»Was, schlafen?«

»Ja. Nach alldem, was gestern passiert ist. Und mit dem Wissen, was noch auf uns zukommt.«

»Auf *uns* kommt gar nichts zu, höchstens auf mich. Du bleibst schön im Hintergrund und unterstützt mich von fern, wie wir es besprochen haben.«

»Ich habe die Medienberichterstattung verfolgt«, sagte sie. »Es wird langsam hässlich dort draußen. Irgendwer hat eine Moschee in Dearborn, Michigan, angezündet. Ein Taxifahrer, ein Sikh, ist in Los Angeles aus seinem Wagen gezerrt und verprügelt worden. Und das FBI hat vor einer Stunde die Wohnung irgendeines armen Kerls in Alameda auseinandergenommen, nur aufgrund eines falschen Hinweises von einem angepissten Nachbarn, wie sich herausstellte.«

»Irgendwelche Folgeanschläge?«

»Bisher nicht, und ich habe auch nichts weiter über den alten Typ aus dem Video entdeckt.«

»Was ist mit dem Chaos, das wir in Port Jefferson hinterlassen haben?«

»Nichts Neues, aber eine Zeitung mutmaßt, dass die Morde im Zusammenhang mit irgendeinem Unterweltkrieg stehen.«

Gar nicht mal so weit daneben, dachte Hendricks, und wenigstens würde sich bei dieser Ermittlungsrichtung niemand für Cameron interessieren. »Sonst noch irgendetwas, das ich wissen müsste?«

»Ich habe ein paar neue Apps auf dein Handy geladen, weil die vorinstallierten nichts taugten. Landkarten, GPS, Video Chat und auch gleich noch die BART-App, wo ich schon mal dabei war.«

»Bart?«

»Bay Area Rapid Transit, der Verkehrsverbund für San Francisco und die ganze Bucht.«

Hendricks lachte.

»Meinst du, ich werde oft den Bus nehmen, solange ich in der Stadt bin?«

Cameron wurde rot. »Es geht nicht nur um die Busse. Die App zeigt auch die Fahrpläne und aktuellsten Infos für die

Züge, Straßenbahnen, Fähren an … na ja, für die wohl weniger zurzeit.«

»Der Schiffsverkehr ist immer noch stillgelegt, was?«

»Ja. Anscheinend gehen die Suchaktionen nur langsam voran. Sie bringen jetzt Lebensmittel und Wasser zu den kleineren Booten, damit die Crews über die Runden kommen, bis sie das Okay für die Weiterfahrt haben. Jedenfalls dachte ich, die App könnte nützlich sein für jemanden, der sich in der Stadt nicht auskennt. Das Glück ist mit den Vorbereiteten, wie meine Mom sagen würde.«

»Danke.«

Der Jet rollte aus. Stille legte sich über die Kabine, als die Triebwerke abgeschaltet wurden. Dann ging die Tür zum Cockpit auf, und der Pilot kam heraus. »Willkommen im sonnigen Palo Alto«, sagte er in halb gelangweiltem, halb genervtem Ton. »Schönen Aufenthalt.«

Die Luft war noch kühl, der Flughafen ruhig. Kleine Privatflugzeuge standen in Reihen geparkt, Zwei- und Viersitzer vorwiegend, einmotorige Propellerflugzeuge, die reichen Hobbyfliegern gehörten. Die meisten Nebengebäude waren dunkel, die Rollläden herabgelassen. Palo Alto lag an der südwestlichen Spitze der Bucht von San Francisco, dort, wo das Meer in Marschland übergeht. Der Flughafen wurde nach Norden und Osten von Salzmarsch, nach Süden und Westen von einem städtischen Golfplatz begrenzt. Hendricks konnte durch den morgendlichen Dunst gerade noch die sanften Erhebungen der Berge jenseits der Bucht ausmachen.

Ein Mann in einem Overall und mit orangener Schutzweste wies ihnen den Weg zu einem unauffälligen Tor in dem Maschendrahtzaun, der den Flugplatz umgab. Es war unverschlossen, zumindest von dieser Seite. Sie sahen sich kurz an und steuerten darauf zu.

Als sie zum Parkplatz kamen, zog Hendricks die Stirn in Falten. Etwa ein Dutzend Wagen stand dort.

»Was ist?«, fragte Cameron.

»Wir brauchen ein Auto.«

»Und?«

»Das ist ein Kurzzeitparkplatz. Wenn da ein Wagen fehlt, wird das spätestens heute Abend zur Anzeige gebracht. Außerdem könnte es ohne richtiges Werkzeug eine Weile dauern, einen zu knacken, und dabei könnten wir gesehen werden.«

»Ich schätze mal, ein Uber ist auch keine Option.«

Hendricks schüttelte den Kopf. »In meiner Sparte ist es nicht ratsam, Spuren zu hinterlassen.«

Cameron tippte einen Moment auf ihrem Handy herum. Dann hellte sich ihr Gesicht auf. »Ich habe eine Idee.«

Sie führte ihn in südwestliche Richtung auf die Embarcadero Road, vier von Gehwegen eingefasste und mit Bäumen gesäumte Fahrspuren. Rechts lag der Golfplatz, links ein Büropark. Der Golfplatz war verlassen, die meisten Firmen hatten geschlossen.

Nach etwa einem halben Kilometer kamen sie zu einer ebenfalls geschlossenen Autovermietung. Cameron ging einmal darum herum und blickte dabei von Zeit zu Zeit auf ihr Handy. Dann setzte sie sich in den Schatten einer Lebenseiche und nahm ihren Laptop aus der Tasche.

Hendricks betrachtete das Gebäude skeptisch. Der Parkplatz war mit Überwachungskameras ausgestattet, Fenster und Türen waren durch Alarmgeber geschützt. »Ich weiß nicht, was du vorhast, Kid, aber ich kann dir jetzt schon sagen, dass es keine gute Idee ist.«

»Sch, sch.«

»Autovermietungen passen im Allgemeinen ziemlich gut auf ihr Inventar auf.«

»Still, hab ich gesagt.«

»... und diese hier ist mit Sicherheitsanlagen umgeben, was bedeutet ...«

»Verdammt noch mal«, platzte Cameron heraus, »kannst du jetzt mal die Klappe halten und mich arbeiten lassen?«

Hendricks verstummte.

Drei Minuten später ging das Rolltor am anderen Ende des Gebäudes ratternd auf.

»Cameron«, sagte er argwöhnisch, »was hast du gemacht?«

»Du hast gesagt, wir brauchen ein Auto, das niemand vermissen wird. Diese Firma hat bis Montag geschlossen, und durch den Einwurfschlitz für die Rückgabe nach Geschäftsschluss fallen die Autoschlüssel direkt in die Garage. Wenn wir ein Auto klauen, bevor es als abgegeben registriert ist, werden sie einfach davon ausgehen, dass es noch nicht zurückgebracht wurde.«

»Was ist mit der Alarmanlage?«

»Ich bitte dich. Die habe ich natürlich lahmgelegt, ehe ich die Türöffnung aktiviert habe. Wenn die es mit ihrer Sicherheit ernst meinen würden, hätten sie ihr WLAN abgeschaltet. So legen sie es regelrecht darauf an, gehackt zu werden.«

»Und die Kameras?«

»Sind leider gerade wegen technischer Probleme außer Betrieb. Echt, es würde mich nicht wundern, wenn die Aufnahmen vom ganzen Tag beschädigt wären.«

»Das ist ja echt bedauerlich«, sagte Hendricks grinsend.

»Nicht wahr?«, erwiderte Cameron. »So, wie wär's, wenn wir uns jetzt was Flottes aussuchen?«

20. Kapitel

Chet Yancey schlürfte grässlichen Kaffee aus einem Styroporbecher und verfolgte die Rettungseinsätze von einem der Aussichtspunkte aus, während er auf den Neuen wartete.

Obwohl die Feuerlöschboote die Brände bis zu den frühen Morgenstunden weitgehend niedergeschlagen hatten, war der Himmel immer noch trüb vom Rauch. Auf der Uferstraße unten drängten sich Rettungskräfte samt ihrer Ausrüstung, und die Bucht war voll von Polizeibooten und Schnellbooten der Küstenwache. Zwei Schlepper manövrierten gerade mit stampfenden Motoren einen riesigen Schwimmkran an eine Stelle dicht neben der Golden Gate Bridge.

Die meisten Überlebenden waren inzwischen erfolgreich evakuiert worden, doch etwa fünfundsiebzig hingen noch dort oben fest, eingeschlossen oder eingeklemmt von Trümmern. Im Laufe der Nacht waren immer wieder einzelne der vertikalen Tragseile gerissen, fast acht Zentimeter dicke Stahltrosse, die durch die Luft peitschten und durch Fahrzeuge und Asphalt schnitten wie Klingendraht durch Haut. Die noch vorhandenen Seile ächzten unter der zusätzlichen Belastung, und die Einsatzkräfte hofften, mithilfe des Krans die Fahrbahn frei räumen und die Brücke stützen zu können, bis die restlichen Überlebenden geborgen waren.

Die Hügel rechts und links des Wanderwegs waren mit gelben Fähnchen übersät, die Trümmer anzeigten, sowie roten, die Stellen markierten, an denen biologische Beweismittel – ein gnädiger Euphemismus für Leichen und Leichenteile – gelegen hatten. Die Trümmer blieben, wo sie gelandet waren. Die biologischen Teile wurden nach und nach von der Polizei und Hilfskräften fortgeschafft, nachdem man sie fotografiert und ein Fähnchen aufgestellt hatte, damit sich keine Raubtiere daran zu schaffen machten.

Weiter oben am Hang, beim Besucherpavillon der Golden Gate Bridge, der als Einsatzzentrale für die Rettungsaktionen diente, stritten sich der Katastrophenschutz und die örtlichen Feuerwehr- und Rettungsdienste mit den Tatortermittlern von Staats- und Bundespolizei über die Prioritäten. Die Polizei von San Francisco und die U.S. Park Police zankten sich unsinnigerweise um Zuständigkeitsbereiche, auch der Heimatschutz und der geheimdienstliche Zweig des FBI waren aneinandergeraten und vor allem mit Schwanzvergleichen beschäftigt. Diese kleinlichen Reibereien – und der miserable Kaffee, den er sich gerade genommen hatte – versetzten Yancey flüchtig in seine Zeit beim öffentlichen Dienst zurück.

Zwei Jahrzehnte lang war er beim FBI gewesen, hatte eine Weile sogar das Außenbüro in Albuquerque geleitet, aber sich schon vor einigen Jahren davongemacht. Jetzt arbeitete er für die Firma Bellum Industries als Einsatzleiter für den Bereich Westküste, eine Stellenbezeichnung, die seine Tätigkeit absichtlich eher verschleierte als beschrieb.

Bellum war ein privates Sicherheitsunternehmen, ein wichtiger Akteur im Mittleren Osten mit fast sechzigtausend privaten Militärfirmen in der Region unter Vertrag. Zu den Aufgaben des Unternehmens gehörte es, im Auftrag der US-Regierung Grenzen, Militärbasen, Botschaften, sogar ganze Städte zu sichern. Außerdem die Interessen finanzstarker multinationaler Konzerne zu schützen, ihre Ölfelder, Schifffahrtsrouten, Angestellten-Unterkünfte – gelegentlich auch Privatleute, die sich das leisten konnten. Und die CIA mit Mitarbeitern zu versorgen, die offiziell »Berater« hießen, inoffiziell jedoch Killerkommandos waren.

Bellums Aktivitäten im Inland umfassten die Ausbildung

von Angehörigen des US-Militärs und der Strafverfolgungsbehörden auf dem firmeneigenen Trainingsgelände nördlich von San Francisco, die Übersetzung und Analyse elektronisch gewonnener geheimdienstlicher Informationen im Unternehmens-Hauptsitz in Washington, D.C., sowie den Schutz ausländischer Diplomaten auf amerikanischem Boden. Daneben bot Bellum über Tochtergesellschaften auch einfachere Sicherheitsdienstleistungen wie Videoüberwachung und Wachpersonal für alle möglichen Einrichtungen von Vergnügungsparks bis hin zu Schulen an.

Als Yancey auf die Bucht hinausstarrte, kehrten seine Gedanken zu dem Anruf zurück, den er gestern bekommen hatte.

»Hi, Chet, ist 'n Weilchen her.«

Die Nummer war unterdrückt, aber er erkannte die Stimme sofort. Es war Lombino, das Sprachrohr des Rats.

»Was soll der Scheiß, warum rufen Sie mich an? Ich habe meine Schulden bezahlt, und in den letzten sieben Jahren hab ich nicht mal fünf Cent bei einem harmlosen, freundschaftlichen Kartenspiel verloren.«

»Gut für dich, mein Freund, aber die Sache ist die: Dein Zahlscheck ist geplatzt.«

»Schwachsinn«, flüsterte Yancey. »Ich habe Segreti unter die Erde gebracht, so, wie ihr es verlangt habt.«

»Ach ja? Und wieso habe ich ihn dann gerade im Fernsehen gesehen?«

»Wie, im Fernsehen?« Yancey hatte seit Tagen nicht ferngesehen. Er war zu sehr damit beschäftigt gewesen, eine Krise bei der Arbeit zu beheben – bisher allerdings ohne Erfolg, wie sich herausstellte.

Lombino setzte ihn ins Bild. Yancey zündete sich mit zitternden Händen eine Zigarette an, während er zuhörte.

»Pass auf, Chet«, sagte Lombino, »ich bin kein Unmensch. Mir ist klar, dass das ein ehrliches Versehen war. Wenn du es behebst, sind wir quitt, was mich angeht. Natürlich müssen wir dich diesmal um einen Videonachweis bitten, das verstehst du sicher.«

»Was ist, wenn ich Nein sage?«

»Soweit ich mich erinnere, lautete die Abmachung letztes Mal: Du beseitigst Segreti, und wir erlassen dir deine Schulden – tust du es nicht, bringen wir deine Tochter um. Aber das war vor sieben Jahren, was heißt, dass inzwischen Zinsen angefallen sind. Wie ich höre, hat sie gerade Zwillinge geboren.«

»Sie verstehen das nicht! Ich stecke mitten in einer beruflichen Sache, und ich glaube nicht, dass ich …«

»Wenn ich dich unterbrechen darf, Chet – das ist dein Problem, nicht meins. Weißt du, es interessiert mich nicht, *wie* es erledigt wird, aber ich habe ein großes Interesse daran, *dass* es erledigt wird. Verstanden?«

»Ja, verstanden«, hatte Yancey gemurmelt, und Lombinos Worte waren ihm seitdem ständig nachgegangen.

Plötzliche Schritte hinter ihm brachten ihn in die Gegenwart zurück. Er drehte sich um und sah den Neuen, Reyes, in einem hellen Sommeranzug den Weg herunterkommen, einen Venti-Becher von Starbucks in der Hand.

»'n Morgen, Chef.«

Yancey trank seinen eigenen Kaffee aus und warf den Becher ins Gebüsch. Dann klopfte er eine Zigarette aus der Packung und zündete sie an. »Ist es noch Morgen?«, sagte er, den Rauch ausblasend. »Ich habe so verdammt lange gewartet, dass ich geschworen hätte, wir haben schon Nachmittag.«

Bellum hatte Oscar Reyes vor drei Monaten eingestellt, und Yancey war noch dabei, ihn einzuarbeiten. Reyes hatte zweifellos Talent, aber seine großspurige Art ging ihm ungeheuer auf die Nerven. Der Sohn dominikanischer Einwanderer und Absolvent einer Eliteuni war direkt nach seinem Abschluss von der CIA angeworben worden und hatte während der letzten zehn Jahre Soloeinsätze in Mittel- und Südamerika durchgeführt. Folglich war er an seine Unabhängigkeit gewöhnt, und im Gegensatz zu den meisten anderen Männern unter Yanceys Leitung, die vom Militär kamen, zählte Pünktlichkeit nicht zu seinen Stärken.

»Ja, tut mir leid. Ich wurde von diesem Milchbubi von der Park Police aufgehalten, der einfach nicht aufhören wollte zu quasseln. Und dann …«

Yancey fiel ihm ins Wort. »Bellum bezahlt dich nicht fürs Ausflüchtemachen, Söhnchen, und mich nicht fürs Herumstehen. Wie wär's, wenn du das alles überspringst und mir einfach einen verdammten Lagebericht gibst?«

»Verstanden, Boss.« Reyes trank einen aufreizend großen Schluck Kaffee, ehe er fortfuhr. »Also, erstens, die gesuchte Person lebt noch, soweit ich es sagen kann. Ich habe mir die halbe Nacht Leichen angesehen – war echt horrormäßig teilweise, werde wahrscheinlich eine Zeit lang keine Lasagne mehr essen können –, aber keine passte zu den Videostills, die Sie mir geschickt haben.«

Scheiße, dachte Yancey. Er hatte einfach kein Glück. »Und wenn er nicht tot ist, wo ist er dann?«

»Gute Frage«, erwiderte Reyes. »Wir haben seine Mütze nicht weit von hier im Gebüsch gefunden, er muss sie beim Hinfallen verloren haben. Und der Bubi von der Park Police hat erwähnt, dass ihm nicht lange nach der Explosion ein Typ begegnet ist, auf den die Beschreibung des Gesuchten passt. Klang, als wäre er ziemlich mitgenommen und desorientiert gewesen.«

»Wo war das?«

»Etwa vierhundert Meter von hier den Hang rauf.«

»Ich dachte, die hiesigen Jungs sollten die Verletzten zur Sichtung in die Sanitätszelte bringen. Warum hat Wachtmeister Willi ihn laufen lassen?«

»Er sagt, unser Mann hätte behauptet, dass eine Familie weiter unten Hilfe bräuchte – vielleicht die Leute aus dem Video –, und versprochen, schön auf ihn zu warten. Daraufhin hat er eine halbe Stunde lang das Gestrüpp am Wegrand abgesucht, aber keine Familie gefunden, und als er zurückkam, war der Mann weg.«

»Er ist also über alle Berge?«

»Das glaube ich nicht. Ich habe mit meinen Kontakten beim Heimatschutz gesprochen, weil es nämlich deren Leute sind, die an der Parkgrenze patrouillieren. Soweit sie wissen, hat niemand, auf den diese Beschreibung zutrifft, das Gelände verlassen, was bedeutet, dass er höchstwahrscheinlich noch auf dem Presidio ist.«

»Sind sie sicher?«

»So sicher, wie sie in Anbetracht der Tatsache, dass sie fünf Kilometer Grenzlinie zu überwachen haben, sein können. Die Strände lassen sie von der Küstenwache beobachten, deshalb wissen wir, dass er nicht auf dem Seeweg herausgekommen sein kann.«

»Okay, stellen Sie sich vor, Sie sind unser Mann. Sie werden von der Bombe kalt erwischt, die Kacke ist am Dampfen, und Sie kommen nicht mehr raus, bevor die Feds das Netz zuziehen. Was machen Sie?«

»Das ist die Frage, nicht wahr? Es wäre natürlich hilfreich, wenn ich mehr über ihn wüsste. Über seinen Hintergrund, seine Ausbildung, seine Identität. Ohne mehr Informationen habe ich das Gefühl, halb blind zu ermitteln.«

»Sorry, keine Chance. Ich bin lediglich befugt, Ihnen zu

sagen, dass er im Zusammenhang mit dem Anschlag auf die Brücke gesucht wird«, log Yancey.

»Das und ein verschwommenes Standbild ist nicht gerade viel an Anhaltspunkten.«

»Mag sein«, räumte Yancey ein, »aber ich habe Verdächtige weiß Gott schon mit weniger aufgespürt. Wie sehen Ihre nächsten Schritte aus?«

»Ich habe ein Team von vier Leuten an seinen letzten bekannten Aufenthaltsort geschickt. Sie durchkämmen im Moment systematisch das Gelände, und ich habe zusätzlich Spürhunde einsetzen lassen. Wenn er verletzt ist, hat er vielleicht Blutspuren hinterlassen, die uns direkt zu ihm führen, falls er sich irgendwo in der Nähe verkrochen hat. Ist nur eine Frage der Zeit.«

»Gut. Halten Sie mich auf dem Laufenden. Schreiben Sie mir eine SMS, wenn Sie etwas finden.«

»Sie bleiben nicht hier?«

»Geht nicht. Ich muss mich noch um eine andere Angelegenheit kümmern.«

»Und die ist?«

»Weit über deiner Gehaltsklasse, Söhnchen.«

21. Kapitel

»Bist du sicher, dass du das durchziehen willst?«, fragte Cameron.

»Nö«, antwortete Hendricks, »aber ich habe keine bessere Idee, also müssen wir's damit probieren. Ist von deiner Seite aus alles klar?«

Cameron lächelte. »Und von deiner?«

Sie waren in San Francisco und saßen in dem Nissan Altima, den sie bei der Autovermietung geklaut hatten und der jetzt an der Lyon Street geparkt stand. Links von ihnen lag das Presidio. Hendricks verdrehte sich in seinem Sitz, wobei die Stiche wieder brutal zogen, um die beiden Beamten vom Heimatschutz, die sie von ihrer Position aus sehen konnten, im Auge zu behalten. Einer war vor dem Eingangstor an der Lombard Street positioniert, während der andere etwas näher stand und sich an die niedrige Steinmauer lehnte, die den alten Armeestützpunkt umgab. Obwohl es warm und sonnig war und ein leichter Wind von Osten den für die Stadt so typischen Nebel fernhielt, trugen sie die volle, ganz in Schwarz gehaltene Kampfausrüstung: Helme, Uniformen, ballistische Schutzwesten, Ellbogen- und Knieschoner aus Hartplastik. Beide wirkten sie verschwitzt und müde, aber wachsam.

Die Homeland Security hatte das Presidio ziemlich dicht abgeriegelt. Am Ende jeder Sackgasse, die nordwärts von der an der südwestlichen Parkgrenze entlang verlaufenden Lake Street abging und damit an den Park stieß, wachte ein Polizist. Östlich der Lake Street war der Park leichter zugänglich, weshalb die Beamten dort in Sichtweite voneinander positioniert waren. Es gab regelmäßige Fußpatrouillen auf dem Mountain Lake Trail und Fahrzeugpatrouillen entlang der West Pacific Avenue, die beide auf der Innenseite der Einfriedungsmauer am südlichen Parkrand verliefen. An der Ostseite des Geländes hingegen gab es keine Straße und keinen Wanderweg entlang der Innengrenze, und die Lyon Street zu sperren, die direkt außerhalb und parallel zur Parkgrenze verlief, wäre unpraktisch, weshalb die Präsenz des Heimatschutzes an dieser Seite spärlicher war. Nicht *viel* spärlicher, aber es war dennoch eine Schwäche, die Hendricks auszunutzen beabsichtigte.

»Ich meine es ernst«, sagte Hendricks. »Ich muss wissen, ob du bereit bist.«

»Bin ich.«

»Also gut. Dann mal los.«

Den Plan hatte Cameron ausgeheckt.

»Also, dieser Segreti-Typ, nach dem du suchst, wie hast du vor, ihn zu finden?«, hatte sie gefragt, als sie von Palo Alto Richtung Norden gebrettert waren.

Der Highway war geradezu unheimlich leer gewesen. Die Bewohner der Bay Area schienen infolge des Anschlags alle zu Hause zu bleiben.

»Ich arbeite dran.«

»Du meinst, du hast keine Ahnung.«

»Ich sagte, ich arbeite dran.«

»Wärst du offen für Vorschläge? Ich habe mir nämlich während des Flugs ein paar Gedanken gemacht und hätte da eine Idee. Mehrere sogar.«

»Okay«, sagte er, »lass hören.«

»Als Erstes scheint mir der logischste Ansatzpunkt diese Familie aus dem Video zu sein.«

»Zu riskant«, erwiderte er. »Jeder, der nach Segreti sucht, wird sich auf die Familie konzentrieren, weshalb es viel zu gefährlich ist, sich ihr zu nähern.«

»Ist aber kein Problem, wenn man es online tut.«

»Was du getan hast, vermute ich.«

»Yep. Zuerst habe ich ihre Profile in den sozialen Medien durchforstet – die Eltern sind auf Facebook, die Mutter auch auf Pinterest, das älteste Kind ist auf Instagram und Snapchat –, aber keine Fotos von Segreti oder jemandem, der ihm ähnlich sieht, in ihren Freundeslisten gefunden. Dann habe ich die E-Mails der Eltern gehackt …«

»Du hast *was?*«

»… aber wieder hat keine der durchgeführten Suchen etwas Interessantes ergeben. Für mich sieht es so aus, als hätten sie ihn einfach zufällig getroffen.«

Hendricks dachte wieder an das Video, das er sich im Flieger zigmal auf Camerons Laptop angeguckt hatte, bevor er eingeschlafen war. »Ja, das scheint hinzukommen.«

»Trotzdem denke ich, dass es sich lohnen würde, die Leute zu befragen. Vielleicht haben sie ja gesehen, in welche Richtung er ging, oder haben etwas Nützliches von ihm erfahren, bevor die Kamera lief …«

»So gern ich das täte, es geht einfach nicht. Ich würde, anstelle der Feds oder der Mafiabosse, ganz selbstverständlich jemanden auf diese Familie ansetzen, folglich ist sie für uns tabu.«

»Aber wenn ich …«

»Nein wirklich, vergiss es. Kommt nicht infrage. Was hast du sonst noch in petto?« Es tat ihm leid, sie so auszubremsen, aber nach dem Schlamassel im »Salty Dog« konnte er sich keine Unvorsichtigkeit mehr erlauben, und die Restons aufzusuchen wäre garantiert eine.

»Wenn dir diese Idee schon nicht gefällt, wirst du die nächste hassen.«

»Lass mich das selbst beurteilen.«

»Hast du schon mal von COWs gehört?«

»Klar. Große, dumme, wohlschmeckende Viecher, die Muh machen.«

»Nein, nicht COWs wie Kühe«, sagte sie. »COWs wie ›Cells on Wheels‹.«

»Nicht dass ich wüsste.«

»Eine COW ist praktisch eine mobile Funkstation auf einem Anhänger, die nach Bedarf in ein bestimmtes Gebiet gezogen werden kann. Damit werden vorhandene Netze verstärkt, wenn erhöhter Bedarf besteht, zum Beispiel beim Super Bowl oder bei Katastrophen wie dem elften September. Hey, bei Obamas Amtseinführung haben sie sechsundzwanzig von den Dingern herbeigerollt, damit die über eine Million Zuschauer das Ereignis live auf Twitter und Facebook teilen konnten.«

»Okay, jetzt weiß ich, was COWs sind. Und warum weiß ich das?«

Sie hielt ihm ein Foto auf ihrem Handy hin. »Darum.«

Er sah kurz von der Straße weg, um einen Blick darauf zu werfen. Das Bild war grobkörnig, zeigte aber offenbar genau so ein Ding, wie sie es gerade beschrieben hatte. Der Turm stand mitten auf einer breiten asphaltierten Fläche mit gestrichelten Linien zu beiden Seiten, die mindestens sechs Fahrspuren markierten. Im Hintergrund, ziemlich unscharf, erkannte er eine Art Zelt.

»Ich nehme an, das ist irgendwo in der Nähe der Brücke?«

Cameron nickte. »Das ist ein Ausschnitt von einem Standbild, das ich von CNN kopiert habe. Direkt vor den Mautstationen ist eine Einsatzzentrale für die Rettungskräfte eingerichtet worden, und man hat diesen Mast hergebracht, um den eigenen Datenverkehr zu stützen.«

»Und?«

»Und ich denke, dass wir das Teil hacken sollten.«

»Wie bitte?«

»Das ist nicht so verrückt, wie es klingt. Ich habe ein bisschen im Darknet über dieses Modell nachgeforscht, es ist offenbar ein altes und ziemlich leicht auszubeuten. Also habe ich mit einem Freund von mir gesprochen, er ist so eine Art Untergrund-Krypto-Anarchist, der örtliche Mobilfunknetze anzapft, wenn er online geht, und er hat mir einen Code geschickt, auf dem ich aufbauen konnte. Ich habe den Code für unsere Bedürfnisse optimiert, und das Ergebnis ist ein Programm, mit dem wir Zugriff auf alle über diesen Mast gesendeten Daten erhalten – Anrufe, Textnachrichten, Fotos, was du willst.«

»Ich nehme an, du bist noch nie zuvor in so ein System eingedrungen. Woher willst du wissen, dass es funktioniert?«

»Ein Code ist ein Code, es wird funktionieren. Außerdem ist es immer noch besser als Klinkenputzen.«

»Mal angenommen, wir kriegen Zugriff auf die Daten, was fangen wir dann damit an?«

»Alles, was wir wollen!«, sagte sie. »Verstehst du, im Gegensatz zum Super Bowl oder einer Präsidenten-Amtseinführung gibt es hier ja nicht einen ganzen Haufen von diesen Masten, dafür besteht kein Bedarf. Auf dem Presidio wohnen nur rund achthundert Leute mit Hauptwohnsitz, und die meisten Privathaushalte und sämtliche Geschäfte und Firmen drängen sich am westlichen Rand zusammen, der von diversen Masten auf Gebäudedächern in der Innenstadt versorgt wird. Also wird fast der gesamte Datenverkehr über diesen speziellen Funkmast mit den Ermittlungen zu dem Anschlag auf die Brücke zusammenhängen beziehungsweise fast jeder Aspekt der Ermittlungen über diesen Mast laufen. Handyfotos von Augenzeugen. Schriftlich niedergelegte Aussagen. Aufnahmen von Überwachungskameras wahrscheinlich. Die Chancen stehen gut, dass wir diese Daten nur durch eine Stichwortsuche und Gesichtserkennungssoftware filtern müssen, um Segreti ins Fadenkreuz zu bekommen.«

»Meine Güte«, sagte Hendricks, »das ist ja unglaublich.«

»Nicht wahr?«, sagte sie, sichtlich erfreut über sein Lob. »Aber es gibt einen Haken. Einen großen.«

»Nämlich?«

»Die Funkstation kann nicht aus der Distanz gehackt werden. Das Programm muss physisch über einen Port am Bedienpanel installiert werden. Und die Station steht direkt neben, na ja, dem halben Polizeiaufgebot des Staates Kalifornien.«

Hendricks hatte etwa zwei Kilometer lang nachdenklich geschwiegen.

»Wie schwierig ist die Installierung?«, hatte er schließlich gefragt.

»Nicht sehr. Einen USB-Stick reinstecken, vielleicht ein paar Befehle eingeben.«

»Du meinst also, ich könnte es hinkriegen?«

»Wenn ich es dir Schritt für Schritt erkläre, schon. Aber wenn du's vermasselst, wissen die Techniker, die dafür verantwortlich sind, die Station betriebsfähig zu erhalten, sofort Bescheid.«

»Dann sollte ich's lieber nicht vermasseln.«

Als Hendricks in die Lombard Street einbog und in östliche Richtung ging, weg vom Presidio, musste er sich beherrschen, um nicht zu dem Polizisten am Parktor hinzusehen. Er hatte sein Sweatshirt im Auto gelassen und trug den Rucksack, den Cameron ihm gekauft hatte, über einer Schulter. Eine dunkelblaue Windjacke, das Nylonmaterial noch steif und knisternd, war um seine Hüften gebunden und flüsterte bei jedem Schritt mit sich selbst. »Beobachtet der Typ am Tor mich?«

»Ja«, kam Camerons Stimme blechern durch den billigen Bluetooth-Hörer. »Aber er scheint nicht besonders interessiert.«

»Sag mir sofort Bescheid, wenn sich daran was ändert.«

»Verstanden«, antwortete sie.

Hendricks schlenderte durch die Lombard und schwenkte dann nach rechts in die Baker Street ein, eine breite, baumbestandene Wohnstraße, in der schicke traditionelle Einfamilienreihenhäuser mit überdimensionalen Erkerfenstern und Dächern aus spanischen Mosaikfliesen neben abgefahren modernen Apartmentgebäuden aus den Fünfzigerjahren standen. Dazwischen eingestreut waren kleine Geschäfte und Lokale: Lebensmittel, Bistro, Bar, Reinigung. Es war Nachmittag, der Himmel blau, die Sonne schien hell und warm. Hendricks vermutete, dass in dieser freundlich wirkenden Nachbarschaft an einem so schönen Sonntag normalerweise überall fröhliches Treiben herrschte. Gemeinsame Brunchs auf dem Bürgersteig, Spaziergänger mit Hunden, Zeitungleser auf schmalen Balkonen. Heute jedoch waren die Straßen verlassen, nicht einmal Autoverkehr gab es. Alle Läden waren geschlossen, die Rollläden herabgelassen. Die Leute hatten Angst.

Es brach ihm fast das Herz. Im Ausland hatte er diese Art von Furcht schon zu oft erlebt, in Afghanistan, dem Irak. Kinder, die sich hinter die Beine ihrer Eltern duckten, wenn oben Drohnen vorbeiflogen. Große Augen, die durch Vorhangritzen lugten, wenn Kampfhandlungen in den Straßen ausbrachen. *Wir haben unsere Rolle im Namen der Freiheit gespielt,* dachte er, *aber was haben unsere hehren Gründe den unschuldigen Menschen genützt, die wir getötet oder vertrieben haben? Das ganze Kämpfen schien letztlich immer nur die Bestie Waffenindustrie zu füttern, die an jeder Verschärfung von Spannungen, jeder Eskalation eines Konflikts, jedem Angriff auf einen Konvoi und jeder zerstörten Hütte mächtig verdient.*

Wenn Krieg zum großen Geschäft wurde, wollten die Aktionäre zwangsläufig mehr davon, und es war ihnen egal, wie viele junge Männer und Frauen dadurch sich selbst überlassen blieben, haltlos, führungslos. Zu viele von ihnen fanden Trost im Extremismus, nur um irgendwann festzustellen, dass die Rettungsweste, die man ihnen zugeworfen hatte, mit Sprengstoff besetzt war, und so wurde die Bestie immer weiter gefüttert. Je fetter sie wurde, desto gieriger wurde sie, wie eine Laborratte, die gelernt hat, eine Taste zu drücken, oder ein Süchtiger, der von einem Schuss zum nächsten lebt.

Hendricks verabscheute den Gedanken, den Teufelskreis mit aufrechtzuerhalten.

Doch im Moment blieb ihm nicht viel anderes übrig.

Nach einem vergewissernden Blick über die Häuserfronten, ob ihn auch niemand beobachtete, ging er die Straße entlang, rasch, aber ruhig, mit gesenktem Kopf, die Augen auf das gesprenkelte Pflaster zu seinen Füßen gerichtet.

Auf halber Höhe nahm er den Rucksack von der Schulter und setzte ihn auf dem Gehweg ab. Dann lief er los, sprintete südwärts auf die Greenwich Street zu.

Als er um die Ecke bog, wobei die vollgestopften Taschen seiner Cargohose schwer gegen seine Beine schlugen, sah er sich noch einmal kurz um, obwohl der Rucksack schon nicht mehr in seinem Blickfeld war. Er spitzte die Ohren, doch es deutete nichts darauf hin, dass jemand ihn gesehen hatte und ihm folgte.

Auf Gehtempo verlangsamend, wischte er sich den Schweiß von der Stirn. »Es ist erledigt«, teilte er Cameron mit, nachdem sein Herzrasen sich gelegt hatte. »Jetzt bist du dran.«

22. Kapitel

Sarah Klingenberg trank ihre Dose Red Bull aus – schon die dritte heute – und schmiss sie in einen Mülleimer, während sie über den geschäftigen Pier trabte. Bis gestern war Pier 80 nur eine öde, von Unkraut aufgebrochene schmale Asphaltfläche in San Franciscos Hafengebiet gewesen, die fünfhundert Meter weit in die Bucht hineinragte. Jetzt stellte er die Operationsbasis für eine der größten Verbrecherjagden in der Geschichte des FBI dar.

San Franciscos Hafen war seinerzeit vorwiegend für Stückgut angelegt worden, Ladung also, die einzeln gelöscht werden musste, wie etwa Holzfässer, Stahlträger oder Papierrollen im Industrieformat. Das Aufkommen der Containerisierung hatte sein Ende als Hauptumschlagplatz eingeläutet, denn seine altmodischen Piers waren für das Entladen von Containerschiffen ungeeignet, und es war nicht genug Grundstücksfläche vorhanden, um sie auszubauen. Infolgedessen liefen die meisten Frachter mit Ladung für die Bay Area nun Oakland an, und viele von San Franciscos Landebrücken lagen verlassen da.

Heute jedoch drängten sich auf Pier 80 die gepanzerten Fahrzeuge der SWAT-Einheiten, Polizeihubschrauber, Streifenwagen sowie zivile Dienstlimousinen. Polizeiboote legten in steter Folge an und ab. In einem Kommando-Anhänger studierten Einsatzleiter Karten und Baupläne und koordinierten die verschiedenen Einheiten vor Ort.

In den vergangenen vierundzwanzig Stunden hatte das FBI einiges über das »Wahre islamische Kalifat« in Erfahrung gebracht. Die Gruppe gehörte zu den dschihadistischen Salafisten, dieser ultrakonservativen Sekte des sunnitischen Islam, und war vorwiegend im gesetzlosen Südosten Syriens aktiv. Ihr Hass auf den Westen wurde nur von ihrem Hass auf das Assad-Regime übertroffen, gegen das sie mit ihrem brutalen Widerstandskampf angingen. Was man noch nicht wusste, war, warum die Gruppe plötzlich beschlossen hatte, einen Anschlag auf amerikanischem Boden zu verüben, von wo aus sie diesen Anschlag geplant hatte und wo sie als Nächstes zuschlagen wollte.

Immerhin hatte man drei mit dem Kalifat in Verbindung stehende Männer identifiziert, die im Lauf des vergangenen halben Jahres mit Studentenvisa in die USA eingereist waren. Sie würden bald gefasst werden, dachte Klingenberg, vorausgesetzt, ihr Chef – »James« für seine Frau und seine Freunde, »Jimmy« für den Präsidenten und »Assistant Director Osterman« für alle, die unter ihm in der Abteilung für Terrorismusabwehr des FBI arbeiteten – hörte endlich auf, ihr irgendwelchen nichtigen Quatsch aufzubürden, wo es doch so viel Wichtigeres zu tun gab.

Sie kam zu dem Zivil-Pkw, den das Büro San Francisco ihr zur Verfügung gestellt hatte, einem unauffälligen Ford irgendwas, dessen einst glänzend schwarze Lackierung durch all die Jahre in Sonne und Salzluft stumpf geworden war, und stieg ein. Sobald sie die Tür geschlossen hatte, ließ das unablässige Getöse um das Kommandozentrum herum deutlich nach. Seufzend öffnete sie Ostermans E-Mail auf ihrem Handy und tippte auf die mitgeschickte Telefonnummer.

Er hatte sie beauftragt, den Geschäftsführer von Bellum Industries, Harrison Wentworth, anzurufen und ihn auf den neuesten Stand der Ermittlungen zu bringen. Warum, wusste sie nicht. Wentworth war ein ausgeschiedener Drei-Sterne-General, der unter der vorigen Regierung die Defense Intelligence Agency, die Dachorganisation der militärischen Nachrichtendienste, geleitet hatte. Sein Sohn Trip leitete den Bewilligungsausschuss des Senats für den Heimatschutz, folglich hatte der Mann eine Menge Einfluss in Washington. In letzter Zeit hatte er den vor allem dazu genutzt, sich für die Vergabe von mehr Aufträgen an inländische Firmen, speziell sein Unternehmen, stark zu machen, und Bellums erfolgreiche friedenssichernde Einsätze in New Jersey nach dem Hurrikan Sandy und in Baltimore während der jüngsten Rassenunruhen als Argument angeführt. Zu Klingenbergs Erleichterung hatte sich die Lobbyarbeit für eine umfassende Privatisierung im Bereich innere Sicherheit jedoch als Rohrkrepierer auf dem Kapitolshügel erwiesen. Ihrer Ansicht nach hatten Gewinnmargen beim Bevölkerungsschutz und der Gesetzesvollstreckung nichts zu suchen, und selbst wenn in manchen Fällen irgendwelche Gründe für mehr Privatbeteiligung sprechen sollten, gab es ein halbes Dutzend besser geeignete Unternehmen als Bellum, dessen Ruf im Ausland alles andere als brillant war.

Wentworths Vorzimmerdame meldete sich – unterkühlt, kompetent. Klingenberg nannte ihren Namen und ihr Anliegen. Die Frau ließ sie warten, mit nichts als dem Rauschen der offenen Leitung zur Gesellschaft. Vom Privatsektor hatte sie eigentlich etwas Besseres erwartet; die hier besaßen nicht mal den Anstand, Musik einzuspielen oder ihr zu versichern, wie sehr ihnen daran lag, ihren Anruf schnellstmöglich zu bearbeiten.

Sie wartete elf Minuten lang. Elf Minuten, die genügten, damit ihre Erschöpfung sie einholte und sowohl Adrenalin als auch Koffein sie im Stich ließen. Während sie brav dranblieb, schweiften ihre Gedanken ab, und die Augen fielen ihr zu.

»Wentworth.«

Seine autoritäre Baritonstimme schreckte sie auf. Sie ließ das Handy fallen und musste im Fußraum danach herumtasten. »Guten Tag, Sir. Hier ist Special Agent Sarah Klingenberg. Mein Vorgesetzter hat mich angewiesen, Sie über den Stand der Ermittlungen in Kenntnis zu setzen.«

»Ja, das hat mir mein Mädchen schon ausgerichtet.«

Sein Mädchen, dachte sie. *Unfassbar.* »Gut. Was speziell möchten Sie wissen?«

»Speziell«, sagte er, »möchte ich über den Stand der Ermittlungen Bescheid wissen.«

»Wir verfolgen derzeit mehrere Anhaltspunkte parallel.«

»Davon bin ich überzeugt«, entgegnete er. »Vielleicht könnten Sie so nett sein und sie Schritt für Schritt mit mir durchgehen.«

Klingenberg seufzte. »Wir haben drei bekannte Anhänger des Kalifats identifiziert, die im letzten halben Jahr getrennt voneinander mit Studentenvisa eingereist sind. Wir glauben, dass sie für die Ausführung des Anschlags verantwortlich sind, wissen aber derzeit noch nichts über ihren Aufenthaltsort. Im Moment versuchen wir, ihre Schritte ab dem Zeitpunkt ihrer jeweiligen Einreise chronologisch zu rekonstruieren.«

»Ein vernünftiger Ansatz«, sagte Wentworth. »Ich nehme an, Sie verfolgen auch Hinweise in größerer zeitlicher Nähe zu dem Anschlag?«

»Selbstverständlich«, antwortete sie leicht gereizt. »Wie Sie bestimmt gehört haben, ist jegliche Handels- und Freizeitschifffahrt in der Bucht von San Francisco eingestellt worden. Die Küstenwache ist dabei, sämtliche schon auf dem Wasser befindlichen Fahrzeuge zu untersuchen und ihnen Anlegeplätze zuzuweisen. Das ist ein komplizierter, zeitraubender Vorgang, und die Kollegen sind nach eigener Einschätzung erst halb fertig damit.«

»Haben sie schon etwas gefunden?«

»Ein Partyboot voller Prostituierter und Hedgefonds-Manager. Eine Ladung Hasch, die von Humboldt County oben die Küste runtergeschippert wurde. Ein paar Frachtschiffe mit abgelaufenen Papieren, Hafenarbeiter mit abgelaufenen Visa.«

»Suchen Sie auch die Uferbereiche ab?«

»Ja. Aber allein San Francisco hat über zwölf Kilometer Hafenkais und städtische Uferstreifen, das sind eine Menge Boote, Schiffe und Gebäude. Washington unterstützt uns mit zweckgebundener Satellitenüberwachung und unbürokratischen Vollmachten, aber es mangelt uns an Einsatzkräften, und obendrein können wir nicht ausschließen, dass das Schleppboot aus Oakland oder Sausalito kam.«

»Haben Sie wenigstens genug Leute, um die Gemeinden in der näheren Umgebung abzusuchen?«

»Wir ziehen die örtlichen Polizeiwachen heran, und die Sondereinsatzkommandos des FBI halten sich bereit für den Fall, dass etwas entdeckt wird.« Klingenberg sah durchs Seitenfenster zu den am Ende des Piers aufgereihten, dunkel glänzenden Hubschraubern hin. Bewaffnete Männer liefen unruhig um sie herum, alle darauf brennend, den Startbefehl zu bekommen.

»Hört sich für mich nach einem Nein an – was das Debakel in Alameda erklärt.«

»Der Hinweis dieses Nachbarn klang glaubwürdig«, erwiderte sie scharf.

»Der Zahnarzt, dessen Wohnung Sie auf den Kopf gestellt haben, sieht das mit weniger Nachsicht. Er plärrt ›ethnisches Profiling‹ in jedes Mikrofon, das man ihm hinhält, und wie ich höre, hat er die Unterstützung von Bürgerrechtsvereinigungen wie der ACLU gewonnen.«

»Bei allem gebotenen Respekt, Sir, wir tun unser Bestes mit den Mitteln, die uns zur Verfügung stehen.«

»Was ist mit der Gefahr weiterer Anschläge? Ich habe in den Nachrichten etwas von einem Bewaffneten in San Mateo gehört.«

»Falscher Alarm«, sagte Klingenberg. »Nur ein armer Irrer mit einer Luftpistole, der Selbstmord per Polizei begehen wollte. Es sieht im Moment so aus, dass unsere Informanten nichts verlauten lassen. Andererseits haben sie auch diesen ersten Anschlag nicht kommen sehen.«

»Niemand hat das«, sagte er. »Ich nehme an, Sie sind gerade in San Francisco?«

»Ja, Sir.«

»Wie lange haben Sie jetzt nicht geschlafen, wenn ich fragen darf?«

»Ich weiß es nicht. Seit die Bombe hochging, würde ich sagen.«

»Sie müssen erschöpft sein.«

»Ich bin fit.«

»Natürlich sind Sie das, ich wollte Ihnen nichts unterstellen. Sagen Sie, Klingenberg, haben Sie schon ein Zimmer in der Stadt?«

»Äh, nein?« Überrumpelt, wie sie war, kam es als Frage heraus.

»Dann lasse ich Ihnen von meinem Mädchen gleich eins buchen. Ein paar meiner Bekannten schwören aufs Ritz-Carlton, aber ich persönlich habe eine Vorliebe für das St. Regis. Dort wohne ich immer, wenn ich in San Francisco bin.«

»Das ist sehr freundlich von Ihnen, Sir, aber ich bin nicht sicher, ob das korrekt wäre. Auf jeden Fall wäre es Verschwendung, weil ich viel zu viel zu tun habe, um ein Zimmer wirklich nutzen zu können.«

»Jetzt nicht mehr«, sagte er.

»Wie bitte?«

»Hat Ihr Director Ihnen das nicht gesagt? Ach, Unsinn, kann er ja gar nicht, Sie haben ja am Telefon auf mich gewartet, während ich eben mit ihm sprach.«

Klingenberg wurde flau im Magen. Was nicht nur vom Hunger, der Erschöpfung und dem Red Bull kam. Es war eher wie dieser Moment auf der Achterbahn, wenn man das Gefühl hat, sich im freien Fall zu befinden. »Mir was nicht gesagt?«

»Bellum wird von jetzt an die Leitung der Ermittlungen übernehmen.«

Das war es also. Der Grund für diesen Anruf. Sie wurde aufs Abstellgleis geschoben, noch dazu von einer gottverdammten Privatfirma. »Das verstehe ich nicht. Habe ich etwas falsch gemacht?«

»Aber nein. Unter den Umständen haben Sie Vorbildliches geleistet. Doch aufgrund von Bellums Anstrengungen, die nordwestliche Grenze des Irak zu sichern, sind wir mit dieser Gruppierung und ihren Methoden wohlvertraut, was uns einen taktischen Vorteil verschafft, den Sie schlichtweg nicht haben.«

»Dann weisen Sie mich ein«, erwiderte sie, doch es klang hohl, reflexartig, weil sie schon wusste, was er antworten würde.

»So gern ich das würde, Sie haben leider nicht die nötige Sicherheitsfreigabe. Nehmen Sie's nicht persönlich.«

»Aber …«

»Hören Sie«, fuhr Wentworth fort, »ich verstehe, wie das bei Ihnen ankommen muss, aber letztendlich wollen wir beide doch das Gleiche. Bellum ist einfach nur besser geeignet für die Aufgabe. Wir sind wendiger, sachkundiger, weniger durch Bürokratie behindert. Und wir haben Ausrüstung zur Verfügung, die sich der Staat offen gesagt nicht leisten kann. Offenbar stimmen Ihr Vorgesetzter und unser Präsident mir da zu, denn sie sind gerade dabei, die entsprechende Bewilligung im Kongress durchzusetzen. Keine Angst, ich werde dafür sorgen, dass beide erfahren, was für hervorragende Arbeit Sie geleistet haben. Wenn Sie mich fragen, haben Sie sich eine kleine Pause verdient. Nehmen Sie ein Bad. Ruhen Sie sich aus. Bestellen Sie sich was beim Zimmerservice, wenn Sie Lust haben, kleine Aufmerksamkeit Ihrer Freunde bei Bellum. Ich bin sicher, Ihr Director wird nichts dagegen haben, er und ich sind alte Freunde.«

Klingenbergs Gesicht brannte vor Wut und Empörung, aber sie war eine zu gute FBI-Beamtin, um sich etwas anmerken zu lassen. »Danke, Mr Wentworth«, stieß sie durch den Kloß in ihrem Hals hervor.

»Keine Ursache«, sagte er.

Damit legte er auf. Klingenberg saß noch eine Weile fassungslos im Auto, bis irgendein Tumult am Wachhäuschen des Piers ihre Aufmerksamkeit erregte. Wie es sich anhörte, wurde da gestritten. Sie stieg aus, um zu sehen, was los war, doch da schien die Sache schon geregelt, und die Schranke ging hoch.

Ungläubig sah sie zu, wie dreißig Humvees von Bellum hintereinander auf den Pier rollten, und fragte sich, wie zum Teufel die so schnell hatten hier sein können.

23. Kapitel

Cameron atmete tief ein und dann langsam wieder aus, um sich Mut zu machen. Es geriet ein wenig zittrig, aber das war okay, sagte sie sich, sogar von Vorteil.

Sie nahm ihren Bluetooth-Hörer ab und griff sich ein zweites Wegwerfhandy von der Mittelkonsole. Öffnete den Browser, googelte die gesuchte Nummer und klickte darauf.

Nach zweimaligem Klingeln war die Verbindung da. »Hinweistelefon San Francisco.« Die Worte wurden gleichförmig, ohne die angemessene Intonation hervorgenuschelt, als hätte die Telefonistin sie schon so oft gesagt, dass sie bedeutungslos geworden waren.

Cameron konnte es ihr nicht verübeln. Diese Nummer war von jedem Fernseh- und Radiosender, ob lokal oder landesweit, und in jedem Zeitungsbericht über die Explosion veröffentlicht worden, seit das Ministerium für Heimatschutz die Hotline gestern Abend eingerichtet hatte. Wahrscheinlich hatte die Arme es seit Schichtbeginn pausenlos mit irgendwelchen Spinnern zu tun gehabt.

»Ich … ich will eine Straftat melden«, sagte Cameron mit scharfem Flüstern.

»Ma'am, wenn Sie Opfer oder Zeugin einer gerade stattfindenden Straftat sind, müssen Sie auflegen und 911 anrufen.«

»Sie verstehen mich nicht«, zischte Cameron. »Ich bin in der Baker Street in San Francisco, zwischen der Greenwich und der Lombard Street. Ein Mann hat dort draußen gerade einen Rucksack auf dem Gehweg abgestellt und ist weggerannt. Er … er sah aus wie ein *Muslim.*«

Würg. Cameron kam sich ekelhaft vor, als sie das sagte. Sie machte sich die Vorurteile der Leute und die lauernde Angst vor Folgeanschlägen zunutze, aber es hatte sofort den gewünschten Effekt.

»Bitte bleiben Sie dran, Ma'am«, sagte die Telefonistin, nun mit dringlichem Unterton. »Ich verbinde Sie gleich mit meiner Vorgesetzten, aber würden Sie mir zur Bestätigung noch einmal Ihren Aufenthaltsort nennen?«

»Baker Street, San Francisco, zwischen der Greenwich und der Lombard Street.«

»Wie sah dieser Mann aus?«

»Er, äh, hatte einen langen dunklen Bart und so ein weites, cremefarbenes Flatterhemd an, glaube ich. Warten Sie, da passiert gerade etwas. Er kommt zurück. Es sieht aus ... es sieht aus, als würde er etwas suchen. *Oh, Gott, ich glaube, er hat mich gesehen, bitte beeilen Sie sich!*«

Sie legte auf. Dann öffnete sie die Abdeckung an der Rückseite des Handys und nahm die Batterie und auch die SIM-Karte heraus, die sie entzweibrach.

Das getan, steckte sie den Bluetooth-Hörer wieder ins Ohr, nahm ihr Fernglas – eins von den beiden, die sie gestern bei Walmart gekauft hatte – und beobachtete die zwei Beamten vom Heimatschutz, welche die Umfriedung des alten Stützpunkts bewachten. Es fiel ihr schwer, genauere Einzelheiten zu erkennen, weil ihre Hände so zitterten, jedoch nicht vor Angst, sondern vor Aufregung. Dennoch sah sie genug, um sich ein Bild zu machen.

Beide Polizisten wurden zugleich von ihren Funkgeräten aufgeschreckt. Sie berieten sich einen Moment lang und verließen dann ihre Posten, sprinteten auf die Baker Street zu, einer durch die Greenwich, einer durch die Lombard.

»Bist du noch dran?«, fragte Cameron.

»Ja«, antwortete Hendricks.

»Sie sind losgelaufen.«

»Beide?«

»Ja.«

»Dann warst du offenbar überzeugend. Gut gemacht.«

»Danke. Ich muss zugeben, das war ganz schön spannend«, sagte sie, froh, dass er ihr dämliches Grinsen und ihr Erröten nicht sehen konnte.

»Gewöhn dich nicht daran«, mahnte er. »Okay, ich bin dann mal nicht zu erreichen. Denk dran: Du machst dich davon und verkriechst dich an einem ruhigen Ort ...«

»... mit einem offenen WLAN-Netz«, beendete sie den Satz für ihn, weil sie den Plan tausendmal durchgesprochen hatten. »Verstanden.«

»Gut. Ich rufe dich an, wenn ich dich brauche.« Die Verbindung brach ab.

Immer noch lächelnd, ließ Cameron den Motor an.

Wenn es nach ihr ging, konnte sein nächster Anruf nicht schnell genug kommen.

Auf halber Höhe der Greenwich Street drückte sich Hendricks in den zurückgesetzten Eingang eines Wohnhauses und klopfte seine Taschen ab, als suchte er die Schlüssel. Das Theater war jedoch gar nicht nötig, wie sich herausstellte, denn der vorbeilaufende Beamte vom Heimatschutz sah nicht einmal zu ihm hin. Er steckte den Kopf aus der Eingangsnische, sah den Mann um die Ecke in die Baker Street einbiegen und ging dann weiter in westliche Richtung durch die Greenwich.

Als er zur Lyon Street kam, blickte er sich nach beiden Seiten um und überquerte sie dann trabend, verlangsamte wieder, als er den gegenüberliegenden Bürgersteig erreichte. Statt nordwärts auf das Presidio-Tor an der Lombard zuzusteuern, ging er nach Süden. Das Tor war zu gut sichtbar für seinen

Geschmack, die Lombard Street zu stark befahren. Außerdem hielt sich gerade die Hälfte aller Cops von San Francisco innerhalb der Grenzmauern des Presidio auf, und wenn sie voll auf Camerons Köder angebissen hatten, würden sie höchstwahrscheinlich durch dieses Tor herauskommen, um der Sache nachzugehen.

Klagendes Sirenengeheul hinter ihm, zuerst leise, dann schnell zunehmend wie eine Migräne, bestätigte seine Vermutung. Er drehte sich nicht um, sondern ging ruhig weiter und sah verzerrt gespiegelt in der Heckscheibe eines am Straßenrand geparkten Lieferwagens drei Streifenwagen der Stadtpolizei von San Francisco mit Blaulicht durch das Tor schießen. Sie verschwanden rasch in den Straßen des Viertels, ihre Sirenen leicht gedämpft durch die Häuserreihen.

Der abgestellte Rucksack enthielt zwei Signalfackeln und einen Wagenheber, den er aus dem Kofferraum des Altima entwendet und mit Klebeband an einem weiteren Wegwerfhandy befestigt hatte. Alles völlig harmlos, aber wenn die Feds ihn röntgten, würde der Inhalt beängstigend genug wirken, um sie eine Weile zu beschäftigen.

Hendricks blieb neben dem Lieferwagen stehen. So konnte er von den Reihenhäusern auf der anderen Seite aus nicht gesehen werden. Rechts von ihm, hinter der niedrigen Steinmauer, die das Presidio begrenzte, war eine mit Büschen und großen Bäumen zugewachsene Erhebung. Er sah sich um, ob auch niemand in der Nähe war, und sprang mit einem Satz über die Mauer.

Einen kurzen Moment kauerte er sich dahinter und lauschte auf irgendwelche Anzeichen dafür, dass er entdeckt worden war. Als er nichts hörte, krabbelte er durch die Bäume den Hang hinauf, bis der Boden eben wurde.

Bevor er den Schutz des Wäldchens verließ, knotete er die

umgebundene Windjacke auf, drehte sie auf rechts und zog sie über. Fett auf dem Rücken, kleiner oben an den Ärmeln und über der linken Brust prangte in gelben Blockbuchstaben der FBI-Schriftzug.

Auf einem von Ordnungshütern wimmelnden Gelände war es sinnvoller, sich optisch einzufügen, als ständig von Versteck zu Versteck zu huschen. Das Problem war nur, dass man an echte Uniformen schwer herankam. In Filmen sah das immer so einfach aus: Man schlug einen Typen k. o., zerrte ihn in eine Abstellkammer und kam wenige Sekunden später in seinen Sachen wieder heraus. In Wirklichkeit war es so gut wie unmöglich, einen Mann mit einem Schlag niederzustrecken, geschweige denn, ihn auszuziehen, solange er bewusstlos war. Was Hendricks Cameron erklärt hatte, als sie einen dahingehenden Vorschlag machte.

Sie hatte schweigend die Stirn gerunzelt, dann etwas in ihr Handy getippt und den Bildschirm zu ihm umgedreht. Er hatte auf das Foto einer FBI-Einsatzjacke geblickt. »Sehen die wirklich so aus oder auch nur im Film?«

»Die sehen wirklich so aus.«

»Warum basteln wir uns dann nicht eine?«

Cameron hatte eine Rolle gelbes Klebeband und ein Schablonenmesser in einem Hobbyladen nicht weit vom Highway gekauft. Anschließend waren sie zu einem Uniformladen gefahren und hatten eine dunkelblaue Jacke erstanden. Cameron hatte die Buchstaben freihändig zugeschnitten und auf dem Parkplatz eines Tamale-Restaurants aufgeklebt, das sonntags geschlossen hatte, die Jacke auf der Motorhaube ausgebreitet. Hendricks war zuerst skeptisch gewesen, aber als sie fertig war, musste er zugeben, dass die Illusion ganz überzeugend geraten war. Sicher, aus nächster Nähe betrachtet würde die Sache auffliegen, aber wenn jemand derart dicht an ihn herankam, hatte er größere Probleme als die verräterische Struktur des Klebebands.

Das Schablonenmesser hatte er eingesteckt; man wusste schließlich nie, wann man eine scharfe Klinge gebrauchen konnte.

Hendricks musterte seine Umgebung unter den Bäumen hervor. Er befand sich am Rand einer gewundenen Wohnstraße. Eine Reihenhaussiedlung zog sich bis in die Grünanlagen zu seiner Linken hinein, und rechts von ihm standen zwei Bungalows. Allesamt cremeweiß mit roten Dächern, manche aus echten Tonziegeln, andere aus roten Schindeln, die wie Ziegel wirken sollten.

Ein Streifenwagen der Park Police fuhr langsam vorbei. Hendricks duckte sich in die Schatten, bis der Wagen außer Sicht war, und trat dann aus dem Wald hervor. Das Kommandozelt und der Mobilfunkmast auf Rollen befanden sich nordwestlich von seiner Position. Er konnte entweder westwärts durch das Wohnviertel gehen oder nordwärts auf das Geschäftsviertel am anderen Ende des alten Stützpunkts zu.

Er entschied sich für die Nordrichtung. Kam an einem Tennisplatz und einem Vereinshaus vorbei. Zwei uniformierte Polizisten standen vor Letzterem herum und musterten ihn, als er sich näherte.

Mit pochendem Herzen nickte er ihnen zu.

Sie nickten zurück, und er setzte seinen Weg fort.

24. Kapitel

Liebe Güte, fühlte Lois sich beschissen.

Kater war gar kein Ausdruck. Das Wort legte ein moderates Unwohlsein nahe, das mit Aspirin, Wasser und einem fettreichen Frühstück vertrieben werden konnte. Was sie empfand, war eine *Heimsuchung*, eine einzige Qual.

Sie hatte wie eine Tote geschlafen – kein Wunder, denn sie erinnerte sich vage, mehrere starke Tabletten gegen Rückenschmerzen mit Wein heruntergespült zu haben. Im Schlaf hatte sie von Verlust geträumt, von Sehnsucht, von versäumten Gelegenheiten und wichtigen Dingen, die verlegt worden waren.

Das Tageslicht war ein Angriff, ein scharfer Stich zwischen ihre Augen, ein schlüpfriges Aufbegehren ihres Magens. Jedes Mal, wenn sie flatternd die Lider aufschlug, aus Schmerz, Furcht oder Schreck über ihre unruhigen Träume, bereute sie es sofort. Sogar das dunkelrote Leuchten hinter den geschlossenen Augendeckeln war beinahe mehr, als sie ertragen konnte. Eine Zeit lang legte sie den Arm übers Gesicht, um es auszublenden, aber ihre eigene Körperwärme verstärkte die Übelkeit noch.

Sie fragte sich, wie sie es geschafft hatte, sich nicht zu übergeben. Dann fuhr sie mit der Zunge über ihre Lippen, schmeckte Galle und vermutete, dass sie es wohl doch getan hatte und nur zu benommen war, um sich daran zu erinnern.

Ihr Schlafzimmer war luftig und licht. Helles Holz, ein Stilgemisch weiß getünchter Möbelstücke und Stoffe in sanften Farben sorgten zusammen für ein Strandgefühl. Große Spiegel, ein frei stehender und einer an ihrem Toilettentisch, ließen das Zimmer noch größer wirken. Cal, ihr Mann, nannte es immer ihre »einsame Insel«. Heute aber schien es das Sonnenlicht auf unangenehme Weise zu verstärken. Lois fühlte sich, als säße sie in der Steeldrum eines Straßenmusikers auf der Strandpromenade.

Wenn ich das überlebe, trinke ich nie wieder was, ich schwör's, dachte sie.

Als ihre Augen sich an das Licht gewöhnt hatten, bemerkte sie, dass jemand an der Tür stand. Ein Mann, nur als Silhouette sichtbar.

»Cal?«, fragte sie hoffnungsvoll, obwohl sie insgeheim schmerzlich wusste, dass er es nicht war.

»Lois, es tut mir leid«, sagte Frank leise, »Cal ist nicht hier.«

Die unvertraute Stimme erschreckte sie. Sie setzte sich ruckartig auf und verzog gepeinigt das Gesicht, als ihr Kopf auf die abrupte Bewegung reagierte. »W-wer sind Sie? Was machen Sie hier? Wo ist Cal? Warum haben Sie seine Sachen an?«

»Ganz ruhig«, sagte er und machte einen vorsichtigen Schritt ins Zimmer hinein. Er war weiß, schon älter, spindeldürr. Augen von einem so hellen Blau, wie sie es noch nie gesehen hatte. Seine Haare waren zerzaust, und er trug einen von Cals Jogginganzügen, hatte die Ärmel des Sweatshirts hochgeschoben, sodass seine sehnigen, von Altersflecken übersäten Unterarme zum Vorschein kamen. Die Ellbogen bildeten rechte Winkel, die eine Hand war zu einer lockeren Faust geformt, in der anderen hielt er ein Glas Wasser. Ella folgte ihm ins Zimmer und blieb doch tatsächlich mit wedelndem Puschelschwanz neben ihm stehen. »Ich heiße Max Rausch, erinnern Sie sich? Wir haben uns gestern Abend kennengelernt. Sie … Sie hatten ein bisschen zu viel getrunken, deshalb habe ich Ihnen hinauf ins Bett geholfen.«

Lois' Miene verdüsterte sich, als ihr die gestrigen Ereignisse schlagartig wieder einfielen. Ihre Stirn zog sich in Falten, ihre Unterlippe zitterte. Während ihre Furcht verflog, wich auch die Anspannung aus ihrem Körper, und ihre Schultern sanken herab. »Max, natürlich. Verzeihen Sie. Ich … ich war gestern nicht ganz auf der Höhe.«

»Da gibt's nichts zu verzeihen«, sagte er. »Ich habe Ihnen ein paar Aspirin und ein Glas Wasser gebracht. Dachte, das könnten Sie gebrauchen.«

Sie winkte ihn heran. Er legte ihr die Tabletten in die hohle Hand. Sie warf sie ein und nahm das Glas von ihm entgegen, um sie hinunterzuspülen.

»Langsam«, sagte er. »Kleine Schlucke, nicht so hastig. Sie wissen es wahrscheinlich nicht mehr, aber gestern Nacht haben Sie das Wasser nicht bei sich behalten.«

Lois wurde rot vor Verlegenheit und sah sich um, konnte aber keine Anzeichen einer Bescherung erkennen.

»Alles in Ordnung. Ich habe es weggeräumt. Ihr leeres Glas ist vom Nachttisch gefallen, als Sie es abstellen wollten, und ich habe gehört, wie es zerbrach. Als ich nachsehen kam, meinten Sie, dass Sie einen Eimer brauchen. Ich konnte gerade noch rechtzeitig einen aus dem Bad holen. Dann habe ich, äh, noch ein Weilchen bei Ihnen gesessen, um sicherzugehen, dass Sie okay sind.«

»Danke«, sagte sie. »Sie sind sehr freundlich.«

Sein lautes Auflachen ließ sie zusammenzucken.

»Habe ich etwas Komisches gesagt?«

»Nein«, antwortete er lächelnd. »›Sehr freundlich‹ bekomme ich nur nicht oft zu hören.«

»Wirklich? Das wundert mich. Mir scheint, Sie sind die ganze Zeit überaus freundlich zu mir gewesen.«

»Mag sein«, sagte er, »aber in jüngeren Jahren war ich nicht unbedingt der netteste Kerl.«

»Das kann ich mir gar nicht vorstellen.«

»Oh, doch. Ich war ein Gangster. Ein Krimineller. Manchmal habe ich Menschen Schlimmes angetan.«

Er wusste nicht, warum er ihr das anvertraute, und rechnete damit, dass sie entsetzt vor ihm zurückschreckte. Ihn hinauswarf. Stattdessen fragte sie: »Kennen Sie Heraklit von Ephesus, Max?«

Frank sah sie fragend an, verwirrt von diesem plötzlichen Themenwechsel. »Kann ich nicht behaupten«, antwortete er. »Ist das eine Person oder ein Ding?«

»Eine Person«, sagte sie lächelnd. »Ein Vorsokratiker, ein griechischer Philosoph.«

»Oh. Mit Philosophie kenne ich mich nicht aus. Konnte ich nie was mit anfangen.«

»Mr Rausch, Sie beleidigen mich. Ich habe vor meiner Pensionierung dreißig Jahre lang Altphilologie unterrichtet und das mit Begeisterung.«

»Sie waren Lehrerin?«

»Professorin, ja, zuerst an der University of North Carolina und dann drüben auf der anderen Seite der Bucht an der UC Berkeley.«

»Oho. Dann hätten Sie mein jüngeres Selbst erst recht nicht gemocht. Hab's immer geschafft, meine Lehrer gründlich zu verärgern.«

»Dann haben Sie und Ihr jüngeres Ich offensichtlich nicht mehr viel gemeinsam, genau wie Heraklit es vorausgesagt hätte.«

»Wie das?«

»Er glaubte, dass Veränderung das einzig Dauerhafte im Universum ist. Sein bekanntestes Zitat lautet: ›Niemand steigt zweimal in denselben Fluss‹ – denn es ist dann nicht mehr derselbe Fluss und auch nicht mehr derselbe Mensch.«

»Sie wollen also sagen, ich bin nicht mehr dieser junge Typ?«

»Ich will sagen, dass alles, selbst das, was wir als unser Wesen, unseren Kern ansehen, im Fluss befindlich ist.«

»Ich weiß nicht«, erwiderte er. »Mir kommt's eher so vor, als würden sich die meisten Menschen nie verändern.«

»Da liegen Sie falsch. Wir verändern uns alle. Die meisten ändern nur nie ihre *Richtung*.«

»Vielleicht«, sagte er, »vielleicht auch nicht. Spielt aber keine große Rolle, finde ich. So oder so schleppe ich die Erinnerungen an das, was ich getan habe, für immer mit mir herum.«

»Diese Erinnerungen können statt einer Last aber auch ein Geschenk sein. Möglicherweise tragen Sie sie mit sich herum, um sich daran zu erinnern, warum Sie einen anderen Weg eingeschlagen haben.«

»Das ist ein schöner Gedanke«, sagte er. »Doch wenn ich könnte, würde ich sie jederzeit gern loswerden.«

Ein Schatten fiel über ihr Gesicht. »Ich nehme an, wir haben alle etwas, das wir lieber vergessen möchten.«

»Hören Sie, Lois, wegen Cal …«

»Hat er angerufen?« Sie klang schrill und verzweifelt, jedoch nicht unaufrichtig, so als hätte sie sich fest eingeredet, dass Cal noch lebte, obwohl sie unterschwellig wusste, dass die Illusion einer näheren Prüfung nicht standhalten würde. »Ist er unterwegs nach Hause?«

»Nein, Lois, er hat nicht angerufen«, sagte Frank sanft, aber unnachgiebig. »Darüber wollte ich mit Ihnen reden.«

Ein Anflug von Erkenntnis flackerte in ihrer Miene auf, erlosch jedoch gleich wieder und wurde durch dieselbe merkwürdige Teilnahmslosigkeit ersetzt, die er auch gestern schon an ihr beobachtet und den Medikamenten zugeschrieben hatte. »Vielleicht später«, sagte sie matt und wurde gleich darauf, da das Thema glücklich umschifft war, etwas munterer. »Zuerst würde ich gern versuchen, etwas zu frühstücken, die Aspirin scheine ich immerhin bei mir zu behalten.«

Als Frank zuletzt auf eine Uhr geblickt hatte, war es kurz nach drei gewesen – ein bisschen spät fürs Frühstück, aber darauf wies er sie jetzt nicht hin. Wie er sie auf so manches nicht hinwies.

Lois warf die Bettdecke zurück und machte Anstalten aufzustehen, war jedoch noch zu zittrig und geschwächt. Frank fragte sich, wie viele von diesen Muskelrelaxans-Tabletten sie gestern geschluckt hatte, bevor die Parkpolizei bei ihr angeklopft und sie unterbrochen hatte. Nicht genug, um sich umzubringen, offensichtlich, aber er schätzte, dass sie verdammt nahe dran gewesen war.

Einen Moment sah er verlegen zu, wie sie sich bemühte, aus dem Bett zu kommen, nicht sicher, ob sie Hilfe von ihm annehmen würde. Als klar wurde, dass sie es nie und nimmer allein nach unten schaffen würde, nahm er sie bei der Hand und half ihr auf die Beine. Sie runzelte die Stirn, wies ihn aber nicht ab.

Sobald sie sich in Bewegung gesetzt hatte, ging es einigermaßen, auch wenn er sie auf dem Weg die Treppe hinunter zur Sicherheit lieber unterhakte. Er hatte zwar nicht mehr die Kraft von einst – es gab einmal eine Zeit, als seine schlanke Gestalt mit sehnigen Muskeln bepackt gewesen war –, aber Lois war so leicht, dass er keine Schwierigkeiten hatte, sie zu stützen. Ella, der das alles offenbar zu langsam ging, hopste an ihnen vorbei die Stufen hinunter.

»So«, sagte Frank, als sie die Küche erreicht hatten und er sie auf einem Barhocker an der Kochinsel abgesetzt hatte, »was darf ich Ihnen bringen?«

»Das ist sehr nett von Ihnen, Max, aber ich kann mir doch nicht in meiner eigenen Küche das Frühstück machen lassen.«

»Natürlich können Sie das. Ich bestehe sogar darauf. Also, was soll es sein? Ich mache ein ganz passables Omelette. Möchten Sie eins?«

Er beobachtete, wie ihr Gesicht bei der Vorstellung eine Abfolge von Widerwillen, Neugier und unverhohlenem Appetit ausdrückte. »Ich fasse das mal als Ja auf«, sagte er. »Wie wär's mit einem Kaffee dazu? Ich hatte mir vorhin welchen gekocht – ich hoffe, Sie haben nichts dagegen –, aber er ist längst ausgetrunken. Ich mache Ihnen gern neuen.«

Diesmal lief das Mienenspiel in umgekehrter Reihenfolge ab, und sie wurde ein bisschen grün. »Ich glaube, ich bleibe erst mal bei Wasser, danke.«

Frank holte ihr mehr Wasser, dann machte er den Kühlschrank auf und kramte darin herum. Selbst nach dem kleinen Fressgelage gestern Abend war er noch gut bestückt: Eier, Milch, mehrere Sorten Fleisch und Käse, haufenweise Obst und Gemüse aus der Region. Er wählte einen Ziegenkäse mit Kräutern, fein geschnittenen Prosciutto, etwas übrig gebliebenen Spargel und ein wenig Schnittlauch für die Garnierung. Außerdem Butter für die Pfanne – so ein teures Profi-Ding aus eloxiertem Aluminium – sowie drei Eier.

Er setzte die Pfanne auf den Viking-Herd und gab Butter hinein. Der Gasbrenner knackte dreimal, als er den Schalter drehte, dann loderten fauchend blaue Flämmchen auf und leckten am Boden der Pfanne. Er gab die Eier in eine Schüssel, würzte sie mit Salz und Pfeffer und schlug sie, während die Butter schmolz. Anschließend goss er die Mischung langsam in die Pfanne und wartete, dass sie sich setzte, fütterte Ella derweil mit einem Streifchen Schinken. Lois sah ihm die ganze Zeit mit nachdenklichem Schweigen zu.

»Was?«, fragte er, als er ihren Ausdruck sah.

»Es ist nur …« Sie zögerte, hatte vielleicht Angst, ihn zu beleidigen. »Sie müssen der fürsorglichste Eindringling der Welt sein, dass Sie sich so um mich kümmern.«

Seine Miene verfinsterte sich kurz, bevor er ihr rasch ein heiteres Lächeln zeigte. »Ich bin nirgends eingedrungen, Sie haben mich hereingelassen!«

»Tatsächlich?«, fragte sie, während er die Füllung in das Omelette gab und es faltete. »Es ist alles ein bisschen verworren, muss ich gestehen. Ich weiß noch, dass ich in der Wanne lag und Sie klopfen gehört habe.«

Es war natürlich die Polizei, die sie gehört hatte, nicht ihn. »Sie sind heruntergekommen«, sagte er und öffnete suchend die Küchenschränke, »haben mich draußen stehen sehen und mich hereingelassen.« Er fand die Teller und stellte einen vor sie auf die Kochinsel. Dann nahm er die Pfanne und ließ das Omelette durch einen Schubs mit dem Pfannenheber, den er aus einem Tongefäß neben dem Herd genommen hatte, auf den Teller gleiten.

»Links von der Spüle«, sagte sie, als er perplex dreinsah, weil er die Besteckschublade nicht fand. »Nein, da, wo der Daumen rechts ist.«

Frank fand das Besteck und reichte ihr Messer und Gabel. Sie schnitt ein Stück aus der Mitte des Omelettes heraus und schob es in den Mund. Zuerst kaute sie zaghaft, als befürchtete sie, dass es schrecklich schmeckte oder – was wahrscheinlicher war – dass ihr Magen rebellierte. Doch als sie den ersten Bissen heruntergeschluckt hatte, aß sie gleich noch einen. Nach dem dritten schaufelte sie es praktisch in sich hinein.

»Das ist köstlich«, sagte sie mit vollem Mund. »Danke.«

»Gern geschehen«, antwortete Frank. »Ist lange her, dass

ich in einer so schönen Küche kochen durfte. Sie haben ein wunderbares Haus.«

»Vielen Dank. Finde ich auch. Es gehört uns natürlich nicht, wir zahlen zwölftausend im Monat an die Presidio-Verwaltung für das Privileg, hier wohnen zu können. Cal sagt immer, dass es vernünftiger wäre, etwas zu kaufen, und wir woanders mehr für unser Geld bekommen würden. Aber mir gefällt es hier, und letztendlich sind wir doch alle nur Mieter, oder?«

Da musste Frank ihr zustimmen.

Mit der Zufriedenheit eines Küchenchefs sah er zu, wie sie das Omelette verputzte. Als sie fertig war, nahm er den Teller und wusch ihn ab, wobei Lois erneut protestierte.

»Wie fühlen Sie sich?«, fragte er schließlich beim Abtrocknen.

»Besser«, antwortete sie. »Wieder wie ein Mensch.«

Sie sah auch besser aus. Ihre Augen wirkten klarer, ihre Wangen hatten wieder etwas Farbe, ihre Bewegungen waren sicherer. »Gut, denn wir müssen miteinander reden. Über Calvin. Über Sie.«

»Ich weiß nicht, was Sie meinen. Cal steckt in Reno fest.«

»Nein, Lois, das stimmt nicht.«

Ihre Miene war eine Maske unschuldigen Erstaunens, brüchig und wenig überzeugend wie bei einer Porzellanpuppe. »Oh, läuft der Flugverkehr wieder planmäßig? Dann könnte er ja jetzt schon in der Luft sein. Ach, wahrscheinlich kommt er jede Minute hier an und hält mich für eine Närrin, weil ich einen Fremden hier habe übernachten lassen.«

»Das glauben Sie nicht wirklich, oder?«

»Doch, natürlich. Warum denn nicht?«

»Lois, ich war gestern Abend in Ihrem Badezimmer. Ich habe die Tabletten gesehen, das Messer. Ich habe Cals Nachricht abgehört.«

»Ich … ich weiß nicht …«

Sie brachte den Satz nicht zu Ende. Konnte es nicht, denn als ihre Maske verrutschte, zerbrach sie zugleich. Was als leichtes Zittern ihrer Hände begann, die sie vor Schock und Entsetzen vors Gesicht schlug, wurde zu einem heftigen, keuchenden Schluchzen, das ihren ganzen Körper schüttelte. Es war, als hätte sie Cals letzte Nachricht gerade zum ersten Mal gehört, statt sie nur erneut in ihrem Kopf abzuspielen.

Sie atmete stoßweise, mit einem hohen Wehklagen, ihr Mund weit geöffnet, die Augen zusammengekniffen, die Halssehnen vor Anspannung hervortretend. Tränen und Rotz strömten ihr übers Gesicht. Das waren keine würdevollen Witwentränen, sondern das unansehnliche Weinen einer Frau, der gerade das Herz aus dem Leib gerissen worden war. Frank kannte den Unterschied, denn er hatte seinerzeit so manchen Ehemann und Vater unter die Erde gebracht.

Lois zog unbewusst die Knie hoch, der Urinstinkt eines verwundeten Tieres, das sich zum Schutz zusammenkauert. Frank reagierte ohne Nachzudenken, was ein Glück war, denn sie wäre von dem Küchenhocker gefallen, wenn er nicht um die Insel herumgesaust wäre, um sie aufzufangen.

Er nahm sie in die Arme und zog sie an sich, während sie vor Trauer zitterte und bebte. Er sagte nichts, hielt sie nur fest und ließ sie weinen. Was sollte er auch sagen, es gab keine Worte, die sie trösten konnten.

Allmählich ebbte das Weinen ab. Ihr Atem ging wieder normaler, und sie wurde ruhiger. Frank ließ sie los, froh zu sehen, dass sie seine Stütze nicht mehr brauchte. Sie wischte sich Augen und Nase mit dem Pyjamaärmel ab wie ein Kind. Ihre Augen waren blutunterlaufen und glänzten vor Tränen.

Dann entfuhr ihr ein hysterisches Lachen, das Frank erschreckte und besorgt machte. Er hoffte, dass er sie nicht an den Rand eines psychischen Zusammenbruchs getrieben hatte. »Was ist so lustig?«

»Mir ist nur gerade ein alter Witz eingefallen, den meine Mutter gern erzählt hat.«

»Ein Witz«, wiederholte er skeptisch.

»Genau. Über einen gottesfürchtigen Mann und einen schrecklichen Sturm. Der Mann wurde von seiner Gemeinde gewarnt, dass der neben seinem Haus verlaufende Fluss über die Ufer treten würde. Man forderte ihn auf, das Haus zu verlassen, doch er weigerte sich. ›Ich vertraue auf Gott‹, sagte er. ›Wenn ich in Gefahr bin, wird er mich beschützen.‹ Als der Sturm losbrach und das Wasser anstieg, beluden seine Nachbarn ihr Auto und sagten zu ihm: ›Wir fahren an einen höher gelegenen Ort und haben noch Platz für dich, komm mit!‹ Aber der Mann lehnte ab. ›Ich bin nicht in Gefahr. Gott wird mich retten‹, sagte er. Der Fluss trat über die Ufer und umspülte seine Veranda. Ein Mann in einem Kanu kam vorbeigepaddelt. ›Schnell, steigen Sie ein, ich bringe Sie in Sicherheit!‹ Aber der Mann sagte: ›Nein danke. Gott wird mich retten.‹ Als die Fluten immer höher stiegen, zog sich der Mann in den ersten Stock zurück und war schließlich gezwungen, aufs Dach zu klettern. Eine Hubschraubercrew entdeckte ihn und ließ einen Notretter herab, der ihm zuschrie: ›Nehmen Sie meine Hand, damit ich Sie hochziehen kann!‹ Doch der Mann weigerte sich immer noch. ›Gott wird mich retten!‹, sagte er. Kurz danach wurde er von den Wassermassen fortgerissen und ertrank. Als er in den Himmel kam, sagte er aufgebracht zu Gott: ›Ich habe auf dich vertraut, wie konntest du mich einfach sterben lassen?‹ Und Gott antwortete: ›Mein Sohn, ich habe dir ein Auto, ein Kanu und einen Hubschrauber geschickt. Was wolltest du denn noch?‹«

Sie lachte wieder, dieses rohe, wiehernde Lachen, wie es

manchmal auf Beerdigungen ausbricht und bei Versuchen, es zu unterdrücken, nur noch schlimmer wird. Frank lächelte höflich, obwohl er den Witz ziemlich schwach fand. Als Lois sein schiefes Grinsen sah, musste sie noch mehr lachen.

»Ich weiß«, sagte sie, während ihr die Tränen über die Wangen liefen. »Mama muss den Witz gut hundert Mal erzählt haben, und ich habe ihn auch nie lustig gefunden.«

»Warum lachen Sie dann?«

»Weil mir der Gedanke gekommen ist, dass Sie mein verflixter Hubschrauber sind. Und jetzt krieg ich die Stimme meiner Mutter nicht aus dem Kopf, die selbstzufrieden sagt: ›Was wolltest du denn noch?‹«

»Sie meinen, Sie glauben an diesen Schwach… äh, Satz von wegen ›Gottes Wege sind unergründlich‹?«

Das rief neues Gelächter bei ihr hervor. »Nein!«, sagte sie. »Darum geht es ja gerade! Meine Mutter hat mich jeden verdammten Sonntag zur Kirche geschleift, bis ich dann endlich zum Studieren weggegangen bin, und es hat mir nie etwas bedeutet. Aber jetzt, siehe da, hier sind Sie, und dank Ihnen bin ich auch noch hier. Also, vielleicht klammere ich mich gerade an einen Strohhalm wegen …« Ihre Stimme schwankte, und der tiefe Brunnen aus Traurigkeit in ihr klang hindurch. »… wegen Cal, aber es kommt mir einfach wie Fügung vor. Und falls es so ist, wird mir das alte Mädchen ohne Ende damit in den Ohren liegen, wenn ich einmal die Himmelspforte durchschreite.«

»Also, ich hoffe, Sie haben recht mit alledem«, sagte Frank und meinte es ehrlich. Nicht weil er auch nur ansatzweise gläubig gewesen wäre – er hatte in all seinen Jahren so viel sinnlose Gewalt erlebt, dass ihm das Universum als etwas rein Zufälliges oder gar ausgemacht Grausames erschien –, sondern weil ihm der Gedanke gefiel, dass er einmal in seinem nutzlosen, verkorksten Leben etwas Gutes getan hatte, und sei es auch nur versehentlich.

»Ich auch. Aber jedenfalls danke ich Ihnen.«

»Gern geschehen«, sagte er.

Der vertraute Moment wurde durch ein unerwartetes Geräusch unterbrochen: dem fast melodischen Klirren von zerbrechendem Glas. Das passierte so schnell und ohne erkennbaren Grund, dass Frank zuerst glaubte, es sich eingebildet zu haben. Doch dann knurrte Ella mit aufgestellten Nackenhaaren, und ein mattschwarzes, zylinderförmiges Ding kam durch den Flur zur Küche hereingeschlittert.

»Runter!«, schrie Frank, warf sich auf Lois und riss sie vom Barhocker. Sie schrie im Fallen, verstummte jedoch abrupt, weil es ihr bei dem harten Aufprall den Atem verschlug.

Eine halbe Sekunde später erfüllte ein blendend helles Licht den Raum, gefolgt von einem so lauten Feuerwerksknall, dass Frank heiß das Blut in die Ohren schoss. Er brach benommen auf Lois zusammen, die sich zappelnd zu befreien versuchte.

Dann krachten die Vorder- und die Hintertür gleichzeitig mit dem trockenen Splittern von Holz ein – nicht dass Frank und Lois das hätten hören oder sehen können –, und bewaffnete Männer in Kampfausrüstung stürmten das Haus.

25. Kapitel

Als Hendricks die vom Lincoln Boulevard abzweigende Highway-Auffahrt hinaufging, auf die Mautstelle der Golden Gate Bridge zu, musterte ihn der dort stationierte Beamte der Homeland Security von oben bis unten. Der Gesichtsausdruck des Mannes war aufgrund seiner Fliegersonnenbrille undurchdringlich, und seine behandschuhten Hände ruhten auf dem Kolben seines MP5-Sturmgewehrs, das an einem quer über die Brust verlaufenden Riemen hing.

Hendricks war erhitzt und außer Atem. Musste an dem Marsch quer über das Presidio liegen, sagte er sich, argwöhnte aber, dass es mehr war als das. Schweißperlen bedeckten seine Stirn, seine Haut prickelte, und seine Wunde juckte wie verrückt. Er befürchtete einerseits, dass es aussehen könnte, als wollte er eine Waffe ziehen, wenn er sie kratzte, und andererseits, dass er irgendwie zwielichtig wirkte, wenn er es nicht tat.

Die gestohlene 45er wog schwer in der Tasche seiner Cargohose. Nachdem er es auf das Presidio-Gelände geschafft hatte, hatte er sich nach kurzem Abwägen dafür entschieden, sie nicht in den Hosenbund zu stecken, und nun bereute er diese Entscheidung. Zwar hatte er keineswegs die Absicht, die Waffe gegen die Ordnungskräfte einzusetzen, fände es jetzt aber doch verdammt tröstlich, sie leicht greifbar zu haben.

Der Weg zur Brücke hatte ihn durch die Pilot's Row geführt, ein Viertel aus Häusern im Neokolonialstil, die ursprünglich für Heeresflieger gebaut worden waren. Hier und da hatte er durch die Bäume am Straßenrand einen Blick auf die Golden Gate erhascht, sie aber nicht richtig sehen können. Während er nun die Auffahrt hinaufstieg, wurden die Bäume immer spärlicher, und der Anblick, der ihn empfing, war herzzerreißend und schockierend. Trotz all seiner Nervosität, weil er dabei war, in die dichteste Konzentration von Polizeikräften außerhalb des J. Edgar Hoover Building hineinzumarschieren, konnte er doch nicht anders, als entsetzt hinzustarren.

Die Straße über die Brücke war in der Nähe des südlichen Pylons aufgebrochen und von breiten Rissen durchzogen. Autos hatten sich auf beiden Seiten übereinandergeschoben. Verkohlte Leichen lagen vor offenen Wagentüren und ragten aus zerschmetterten Windschutzscheiben heraus. Auch Überlebende gab es noch dort oben, von denen manche in ihren zerbeulten Fahrzeugen feststeckten, andere dagegen unruhig umherliefen, während sie auf Rettung warteten. Es hatte Berichte gegeben, dass einige davon im Laufe der Nacht in den Tod gestürzt waren. Ob sie gesprungen oder gefallen waren, wusste man nicht, es lief jedoch aufs Gleiche hinaus. Neunzig Meter waren ein langer Fall, ganze vier Sekunden von der Brücke bis in die Bucht, und wenn jemand auf dem Wasser aufschlug, hatte er so viel Geschwindigkeit drauf, dass er ebenso gut auf Asphalt hätte landen können.

Der Brückenpfeiler war geschwärzt, stand aber aufrecht, auch wenn ein paar der parallel zu ihm laufenden Tragseile frei herabbaumelten, an den Enden ausgefranst und aufgerollt wie gerissene Gitarrensaiten. Gelegentlich quoll immer noch Rauch von unten herauf, wenn Reste von Brandbeschleuniger Feuer fingen, nur um umgehend gelöscht zu werden. Der unbeschädigte Pylon an der Nordseite wirkte unglaublich klein von Hendricks' Standort aus, was nicht weiter verwunderlich war, da er rund drei Kilometer weit weg lag.

Die Bucht war voll von behördlichen Wasserfahrzeugen: Polizei, Küstenwache, Feuerwehr- und Rettungsdienst. Die meisten davon waren klein, plump und zweckmäßig – verschrammte Rümpfe und abgeblätterte Farben, Ruderhäuser, vollgestopft mit Antennen und Ausrüstung –, aber es gab auch ein paar recht große darunter. Mehrere Hundert Meter westlich der Brücke erstreckte sich eine Nebelbank so hell und massiv wie die Klippen von Dover, und ein Boot der

Küstenwache schwebte wie ein Geisterschiff davor. Ein großer Schwimmkran mit einem zerstörten Pick-up am Haken lag gleich rechts von der Brücke; das zerbeulte Wrack schwang wie ein Pendel, als der Kran herumschwenkte, um es auf einer Schute daneben abzusetzen.

Als Hendricks oben an der Brückenauffahrt ankam, zwang er sich, dem dort wachenden Polizisten freundlich zuzunicken. Er fühlte sich unbeholfen und verlogen, und in dem Moment wurde ihm schmerzlich bewusst, dass der ganze Plan mit einer aus Klebeband gebastelten Verkleidung stand und fiel.

Der Beamte musterte ihn einen langen Moment. Verlagerte sein Gewicht und richtete die Hand auf dem Gewehrkolben aus. Hendricks spannte sich am ganzen Körper an. Er war noch zu weit weg für einen Zweikampf, aber nicht annähernd weit genug, als dass der Mann ihn verfehlen könnte, wenn er schoss.

Da sagte der Uniformierte: »Verdammt schrecklich, was?«

»Das können Sie laut sagen«, antwortete Hendricks. »In so ’nem Fall hoffe ich nur, dass es eine Hölle gibt – der Tod ist viel zu gut für Leute, die so was fertigbringen.«

»Seh ich auch so«, sagte der Mann, bevor er von einer Quadrokopter-Kameradrohne abgelenkt wurde, die vom Kommandozelt aus auf die Brücke zuschwirrte. Hendricks ging ohne ein weiteres Wort an ihm vorbei, hinein in das wuselnde Nervenzentrum der Rettungsanstrengungen.

Von seinem Blickpunkt aus war das Ganze ein organisatorischer Albtraum. Überall standen Streifenwagen, Löschfahrzeuge und Militärjeeps herum. Mindestens die Hälfte davon war besetzt, die Türen standen weit offen, Funkgeräte krächzten, Leute schienen ziellos herumzurennen. Die Uniformen der Polizei von San Francisco und der Parkpolizei dominierten, doch dazwischen eingestreut sah man auch Beamte vom FBI und der ATF, der Sicherheitsbehörde für Alkohol, Tabak, Schusswaffen und Sprengstoff, deren Nylonjacken im Wind flatterten. Frauen und Männer in Kampfanzügen trabten zwischen dem vor dem Mauthäuschen stehenden Kommandozelt und den Sägeböcken, welche die Stelle markierten, ab der die Straße als baufällig eingeschätzt wurde, hin und her. Beamte vom Heimatschutz, ebenfalls in Kampfausrüstung, standen an sämtlichen Zugangspunkten Wache.

Es schien schon eine Weile her zu sein, seit zuletzt ein Überlebender aus den Trümmern geborgen worden war. Mehrere Krankenwagen warteten in einer Reihe auf der an der Mautstation vorbeiführenden Überholspur, die Fahrer darin zappelig und großäugig. Auf dem Parkplatz des Besucherzentrum-Pavillons waren zwei Rettungshubschrauber geparkt, deren Crews untätig vor ihnen herumlungerten. Manche gingen auf und ab, andere rauchten. Alle sahen müde, erschöpft und genervt aus.

Hendricks nahm das meiste davon über den Bildschirm seines Smartphones wahr. Er runzelte konzentriert die Stirn und tippte mit den Daumen darauf herum, als würde er eine Textnachricht schreiben. Handys gaben eine ausgezeichnete Tarnung ab. Die Leute waren weniger geneigt, Fragen zu stellen, wenn man den Eindruck machte, dass man dazugehörte, und heutzutage gehörte man dazu, wenn man geistesabwesend auf sein Smartphone starrend durch die Gegend lief.

Doch das Handy war nicht nur eine Attrappe für ihn. Er ließ die Kamera-App beim Gehen geöffnet und tat, als suchte er nach einem ausreichenden Signal oder versuchte, in der Sonne etwas vom Bildschirm abzulesen. Dabei machte er abwechselnd Aufnahmen von allem, was er vor sich sah, und blickte mit der umgedrehten Kamera über die Schulter, um zu prüfen, ob ihm jemand folgte.

Die Funkstation auf Rollen stand ein wenig abseits von dem ganzen Chaos, was es etwas heikel machte, darauf zuzugehen. Sie lag gut fünfzig Meter von dem Kommandozelt entfernt, mit dem sie durch ein Tau von der Dicke von Hendricks' Handgelenk verbunden war, und etwa zwanzig Meter vom nächsten Fahrzeugpulk. Zum Glück wurde sie nicht bewacht, aber es ging auch niemand nahe daran vorbei, wodurch jede Annäherung nur allzu auffällig wäre.

Er knipste ein Foto und schickte es per MMS an Cameron. »Bist du noch da?«, fragte er.

»Na klar«, kam die Antwort durch seinen Bluetooth-Hörer. Er hörte Geschirrklappern und Stimmengemurmel im Hintergrund. Sie würde sich in ein Café setzen, hatte sie gesagt und war ihm mit irgendeinem Kauderwelsch gekommen, dass sie plane, über das dortige unverschlüsselte WLAN-Netz Zugang zu den anderen eingeloggten Computern zu bekommen, was die Verarbeitungszeit für all die Daten, die sie zu klauen vorhatten, deutlich verringern würde. Er hatte kaum ein Wort verstanden.

»Gut. Ich habe dir gerade was geschickt. Irgendwelche Neuigkeiten über unseren Bombenalarm?«

»CNN und die Lokalsender sind vor Ort. Das Kampfmittelräumkommando hat den Bereich abgesperrt. Sie warten im Moment auf einen Roboter, um das Ding gefahrlos zu sprengen.«

Sie klang kühl, spröde. »Du hörst dich verärgert an«, bemerkte er.

»Eher angewidert. Es haben sich zwei weitere Zeugen gemeldet, die behaupten, sie hätten – ich zitiere – ›einen arabisch aussehenden Typen‹ gesehen, der den Rucksack fallen gelassen habe und dann davongelaufen sei. Einer hat sogar Stein und Bein geschworen, dass dieser angebliche Täter eine Art Sprengstoffweste getragen habe.«

»Die Leute haben Angst. Sie sind nervös, rechnen mit dem nächsten Anschlag. Also sehen sie, was sie zu sehen erwarten. Deshalb sind Augenzeugen ja so unzuverlässig. Du würdest dich wundern, wie leicht es ist, falsche Erinnerungen zu säen. Denen ist wahrscheinlich nicht mal bewusst, dass sie lügen.«

»Irgendwie ist mir das kein Trost«, sagte sie.

»Hast du das Foto schon bekommen?«

»Ja. Ich greife gerade darauf zu.«

»Ist es das, wonach ich suche?«

»Yep. Das ist unsere Bessie.«

Hendricks musste gegen seinen Willen lächeln. »Die Sache macht dir richtig Spaß, was?« Sie hatte das verdammte Ding Bessie getauft und schon auf der ganze Fahrt nach San Francisco so genannt, während sie ihren Plan ausheckten.

»Wie soll man eine COW denn sonst nennen?«, flapste sie. »Bist du schon an ihr dran?«

»Ich gehe gerade darauf zu«, antwortete er und schlängelte sich mit gesenktem Kopf durch die Menge. »Was dann?«

»Da müsste eine Art Bedientafel oder eine Klappe sein.«

Aus der Nähe sah die rollende Funkstation aus wie eine Mischung aus Lkw-Anhänger, Übertragungswagen und Mondlandefahrzeug. Ein etwa ein Meter dreißig hoher, vom Straßendreck schmutzig weißer Kasten auf Rädern mit einer Leiter am einen Ende und einer Anhängerkupplung am anderen. Aus der Mitte ragte eine Teleskopantenne sieben Meter in die Höhe, und an jeder der vier Ecken saßen dreieckige Streben, ähnlich dem Fahrgestell eines Flugzeugs, die ihn stabil hielten.

»Das ganze Ding besteht aus Klappen«, maulte er.

»Die richtige müsste etwa auf Brusthöhe liegen. Wir suchen nach etwas Elektronischem, nichts Mechanischem, und keine vernünftige Designerin würde einen Terminal auf Bodenhöhe anbringen.«

Hendricks hob das Handy in Richtung der Funkstation, als hätte er gerade sein Netz verloren, und ging langsam darum herum, wobei er Fotos machte und sie Cameron schickte. Ein etwas entfernt stehender junger Techniker bemerkte ihn verwundert und kam auf ihn zu.

»Da!«, sagte Cameron. »Stopp. Geh ein Stück zurück. Nicht das letzte Bild, das du geschickt hast, sondern das davor. Oben links.«

Die Klappe, zu der sie ihn dirigiert hatte, sah aus wie die Tür eines Sicherungskastens, nur dass sie weiß war statt grau. Neben dem versenkten Griff gab es ein Schlüsselloch. Hendricks zog auf gut Glück an dem Griff, aber das Teil war natürlich abgeschlossen.

»Hey«, rief der Techniker, noch nicht aufgebracht, aber leicht beunruhigt. Er war ein paar Zentimeter größer als Hendricks und ziemlich muskulös unter seinem Babyspeck. Um die Hüften trug er einen Werkzeuggürtel, und Hendricks konnte bald ausmachen, was darin steckte: Schraubendreher, Drahtscheren, ein Spannungsmesser. Isolierband, diverse Zangen. Alles klapperte und klirrte beim Gehen.

Er legte das Handy oben auf der Funkstation ab, griff in die rechte Beintasche seiner Cargohose und holte Camerons elektrische Zahnbürste heraus. Sie war ihm in die Hände gefallen, als sie im Flugzeug eine Bestandsaufnahme ihrer Besitztümer gemacht hatten, und er hatte sich das Lachen nicht verbeißen können. »Was ist daran so komisch?«, hatte Cameron wissen wollen.

»Die meisten Gesetzlosen achten nicht so gewissenhaft auf ihre Mundhygiene«, hatte er geantwortet.

Auf dem Parkplatz, wo Cameron seine Windjacke präpariert hatte, hatte er den Bürstenkopf abgezogen und den kleinen Metalldorn darunter zurechtgefeilt. Jetzt führte er ihn behutsam in das Schlüsselloch ein.

Der Techniker war noch rund zwanzig Meter entfernt, die Funkstation zwischen ihnen, sodass er Hendricks nur zum Teil sehen konnte. »Hey!«, rief er wieder. Diesmal wurden mehrere Leute in der Nähe aufmerksam.

Hendricks betete: »Bitte funktionier, bitte funktionier«, ein stummes Mantra.

Er war kein erfahrener Schlossknacker. Gab man ihm einen Satz Dietriche, bekam er eine Tür zwar früher oder später auf, aber weder besonders schnell noch elegant. Die Perkussionsmethode, bei der ein speziell angefertigter Schlüssel ein Stück weit in ein Schloss eingeführt wird und dann einen Schlag mit einem Hammer erhält, sodass die Stifte innen durch die Vibration für einen Augenblick auf einer Höhe liegen, war für einen Amateur wie ihn die weitaus zuverlässigere. Doch jedes Fabrikat erforderte einen eigenen Schlagschlüssel, und der ganze Vorgang war nicht gerade unauffällig.

Dank der zunehmenden Beliebtheit von Lockpicking als Hobby hatte er sich ein paar Tricks im Internet abschauen können. Zum Beispiel hatte er herausgefunden, dass man die Drehspindel einer elektrischen Zahnbürste in ein Schloss einführen und die hochtourigen Vibrationen ähnlich einsetzen konnte wie ein Computerhacker einen Brute-Force-Angriff. Während man bei dem Schlag mit dem Hammer nur eine Chance hatte, den Zylinder zu drehen, wurden die Stifte durch die beständige Erschütterung so zurechtgerüttelt, dass sie genau richtig lagen, um die Verriegelung aufzuheben.

Zumindest in der Theorie. Hendricks hatte die Methode bisher nur auf YouTube gesehen, und der Typ, der das Video hochgeladen hatte, hatte darauf aufmerksam gemacht, dass die Spindeln handelsüblicher elektrischer Zahnbürsten oft zu kurz für ein Türschloss waren und das Gehäuse zu dick, um in die meisten Schlüssellöcher zu passen. Außerdem hatte er davor gewarnt, dass die Spindel abbrechen könnte, wenn man sie zu dünn zurechtfeilte, und dann war Ende im Gelände. Aber wenn man es richtig machte, hatte er behauptet, könne jeder damit ein Schloss aufbekommen, und zur Demonstration hatte er ein halbes Dutzend Vorhängeschlösser, Sicherheitskassetten und Lagerschränke innerhalb von wenigen Sekunden geöffnet.

Hendricks hatte das beim Anschauen ziemlich beeindruckend gefunden. Jetzt hoffte er bloß, dass er nicht hopsgenommen wurde, weil er blöd genug gewesen war, auf ein Internetfilmchen zu vertrauen.

Der Techniker war noch fünfzehn Meter weit weg und inzwischen erregt genug, dass in der Nähe stehendes Personal zu ihm hinsah. Hendricks drückte die Taste am Griff der Zahnbürste und zuckte leicht zusammen, als der Motor losbrummte. Die Spindel ratterte im Schloss herum wie Münzen in einem Tassenhalter.

Er hielt die Luft an.

Drehte den Griff.

Zu seiner Überraschung ging das Schloss auf.

Innen befand sich ein Tastenfeld, umgeben von mehreren Lämpchen, Schaltern, Tasten und Buchsen. In der Mitte ein Bildschirm, grüne Schrift auf schwarzem Grund, zeilenweise vorbeirollende Daten.

»Ich hab's«, sagte er leise und sah auf. Nur noch zehn Meter und schnell näher kommend.

»Siehst du einen USB-Port?«

»Nein«, sagte er. Ihr Schweigen sprach Bände. »Warte – doch. Was jetzt?«

»Steck den USB-Stick rein, den ich dir gegeben habe.«

»Ist geschehen. Und jetzt?«

»Zeigt der Bildschirm irgendeine Aufforderung an?«

»Äh ...«

Cameron seufzte. »Zeig's mir einfach.«

»Wie?«

»Herrgott, du bist echt ein hoffnungsloser Fall. Warte kurz.«

Hendricks' Handy begann oben auf der Funkstation zu vibrieren und sich dabei im Uhrzeigersinn zu drehen. Er nahm es und klickte die Anzeige an. Eine der von Cameron installierten Apps öffnete sich, und ihr Gesicht erschien auf dem Bildschirm. »Halt mich hoch, damit ich es sehen kann«, sagte sie. Er tat es. »Okay, hör gut zu.«

Sie sagte ihm, was er eingeben sollte. Er legte das Telefon wieder ab und tippte im Zweifingersystem auf dem Tastenfeld herum. »Äh, der Bildschirm ist gerade schwarz geworden. Nur noch ein blinkender Cursor in der oberen linken Ecke.«

»Das ist normal.«

»Was mache ich jetzt?«

»Nichts«, antwortete sie. »Wenn der Exploit hochgeladen ist, nimmst du den Stick raus, schließt die Klappe und machst dich vom Acker.«

»Woher weiß ich, wann das Exploit-Dingsda hochgeladen ist?«

»Behalt einfach den Bildschirm im Auge.«

»Und was da genau?«

»Wirst du schon sehen.«

»Äh, Freundchen?« Der Techniker war jetzt auf der anderen Seite der transportablen Funkstation. »Wollen Sie mir mal verraten, was zum Teufel Sie da machen?«

Hendricks blickte vom Bildschirm zu dem Mann und wieder zurück. Noch immer hatte sich nichts verändert. »Ich weiß nicht, was Sie meinen.«

»Was ich *meine,* ist, was fummeln Sie da an meiner Station herum?« Jetzt kam er zu ihm herum.

»Ach so, das«, sagte Hendricks gelassen. »Ich kriege dauernd kein Netz, also dachte ich, wenn ich näher an die Antenne rangehe, wird es besser, aber Fehlanzeige. Dann hab ich mir gesagt, dass da irgendein Schalter an dem Ding sein muss, um es hochzudrehen, aber die verdammte Klappe hier ist abgeschlossen.«

Aufgrund der Eckstreben war der Techniker gezwungen, einen Bogen um das Gehäuse zu machen, sonst hätte er die offene Klappe gesehen und die Wachen gerufen, die sich für Hendricks' Geschmack ohnehin schon ein wenig zu sehr für den Wortwechsel interessierten.

Er blickte wieder auf den Bildschirm. Ein kurzes Flackern, und die Codezeilen wurden durch eine Nachricht in Blockbuchstaben ersetzt, die aus lauter Nullen bestanden:

HALLO, ICH HEISSE BESSIE.

Die Nachricht erlosch, dann scrollte erneut Code vorbei.

Hendricks zog den USB-Stick heraus, steckte ihn zusammen mit der elektrischen Zahnbürste ein und schloss die Klappe genau in dem Moment, als der Mann um die Ecke bog. Sie verriegelte sich automatisch mit einem leisen Klicken.

Der Techniker trug einen Ausweis an einem Band um den Hals, der ihn als Aaron Stanton vom NCSC auswies – dem nationalen Zentrum für Cybersicherheit der Homeland Security. »Die ist aus gutem Grund abgeschlossen.«

»Und der wäre?«

»Damit Deppen, bei denen daheim die Digitaluhr an der Mikrowelle dauernd zwölf blinkt, weil sie zu blöd sind, sie einzustellen, nicht daran herumfingern und unser gesamtes verdammtes Kommunikationsnetz lahmlegen!«

»Hör mal, du Arschloch«, tat Hendricks empört, »ich bin nicht irgendein Trottel von der Straße, sondern Special Agent des FBI.« Es war immer wieder erstaunlich, wie leicht man auch mit dem fadenscheinigsten Schwindel durchkam, wenn man sich ein bisschen in die Brust warf.

»Oh, Entschuldigung.« Stantons Ton troff vor Sarkasmus. »Hatte ich nicht gesehen, dass Sie ein Flachkopf sind. Ich werde versuchen, langsamer zu sprechen.«

Hendricks beugte sich vor und schnappte sich seinen Dienstausweis, den er genau zu prüfen vorgab. »Hey!«, rief Stanton und riss ihm die Karte aus der Hand. »Was soll der Scheiß?«

»Ich will schließlich Ihren Namen richtig buchstabieren, wenn ich mich über Sie beschwere«, entgegnete Hendricks.

»Wegen was? Weil ich meinen Job mache? Sie können froh sein, dass ich mich nicht über *Sie* beschwere. Wenn Sie auch nur eine Taste an dem Baby gedrückt hätten, wären Sie jetzt dran. Vielleicht nehmen Sie jetzt mal ganz schnell Ihre Flossen von da weg, ehe ich's mir anders überlege?«

»Gut. Wie Sie wollen. Ich habe keine Zeit für so einen Mist.« Hendricks drehte sich um und marschierte davon. Als klar wurde, dass die Auseinandersetzung vorüber war, verloren die Umstehenden das Interesse. Nur Stanton war immer noch argwöhnisch. Er nahm seine Funkstation genau in Augenschein und öffnete sogar die Klappe, um innen nachzusehen.

Als Hendricks etwa zwanzig Schritte entfernt war, rief er: »Hey, Flachkopf, nicht so schnell.«

Hendricks erstarrte. Wandte sich langsam um. Einige Leute, die Stanton rufen gehört hatten, drehten sich ebenfalls wieder um und richteten ihre Blicke auf Hendricks. Ein paar legten sogar die Hände an ihre Waffen. Ihm brach der kalte Schweiß aus.

»Was jetzt noch?«, fragte er in genervtem Ton.

Stanton grinste wie ein Großmeister, der das Schachmatt verkündet, und wedelte mit etwas. »Sie haben Ihr Handy vergessen.«

Hendricks brauchte seine Verlegenheit nicht zu spielen; seine strapazierten Nerven sorgten dafür, dass seine Reaktion so mühelos wie überzeugend geriet. Er trabte zu Stanton hinüber und nahm sein Telefon in Empfang. Dann eilte er in westliche Richtung auf die nächstbeste Ausfahrt zu, das nächstbeste Anderswo, Hauptsache weg von hier.

26. Kapitel

Yancey stellte seine Sachen neben der Kasse auf die Theke und lächelte das junge Mädchen dahinter blitzend an. Sie war hübsch, eine Somali mit hellbrauner Haut. Ihre Haare steckten unter einem leuchtend orange-pinken Kopftuch, aber sonst unterschied sich ihre Aufmachung nicht von der halbwegs sittsam gekleideter westlicher Teenager. Sie kaute Kaugummi und schrieb gerade mit über den Bildschirm fliegenden Daumen eine Nachricht auf ihrem Handy.

Als sie sich Yancey zuwandte, wurde ihr Gesicht geschäftsmäßig-ausdruckslos. »Das alles?«, fragte sie gelangweilt und mit kalifornischem Akzent.

»Außerdem, junge Dame, hätte ich gern ein Briefchen Streichhölzer, wenn's recht ist.« Er ließ sein Zahnpastalächeln noch heller strahlen und zwinkerte ihr obendrein zu.

Das Mädchen knallte mit ihrem Kaugummi, verdrehte die Augen und bongte die Sachen ein. Dann holte sie eine Handvoll Streichholzheftchen unter der Theke hervor und warf sie in Richtung seiner Einkaufstüte, während ihre Augen wieder an ihrem Handy klebten. Ein paar der Heftchen landeten in der Tüte, andere nicht. Eines traf Yancey und fiel auf seine Füße.

Sein Lächeln erstarb. Er nahm ihr das Handy ab und schleuderte es durch den Laden. Es prallte von einem Zeitschriftenständer ab und zerschmetterte auf dem Boden.

»Hey!«, rief das Mädchen. »Sind Sie noch ganz …«

Yancey schlug sein Sakko um, damit sie den Holzgriff seines Revolvers sah. Sie riss die Augen auf und schrumpfte ein wenig hinter dem Tresen zusammen.

»N-nehmen Sie, was Sie wollen, aber tun Sie mir bitte nichts.«

»Natürlich tu ich dir nichts, Schätzchen, ich bin einer von den Guten. Ich sorge für Sicherheit in diesem Land, damit Leute wie deine unsere Grenzen überschwemmen und auf Kosten unseres Sozialsystems leben können. Aber wenn sie anfangen, ihre Kinder zu verwöhnten Gören zu erziehen, ist bei mir Schluss. Du solltest ein bisschen gottverdammten Respekt lernen, wenn du hier leben willst.«

Er zog sein Portemonnaie aus der Hosentasche und warf einen Zwanziger auf die Theke. »Schmeiß das Kopftuch weg und kauf dir vom Wechselgeld eine Baseballkappe«, sagte er. »Wir sind hier in Amerika, Herrgott noch mal.« Damit schnappte er sich seine Tüte und ging hinaus.

Draußen vor dem Minimarkt roch es nach Abgasen. Auf dem Weg über den Parkplatz zündete Yancey sich eine Zigarette an, wartete dann am Bordstein, bis die Straße frei war, und joggte zu der Moschee hinüber.

Das Gebäude sah überhaupt nicht wie eine Moschee aus. Es gab keine Kuppel, keine Minarette, keinerlei Verzierungen, abgesehen von der am Dach hängenden Fahne mit arabischer Schrift darauf. Einfach nur ein hässlicher Quader, der einmal ein Zweitaufführungskino beherbergt hatte – die Aufschrift »Daymark Cinema« war noch schwach als Abdruck auf der schmuddeligen Fassade zu lesen –, gelegen in einer Ladenstraße in Daly City, fünfzehn Kilometer südlich von San Francisco.

Heute hatte die Moschee geschlossen. Ihr weitläufiger Parkplatz mit dem sonnengebleichten, rissigen Pflaster, in dem Büschel von Fingergras sprossen, war so gut wie leer. Die einzigen dort stehenden Fahrzeuge waren sein Mietwagen, ein pflaumenblauer Cadillac ATS, zwei Humvees von Bellum Industries ohne Aufschrift, die nur durch ihre Nummernschilder, BI23 und BI27, als zur Firma gehörig erkennbar waren, sowie ein grüner Chrysler LeBaron aus den späten Achtzigern mit einem gespachtelten Kotflügel vorne rechts, der wahrscheinlich dem Imam gehörte. Zwei stämmige und mit schimmernden schwarzen Schutzwesten bekleidete Männer von Bellum flankierten den Eingang.

Yancey ging auf den Eingang zu. Einer der beiden hielt ihm zuvorkommend die Tür auf. Zigarettenqualm ausstoßend trat er ein und sah sich um.

Es war nicht viel gemacht worden an dem Laden seit seinen Tagen als Kino. Selber Teppichboden, selbe Tapete, selbe Beleuchtung. Der Getränkestand war dunkel, sein Glaskasten leer. Neben der Tür gab es ein Regal für Schuhe, in dem zwei

Paar standen, obwohl nur der Imam hier war. Yancey fragte sich, wie jemand ohne seine Scheißschuhe hier rausgehen konnte. Diese Leute waren ihm ein Rätsel.

Er behielt seine an.

Der Kinosaal war in einen Gebetsraum verwandelt worden. Die Sitze hatte man herausgerissen, den Boden neu ausgelegt, aber nicht nivelliert, sodass er immer noch sanft zu der mit einem Vorhang versehenen Leinwand abfiel. Yancy steuerte am Getränkestand vorbei nach rechts auf das Büro des Imams zu – einst das des Kinobetreibers – und ging ohne anzuklopfen hinein.

Der Imam saß dort, mit Kabelbinder an einen Klappstuhl gefesselt.

Sein Schreibtisch, so ein Anstaltsding aus Metall, das vor Jahrzehnten einmal kotzgrün lackiert gewesen war und seitdem von niemandem am Abblättern gehindert wurde, war an die Wand geschoben worden, ebenso der dazugehörige, vom Trödler stammende Bürostuhl. Bürodrehstühle waren Mist für Verhöre, rollten ständig weg oder drehten sich langsam um sich selbst. Sie nahmen einem ordentlichen Faustschlag die Wucht und erschwerten es, das Subjekt einzuschüchtern, indem man aus seinem Blickfeld verschwand oder wieder darin auftauchte.

Der Imam war etwa Anfang vierzig, groß und sehr schlank, mit langen Gliedern und schmalen Händen. Er hatte einen gepflegten, hier und da weiß gesprenkelten schwarzen Bart und trug ein locker sitzendes, kragenloses Hemd, eine weiße Gebetskappe und eine graue Hose. Seine Drahtgestellbrille lag auf der Schreibunterlage des Schreibtischs. Eine blutende Platzwunde zerteilte seine rechte Augenbraue. Sein Gesicht drückte Ärger aus, seine Füße waren nackt.

Yancey schleppte seine Einkaufstüte durchs Zimmer und

stellte sie gut sichtbar für den Imam auf dem Boden ab. »Hat er noch mal Ärger gemacht, seit wir telefoniert haben?«, fragte er den schwarz gekleideten Kollegen, der an dem Schreibtisch lehnte und sich die Fingernägel mit einem Kampfmesser aus Karbonstahl säuberte. Ein weiterer Mitarbeiter von Bellum stand schweigend hinter dem Imam in der Ecke.

»Nein, Sir. Er hat kein Wort mehr gesagt.«

»Gut.« Dann zu dem Imam: »Wie ich höre, haben Sie sich ganz schön gegen meine Jungs gewehrt.«

Der Imam antwortete leise etwas, das Yancey nicht verstand.

»Was war das?«

»Ich sagte, Sie können hier drin nicht rauchen. Es ist ein Gotteshaus.« Er klang ruhig und gesammelt. Hatte seine Wut und Empörung gut im Griff.

Yancey nahm einen langen, tiefen Zug. Er ließ den Rauch langsam aus dem Mund entweichen, inhalierte ihn durch die Nase, behielt ihn einen Moment genüsslich im Rachen und blies ihn lächelnd wieder aus. »Sieht aus, als könnte ich hier drin ganz prima rauchen. Außerdem kommt mir die Bude immer noch eher wie ein Pornokino vor als wie ein Gotteshaus. So, wollen Sie mir jetzt mal verraten, warum Sie den Taliban bei meinen Jungs rausgekehrt haben, als sie bei Ihnen angeklopft haben?«

»Das habe ich keineswegs. Ich habe lediglich die Flucht ergriffen. Als Muslim in Amerika lernt man, maskierten Männern mit Waffen mit Misstrauen zu begegnen. Und in Anbetracht der zeitlichen Nähe ihres Eintreffens zu der Tragödie von gestern habe ich vermutet – richtig, offenbar –, dass sie von dem irregeleiteten Bestreben hierhergeführt wurden, die Schuld an diesem furchtbaren Anschlag bei mir zu suchen.«

»Das Misstrauen beruht wohl auf Gegenseitigkeit«, sagte Yancey. »Wir würden nicht bei euch Leuten anklopfen, wenn ihr aufhören würdet, uns auf unserem eigenen Boden anzugreifen.«

»Das ist ebenso mein Boden«, erwiderte der Imam. »Und ich verwehre mich dagegen, auf eine Stufe mit den Männern gestellt zu werden, die das getan haben. Das sind Fanatiker, Barbaren, verlorene Seelen, irrgeleitet von Anführern, deren Lehren eine Beleidigung der wahren Botschaft des Koran ist. Ich habe nichts mit ihnen zu tun. Ich bin ein Mann des Glaubens. Ein Pazifist. Weder Allah noch ich heißen gut, was gestern passiert ist.«

»Dumm nur, dass diese Barbaren Ihnen äußerlich so gleichen.«

»Da widerspreche ich Ihnen nicht«, sagte der Imam. »Jedoch möchte ich darauf hinweisen, dass nicht ich es bin, der hier Gewalt angewendet hat. Diese Fesseln sind unnötig. Vielleicht möchten Sie in Erwägung ziehen, sie mir abzunehmen und Ihre Männer draußen warten zu lassen, sodass wir dieses Gespräch auf zivilisierte Weise fortsetzen können.«

»Zivilisiert«, sagte Yancey. »Ja, klar. Hören Sie, Muhammad …«

»Rafiq«, verbesserte ihn der Imam.

»… so nett ich unsere kleine Plauderei finde, ich habe nicht die Zeit, mich den ganzen Tag mit Ihnen abzugeben. Ich sage Ihnen jetzt, wie es läuft. Die Fesseln bleiben. Meine Männer bleiben. Ich werde Ihnen jetzt ein paar Fragen stellen. Sie werden sie beantworten. Der Grad meiner Zufriedenheit mit diesen Antworten wird darüber entscheiden, wie Ihr restlicher Tag verläuft.«

»Ich möchte einen Anwalt«, sagte Rafiq.

»So, möchten Sie.«

»Ja. Wenn Sie mich vernehmen wollen, habe ich das Recht darauf.«

»Oh, hört euch das an«, sagte Yancey zu seinen Männern. »Unser Rafiq hier kennt seine Rechte! Die Sache ist nur, Rafiq, ich komme aus dem Privatsektor, und deine sogenannten Rechte interessieren mich einen Scheiß. Also, wie gesagt, ich stelle ein paar Fragen, du beantwortest sie.«

Rafiq reckte das Kinn. »Und wenn ich das nicht tue?«

»Dann wirst du herausfinden, was in der Tüte da ist.«

»Verstehe. Dann fangen Sie bitte an, in Gottes Namen«, sagte Rafiq mit ruhigem Selbstvertrauen, ein subtiler Akt der Rebellion gegen Yanceys Einschüchterungsversuche.

Yancey rief ein Bild auf seinem Handy auf. Es war ein schwarz-weißes Passfoto von einem dünnen jungen Mann mit dunklen Haaren und tief liegenden Augen, glatt rasiertem Gesicht, neutralem Ausdruck. Er zeigte es dem Imam. »Erkennen Sie diesen Mann?«

Rafiq antwortete nicht.

»Ich habe dich was gefragt, verdammt noch mal. Erkennst du diesen Mann?«

Keine Antwort.

Yancey strich mit dem Daumen zum nächsten Foto. Von einem anderen jungen Mann. »Was ist mit dem hier? Oder dem?« Er wischte weiter.

Rafiq sah ihm ins Gesicht. Und blieb stumm.

»Diese Männer sind Terroristen«, sagte Yancey. »Bekannte Mitglieder der Organisation, die sich zu dem Bombenanschlag bekannt hat. Die Fotos stammen aus den Visa, mit denen sie ins Land eingereist sind. Warum nur, frage ich mich, sollten Sie ihnen helfen, indem Sie sich weigern, meine Fragen zu beantworten?«

»Vielleicht hat es etwas mit der Art und Weise zu tun, wie

diese Fragen gestellt werden. Sagen Sie mir eins: Was außer meiner Religion und meiner Hautfarbe veranlasst Sie zu der Annahme, dass ich etwas über diese Männer weiß?«

»Sie können ›rassistisches Profiling‹ schreien, so viel Sie wollen, das zieht bei mir nicht. Wir haben einen Zeugen, der die Typen in dieser Moschee gesehen hat.« Das war streng genommen keine Lüge, aber auch nicht die volle Wahrheit.

»Das ist ein Ort des Gebets«, sagte Rafiq. »Viele Menschen kommen und gehen.«

»Sogar Terroristen?«

»Sollten diese Männer tatsächlich hier gewesen sein, wie Sie behaupten, waren sie noch keine Terroristen.«

»Sie erinnern sich also an sie.«

»Das habe ich nicht gesagt. Ich habe es einfach daraus geschlossen, dass sie Visa erhalten haben. Soweit ich weiß, pflegt die US-Regierung die Reisepläne bekannter Extremisten nicht zu begünstigen.«

»Das ist jetzt ein interessantes Argument, Rafiq. Hört sich fast so an, als wären sie hier radikalisiert worden.«

»Unmöglich. Wie gesagt, ich predige weder Gewalt, noch billige ich sie. Und wenn Sie es unbedingt wissen wollen, ich erinnere mich wirklich nicht an diese Männer. Sollten sie also einmal hier gewesen sein, dann nur kurz.«

Yancey ging in die Hocke, sodass er mit dem Imam auf Augenhöhe war, und lächelte.

»Okay«, sagte er, »langsam kommen wir voran. Und wissen Sie was? Ich glaube Ihnen. Deshalb will ich's Ihnen leicht machen. Sie wollen losgebunden werden? Sie wollen, dass ich und meine Jungs Sie in Ruhe lassen? Dann brauchen Sie mir nur eine Liste von den Gemeindemitgliedern oder weiß der Geier, wie ihr das nennt, zu geben, die mit der Sache dieser Männer sympathisiert haben könnten. Leute, die ihnen zum

Beispiel ein Boot oder sonst irgendein Versteck zur Verfügung gestellt haben könnten.«

Rafiq schüttelte den Kopf. »Wie gesagt, ich kenne diese Männer nicht. Wenn ich das täte oder wenn ich irgendetwas wüsste, das weiteres Blutvergießen verhindern könnte, würde ich das liebend gern den *zuständigen Behörden* mitteilen.« Seine Betonung machte deutlich, was er von Yanceys Zuständigkeit hielt. »Ich empfinde keinerlei Loyalität diesem sogenannten ›Wahren islamischen Kalifat‹ gegenüber. Deren Überzeugungen beleidigen alle, die wie ich wahrhaft den Lehren des Propheten Mohammed folgen wollen. Doch so gern ich zur Festnahme dieser Verbrecher beitragen würde, werde ich Ihnen ganz sicher nicht dabei helfen, eine … *Hexenjagd*, lautet der Ausdruck, glaube ich, gegen gesetzestreue Männer und Frauen durchzuführen, die zum Beten hierherkommen.«

Yancey stand kopfschüttelnd auf und ging zu der Einkaufstüte hinüber. »Kennen Sie sich mit Waterboarding aus, Rafiq?«

Rafiqs Gesicht wurde schmal vor Sorge. Er schüttelte den Kopf.

»Tja, ich schon«, sagte Yancey. »Es funktioniert so: Man schnallt jemanden vorgebeugt fest, eine Neigung von fünfzehn, zwanzig Grad reicht schon, sodass seine Lunge höher liegt als sein Kopf. Die meisten Leute stellen sich da einen speziellen Tisch mit Gurten und all so 'nem Scheiß vor, aber man kann eigentlich nehmen, was man gerade zur Hand hat. Dieser Stuhl, an den Sie gefesselt sind, wäre bestens geeignet. Dann drückt man einen Lappen auf sein Gesicht, sodass Mund und Nase bedeckt sind.«

Yancey griff in die Tüte und holte eine Fünferpackung kleiner weißer Frotteetücher heraus, die Sorte, mit der man Autos poliert. »Die hier tun's zum Beispiel«, sagte er. »Dann gießt man schön langsam Wasser auf den Lappen, sodass sich nach und nach die Nasengänge, die Nebenhöhlen, der Rachen damit füllen. Der Trick ist, dass der Typ – oder die Tusse, wir wollen ja niemanden diskriminieren – nicht ertrinkt, weil die Lunge oberhalb der Wasseransammlung ist. Aber ehrlich gesagt, die meisten Leute atmen trotzdem ziemlich viel ein oder müssen kotzen und kriegen Erbrochenes in die Lunge. Ich habe beides schon erlebt, und es ist echt nicht schön. Und natürlich erfüllt eigentlich jede Flüssigkeit den Zweck, auch wenn in den Handbüchern immer von Wasser die Rede ist. Ich nehme gern was mit Kohlensäure, weil die Bläschen brennen wie Sau und dazu beitragen, die Zunge zu lösen.«

Yancey langte wieder in die Tüte und entnahm ihr zwei Literflaschen Colt-45-Starkbier. Rafiq begann, sich gegen seine Fesseln zu wehren, aber die Kabelbinder saßen fest.

»Ach so«, säuselte Yancey, »ihr Leute dürft ja keinen Alkohol trinken, stimmt's? Tja, dann sollten Sie jetzt besser anfangen, an der Liste zu arbeiten, um die ich Sie gebeten habe, oder darauf hoffen, dass Ihr Gott nicht zuguckt.« Er machte seinen Männern ein Zeichen, die sich rechts und links neben den Imam stellten und seinen Stuhl nach hinten kippten, sodass er aufschrie und mit dem Kopf auf dem Boden lag, während seine bloßen Füße in die Luft ragten.

Yanceys Handy bimmelte – eine Textnachricht. Er las sie. Lächelte. Tippte eine kurze Antwort.

»Tut mir leid, Rafiq«, sagte er. »Sieht so aus, als könnte ich nicht zur Party bleiben, ich muss noch was anderes regeln. Aber keine Angst, meine Jungs werden sich bestimmt gut um Sie kümmern.«

27. Kapitel

»Wie sieht's aus, Kid?«

»Mein Name ist Ninja!«, erwiderte Cameron mit vor Aufregung heller Stimme. »Wie in ›Ninja-Kriegerin‹.«

»Hä?«

»Wir haben einen Treffer.«

Adrenalin rauschte drogenartig durch Hendricks' Kreislauf und verbreitete sich warm und prickelnd bis in die Fingerspitzen. Er fühlte sich plötzlich leichter, wacher; alle Schmerzen, Beschwerden und die Erschöpfung waren durch pure Körperchemie wie weggeblasen. »Haben deine, äh, Programme einen Anruf decodiert oder so was?«

»Och, das ist süß, wenn du so tust, als hättest du eine Ahnung, wovon du redest. Aber ja, sie haben was gefunden, und zwar etwas, das noch viel besser ist als ein Telefongespräch, nämlich eine Textnachricht. Zwei, um genau zu sein.«

»Und wieso ist das besser?«

»Weil die erste ein Foto enthält. Ich schicke sie dir gerade.«

Sein Handy vibrierte, und er klickte die Nachricht an. Keine Namen, nur Telefonnummern. Die erste SMS lautete: *PBI gefasst. Erwarten Anweisungen.* Das angehängte Foto zeigte den alten Mann aus dem Video, blutend und gefesselt auf einem Sofa. Neben ihm saß eine Frau, ebenfalls gefesselt. Sie wurden zu beiden Seiten von Männern mit Schutzwesten bewacht, deren Köpfe durch die Aufnahme abgeschnitten waren. Die Antwort-SMS lautete: *Bin unterwegs.* Der Zeitstempel besagte, dass sie erst vor knapp zwei Minuten gesendet worden war.

»Hast du sie bekommen?«, fragte Cameron.

»Ja, Kid, hab ich. Hast du gut gemacht, klasse Arbeit.«

»Danke«, sagte sie in wegwerfendem Ton, aber Hendricks konnte quasi hören, wie sie errötete. »Was ist ein PBI?«

»Person von besonderem Interesse«, sagte er. »Was kannst du mir außer ihren Handynummern noch über diese Typen sagen?«

»Nichts«, antwortete sie, »aber nicht, weil ich es nicht versucht hätte. Ihre Phones sind so verschlüsselt, wie es nur geht.«

»Kannst du herausfinden, von wo die erste Nachricht gesendet wurde?«

»Nein, jedenfalls nicht auf digitalem Weg. Da die Verschlüsselung des Handys mich daran hindert, auf sein GPS zuzugreifen, kann ich dir höchstens sagen, über welche Funkzelle sie ging, und das wissen wir schon, sonst hätten wir sie nie im Leben abfangen können.«

»Ich höre da ein Aber heraus. Wir haben keine Zeit für Kunstpausen, Kid. Wenn du noch was in petto hast, raus damit.«

»Ich mache keine Kunstpausen, ich mache mehrere Sachen gleichzeitig.«

»Nämlich?«

»Sieh dir das Foto mal genauer an. Beschreib mir, was du siehst. Außer den Leuten, meine ich.«

»Keine Ahnung. Ein Sofa?«

»Klar, ein Sofa. Außerdem einen Kamin, Holzfußboden, prächtige Altbaufenster und was nach einer überdachten Holzveranda vorm Fenster aussieht.«

»Schön, und was nützt uns das?«

»Die Häuser auf dem Presidio sind alle nicht in Privatbesitz, sondern werden von der Presidio-Treuhand vermietet. Ich bin jetzt auf deren Website. Es gibt dort Fotos von sämtlichen Häusern, geordnet nach Stil und Viertel.«

»Gute Idee«, sagte er, »aber das Presidio ist ein historischer

Militärstützpunkt. Es muss Dutzende von Häusern mit dieser Beschreibung geben. Auf dem Weg hierher bin ich durch ein gleich aussehendes Viertel nach dem anderen gekommen.«

»Sollte man meinen, aber dein Freund Segreti hat offenbar einen exquisiten Geschmack. Ich bin nämlich ziemlich sicher, dass ich den Haustyp gefunden habe, in dem er geschnappt wurde, und von dem gibt es nur vier auf dem gesamten Stützpunkt.«

»Hast du eine Ahnung, in welchem er sein könnte?«

»Nein, aber es scheint, als würden sie alle dicht beieinanderstehen, zwei auf jeder Seite des Presidio Boulevard, auf der Höhe der Kreuzung mit der Funston Avenue.«

Hendricks öffnete Google Maps. »Das ist fast anderthalb Kilometer weit weg von meiner Position. Ich mache mich sofort auf den Weg. Und wir müssen die Verbindung trennen, du bist also ein Weilchen auf dich allein gestellt.«

»Warum?«

»Weil diese Typen nicht wie Mafiaschläger aussehen, sondern wie Bullen. Und ich muss jemanden anrufen und versuchen herauszufinden, wer sie geschickt hat.«

»Bullen? Das, äh, deckt sich mit etwas, das ich vorhin gehört habe«, sagte Cameron.

»Ach ja?«

»Das Mädchen von dem Video, Hannah Reston, hat mir erzählt, dass superfrüh heute Morgen so ein FBI-Mensch zum Zimmer ihres Bruders gekommen ist und mit ihrem Vater gesprochen hat. Sie meinte, der Typ sei voll eklig gewesen. Hat ihr zugeblinzelt und all so was. Jedenfalls hat er einen Haufen Fragen über unseren Mann gestellt und ihren Dad richtig unter Druck gesetzt. Ich hab Hannah ein bisschen bei ihrem Vater nachbohren lassen, um zu sehen, ob sie noch mehr herauskriegen kann, aber er ist sauer geworden und hat sie angeschnauzt, dass sie damit aufhören soll. Sie sagt, er würde sie sonst nie anschreien.«

»Moment mal, du hast mit den Restons gesprochen? Was hast du dir dabei gedacht, verdammt noch mal? Ich habe doch ausdrücklich gesagt, dass wir uns von ihnen fernhalten müssen!«

»Entspann dich. Ich habe nur mit Hannah ein bisschen auf der Krankenhaustoilette geplaudert, so von Frau zu Frau. Eine Geschichte erfunden, dass der alte Typ mein Großvater sei und meine Familie ihn sucht, aber wir es heimlich machen müssen, weil er offiziell ein Illegaler ist. Er hätte meine Oma kennengelernt, als er zum Studieren aus Italien rüberkam, und sei geblieben, ohne je die nötigen Anträge zu stellen. Sie hat es mir voll abgenommen und hält sich jetzt für eine Detektivin im Namen der Liebe. Ihre Eltern wissen nicht mal was von mir.«

»Stopp, was soll das heißen, sie wissen nichts von dir? Du bist doch nicht etwa immer noch in dem Krankenhaus, oder?«

»Doch, warum? Was ist denn schon dabei? In der Krankenhauscafeteria gibt es alles, was ich brauche. Super WLAN, jede Menge Computer im hauseigenen Netz, die ich kapern kann. Massen von Leuten, die nur herumhängen und die Zeit totschlagen, sodass ich nicht auffalle, und alle anderen, die Ärzte, die Angehörigen, sind so beschäftigt, dass mich niemand weiter beachtet.«

»Du hast gesagt, du wärst in einem Café.« Hendricks' Stimme klang flach und rau vor Verärgerung.

»Ja, okay, ich hab gelogen.«

»Hör gut zu, du bist dort nicht sicher. Du musst sofort aus dem Krankenhaus raus, möglichst durch einen Personalausgang.«

»Warum das?«

»Wenn irgendwer das Gebäude beobachtet, behalten sie sämtliche Ein- und Ausgänge, durch die Besucher kommen und gehen, im Auge. Aber, und das ist jetzt ganz wichtig, du musst immer in Sichtweite von mindestens zwei Personen und zwei Fluchtwegen bleiben. Pass auf, dass du nie mit jemandem allein bist. Lass dich nicht in die Enge treiben.«

»Du machst mir Angst.«

»Gut so. Du solltest auch Angst haben. Hör auf sie, sie schützt dich vor Gefahr. Eins noch: Hat Hannah dir diesen FBI-Typ beschrieben?«

»Äh, schon älter, weiß, aber total braun, also von der Sonne, nicht aus der Tube. Sie meinte, er hätte Cowboystiefel an und einen Türkisring am kleinen Finger. Hilft dir das?«

»Kann ich noch nicht sagen«, antwortete er. »Und jetzt geh. Lauf. Bleib nicht stehen, bis du sicher bist, dass dir niemand folgt. Ich rufe dich wieder an, sobald ich kann.«

»Aber was ist, wenn …«

Hendricks legte auf. Er hatte Gewissensbisse, weil er sie sich selbst überließ, und betete, dass seine Befürchtungen unnötig waren.

Dann rief er das Tastenfeld seines Wegwerfhandys auf und gab aus dem Gedächtnis eine Nummer ein.

28. Kapitel

Das Hoover Building war der reinste Bienenstock. Voll bis zum Anschlag, vor Aktivität brummend. Jedes Telefon, jeder Drucker und Fotokopierer lärmend in Betrieb. Die Klimaanlage konnte nicht mehr mithalten. Das ganze Gebäude roch nach überlasteten elektronischen Geräten und ungewaschenen Körpern. Angesichts drohender neuer Anschläge wollte niemand seinen Posten verlassen, um zu duschen und frische Sachen anzuziehen, geschweige denn ein wenig zu schlafen.

O'Brien hatte ihre besten Agents in einem Konferenzraum zusammengerufen, dessen Tisch mit armhohen Stapeln von Unterlagen bedeckt war. »Das hier enthält jedes kleinste bisschen Information, das wir über Khalid Waheeb, Ahmed Muhammad Bakr und Fazul Abdullah Al-Nasr haben«, sagte sie. »Das meiste davon ist überholt, manches zweifellos unrichtig, aber wir werden trotzdem alles Seite für Seite durchgehen, weil der NSB uns darum gebeten hat. Also nehmt euch einen Stapel und macht euch an die Arbeit.«

Alle wussten, dass das eine idiotische Aufgabe war, denn wenn etwas Interessantes in diesen Unterlagen zu finden wäre, würde der National Security Branch sie selbst durchforsten, statt sie aus der Hand zu geben. Doch sie klemmten sich dahinter und knieten sich rein, denn ob es einem passte oder nicht, das gehörte zum Job.

Sie waren schon ein paar Stunden dabei, als Thompsons Handy klingelte. Es dauerte einen Moment, bis sie es in dem ganzen Durcheinander gefunden hatte, denn es steckte zwischen einem Haufen Verbindungsnachweisen und einigen Kreditkartenabrechnungen, die wiederum unter dem Deckel einer offenen Pizzaschachtel lagen.

Die Anruferkennung zeigte nur eine unbekannte Nummer ohne Namen an.

»Thompson«, meldete sie sich.

»Bitte sagen Sie, dass Sie die geschickt haben.«

»Wer spricht da?«, fragte sie so scharf, dass O'Brien hinter ihrem Laptop die Augenbrauen hochzog.

»Das wissen Sie genau.«

Oh, Gott, es war Hendricks. Sie stand vom Tisch auf, kehrte O'Brien den Rücken zu. Senkte ihre Stimme zu einem Flüstern und ging hinaus in den Flur. »Wie zum Teufel sind Sie an diese Nummer gekommen?«

»Was soll die Frage? Sie haben sie mir selbst gegeben.«

»Und Sie haben sie liegen lassen.«

»Nur die Visitenkarte, auf die Sie sie geschrieben hatten.« Er klang leicht atemlos, stellte Thompson fest, als würde er beim Telefonieren schnell gehen. »Also, haben Sie sie geschickt?«

»Ich weiß nicht, wovon Sie reden.«

»Vor fünf Minuten hat ein Trupp Männer mit Körperpanzerung ein Haus auf dem Presidio gestürmt und Frank Segreti geschnappt. Ich muss wissen, ob die von der Polizei sind.«

Thompson machte die Tür zum Treppenhaus auf, die hinter ihr zuschlug. »Jemand hat Frank Segreti gefasst?« Sie zuckte vor Schreck zusammen, weil ihre Stimme in dem kahlen Betonschacht so laut klang.

»Die Antwort ist also nein.«

»Nein«, zischte sie, »ich habe niemanden geschickt. Verdammt, ich wünschte, ich hätte die Befugnis dazu. Sie waren meine letzte Hoffnung, und soweit ich mich erinnere, haben Sie abgelehnt. Woher der Sinneswandel?«

»Kein Sinneswandel«, entgegnete er. »Ich habe Ihnen die Möglichkeit verschafft, alles abzustreiten, und mir ein wenig Luft zum Atmen. Aber jetzt, da jemand Segreti in der Gewalt hat, kann ich es mir nicht mehr leisten, Sie außen vor zu lassen.«

»Was können Sie mir noch über diese Männer sagen?«

»Nicht viel«, antwortete Hendricks. »Höchstens, dass sie ihre Befehle möglicherweise von jemandem bekommen, der sich als FBI-Beamter ausgibt.«

»Hat dieser Jemand einen Namen?«

»Vermutlich.«

»Wie wär's mit einer Beschreibung?«

»Ich habe ihn nicht selbst gesehen, aber wie ich höre, ist er schon älter. Stark gebräunt. Vorliebe für Cowboyboots und Türkisschmuck.«

»Mein Gott. Das klingt nach Chet Yancey.«

»Wer ist Chet Yancey?«

»Der Macho alter Schule, unter dem ich direkt nach meinem Abschluss in Quantico gearbeitet habe.«

»Moment – Sie meinen, er war ...«

»Der leitende Special Agent der Außenstelle Albuquerque, als Segreti sich stellte.«

»Meine Fresse«, sagte Hendricks. »Ich glaube, wir haben Ihren Maulwurf gefunden.«

»Sieht so aus. Er hat das FBI kurz nach dem Verrat des sicheren Hauses verlassen. Wie ich höre, ist er jetzt eine große Nummer bei Bellum Industries.«

»Das erklärt die Männer mit Körperpanzerung. Er hat eine gottverdammte Privatarmee zu seiner Verfügung.«

»Ist Yancey bei Segreti?«

»Noch nicht, aber er ist unterwegs. Was bedeutet, dass die Zeit für Segreti knapp wird.«

»Hören Sie, Michael, ich bin wirklich froh, dass Sie ...«

Doch er hatte schon aufgelegt.

Als sie in den Konferenzraum zurückkehren wollte, wartete O'Brien im Flur auf sie. »Was in aller Welt war das denn?«

»Was meinst du?«

»Als dein Handy geklingelt hat, bist du wie von der Tarantel gestochen aufgesprungen. Hast du was rausgekriegt?«

»Nein, ich ...« Thompson merkte, wie ihr die Röte ins Gesicht stieg. »Es war Jess.«

»Ich dachte, Jess ist mit ihrem neuen Freund auf Rucksacktour in Costa Rica.«

»War sie auch. Ist sie, meine ich. Aber sie hatte die Nase voll vom Zelten, also haben sie sich für eine Nacht ein Hotelzimmer genommen. Sie hatte gerade die Nachrichten im Fernsehen gesehen und mich angerufen.«

O'Brien war skeptisch. »Und deswegen musstest du rausgehen?«

»Ach, du kennst doch Jess. Riesendrama. Riesengeschrei. Ich dachte, ich muss die anderen nicht damit stören.«

O'Brien schwieg einen Moment, die Stirn in Falten gezogen. »Charlie, du redest hier mit mir, deiner Partnerin. Ich kenne dich. Du verschweigst mir doch etwas.«

Thompson nahm ihre Hände und sah ihr in die Augen. »Nein, tu ich nicht.«

»Ehrlich?«

»Ehrlich.«

O'Brien schien besänftigt.

»Hör mal, ich habe gerade Anweisung vom Director bekommen. Offenbar übernimmt Bellum Industries die Leitung der Ermittlungen. Wir sollen uns von jetzt an mit ihnen abstimmen.«

»Das ist ein schlechter Witz, oder?«

»Schön wär's. Jedenfalls hat man mir gesagt, dass Chet Yancey ihr Topmann vor Ort ist. Wir sind gerade dabei, seine Nummer rauszufinden. Hättest du was dagegen, bei dem Anruf dabei zu sein?«

»Ich? Warum?«

»Du kennst den Typ, ich nicht. Aber wenn das ein Problem für dich ist …«

»Nein, natürlich nicht. Du kannst auf mich zählen.«

29. Kapitel

Camerons Schritte hallten wie Trommelschläge durch den leeren Gang, im Einklang mit ihrem hämmernden Puls. Geh einfach weiter, sagte sie sich, und dreh dich nicht um.

Sie drehte sich um und begegnete dem Blick ihres Verfolgers durch die schmale Drahtglasscheibe in der Gangtür.

Als Hendricks sie gedrängt hatte, das Krankenhaus zu verlassen, hatte sie es mit der Angst zu tun bekommen, aber auch im Stillen geglaubt, dass er überreagierte. Sie war doch so vorsichtig gewesen, so clever. Okay, sie war ein paarmal am Zimmer dieses Reston-Jungen vorbeigegangen. Es war leicht zu finden gewesen, nachdem sie sich Zugriff auf das Patientendaten-Managementsystem der Klinik verschafft hatte. Im Vorbeigehen hatte sie einmal zur offenen Tür hineingelugt, aber nicht davor haltgemacht und kein besonderes Interesse gezeigt. Stattdessen hatte sie sich in dem Wartebereich neben dem Schwesternzimmer niedergelassen, eigentlich nur eine Erweiterung des Gangs mit ein paar Stuhlreihen und einem Tischchen voller Zeitschriften, wo sie die Familie mit einigem Abstand im Auge behalten konnte. Als sie gesehen hatte, dass Hannah zur Toilette ging, war sie ihr gefolgt.

Sie war sicher, dass sie zu dem Zeitpunkt von niemandem beschattet worden war. Die Leute im Wartebereich hatten sich ganz offensichtlich dort eingerichtet, während ihre Angehörigen behandelt wurden. Alle hatten sie dieses fettige, abgespannte Aussehen von Menschen, die zu lange nicht geschlafen hatten und sich gezwungen sahen, mit dem Schlimmsten zu rechnen.

In der Toilette war sie mit Hannah allein gewesen, und nach dem Schwatz mir ihr war sie in die Cafeteria umgezogen.

Wie war dieser Typ also auf sie aufmerksam geworden?

Sie hatte ihn entdeckt, kaum dass das Gespräch mit Hendricks beendet war und sie ihren Laptop zugeklappt und den Cafeteria-Ausgang angesteuert hatte. Nicht den Hauptausgang, sondern den, der durch den kleinen Innenhof des Krankenhauses führte. Sie hatte sich gedacht, dass dort weniger los sein und ein eventueller Verfolger mehr auffallen würde – und sollte recht behalten.

Es war allerdings kein Wunder, dass sie ihn nicht zuvor bemerkt hatte. Er war durchschnittlich groß, durchschnittlich gebaut und stinknormal gekleidet – T-Shirt, Jeans und ein Baumwollsakko. Nur dass er einen Bürstenschnitt hatte wie ein Ex-Soldat und es ein bisschen zu warm im Gebäude für eine Jacke war. Er trug sie, um sein Schulterholster zu verbergen, das bei bestimmten Bewegungen kurz sichtbar wurde.

Nach dem Innenhof glaubte sie, ihn abgeschüttelt zu haben. Sie war um die nächste Ecke gesprintet, den Laptop an sich gedrückt wie einen Football, und erst nach zwei weiteren Abbiegungen wieder langsamer geworden. Doch dann, als sie auf den Eingang zum ambulanten Operationszentrum zugegangen war, war er plötzlich wie aus dem Nichts zwischen ihr und der Tür aufgetaucht.

Sie hatte auf dem Absatz kehrtgemacht und war losgerannt, dabei mit einem Medikamentenwagen zusammengestoßen und beinahe auf dem Hintern gelandet. »Hey, aufpassen!«, hatte der Pfleger, der ihn schob, geschrien, obwohl das verdammte Ding so schwer war, dass es gar nicht umkippen konnte. Sie war herumgewirbelt und weitergelaufen, ihren Verfolger dicht auf den Fersen.

Als sie in einen Aufzug gesprungen war, kurz bevor die Tür zuglitt, hatte sie gehofft, ihn ein zweites Mal abgehängt zu haben. Sie stieg beim ersten Halt aus und flitzte durch eine automatische Tür mit der Aufschrift »Zutritt nur für Krankenhauspersonal«, die sich gerade hinter zwei Schwestern mit einem bewusstlosen Patienten auf einer Rollbahre schloss. Doch da war er schon wieder, starrte sie finster durch die Scheibe an. Sie kam sich vor, als würde sie einen verfluchten Peilsender tragen.

Er eilte auf die Tür zu. Camerons Herzfrequenz verdreifachte sich, und sie spurtete los. Willkürlich bog sie um irgendwelche Ecken, links, rechts, wieder links und stieß auf einmal frontal mit einem Sicherheitsbediensteten zusammen.

Es war ein kräftiger Junge von Anfang zwanzig mit aschblonden Haaren und wässerig blauen Augen. Einer, der aussah, als wäre er beim Sicherheitsdienst gelandet, weil er die Polizeischule nicht geschafft hatte. Aber nun hatte er ein Abzeichen, ein Funkgerät und eine Pistole. Auf Cameron wirkte seine billige schlammbraune Uniform wie eine schimmernde Ritterrüstung.

»Haben Sie sich verlaufen, Ma'am? Das ist eine Abteilung mit beschränktem Zutritt.«

»Nein, ich habe mich nicht verlaufen, ich werde verfolgt.«

»Verfolgt?«

»Ja, Sie müssen mir helfen. So ein unheimlicher Typ folgt mir die ganze Zeit durch das Krankenhaus. Ich glaube, er hat eine Waffe. Ich bin nur hier reingeschlüpft, weil ich gehofft habe, ihn dadurch loswerden zu können.«

»Natürlich«, sagte er, »kein Problem. Wie wär's, wenn Sie mit mir zum Büro des Sicherheitsdienstes kommen und wir das klären? Ein verdächtiger Mann, der Frauen durch das Krankenhaus jagt – davon will mein Vorgesetzter bestimmt erfahren.«

»Eigentlich habe ich es ziemlich eilig, wenn Sie mich also zum nächsten Ausgang begleiten …« Er fiel ihr ins Wort.

»Keine Bange«, sagte er, »es dauert nicht lang.«

Er fasste sie am Oberarm, etwas fester, als Cameron angebracht fand, und führte sie den Weg zurück, den sie gekommen war. »Hey, mal langsam!«, rief sie und wollte ihren Arm befreien. Doch er hielt sie fest und nickte dabei der Überwachungskamera in der Ecke oben unauffällig zu.

Zu spät begriff sie, warum sie ihren Verfolger nicht hatte abschütteln können.

»Warten Sie«, sagte sie, »hier liegt offenbar ein Missverständnis vor.«

»Das glaube ich nicht.«

»Wie bitte?«

»Wir haben vor ein paar Stunden von unserem Hauptsitz Mitteilung über eine mögliche Gefahr für die Restons erhalten und deshalb das Zimmer des Sohns speziell überwacht. Als Sie das dritte Mal dort vorbeigingen, haben wir ein Foto von Ihnen an unsere Leute geschickt – und raten Sie mal, was sie gefunden haben?« Cameron starrte ihn verständnislos an. »Eine Vorstrafenliste so lang wie mein Arm. Identitätsdiebstahl. Bankbetrug. Unrechtmäßiger Besitz von verschreibungspflichtigen Betäubungsmitteln. Alles, was das Herz begehrt. Was für eine kaputte Person stellt Leuten im Krankenhaus nach?«

Diebstahl? Betrug? Drogen? Was redete er da? *Du musst dich irgendwie da rauslavieren,* dachte sie. *Bring ihn dazu, dich gehen zu lassen. Bettle, wenn's sein muss.*

»Hören Sie …«, begann sie und suchte nach einem Namensschild an seiner Brust. Doch er trug keins. Die einzige Kennzeichnung an seinem Uniformhemd war ein aufgesticktes Firmenlogo, das an eine Dienstmarke erinnern sollte: ein Wappenschild mit einem bezinnten Turm. Darunter stand in kleinen Blocklettern: »Citadel Security – ein Unternehmen von Bellum Industries«. »Das muss eine Verwechslung sein. Ich habe nie …«

»Sparen Sie sich die Ausreden. Sie sind ertappt. Außerdem wird mein Boss bald hier sein.«

Cameron hörte sich nähernde Schritte, und ihr Herz begann wie wild in ihrer Brust zu flattern. Sie versuchte, sich dem Griff des Wachmanns zu entwinden, woraufhin er sie rückwärts gegen die Wand drängte und sie dort mit dem Unterarm über ihrem Hals festklemmte. Sie bekam keine Luft, und ein unwillkürliches Quieken entwich aus ihrer Kehle. Er ließ ein klein wenig locker. Japsend rang sie nach Atem und begann zu weinen. Tränen und Rotz liefen ihr übers Gesicht.

»Bitte«, flehte sie. »Bitte.«

Er war so nahe, dass sie die Pockennarben auf seiner Stirn erkennen konnte. Sein übel riechender Atem streifte warm ihre Wange. »Du kannst betteln, so viel du willst«, sagte er. »Es wird dir nichts nützen.«

Cameron schluckte schwer, ihre Augen groß wie Dollarmünzen.

Dann rammte sie ihm mit aller Kraft ihr Knie in die Eier.

Er ließ sie los und krümmte sich mit knallrotem, schweißbedecktem Gesicht zusammen. Cameron packte ihren Laptop mit beiden Händen und schlug ihn ihm mit Schwung ins Gesicht. Kunststoff splitterte beim Aufprall auf seinem Kinn, und er ging zu Boden, während Buchstabentasten über den Boden kullerten.

Sie nahm die Beine in die Hand. In dem Moment kam ihr erster Verfolger um die Ecke und entdeckte fluchend die Wache auf dem Boden. Behände sprang er über den Jungen hinweg und rannte ihr nach, holte rasch auf. Schon spürte sie, wie seine Hand ihre Schulter streifte.

Nein, nicht streifte. Packte.

Er krallte die Faust in ihr Shirt und riss daran, rutschte dabei aber auf einer der herausgebrochenen Tasten aus, sodass sie zusammen hinfielen.

Der Mann landete flach auf dem Rücken, Cameron auf ihm. Er wollte die Arme um sie schlingen, doch sie schlug wild mit Ellbogen und Fäusten um sich und fühlte eine primitive Lust in sich aufwallen, als sie dabei seine Nase traf. Blut schoss heraus, und da er sich instinktiv daran fasste, konnte sie sich stolpernd befreien.

Seine Hand umschloss ihren Fußknöchel, sie trat ihn ins Gesicht, und er ließ los. Sie stürzte davon wie eine Sprinterin vom Startblock, ein wüstes Lächeln auf den Lippen, als sie noch einmal kurz auf die blutige Sudelei zurückblickte, die sie aus ihrem Angreifer gemacht hatte.

Doch sie hatte nicht mit dem Wachmann gerechnet, der sie plötzlich von hinten attackierte und zu Boden warf.

Die Luft blieb ihr weg, als sie mit dem Gesicht nach unten auftraf. Das Linoleum war rau vor Abnutzung und roch nach Erbrochenem und Putzmitteln. Die Wache setzte sich auf sie, drückte ihr das Knie in den Rücken und riss ihren rechten Arm zum Polizeigriff nach hinten. Ihre Handwurzelknochen mahlten in seinem Griff aneinander, und die überdehnten Sehnen jagten einen weiß glühenden Schmerz durch ihre Schulter.

»Wie gefällt dir das, du dreckiges Miststück?«

Er wollte ihr Handschellen anlegen, doch sie wehrte sich und bäumte sich mit letzter Kraft unter ihm auf, woraufhin er sie an den Haaren packte und ihren Kopf auf den Boden schlug.

Cameron hörte auf zu kämpfen.

Alles wurde dunkel und still, als sie das Bewusstsein verlor.

30. Kapitel

Hendricks sprintete über das Presidio-Gelände, sprang über Zäune, kürzte durch Gartengrundstücke ab, zwängte sich zwischen dicht stehenden Baumgruppen hindurch. Seine Lunge brannte, die Muskeln schmerzten. Die Stiche zogen unangenehm, und Blut sickerte jedes Mal aus der Wunde, wenn er die Bauchmuskeln anspannte.

Wenigstens sorgte der Nebel für Deckung. Kalt und feucht war er aufgezogen, kurz nachdem Hendricks von dem Brückenpavillon geflüchtet war. Grauweiße Zungen schoben sich landeinwärts, rochen nach Ebbe und verschlangen alles, was sie berührten. Die Schatten verblassten immer mehr, je stärker der Dunst die Sonne verschleierte.

Die Temperatur, die bei klarem Himmel noch um die zwanzig Grad betragen hatte, fiel abrupt. Hendricks' Umgebung schrumpfte zusammen. Orientierungspunkte in der Ferne wurden zu geisterhaften Schemen und verschmolzen mit dem wabernden Weiß. Die Umrisse und Kanten menschengemachter Strukturen zerflossen und lösten sich in der Landschaft auf. Geräusche hallten seltsam nach, manchmal gedämpft, manchmal verstärkt. Seine eigenen Schritte klangen dumpf in seinen Ohren, als würde jemand müßig mit einem Radiergummi auf einen Tisch klopfen. Dann wieder hörte er Stimmen oder Motorgeräusche so laut, dass er sie direkt vor sich vermutete, nur um festzustellen, dass sie noch einen Häuserblock oder mehr entfernt waren.

Er überquerte eine Straße, tauchte in ein Waldstück ab. Zweige peitschten um ihn herum. Ein Fußweg verlief parallel zu seiner Route, schnurgerade nach Osten, und er rannte im Zickzack darauf zu. Sobald er das Unterholz hinter sich gelassen hatte, konnte er mehr Tempo machen. Dann hörte der Wald plötzlich auf, und er rannte über eine gewellte Grasfläche, schlüpfrig, tückisch von der feuchtigkeitsgesättigten Luft. Ein Friedhof, erkannte er. Niedrige, gleichförmige Grabsteine sprenkelten den Rasen und drohten ihn zu Fall zu bringen. Größere Grabdenkmäler ragten unvermutet im Dunst auf. Ein Soldat. Ein Kreuz. Ein Engel. Alles verschwamm zu Schemen, als Hendricks daran vorbeieilte. Dann verschwand auch der Friedhof, und der Wald umgab ihn erneut.

Als er wieder herauskam, fand er sich auf einer geteerten Straße am Rand des Main Post wieder. In dem Zwielicht konnte man das Viertel für ein besonders pittoreskes Städtchen halten, mit gewundenen schmalen Straßen, breiten Gehwegen, hübschen, gepflegten Häusern und Vorgärten. Wohn- und Geschäftshäuser standen kunterbunt durcheinander, erstere durchweg Einfamilienhäuser im spanischen Stil, letztere alles Mögliche, von Holzschindel- bis Ziegelbauten. Die Straßenlaternen gingen nacheinander an und bildeten Lichthöfe im Nebel. Da es keinen Privatverkehr auf den Straßen gab, wurde er durch auftauchende Scheinwerfer rechtzeitig vor den Streifenwagen der Park Police gewarnt und konnte sich hinter eine Hausecke oder ein abgestelltes Auto ducken oder einfach mit abgewandtem Gesicht in einem Eingang herumstehen und so tun, als gehörte er dorthin.

Bei einem dieser Halts, es war vor dem alten Offiziersclub, blickte er prüfend auf sein Handy. Der Karte zufolge lag sein Ziel direkt um die Ecke.

Er versuchte, nicht zu sehr darüber nachzudenken, was ihn dort erwartete oder was in seiner Abwesenheit mit Cameron passieren mochte. Das US-Militär hatte ihn und seine Einheit dazu ausgebildet, selbstständig hinter den feindlichen Linien zu operieren, und es hatte sie gut ausgebildet. Jetzt galt es, auf seine Fähigkeiten, seine Erfahrung, sein Körpergedächtnis zu vertrauen. Zu viel Überlegung führte nur zu Zerstreuung, Zweifel und Misserfolg.

Seine Muskeln zuckten aufgrund der plötzlichen Untätigkeit. Sein stoßweise gehender Atem bildete Wolken. Das Blut rauschte in seinen Ohren. Per Willenskraft verlangsamte er seinen Herzschlag, spürte die Wunde im Takt pochen. Dann nahm er die Pistole aus der Beintasche und steckte sie in die rechte Jackentasche. Entsicherte sie mit dem Daumen und ließ die Hand am Griff.

Und dann ging er um die Ecke, auf Frank Segreti zu.

31. Kapitel

Reyes sah wieder auf seine Armbanduhr und stellte stirnrunzelnd fest, dass die Zeiger sich inzwischen kaum bewegt hatten.

»Wenn Sie noch eine Verabredung haben«, sagte Segreti, überlaut aufgrund der Nachwirkungen der Blendgranate, »wollen wir Sie nicht aufhalten.«

Reyes musterte den Mann nachdenklich, dessen Name Yancey ihm nicht anvertraut hatte. Er wirkte so dünn und klapprig, wie er da gefesselt auf dem Sofa saß, aber Tatsache war, dass er teuflischen Widerstand geleistet hatte, als sie das Haus gestürmt hatten. Zuerst hatte er sich ohnmächtig gestellt, bis die Vorhut in unmittelbarer Nähe war, und dann angegriffen, Limans Unterarm mit einem Klappmesser aufgeschlitzt und McTiernan mit einem Tritt gegen die Beine zu

Fall gebracht. Beinahe hätte er sich noch McTiernans Pistole geschnappt, wenn Stahelski ihn nicht mit dem Gewehrkolben niedergeschlagen hätte.

Die Frau saß neben ihm auf der Couch, verängstigt und zitternd, das Hündchen auf ihrem Schoß. Sie hatte ihre gefesselten Hände in das Fell des Tiers gegraben und murmelte ihm unaufhörlich irgendwelchen beruhigenden Unsinn ins Ohr. Reyes fragte sich, wer da wen tröstete, aber jedenfalls ging es ihm allmählich auf die Nerven.

»Ich gehe nirgendwohin«, sagte Reyes. »Ich zähl bloß die Sekunden, bis ich Sie los bin.«

»Sie wollen mich loswerden? Dann brauchen Sie mich nur freizulassen. Ich verspreche Ihnen, dass Sie mich nie wiedersehen.«

»Sorry, Freund, da sind Sie an der falschen Adresse. Wenn Sie Argumente vorbringen wollen, müssen Sie sich schon an meinen Chef wenden, der gleich hier sein wird.«

»Ja, klar, da habe ich bestimmt eine Chance. Mit jemandem, der einen Überfall auf das Haus einer unschuldigen Frau anordnet, kann man garantiert vernünftig reden.«

»Ich bin sicher, dass er seine Gründe hatte.«

»Ach ja? Und die wären?«

»Über meiner Gehaltsklasse«, antwortete Reyes.

»Ach so, verstehe, Sie sind nur ein Handlanger. Ein Gorilla. Sie haben keine Ahnung, worum es hier geht. Sagen Sie, Ihr Chef, hat der auch einen Namen?«

»Haben Sie einen?«

Segreti überhörte das. »Wie er auch heißt, ich kann Ihnen verraten, dass er korrupt ist wie nur was. Keine Ahnung, was er Ihnen für Märchen erzählt hat, aber ich schwöre Ihnen, dass er vorhat, mich umzubringen.«

Reyes reagierte nicht darauf.

»Vielleicht kümmert Sie das ja nicht«, fuhr Segreti fort, »wir kennen uns schließlich kaum. Aber wenn ihr mich beseitigen wollt, dann würde ich sagen, bringen wir's hinter uns, lasst mich nicht den ganzen Tag warten. Nur bitte, ich flehe Sie an, geben Sie Lois frei. Sie hat nichts mit alldem hier zu tun. Ihr einziger Fehler war, dass sie mich hereingelassen hat, als ich an ihre Tür geklopft habe.«

»Heilige Scheiße, niemand bringt hier irgendwen um«, schnauzte Reyes ihn an. Dann, zu seinen Männern: »Knebelt ihn, ja? Oder besser, knebelt sie beide.«

In Wahrheit wusste Reyes nicht, was er von der ganzen Sache halten sollte. An diesem Auftrag kam ihm so manches merkwürdig vor. Der alte Kerl war zwar gefährlicher, als er aussah, aber er wirkte weiß Gott nicht wie ein Fanatiker auf ihn – und wenn er wirklich in den Anschlag verwickelt war, wie Yancey gesagt hatte, warum zum Teufel hatte er dann hier einen auf häuslich gemacht, als sie reingestürmt waren?

Trotzdem, Befehl war Befehl – und Yancey war von Bellums CEO persönlich ausgewählt worden, um die Einsätze an der Westküste zu leiten, was beim Fußvolk durchaus ins Gewicht fiel –, also behielt Reyes seine Zweifel für sich.

Während McTiernan und Stahelski die Gefangenen knebelten, zog er die Vorhänge ein Stück auf und blickte hinaus. Die Nacht war hereingebrochen und eine Nebelbank vom Meer herbeigetrieben. Die Sicht war gleich null, doch die Straße schien bis auf den am Rand geparkten Humvee, mit dem er gekommen war, leer zu sein. Privatfahrzeuge waren bis auf Weiteres von den Straßen des Presidio verbannt, und er hatte einen Mann mit dem anderen Humvee losschicken müssen, um Yancey an der Sperre am Veterans Boulevard abzuholen. Auf der gegenüberliegenden Straßenseite konnte er gerade noch die Silhouetten zweier anderer Häuser ausmachen, die diesem hier zum Verwechseln ähnlich sahen. Der Nebel reduzierte die Straßenlampen auf schwach schimmernde, in der Milchsuppe treibende Kugeln.

Endlich tauchte der zweite Geländewagen aus der Suppe auf und hielt hinter dem ersten. Yancey stieg aus, das Handy am Ohr. Als er hereinkam, riss der alte Mann die Augen auf und wehrte sich gegen seine Fesseln, grunzte Unverständliches durch den Knebel in seinem Mund. Der rechts von ihm wachende Bellum-Mitarbeiter brachte ihn mit einem Stoß in die Rippen zum Schweigen.

»Hören Sie, Yancey …«, setzte Reyes an, doch Yancey hob einen Finger – *einen Moment noch*.

»Ach nee, Charlie Thompson hört auch mit?«, fragte er. »Sagen Sie, ist sie immer noch so eine aufsässige Nervensäge?« Er gluckste. »Bleiben Sie locker, Thompson, ich will Sie doch nur verscheißern. Sie konnten noch nie einen Witz vertragen.« Eine Pause. »Das ist sehr freundlich von Ihnen, Assistant Director, aber ich denke, wir können jetzt übernehmen. Schicken Sie uns doch am besten, was Sie bislang haben, und ziehen Sie sich zurück – wir geben Ihnen Bescheid, wenn wir noch etwas brauchen. Ansonsten bin ich hier gerade ziemlich beschäftigt, deshalb …«

Er verdrehte die Augen in Reyes' Richtung und machte eine Handpuppengeste, die verdeutlichen sollte, dass die Person am anderen Ende nicht aufhörte zu plappern. »Nein, keineswegs. Ich bin froh, dass Sie angerufen haben. Und es ist immer nett, mal wieder was von alten Freunden zu hören«, sagte er und richtete dabei den Blick auf Segreti.

Als er aufgelegt hatte, fragte Reyes: »Wer war das?«

»FBI«, antwortete Yancey. »Bieten ihre Hilfe an, wie sie sagen. Pissen rum, um ihr Revier zu markieren, scheint mir eher.« Dann zu Segreti: »Eins muss ich Ihnen lassen, Frank.

Sie sind ein gerissener Drecksack. Ich hätte nie gedacht, dass ich Ihre hässliche Fresse noch mal zu Gesicht bekommen würde.«

Reyes starrte ihn an. »Moment mal, Sie kennen diesen Mann?«

»Unsere Wege haben sich vor tausend Jahren schon mal gekreuzt, als ich noch bei den Feds war. Anscheinend tauchen heute an allen Ecken und Enden Leute aus der Versenkung auf. Ich weiß, er sieht nach nichts aus, aber glauben Sie mir, er ist ein Scheißkerl erster Güte. Wir hatten ihn damals wegen Dutzender, wenn nicht Hunderter Morde im Visier, konnten ihm aber nie was nachweisen. Sobald er Wind davon bekam, dass wir hinter ihm her waren, hat er sich verdünnisiert.«

Segreti schnaubte.

»Das passt«, sagte Reyes, dessen Zweifel dadurch ein wenig zerstreut wurden. »Er hat es uns nicht leicht gemacht. Hatte ein Klappmesser in der Vordertasche seines Sweatshirts versteckt und Liman damit ganz schön geschnitten. Der arme Kerl musste ins Krankenhaus, um genäht zu werden.«

»Stimmt das, Frank? Sie haben bei meinen Männern ein bisschen auf Kampfhahn gemacht?«

Segreti funkelte ihn an.

Yancey deutete auf die Frau neben ihm. »Wer ist die Tante?«

»Lois Broussard«, antwortete Reyes.

»Das hier ist ihr Haus?«

»Vermutlich. Es wurde unter dem Namen Calvin Broussard vom Presidio Trust angemietet. Das dürfte wohl der Gentleman auf all den Fotos hier sein.«

Yancey nahm eines der gerahmten Fotos vom Beistelltisch, warf einen Blick darauf und warf es beiseite. »Und wo ist der gute alte Calvin?«

»Die Kreditkarteninformationen deuten auf Reno hin. Eine Geschäftsreise, wie es aussieht.«

»Hat unser Mann Mrs Broussard gegen ihren Willen festgehalten?«

»Nein, soweit wir sehen konnten, nicht – weshalb wir uns dafür entschieden haben, ihr ebenfalls Fesseln anzulegen.«

»Was ist Ihre Beziehung zu dieser Lady, Frank? Halten Sie Calvins Bettseite warm, solange er weg ist?«

Eine einzelne Träne lief über Lois' Wange. Segreti machte Protestlaute durch seinen Knebel hindurch.

»Tut mir leid, Kumpel, das hab ich nicht ganz verstanden. Aber keine Sorge, wir werden noch genug Zeit haben, uns auszutauschen, wenn ich dich zur Befragung in unsere Einrichtung im Norden bringe.«

Segretis flehender Blick schnellte von Yancey zu Reyes.

»Aber wenn dieser Mann irgendwie mit dem Anschlag in Verbindung steht, sollten wir ihn dann nicht der Polizei übergeben?«, fragte Reyes.

»Klar«, sagte Yancey. »Machen wir doch gern, sobald ich mit ihm fertig bin.«

Segreti wand sich zappelnd in seinen Fesseln. Lois' Schoßhündchen knurrte, als Yancey herbeikam und ihn zweimal ins Gesicht schlug. Er krümmte sich und rang schnaufend nach Luft. Yancey packte ihn an den Haaren, riss ihn daran hoch.

Da fiel der Hund Yancey an.

Er schrie auf, als Ella ihre Zähne in seinen Unterarm grub, ließ Segreti los und schlug wild um sich, bis er das Tier abgeschüttelt hatte.

Ella segelte an Lois vorbei und knallte gegen ein Tischchen. Die Lampe darauf wackelte, fiel herunter, zerbrach.

»Alles okay, Chef?«, fragte Reyes.

Yancey hielt sich den blutenden Arm. »Alles bestens.«

»Weddle«, sagte Reyes zu einem der Männer, »sperr das Viech in ein Schlafzimmer, ja?«

»Nein«, sagte Yancey. »Lass es hier.«

Ella kauerte sich wie zum Absprung hin und fletschte die Zähnchen.

»Sind Sie sicher?«, hakte Reyes nach.

Yancey zog seine .357 und zielte auf den Hund. »Verdammt sicher, Mann.«

Lois schrie durch den Knebel, Segreti riss an seinen Fesseln.

»Hey, hey«, rief Reyes, »vielleicht sollten wir alle erst mal schön durchatmen.«

Yancey ignorierte ihn und sprach stattdessen mit dem Hündchen. »Gott, sieh dich nur an. Du bist eher ein Zierkissen als ein Hund, mal wieder ein Beweis dafür, was der Mensch für einen launenhaften Gott abgibt. Wir haben bloß ein paar Jahrtausende gebraucht, um Wölfe in Accessoires für reiche Schlampen zu verwandeln.«

»Ehrlich, Chef, ich verstehe ja, dass Sie sauer sind, aber das ist wirklich nicht nötig. Ich schaff das Vieh aus Ihren Augen, okay?«

»Aber das ist alles nur Bemäntelung, stimmt's?«, fuhr Yancey ungerührt fort. »Tief drinnen bist du immer noch halb wild, willst nichts als kämpfen und ficken. Ist ja auch nicht deine Schuld, sondern unsere, weil wir uns einbilden, deine Natur ändern zu können. Aber wenn du den großen bösen Wolf bei mir machst, zeig ich dir, wie wir mit Wölfen umgehen, da, wo ich herkomme.«

»Verdammt noch mal, Yancey, stecken Sie die Waffe weg!«

»Weißt du, Söhnchen«, sagte Yancey, ohne den Blick von dem Hund abzuwenden, »mir scheint, der kleine Scheißer hier ist nicht der Einzige, der erst mal kapieren muss, wer das Sagen hat.«

Er drückte ab.

Der Schuss krachte.

Doch da hatte Lois sich schon vom Sofa geworfen.

Mit ihren gefesselten Armen und Beinen stürzte sie schwer. Yanceys Kugel flog parallel zur Couch und auf die Stelle zu, wo Ella stand, traf aber die fallende Lois ins Brustbein. Segreti brüllte in seinen Knebel. Reyes eilte an Lois' Seite, doch sie war nicht mehr zu retten. Die Kugel hatte ihren Brustkorb glatt durchschlagen und eine Austrittswunde von der Größe seiner Faust hinterlassen. Sie war tot, bevor sie auf dem Boden auftraf.

»Herrgott noch mal«, sagte Reyes. »Was haben Sie getan?«

Yancey starrte ungläubig auf die Leiche der Frau.

»Das war nicht ...«, stammelte er. »Ich wollte nicht ...«

Und dann gingen die Lichter aus.

32. Kapitel

»Scheiße, was ist denn jetzt los?«

Die surrenden Hintergrundgeräusche im Haus verstummten, als alle Geräte sich abschalteten. Yanceys sich überschlagende Stimme hallte durch die plötzliche Stille. Seine Hände schwitzten, sein Mund war trocken. Er war sich unangenehm seiner eigenen Atmung und des Dröhnens seines Pulses in den Ohren bewusst.

Links von ihm raschelte etwas. Sofafedern quietschten. Ein Zappeln, ein Aufschlagen, ein Grunzen.

Dann gingen ringsherum Taschenlampen an.

Reyes hockte immer noch neben der gefallenen Frau, unter

der sich eine dunkle Blutlache ansammelte; ihre leblosen Augen reflektierten die Lampenstrahlen. Doch er hatte inzwischen seine Pistole gezogen und lauschend den Kopf schräg gelegt.

Segreti lag ausgestreckt neben ihm, zwei Bellum-Mitarbeiter über sich. Offenbar hatte er trotz seiner Fesseln versucht zu türmen. Yancey wünschte, er wäre dabei umgekommen. Das hätte ihm die Mühe erspart, ihn selbst zu töten.

Apropos, der kleine Scheißköter war nirgends zu sehen.

Yancey wusste, dass er Gefahr lief, die Kontrolle über die Situation zu verlieren. Er unterdrückte seine wachsende Panik und zwang sich zu einem stählernen Befehlston. »Ich will einen gottverdammten Lagebericht, *sofort!*«

»Könnte ein Stromausfall sein«, antwortete einer seiner Männer. »Der Katastrophenschutz hat ein Memo rumgeschickt, dass die Rettungseinsätze das Stromnetz stark belasten – man soll sich nicht wundern, wenn die Lampen flackern.«

»Das ist kein Stromausfall«, sagte Reyes und deutete mit dem Kopf zum Fenster. Licht fiel durch den Spalt zwischen den Vorhängen herein. »Die Straßenlampen brennen, was bedeutet, dass wir Gesellschaft haben.«

»Hebt ihn hoch«, sagte Yancey. Die Männer, die Segreti überwältigt hatten, zogen ihn auf die Beine und stützten ihn an den Ellbogen. »Nehmt ihm den Knebel raus.«

Kaum geschehen, spuckte Segreti ihm ins Gesicht. »Du verdammtes Arschloch«, sagte er. »Ich schwör's dir, du wirst dafür bezahlen, was du Lois angetan hast.«

»Wag es ja nicht, das mir anzulasten! Du hast ihren Tod auf dem Gewissen, nicht ich. Du hast sie in Gefahr gebracht.«

Segreti verdrehte den Hals und blickte Reyes in die Augen. »Sehen Sie das auch so? Finden Sie sein Verhalten gerechtfertigt? Denn ich kann Ihnen garantieren, Lois war nicht die erste unschul…«

Yancey zog ihm die Pistole übers Gesicht. Segretis Kopf flog zur Seite, und Blut schoss aus seinem Mund. Er klappte zusammen, wurde nur noch von den beiden Männern gehalten, und in seinen Augen war nichts als das Weiße zu sehen.

Yancey holte zu einem neuen Schlag aus, aber Reyes packte ihn am Handgelenk.

»Yancey! Er hat genug!«

Yancey riss sich los und wirbelte zu ihm herum. Stirn an Stirn standen sie in der Dunkelheit, packten ihre Waffen fester. »Stellst du etwa meine Autorität infrage, Söhnchen?«

Jetzt war es heraus, der Moment spannungsgeladen, bedrohlich. Die Männer um sie herum richteten sich wachsam auf. Yancey hatte das Gefühl, dass seine Zukunft von dem Ausgang dieser Konfrontation abhing. Reyes' Herausforderung stellte ihn als schwach und fehlbar dar. Das durfte er nicht hinnehmen.

Reyes sah sich um und merkte, dass er auf sich allein gestellt war.

Er gab die Angriffshaltung auf und ging auf Abstand.

»Nein«, sagte er.

Yancey grinste breit und raubtierhaft. »Entschuldigung, ich habe mich wohl verhört. Nein, *was?*«

»Nein, Sir«, antwortete Reyes zähneknirschend.

»Braver Junge«, sagte Yancey, wieder obenauf. Dann wandte er sich an Segreti, der das Bewusstsein wiedererlangt hatte, auch wenn seine Augen noch ungerichtet in den Höhlen schwammen. »Also, Frank, wer ist dein Freund da draußen?«

Segreti runzelte die Stirn und spuckte Blut auf den Boden. »Scheiße, wüsste ich auch gern. Hätte nicht gedacht, dass ich noch welche habe.«

»Keine Sorge«, sagte Yancey, »bestimmt nicht mehr lange. Reyes, McTiernan, Bigelow, Stahelski, ihr seht euch draußen um. Weddle, Swinson, Lutz, ihr bleibt hier bei mir.«

Alle Männer außer Reyes murmelten ihre Einwilligung und machten sich bereit.

Yancey sah Reyes durchdringend an.

»Gibt's ein Problem?«, fragte er.

»Nicht, solange der Gefangene noch am Leben ist, wenn wir zurückkommen.«

Die Straßenlampen sahen aus wie Papierlaternen in dem Nebel und tauchten die Umgebung in ein durchscheinendes Weiß. Zwischen den langen Schatten im hinteren Garten der Broussards jedoch verkümmerte die Beleuchtung zu dem falschen Zwielicht eines Horrorfilmplakats.

Die Hintertür ging knarrend auf. Einen langen Moment passierte gar nichts, dann schlüpften zwei Söldner hinaus in die Nacht, fast unsichtbar in ihrer mattschwarzen Schutzkleidung. Sie bewegten sich mit lautloser Präzision; einer ging voran, während der andere ihm Deckung gab.

Hendricks beobachtete sie aus der Dunkelheit heraus, schätzte ihre Stärken und Schwächen ein.

Er hatte das Haus etwa zehn Minuten lang beobachtet und versucht, einen Angriffsplan zu entwickeln, aber als Yancey eintraf, wusste er, dass er handeln musste. Er war gerade auf den Eingang zugeschlichen, als er den Schuss hörte. Zuerst hatte er befürchtet, zu spät gekommen zu sein, aber dann hatte Segreti unterdrückt geschrien, was bedeutete, dass er möglicherweise verletzt, aber noch am Leben war.

Bei jedem Szenario, das Hendricks in Gedanken durchgespielt hatte, war er zahlenmäßig und waffenmäßig hoffnungslos unterlegen. Die Bellum-Söldner trugen vollautomatische Sturmgewehre, dreißig Patronen im Magazin, dazu Ersatzmagazine in ihren Westen. Und wenn zwei von ihnen hinten rausgeschickt worden waren, konnte er davon ausgehen, dass sich mindestens zwei weitere drinnen aufhielten. Alles, was er ihnen entgegenzusetzen hatte, war die .45 von Pappas, die ihre Körperpanzerung nicht durchdringen konnte.

Andererseits verschaffte ihm diese Panzerung auch einen Vorteil. Sie verlangsamte die Reaktionen, schränkte die Bewegungsfreiheit, das Hörvermögen und das Blickfeld ein. Und die Nachtsichtbrillen, die sie unter ihren Helmen trugen, waren in dem treibenden Nebel so gut wie nutzlos.

Einer der Männer positionierte sich hinter dem Jaguar in der Einfahrt und gab dem anderen, der auf den Waldrand zulief, Deckung. Hendricks lächelte. Er hatte sich gedacht, dass sie ihre Suche dort beginnen würden.

Ausbildung ist gut, Ausbildung ist wertvoll. Aber die falsche, zu starre Ausbildung führt zu reglementiertem Denken, was sich in einer Kampfsituation gegen einen wenden kann.

Durch den Nebel konnte Hendricks den Mann, der die Baumreihen absuchte, nicht sehen, also schloss er die Augen und horchte. Hörte das leise Knirschen abgefallener Kiefernnadeln unter Stiefelsohlen, das trockene Rascheln zerteilten Unterholzes. Als der Mann fertig war, rief er: »Sauber! Siehst du irgendwas bei dir dort drüben?«

»Nada«, antwortete der hinter dem Auto. »Aber ich kann von hier den Stromzählerkasten des Hauses erkennen, und es scheint, als hätte sich da jemand dran zu schaffen gemacht. Komm rüber und gib mir Deckung, dann probier ich mal, ob ich das Licht wieder ankriege.«

»Verstanden.«

Der Stromzählerkasten hing an einem kleinen, einstöckigen Anbau, der zwischen die ursprünglichen Kreuzgiebelwände des Hauses eingefügt worden war, dort, wo die Schatten sich ballten. Ein Blumenbeet umgab den Anbau, und Ziersträucher verdeckten den Kasten teilweise. Ein Gartenschlauch hing gleich daneben an der Wand.

Auf dem Dach des Anbaus, einer leicht geneigten Ebene fünf Meter über dem Boden, lag Hendricks auf der Lauer.

»Sieh dir das an, jemand hat den verdammten Zähler rausgerissen.«

Der Partner des Mannes blickte kurz über die Schulter zu ihm hin, ohne seine Waffe abzusetzen, die er nach wie vor vage auf die Bäume gerichtet hielt. »Reicht das, um den Strom zu unterbrechen?«

»Keine Ahnung.«

Doch, das reichte. Da die Elektrizitätswerke nicht gerade wild darauf waren, Energie kostenlos zu liefern, floss der Saft nur, wenn der Zähler im Zählerkasten steckte. Ihn zu entfernen war eine einfache, wenn auch illegale Angelegenheit – man brauchte nur die Sicherheitsplombe abzuzwicken und den Teil, der das Zählerrad enthielt, aus dem Gehäuse zu reißen.

»Haben sie ihn mitgenommen?«

»Weiß nicht. Vielleicht.« Er steckte seine Waffe in die Schutzweste und wühlte gebückt in dem Blumenbeet herum. »Warte, ich hab ihn.«

»Ist er kaputt?«

Der Söldner wischte Erde von dem Zähler ab und drehte ihn in den Händen herum. An der Rückseite gab es vier Stifte, die in die vier freigelegten Schlitze in dem Kasten passten. »Sieht nicht so aus.«

»Dann steck ihn wieder rein. Schau'n wir mal, was passiert.«

»Bin dabei. Halt mir den Rücken frei.«

Er hielt die Stifte an die Schlitze und schob den Zähler hinein.

Ein blendend heller Funkenregen erleuchtete die Nacht, die Luft knisterte elektrisch. Der Geruch von Ozon und versengten Haaren stieg Hendricks in die Nase, als 220 Volt den Mann rückwärts durch den Garten schleuderten.

Er hatte den Zähler und den Kasten mit dem Gartenschlauch nass gemacht, bevor er das Rankgerüst an dem Anbau hochgeklettert war, und darauf gebaut, dass es durch die Dunkelheit und die Schutzhandschuhe nicht bemerkt würde, bis es zu spät war. Wenn er ehrlich war, hatte er starke Zweifel gehabt, ob es funktionieren würde.

Der von dem Stromschlag getroffene Söldner lag mit steifen Gliedern auf dem Rasen. Seine Haare und seine Kleidung rauchten, und er stöhnte halb bewusstlos. Der Mann, der ihm Deckung gegeben hatte, hatte aufgeschrien und die Waffe fallen lassen, als der Zählerkasten Funken sprühte, denn sein Nachtsichtgerät hatte die Lichtintensität verstärkt und ihn geblendet. Taumelnd riss er es sich vom Kopf und warf es beiseite. Während er sich vergebens die Augen rieb, rief er seinen verletzten Partner.

»Bigs? Bigs, bist du okay? Sag doch was, ich kann dich nicht sehen!«

In dem Moment sprang Hendricks vom Dach.

Reyes suchte gerade das Gebüsch rechts neben der Veranda ab, als die Straßenlampen auf einmal dunkler wurden. Hinterm Haus erleuchtete ein grellweißer Blitz, begleitet von einer Art Feuerwerkskrachen, die Nacht taghell. Stahelski schrie und verstummte dann abrupt.

Reyes spurtete nach hinten.

Der Nebel war dicht, das Gras feucht. Reyes wünschte, er würde eine kugelsichere Weste unter seiner Anzugjacke tragen, und verfluchte bei jedem Ausrutschen seine glattsohligen Halbschuhe. McTiernan, der sich im Moment der Lightshow näher am hinteren Garten aufgehalten hatte, war ein gutes Stück vor ihm und lief viel sicherer in seinen Kampfstiefeln. Kurz darauf verschwand er im feuchten Dunst.

Die Sicht war miserabel, aber soweit Reyes feststellen konnte, war hinten niemand. Kein Bigelow, kein McTiernan, kein Stahelski. Sie konnten jedoch nicht weit sein. Irgendwo rechts von sich hörte er Kampfgeräusche, das dumpfe Knallen wechselseitiger Schläge, das schmatzende Ploppen reißender Sehnen. Knochenknirschen. Ein erstickter Schrei. Und dann Stille. Reyes hoffte, das bedeutete, dass seine Männer die Gefahr gebannt hatten.

Als er an der Längsseite des Hauses entlangging, stolperte er über etwas. Es war Bigelow. Er lag flach auf dem Rücken und stank wie eine danebengegangene Dauerwelle. Teile seiner Uniform waren geschmolzen oder abgerissen worden, und die frei liegende Haut sah übel verbrannt aus. Reyes tastete nach seinem Puls und konnte ihn fühlen, wenn auch schwach und langsam.

Stahelski lag nicht weit davon zusammengesackt an der Hauswand, mit heraushängender Zunge und hervorquellenden Augen. Sein Helm war von der Stirn nach hinten gerissen und so verdreht worden, dass der Kinnriemen die Blutzufuhr zum Gehirn abschnürte. Neben ihm lag McTiernan, das rechte Bein unnatürlich abgewinkelt, sein Gesicht entstellt durch etwas, das nach Kieferbruch aussah.

Ihre Waffen, bemerkte Reyes, fehlten allesamt.

Er lief geduckt hin, um die Männer zu untersuchen. Sie lebten, wenn auch nur knapp. Irgendwie waren alle drei überwältigt worden, ohne dass irgendwer – ob Freund oder Feind – einen einzigen Schuss abgegeben hatte.

Immerhin hatte McTiernan es offenbar geschafft, den Angreifer zu verletzen. Sein Kampfmesser lag neben ihm im Gras, und von dort zog sich eine Blutspur in den Nebel.

Reyes folgte ihr mit rasendem Puls, den Finger am Abzug seiner SIG Sauer. Die dicken Nebelschwaden hatten die ganze Umgebung verschluckt. Nach etwa dreißig Metern hörte die Blutspur auf. Dann spürte Reyes das kalte Rund einer Pistolenmündung im Nacken und erkannte, dass er reingelegt worden war.

»Schlaue Idee, das mit der Blutspur«, sagte er. »Haben Sie sich etwa Ihren eigenen verdammten Arm aufgeschlitzt?«

»Halt's Maul«, flüsterte der Mann hinter ihm. »Nimm die Hände hinter den Kopf und den Finger vom Abzug, sonst ist das Letzte, was du siehst, wie dir die Zähne aus dem Gesicht fliegen.«

Reyes gehorchte. Der Mann nahm ihm die Pistole ab. Nylon raschelte, als er sie einsteckte. »Jetzt knie dich hin.«

Er machte Anstalten, es zu tun, wirbelte dann jedoch herum, schlang den Arm um das Handgelenk des Mannes und drückte die Pistole seitlich weg, um sie ihm zu entwinden.

Sie fiel herunter, Reyes bückte sich blitzschnell und schnappte sie sich. Der Mann warf sich auf ihn, wobei Reyes die Waffe wieder entglitt und über den Rasen segelte.

Er landete auf dem Bauch, und der Angreifer drückte ihm das Knie in den Rücken und wollte seinen Oberarm in den Polizeigriff zerren.

Reyes versetzte ihm einen Ellbogenstoß gegen die Schläfe und erhielt zum Dank drei schnelle Schläge in die Nieren zurück. Ein heftiger Schmerz breitete sich ungerichtet in seinem

Unterleib aus. Instinktiv krümmte er sich zu einer Schutzhaltung zusammen. Der Mann stand auf und trat ihn zweimal, was Reyes dazu nutzte, die Beine unter ihm wegzureißen, sodass er umfiel wie ein Mehlsack.

Sofort stürzte Reyes sich auf ihn, setzte sich rittlings auf seine Brust und ließ Fausthiebe auf ihn niederhageln. Doch sein Gegner war kampferprobt, er sah Schläge voraus, blockte sie ab, parierte sie. Als Reyes' Schnelligkeit nachließ, packte er dessen schwingende Faust und reagierte mit einem Handkantenstoß gegen sein Gesicht, mit dem er ihm die Nase brechen wollte. Reyes wich dem Schlag aus, verlor dabei aber das Gleichgewicht und kippte zur Seite.

Miteinander ringend rollten sie herum, wobei jeder versuchte, die Oberhand zu gewinnen. Reyes bekam eine Hand frei, klemmte sie um den Hals seines Gegners und drückte zu, ließ aber gleich wieder los, als er spürte, wie sich die Pistole, die er hatte aushändigen müssen, in die empfindliche Stelle unter seinem Kinn bohrte.

Der Mann stand auf, hielt die SIG Sauer jedoch weiter auf sein Gesicht gerichtet. Dann hob er seine eigene Waffe auf, die ein paar Meter entfernt lag, und zielte auch damit auf ihn.

»Es sind noch mehr Männer im Haus«, sagte Reyes keuchend. »Wenn Sie mich erschießen, kommen sie rausgerannt.«

»Nicht schnell genug, als dass es dir noch was nützen würde.«

Jetzt, da der Mann normal laut sprach, kam seine Stimme Reyes irgendwie vertraut vor. Blinzelnd sah er in dem trüben Zwielicht zu ihm auf und machte große Augen, als er ihn erkannte.

»Hendricks?«

33. Kapitel

»Reyes?«, sagte Hendricks. »Was zum Teufel machst du denn hier?«

Sie hatten vor einigen Jahren mal zusammengearbeitet, als Hendricks' Spezialeinheit hinzugezogen worden war, um elf US-amerikanische, in Kolumbien von Drogenguerillas entführte NGO-Mitarbeiter zu retten – von denen drei in Wahrheit CIA-Agenten waren. Reyes war damals der wichtigste Topagent der »Firma« in der Region gewesen und hatte von der US-Botschaft in Bogotá aus gearbeitet, offiziell als Kulturattaché.

»Das ist eine komische Frage von jemandem, der eigentlich tot ist, wie ich gehört habe.«

»Diese Berichte waren völlig übertrieben.«

Reyes musterte ihn von Kopf bis Fuß. »Vielleicht gar nicht mal so sehr. Du siehst scheiße aus.«

Hendricks glaubte es. Sein Gesicht fühlte sich erhitzt an, seine Kehle war ausgedörrt. Die vernähte Messerwunde an seiner Seite brannte, und es sickerte wieder Blut heraus.

»Echt? Hab mich nie besser gefühlt. Seit wann verdingst du dich im Privatsektor? Als wir uns das letzte Mal über den Weg gelaufen sind, warst du noch bei der CIA.«

»Ja, ja, und du warst noch einer von den Guten.«

»Lustig, ich wollte gerade dasselbe von dir sagen, aber ich weiß nicht, ob du jetzt korrupt bist oder nur ein Einfaltspinsel.«

»Leck mich, Mike. Nach dem, was du mit meinen Leuten gemacht hast …«

»Reg dich ab. Mit der richtigen medizinischen Behandlung werden die wieder. Ich töte nie ohne triftigen Grund, und für mich seid ihr keine Feinde, du und deine Männer – ihr seid nur Soldaten, die Befehle befolgen.«

»Und was bist *du?*«

»Ich bin derjenige, der hier gleich mit Frank Segreti abhaut. Was hat Yancey dir über ihn erzählt?«

»Nur, dass er ein Verdächtiger im Zusammenhang mit dem Anschlag auf die Brücke ist. Bis eben wusste ich noch nicht mal seinen Nachnamen.«

»Segreti hat mit der Brücke nichts zu tun.«

»Bist du sicher?«

»Ziemlich sicher.«

»Wie wär's dann, wenn du die Pistolen weglegst und wir in Ruhe über alles reden?«

»Würde ich gern, aber ich weiß leider nicht, ob ich dir trauen kann. Verschränk die Hände hinterm Kopf.«

»Komm, Hendricks, mach das nicht.«

Hendricks ging um ihn herum und setzte die .45 an seinen Kopf.

»Ich möchte es nicht zweimal sagen.«

Mit offensichtlichem Widerstreben gehorchte Reyes.

»Nur damit du's weißt«, sagte Hendricks, »es tut mir leid, dass unser Wiedersehen so enden muss.«

»Entschuldige, wenn ich das nicht besonders tröstlich finde«, erwiderte Reyes. Dann schloss er die Augen und wartete auf den Schuss, der seinem Leben ein Ende setzen würde.

Hendricks legte ihm den linken Arm um den Hals und klemmte das Handgelenk in der rechten Ellbogenbeuge fest. Reyes wehrte sich strampelnd, als Hendricks den Würgegriff anzog, und erschlaffte dann plötzlich.

Hendricks legte den bewusstlosen Mann auf dem Boden ab und durchsuchte seine Taschen. Als er fand, was er gesucht hatte, lächelte er zufrieden.

»Bigelow? Stahelski? Verdammt noch mal, meldet sich mal jemand?«

Zur Antwort erhielt Yancey nichts als Rauschen. Es waren sieben Minuten vergangen, seit sie den Kontakt zu dem Team draußen verloren hatten, und er und seine Männer im Haus wurden mit jeder Sekunde unruhiger. Sogar auf Segreti schien sich die Anspannung auszuwirken, denn er war untypisch still, sein Mund nur ein grimmiger Strich. Aber möglicherweise trauerte er auch. Während die Männer nervös von einem hinter Vorhängen verborgenen Fenster zum anderen huschten, wandte er seinen Blick kein einziges Mal von der Leiche auf dem Boden ab.

»Sollen wir rausgehen und die Lage prüfen?«, schlug Swinson vor.

»Nein«, antwortete Yancey. »Der Gefangene hat oberste Priorität. Ruf lieber Verstärkung. Wir rühren uns nicht vom Fleck, bis die anderen da sind.«

Der Mann tat wie ihm befohlen. Yancey durchquerte das Wohnzimmer, teilte die Vorhänge ein Stückchen und spähte hinaus.

»Können Sie was sehen, Chef?« Das kam von Lutz.

»Nee, ich seh gar nix durch diesen Scheißnebel.« Doch kaum war es heraus, stellte er fest, dass das nicht ganz stimmte. Etwas Großes und Dunkles bewegte sich dort draußen, noch zu weit weg, als dass er Einzelheiten ausmachen konnte.

Dann leuchteten Scheinwerfer auf, und ein Motor röhrte, und er begriff, was er da sah.

Es war einer der Humvees, die sie vorn an der Straße geparkt hatten – und er kam direkt auf ihn zu.

»Achtung!«, schrie Yancey.

Er taumelte rückwärts und ließ den Vorhang los, sodass es wieder dunkel im Zimmer wurde. Stieß mit den Beinen gegen den Couchtisch und fiel hintenüber, wobei der Tisch unter seinem Gewicht zerbrach. Lutz und Weddle eilten ihm zu Hilfe, doch er winkte ab und rollte sich hektisch auf die Seite.

Dann krachte die Vorderwand ein, als zweieinhalb Tonnen dieselgetriebener Stahl ins Haus donnerten.

Das Rattern automatischer Schnellfeuergewehre zerriss die nächtliche Stille, als die Männer von Bellum auf den Humvee feuerten. Strategisch gesehen war das nicht das Schlaueste, denn erstens war das Fahrzeug gepanzert, und zweitens saß Hendricks nicht darin.

Nachdem er die Hecktür hochgeklappt und den Wagen in Position gebracht hatte, hatte er eines der konfiszierten Sturmgewehre zwischen das Gaspedal und den Fahrersitz geklemmt. Der Motor hatte aufgeheult, aber der noch im Leerlauf befindliche Humvee hatte sich nicht vom Fleck bewegt. Als Hendricks durch das offene Fahrerfenster hineingriff und den Gang einlegte, machte das Fahrzeug einen Satz wie ein freigelassenes Tier und riss ihm dabei fast den Arm ab.

Es röhrte durch den Vorgarten der Broussards, zerbrach die Verandastützen wie Streichhölzer und bohrte sich bis zu den Hinterreifen ins Haus, bevor es zum Stillstand kam. Hendricks spurtete hinterdrein. Sobald die Bellum-Männer aufhörten zu schießen, kletterte er durch die offene Heckklappe auf die Rückbank und betrat das Wohnzimmer durch die hintere linke Seitentür.

Der Humvee hatte das schöne alte Haus in eine Ruine verwandelt. Ein Teil der Decke war eingebrochen, hatte das Fahrzeug halb unter den Trümmern begraben und die Türen auf der rechten Seite versperrt. Einer der Bellum-Männer war zwischen dem Humvee und einer Zwischenwand eingeklemmt. Er lebte, schrie aber vor Schmerz, und es sah aus, als wäre seine Hüfte zertrümmert. Hendricks fluchte. Er hatte gehofft, dass die Scheinwerfer als ausreichende Warnung dienen würden.

Ein anderer hatte offenbar einen Abpraller ins Knie bekommen, als er auf den Geländewagen geschossen hatte. Er lag zu Hendricks' Füßen auf dem Boden, eine Hand fest auf die pulsierende Wunde gepresst, während er mit der anderen versuchte, seine Seitenwaffe aus dem Holster zu ziehen. Hendricks trat ihn ins Gesicht, woraufhin er die Augen verdrehte und ohnmächtig wurde.

Ein Klicken hinter Hendricks sagte ihm, dass jemand außerhalb seines Blickfelds gerade nachgeladen hatte. Er machte einen Satz in das verwüstete Wohnzimmer hinein, kurz bevor der Fußboden hinter ihm von Einschlägen gekerbt wurde, rollte sich beim Auftreffen herum und jagte seinem Möchtegernkiller drei Kugeln in die Brust. Der Mann brach, sich vor Schmerzen windend, zusammen und fummelte dabei blindlings an den Rändern seiner Schutzweste herum.

Die Weste hatte ihm das Leben gerettet, wie Hendricks vorhergesehen hatte, indem sie die Schlagkraft der Patronen zerstreute, bevor sie eindringen konnten. Dennoch war der Aufprall stark genug gewesen, um die Atemluft aus seiner Lunge zu pressen und ihm die Rippen zu brechen. Es würde fünfzehn bis zwanzig Sekunden dauern, ehe seine Atmung wieder einsetzte, und selbst dann noch würde das Ganze eine Tortur sein.

Hendricks blickte sich um und sah die Frau von dem Foto, das Cameron abgefangen hatte, tot auf dem Boden liegen, eine Schusswunde in ihrer Brust. Dann krachte auf der anderen Seite des Humvees eine Handfeuerwaffe los, und das Sofa neben ihm spuckte Füllung aus.

Der Schuss war aus Yanceys Pistole gekommen. Er war

durch das Fahrzeug vom restlichen Wohnzimmer abgeschnitten worden, also hatte er den Schutt darauf so weit beiseitegefegt, dass er zielen konnte.

Hendricks erwiderte das Feuer. Er rechnete nicht damit, Yancey zu treffen, doch der sollte es sich zweimal überlegen, ehe er wieder auf ihn schoss. Als er hinter das Sofa kroch, um dort Deckung zu suchen, sah er sich plötzlich Auge in Auge mit Frank Segreti.

Segreti lag flach auf dem Rücken, gefesselt. Sein Gesicht war geschwollen und voller Blutergüsse. Frisches Blut sickerte aus seiner Nase. Der Mann war ein Überlebenskünstler; offenbar hatte er sich irgendwie über die Sofalehne geworfen, als die Schießerei begann.

Hendricks fischte das Schablonenmesser aus seiner Cargohose, zog die Kappe mit den Zähnen ab und schnitt seine Fesseln auf. »Los«, sagte er, »machen wir, dass wir hier rauskommen.«

»Wer zum Teufel sind Sie?«, fragte Segreti.

»Ist das wichtig?«

Das Sofa erbebte, als Yancey erneut schoss.

»Nein«, sagte Segreti, »wohl nicht.«

Hendricks feuerte noch ein paar Schüsse in Yanceys Richtung ab und flitzte mit Segreti durch die Küche zur Hintertür, während Yancey laut hinter ihnen fluchte.

Als er die Tür aufriss, hörte er Sirenen in der Ferne. Er wollte hinaus in die Nacht laufen, doch Segreti hielt ihn an der Jacke fest.

»Was ist?«, zischte er. »Wir haben es ein bisschen eilig!«

Segreti schnappte sich etwas vom Küchentresen, das er ihm in die Hand drückte. Hendricks warf einen Blick darauf und grinste breit.

Es war der Funkschlüssel für den Jaguar in der Einfahrt.

Sie rannten darauf zu, ein schnittiges Zweisitzer-Coupé, außen wie ein Rennwagen aus den 1960er-Jahren und innen wie das Cockpit eines Kampfflugzeugs. Es entriegelte sich automatisch, als sie sich näherten. Irgendwo hinter ihnen klirrte Glas. Hendricks stieg ein, doch Segreti hatte Mühe mit dem versenkten Türgriff. Eine Kugel schlug dumpf neben ihm in den Asphalt.

Yancey, daran gehindert, sie zu verfolgen, war nach oben gelaufen und schoss aus einem Fenster im ersten Stock auf sie.

Hendricks beugte sich über den Beifahrersitz und öffnete Segretis Tür von innen. Dann drückte er den Startknopf des Jaguars, woraufhin der Motor mit 500 Pferdestärken röhrend zum Leben erwachte.

Eine Kugel zerschmetterte das Heckfenster, eine weitere durchschlug das Dach und bohrte sich in das Armaturenbrett, nachdem sie zwei Zentimeter an Segretis Kopf vorbeigezischt war.

Der Wagen schoss mit quietschenden Reifen los. Im selben Moment hielten vier Humvees von Bellum vor dem Haus. Einer stoppte schaukelnd am Ende der Einfahrt, um ihnen den Weg abzuschneiden. Hendricks riss das Lenkrad herum und trat aufs Gas. Der Jaguar geriet auf dem Rasen kurz ins Schleudern und ging dann wie eine Rakete ab, hinein in den Nebel.

Er machte die Frontscheinwerfer aus und fuhr blind, verließ sich auf seinen Instinkt. Sie sausten durch Gärten, über Fußwege und Bordsteine, kein anderes Ziel vor Augen als weg von hier. Zwei der Humvees nahmen die Verfolgung auf, aber sie waren zu breit für die Engpässe und konnten es nicht mit der Geschwindigkeit des Jaguars aufnehmen.

Bald darauf waren Hendricks und Segreti allein, abgesehen vom Dröhnen des Motors und dem unaufhörlichen Sirenengeheul in der Ferne.

34. Kapitel

»Also, Charlie, willst du mir jetzt mal erklären, was hier eigentlich los ist?«

Sie waren in O'Briens Büro, die Tür war geschlossen. O'Brien hatte Thompson am Arm dort hineingezerrt, sobald das Foto in ihre Hände gelangt war.

Ein paar Minuten zuvor hatte CNN ein Interview mit diesem Arschloch von Senator Trip Wentworth – der Thompson nach dem Desaster im Pendleton-Casino im vorigen Jahr die Hölle heißgemacht hatte – wegen einer Eilmeldung über weitere Gewalttaten in San Francisco unterbrochen. Zuerst hatten die anderen Agents im Konferenzraum kaum hingesehen. CNN hatte an diesem Tag schon zahlreiche angebliche Folgeanschläge gemeldet: Ein Bundesbehördenhochhaus in L.A. war geräumt worden – wegen eines Gasaustritts, wie sich herausstellte. In einer Highschool in Seattle war per anonymem Anruf vor einem Amokschützen gewarnt worden – von einem Schüler, der sich nicht auf eine Klassenarbeit vorbereitet hatte. In San Francisco hatte das Bombenentschärfungskommando einen Rucksack gesprengt – der dann nichts weiter enthielt als Warnleuchten und andere Hilfsmittel zur Absicherung von Unfallstellen.

Thompsons Bauchgefühl hatte ihr jedoch gleich gesagt, dass das hier etwas anderes war. Seit diesem widerlichen Konferenzgespräch mit Yancey wartete sie auf Nachricht von Hendricks, hatte sogar halb damit gerechnet, dass er zuschlug, während sie und O'Brien noch telefonierten, und je länger sie nichts von ihm hörte, desto mehr befürchtete sie, dass er es nicht mehr rechtzeitig zu Segreti geschafft hatte.

Ihre Kollegen begannen, der Sache Beachtung zu schenken,

als CNN per Telefon mit mehreren Presidio-Bewohnern sprach, die in der Nähe des Main Post abgegebene Schüsse gemeldet hatten. Einer behauptete, den Schein einer nahen Explosion gesehen zu haben, die den Nachthimmel erhellte. Eine andere schwor, dass Autos in einer wilden Verfolgungsjagd durch ihren Garten gerast waren. Genauere Informationen gab es allerdings kaum. Aufgrund des Nebels waren sämtliche Hubschrauber, auch die der Reporterteams, mit einem Startverbot belegt, und die zuständigen Beamten am Tatort sprachen nicht mit den Medien.

Dann hatte Bellum Industries eine dringende Mitteilung an das FBI und den Heimatschutz herausgegeben. Darin hieß es, dass Mitarbeiter, die einem Hinweis nachgegangen seien, hinterrücks überfallen worden seien. Sieben Männer seien bei dem Angriff verletzt worden, zwei davon schwer, und eine Zivilistin sei tot. Dem Memo war ein Standbild von dem Täter beigefügt, das aus Aufnahmen von Bodycams isoliert worden war.

Als O'Brien es sah, erkannte sie Michael Hendricks sofort.

»Ich weiß nicht, was du meinst«, log Thompson. Sie klang ehrlich entrüstet, aber ihre Gedanken überschlugen sich, und ihr Magen geriet in Aufruhr.

»Willst du mir etwa weismachen, Michael Hendricks ist da gerade rein zufällig in unsere Ermittlungen reingerauscht?«

»Muss wohl so sein«, sagte Thompson.

»Muss wohl so sein?«, äffte O'Brien sie nach. »Das ist nicht dein Ernst, oder? Du kannst von Glück sagen, dass nicht viele Leute sein Gesicht kennen. Aber unser Director kennt es, und ich gehe jede Wette mit dir ein, dass er bei mir anruft, sobald er dieses Foto sieht. Jetzt zerbreche ich mir den Kopf darüber, wie ich die Hand über dich halten soll, ohne zu lügen.«

»Was willst du von mir hören, Kate?«

»Ich will von dir hören, dass du nicht im Kontakt mit einem Kriminellen stehst. Dass du diesen Kriminellen nicht angeheuert hast, um einen Mann zu beschützen, den du für einen längst verstorbenen Kronzeugen hältst. Dass du nicht mitschuldig an einem Schusswechsel bist, der zum Tod einer unbeteiligten Privatperson und der Krankenhauseinweisung von einem halben Dutzend staatlicher Vertragsmitarbeiter geführt hat. Und ich will, dass es die Wahrheit ist.«

»Ich habe Michael Hendricks nicht angeheuert«, sagte Thompson.

»Das ist ein merkwürdig spezifisches Dementi.«

»Aber es stimmt. Du kannst das notfalls unter Eid aussagen und ich auch.«

»Scheiße, das reicht mir nicht, Charlie! Du redest hier mit mir und nicht mit irgendeinem x-beliebigen Vorgesetzten. Wir teilen das Bett miteinander, Herrgott noch mal. Wir teilen unser *Leben* miteinander. Ich möchte, dass du mir genau sagst, was da läuft.«

»Nein, das möchtest du nicht. Deine Karriere …«

»Wenn dir irgendetwas an meiner Karriere liegen würde – oder deiner –, müssten wir dieses Gespräch nicht führen. Um mich vom Gegenteil zu überzeugen, ist es nötig, dass du mir alles sagst, und zwar *jetzt*.«

»Schön. Du willst die Wahrheit hören? Ich habe Hendricks auf Segreti angesetzt. Mir blieb nichts anderes übrig. Der Rat hätte ihn sonst umgebracht.«

O'Briens Miene drückte Empörung aus. Sie schüttelte fassungslos den Kopf. Ihre Erwiderung kam kaum hörbar heraus, jede Silbe gequetscht unter dem Gewicht ihrer Gekränktheit und Enttäuschung. »Wie lange steht ihr schon miteinander in Verbindung?«

»Gar nicht! Das heißt, erst seit gestern Abend.«

»Aber du wusstest, wie du ihn kontaktieren kannst, und hast diese Information für dich behalten, und das, obwohl es deine verdammte Pflicht ist, ihn zu fassen!«

»Nein, ich wusste nicht, wie ich ihn kontaktieren kann, nicht genau jedenfalls. Ich hatte nur die Vermutung, dass Evelyn Walker über eine Möglichkeit verfügen könnte, ihn zu erreichen, und damit lag ich richtig.«

»Du hättest ihm eine Falle stellen können. Ihn festnehmen können. Mit so einem Erfolg wäre deine Karriere gesichert gewesen.«

»Ach, ist ja komisch«, fauchte Thompson. »Leider habe ich von meiner Vorgesetzten zu hören bekommen, dass jetzt keine Zeit für solche Nebenprojekte ist. Dass all unsere Anstrengungen woanders gefordert sind.«

»Wag es ja nicht, mir das anzulasten. Du bist es, die hier Scheiße gebaut hat.«

»Du weißt so gut wie ich, dass Evelyn Walker mir nie die Kontaktinformationen gegeben hätte, wenn ich die Absicht gehabt hätte, das irgendwie gegen Hendricks zu benutzen, deshalb kam es von vornherein nicht infrage, ihn festzunehmen. Außerdem spielt das alles sowieso keine Rolle, denn als ich mich mit ihm getroffen und ihm die Situation erklärt habe, hat er mir eine Abfuhr erteilt.«

»Sieht aber nicht danach aus.«

»Was willst du hören? Er hat gesagt, dass er nichts damit zu tun haben will. Bis er …« Thompson biss sich auf die Zunge.

»Bis er was?«, fragte O'Brien. Dann ging ihr sichtlich ein Licht auf. »Der Anruf, wegen dem du dich rausgestohlen hast – das war nicht Jess, stimmt's? Es war Hendricks. Du wusstest, dass er irgendetwas plant.«

»Ich hatte keine Ahnung, was er vorhat.«

»Oh, ich schätze, das hast du dir denken können. Er ist ein Auftragskiller, zum Donnerwetter noch mal!«

»Hör zu, ich habe nicht gedacht …«

»Verdammt richtig, du hast nicht gedacht, nicht nachgedacht. Sie werden dich rausschmeißen deswegen, verstehst du. Du kannst froh sein, wenn du nicht noch im Gefängnis landest.«

»Falls sie es herausfinden«, sagte Thompson vorsichtig.

»Ach, jetzt willst du auch noch, dass ich dich schütze? Vorgesetzte und Mitarbeiter anlüge und eine Karriere aufs Spiel setze, für die ich jahrelang hart gearbeitet habe? Wie konntest du mir das antun, Charlie? Wie konntest du *uns* das antun?«

»Wie ich das *konnte?* Wie konntest *du* dich weigern, das Thema Segreti auch nur anzusprechen, als du mit dem Chef telefoniert hast? Wie konntest du es mir abschlagen, ihn selbst aufspüren zu dürfen, wo du doch wusstest, wie viel mir an diesem Fall liegt? Ich meine, ich rede hier von nichts Geringerem als der Möglichkeit, die größte kriminelle Vereinigung in der Geschichte der USA zu zerschlagen, die so weitverzweigt und undurchsichtig ist, dass die meisten Menschen nicht einmal etwas von ihrer Existenz ahnen. Also halt mir keinen Vortrag über Pflichtvergessenheit, wenn du selbst die Augen vor der Chance verschlossen hast, die Segreti für uns darstellt, nur um es dir zu ersparen, ein bisschen Unruhe zu stiften.«

»Ach so, verstehe. Zuerst fällst du mir in den Rücken, und dann nennst du mich einen Feigling?«

»Wenn ich dir in den Rücken gefallen bin, dann höchstens mit demselben Dolch, den du in meinen gestoßen hast.«

O'Brien kniff die Lippen zusammen. Sie zitterte vor Wut. »Geh mir aus den Augen. Du bist ab sofort von deinen Aufgaben entbunden.«

»Ab sofort? Das ist nicht dein Ernst.«

»Doch. Ich vertraue dir nicht mehr, was bedeutet, dass ich dich als Mitarbeiterin nicht gebrauchen kann.«

»Und jetzt? Willst du, dass ich einfach nach Hause gehe und mitten in den Ermittlungen die Hände in den Schoß lege?«

»Nein«, entgegnete O'Brien mit Tränen in den Augen. »Ich will, dass du nach Hause gehst und deine Sachen packst.«

»Du wirfst mich raus?«

»Ich ... ich weiß es nicht. Ich weiß nur, dass ich Abstand brauche, denn im Moment kann ich dich nicht mal ansehen.«

»Kate, ich bitte dich. Du kennst mich doch. Du weißt, dass ich das nicht gewollt habe, schon gar nicht, dass irgendetwas davon auf dich zurückfällt.«

»Ich dachte, ich kenne dich«, sagte O'Brien. »Aber wie sich herausstellt, kenne ich dich kein bisschen.«

35. Kapitel

Als ein lautes Tröten die Stille zerriss, griff Hendricks automatisch nach seiner Waffe. Dann merkte er, dass es aus seinem Handy kam. Cameron, stets die neunmalkluge Technikhexe, hatte offenbar die James-Bond-Titelmusik als Klingelton eingerichtet, als sie im Flugzeug mit dem Ding herumgespielt hatte. Er hatte ihn bisher noch nicht gehört, weil es auf stumm gestellt gewesen war. Jetzt hallten die Trompeten schrill durch den höhlenartigen Raum, und er musste unwillkürlich denken, dass Lester seinen Spaß daran gehabt hätte.

Segreti und er hatten sich in einem Schuppen am Kai verkrochen, in dem Boote überholt und eingelagert wurden. Es stank nach Moder und Toluol, Wasser schwappte gegen die Pfähle in der Nähe, und durch die verdreckten Fenster fiel das bernsteinfarbene Licht der Straßenlampen herein.

Um sie herum standen lauter Jachten in verschiedenen Größen, in weiße Kunststoffhüllen verpackt und auf rostigen Gestellen lagernd, die aussahen wie Kamerastative. Die hohen Rolltore vorn und hinten waren mit Polizeiklebeband versiegelt (das man leicht und sauber mit einem Schablonenmesser durchtrennen konnte, sodass das Siegel bei geschlossener Tür und aus ein paar Metern Entfernung unversehrt wirkte) und mit einem behördlichen Anschlag versehen, der das Gebäude als durchsucht auswies. Die Cops waren hier gewesen und weitergegangen, was es zu einem idealen Versteck machte.

Sie hätten es nie aus dem Presidio herausgeschafft, wenn der Nebel nicht gewesen wäre, der im Laufe der Nacht noch dichter geworden war. Auch wenn es in der Nachbarschaft der Broussards bald von Streifenwagen nur so gewimmelt hatte und die Wachen an den Parkgrenzen gewiss in höchster Alarmbereitschaft waren, hatte die Sichtweite doch nirgends mehr als fünf Meter betragen. Die größte Herausforderung beim Entwischen hatte darin bestanden, den Jaguar nicht um einen Baum zu wickeln.

Sie hatten den Wagen bald darauf auf einem Parkplatz neben dem Palace of Fine Arts zurückgelassen und waren zu Fuß den Hang zum Jachthafen hinuntergelaufen. Nur ein einzelner uniformierter Polizist patrouillierte dort. An ihm vorbeizuschlüpfen war ein Kinderspiel gewesen.

Am Heck einer der größeren Jachten war ein Schlauchboot befestigt gewesen. Hendricks und Segreti hatten es ins Wasser bugsiert, und Hendricks hatte es so weit, wie seine Arme konnten, hinaus in die Bucht gerudert. Als sie ein ganzes Stück vom Ufer weg waren, hatte er den Motor übernehmen lassen und war zusammengezuckt, als der laut rumpelnd ansprang.

Seitdem hatte er die ganze Zeit versucht, Cameron zu erreichen. Per Telefon, SMS, über den E-Mail-Account, den sie für den Fall eingerichtet hatten, dass ihr aus irgendwelchen Gründen das Handy abhanden kam. Doch seine Anrufe blieben unbeantwortet, die Textnachrichten und E-Mails ungelesen. Die vergeblichen Versuche nagten an ihm wie etwas Unerledigtes, ein Kreis, der darauf wartete, geschlossen zu werden.

Hastig ging er ran. »Cameron?«

»Wer ist Cameron?«

Mist. Thompson.

»Niemand. Braucht Sie nicht zu kümmern. Warum zum Teufel rufen Sie mich an?«

»Wollen Sie mich verarschen? Die Nachrichten sind voll von Ihrem Auftritt auf dem Presidio.«

»Ich weiß nicht, wovon Sie reden«, log er automatisch.

»Lassen Sie den Quatsch. Ich habe die Aufnahmen gesehen. Sie waren dort.«

Aufnahmen? Wie bitte? Dann machte es klick. »Verdammte Scheiße«, murmelte er in sich hinein. Dann lauter: »Die Bellum-Mitarbeiter haben Bodycams getragen, stimmt's?«

»Richtig. Was bedeutet, dass Sie den Tod von Lois Broussard, Verschwörung zu einem Terrorakt sowie schwere Körperverletzung in mehreren Fällen Ihrem Lebenslauf hinzufügen können. Die Prognose lautet, dass die Bellum-Männer durchkommen werden, falls Sie sich das gefragt haben.«

»Habe ich nicht. Wenn ich sie hätte umbringen wollen, wären sie tot.«

»So wie Mrs Broussard?«

»Ich habe Lois nicht auf dem Gewissen, das war Yancey.«

»Da bin ich aber so was von erleichtert. Ach nein, oder doch nicht, denn meine Chefin, meine …« Thompsons Stimme versagte kurz, dann nahm sie sich zusammen. »O'Brien weiß jetzt, dass wir Kontakt hatten. Dass ich Sie geschickt habe. Meine Karriere ist gelaufen. Ich könnte ins Gefängnis kommen.«

»Sie kommen nicht ins Gefängnis. Im Gegenteil, die werden wahrscheinlich eine verfluchte Parade für Sie abhalten, wenn Sie ihnen Segreti auf dem Silbertablett servieren und er dieses ganze Durcheinander aufklärt.«

Ein kurzes Schweigen folgte, bevor Thompson darauf reagierte. Leise Hoffnung schwang in ihren Worten mit. »Soll das etwa heißen, Sie haben ihn und er ist bereit auszusagen?«

»Er stellt ein paar Bedingungen, aber im Prinzip ja.«

»Was für Bedingungen?«

»Erstens will er nur mit Ihnen reden, und er will, dass Sie persönlich seinen Schutz organisieren und überwachen.«

»Ich? Wieso das?«

»Er erinnert sich irgendwie an Sie. Hält Sie wohl für einen ehrlichen Charakter.«

»Kann ich mir nicht vorstellen. Als wir miteinander zu tun hatten, war ich noch ein überforderter Grünschnabel.«

»Na ja, möglicherweise habe ich ein bisschen für Sie gebürgt. Ihm bestätigt, dass man Ihnen vertrauen kann. Dass Sie für seine Sicherheit sorgen werden.«

»Okay«, sagte sie, »was noch?«

Hendricks zögerte. »Egal, wo Sie ihn unterbringen, es muss in der Nähe eines Krankenhauses mit einer anständigen Onkologie sein.«

»Sie meinen …«

»Er ist krank.«

»Wie sehr?«

»Schwer zu sagen. Er war das letzte Mal vor sieben Jahren beim Arzt. Die Ärztin meinte, er sei in Remission, aber der Krebs könne jederzeit wieder auftreten. Er ist ziemlich sicher, dass er zurückgekommen ist.«

»Scheiße. Scheiße, Scheiße, Scheiße! Wissen Sie, wie schwer es ist, eine Anklage nur auf der Videoaussage eines kriminellen Zeugen aufzubauen?«

»Nein. Meine Methoden sind da etwas direkter.«

»Ihre Methoden sind ungesetzlich.«

»Das ist es auch, bei Rot über die Straße zu gehen. Aber manchmal bleibt einem nichts anderes übrig, wenn man es eilig hat. Betrachten Sie seine Krankheit als Motivation, die Anklage zeitnah durchzubringen.«

»Sonst noch was?«

»Ja.« Er nannte ihr Segretis übrige Forderungen. »Also, was meinen Sie? Können Sie das hinkriegen?«

»Ich … ich glaube schon.«

»Sie glauben?«

»Na ja, ich bin zurzeit nicht gerade gut angeschrieben beim Bureau, aber ich werd's versuchen.«

»Gut«, sagte Hendricks.

»›Gut‹ soll heißen, Segreti macht es?«

»›Gut‹ heißt, ich rede mit ihm und höre, was er dazu sagt.«

»Danke«, sagte sie. »Passen Sie auf sich auf dort draußen. Und versuchen Sie, auf niemanden mehr zu schießen.«

»Ich tu mein Bestes.«

Er legte auf. Segreti neben ihm fragte: »Und, wie ist es gelaufen?«

»Etwa so gut, wie zu erwarten war.«

»Sind Sie okay? Sie sehen nicht gerade fit aus.«

»Geht schon«, antwortete Hendricks, obwohl er ziemlich

sicher war, dass seine Wunde sich infiziert hatte. Ihm tat alles weh, und er fühlte sich fiebrig. Seine Haut war schweißfeucht und strahlte Hitze aus. Er verschränkte die Arme, um ein Frösteln zu unterdrücken. »Im Augenblick mache ich mir vor allem Gedanken darum, wie ich Sie lange genug am Leben erhalte, um Sie Thompson zu übergeben.«

»Danke, aber ganz ehrlich, ich würde sofort mit Lois tauschen, wenn ich könnte.«

»Waren Sie beide, äh …«

Segreti machte ein bestürztes Gesicht. »Nein! Nichts dergleichen. Nicht, dass ich nicht gewollt hätte … es war nur … ich habe sie in ziemlich schlechter Verfassung angetroffen. Ihr Mann war auf der Brücke, als der Schlepper dagegenknallte.«

»Herrje.«

»Ja. Wir haben uns quasi zufällig kennengelernt. Ich dachte, ich breche in ein leeres Haus ein, aber dann stellt sich heraus, dass ich sie gestört habe, als sie sich gerade umbringen wollte. Sie meinte, dass das vielleicht so sein sollte, dass Gott mich geschickt hat, um sie zu retten. Normalerweise hab ich mit so was nichts am Hut, aber ich wollte es selbst gern glauben. Sie war eine nette Frau. Ein guter Mensch. Sie hat die Welt ein bisschen besser gemacht, und ich sagte mir, wenn ich dazu beigetragen habe, sie hierzubehalten, war mein Leben am Ende vielleicht nicht ganz so wertlos.«

»Haben Sie sich deshalb vor sieben Jahren gestellt? Weil Sie etwas wiedergutmachen wollten?«

»Ja. Nein. Ich weiß es nicht. Ich meine, meine Ärztin hat vor acht Jahren die Krebsdiagnose gestellt. Hat mich eine OP, Chemo, Bestrahlung durchmachen lassen. Es war die Hölle, aber als ich es hinter mir hatte, dachte ich, ich hätte den Mist besiegt. Es war also nicht so, dass ich dachte, ich müsste meine Seele fürs Himmelreich bereit machen oder so was. Eher hatte ich das Gefühl, eine zweite Chance bekommen zu haben. Als wäre der Krebs so was wie ein Warnschuss vor den Bug gewesen. Jedenfalls hatte ich mich verändert. Und das Geschäft veränderte sich auch immer mehr. Ich musste feststellen, dass mir nicht mehr wohl dabei war.«

Hendricks nickte. Das verstand er. Das einschneidende Erlebnis, das ihn verändert hatte, war ebenfalls eine Konfrontation mit der Sterblichkeit gewesen. Nicht seiner eigenen, sondern der eines jungen Soldaten, dem er die Kehle durchgeschnitten hatte. Der Mann, fast noch ein Junge, war voller Furcht in seinen Armen gestorben, während sein Blut zwischen seinen Fingern hindurchgeflossen war.

Schaudernd vertrieb er die Erinnerung. Schrieb die Gänsehaut seinem Fieber zu. »Was meinen Sie damit, dass das Geschäft sich immer mehr verändert hat?«

»Sehen Sie, ich bin keiner, der Ausreden für seine Taten erfindet. Ich war ein Verbrecher. Ein Mörder. Und es hat mir Spaß gemacht. Nicht das Töten an sich, wohlgemerkt, doch das gehörte nun mal dazu, war der Preis des Erfolgs. Jeder Mafioso auf dem Planeten weiß, wenn er sich einmal auf die Sache eingelassen hat, muss er mitspielen. Wenn er nicht clever genug, vorsichtig genug, gut genug ist, geht er hops. Aber das Leben, das man da führt, das Leben ist verdammt großartig. Und wir haben auch genug Gutes bewirkt, sodass ich nachts ruhig schlafen konnte.«

Hendricks sah ihn ungläubig an. »Gutes bewirkt?«

»Allerdings, Mann. Da können die Freunde und Helfer noch so sehr tun, als wäre das organisierte Verbrechen eine Geißel der Gesellschaft, Tatsache ist, dass wir einen verdammten Zweck erfüllen. In manchen Stadtteilen ist die Mafiafamilie oder die Gang oder was auch immer alles, was die Bewohner haben. Wir sorgen für Ordnung in den Vierteln, in die sich die Polizei nicht reintraut. Sorgen dafür, dass man sich wieder sicher auf den Straßen bewegen kann.«

»Ja, klar, ihr seid verdammte Heilige.«

»Behaupte ich ja nicht. Wir haben unseren Anteil kassiert. Wir sind reich geworden. Aber die Familie, in der ich groß geworden bin, hatte ihre Regeln: keine Drogen, keine Mädchen und keine Toleranz für Leute, die auf unserem Gebiet damit handeln wollen. Ob wir Schutzgelder von den örtlichen Geschäften kassiert haben? Darauf können Sie wetten. Aber wissen Sie was? Dieses Geld haben wir uns *verdient*. In zwanzig Jahren gab es in meiner Nachbarschaft vielleicht fünf Überfälle. Schätzungsweise doppelt so viele Fälle von Vergewaltigung und Straßenraub. Und wollen Sie wissen, wie viele davon von den Cops aufgeklärt wurden? Kein einziger. Aber dank mir und meiner Leute hat jeder von diesen Drecksäcken dafür bezahlt.«

»Also, was ist passiert? Wie kam's, dass Sie auf einmal mit dem FBI reden wollten?«

»Früher ging's beim Geschäft auch um die Gemeinschaft. Wir haben für das gesorgt, was die Cops und die legalen Unternehmen nicht liefern konnten oder wollten. Aber dann sind wir gierig geworden. Wir gaben uns ein Führungsgremium, hörten auf, wie ein Konglomerat von Familienunternehmen zu denken, und fingen an, uns als scheißglobaler Konzern zu sehen. Hörten auf, uns um unsere eigenen Leute zu kümmern. Wir handelten mit allem, was Geld einbrachte. Das fing in den Siebzigerjahren mit Drogen an. Heroin, Koks, Crack. Dann kamen die Waffen dazu – wir verkauften an Straßengangs, Extremisten, durchgeknallte Sektenführer, jeden, der die nötige Kohle hatte. War nicht so, dass wir sie nach ihren Absichten gefragt hätten. Dann ging's mit den Mädchen los. Größtenteils unfreiwillige Nutten. Ins Land gebracht und wie Scheißhaustiere gehalten, nur dass wir unsere Haustiere nicht mit irgendwelchem Mist vollstopfen, um sie gefügig zu halten. Ehe wir's richtig mitbekamen, sind unsere Gemeinwesen von innen verrottet, aber das war uns egal, denn wir waren so reich wie nie. Und dann wollte der Rat noch höher hinaus.«

»Das heißt?«

»Das heißt, einige Ratsmitglieder kamen auf den Trichter, dass wir unsere Betriebskosten senken konnten, wenn wir international tätig wurden. Auf einmal bestachen wir Abgeordnete und Bürokraten in Sarajevo, Amsterdam, Johannesburg. Machten Deals mit verdammten Warlords, um Mädchen gegen Waffen einzutauschen. Sahen in den Abendnachrichten, wie unsere Waffen gegen die Armen und Hilflosen eingesetzt wurden. Ich konnte es nicht mehr ertragen. Dann bin ich krank geworden, was auf eine Art ein Segen war, weil es mich vom Tagesgeschäft befreite. Aber der junge Schnösel, der mich während meiner Behandlung vertrat, hatte die Absicht, seine neue Position zu behalten, und er hatte einen dubiosen Partner, der uns angeblich in die Legalität führen und uns reicher machen konnte, als wir es uns in unseren kühnsten Träumen vorstellten – vorausgesetzt, wir machten diesen Partner zum Vorsitzenden.«

»Und wer war das?«

»Wenn ich das wüsste. Er muss allerdings einflussreich genug gewesen sein, dass der Rat seinen Versprechungen glaubte, denn ehe ich mich's versah, wurde ich ohne Rückfahrkarte in die Wüste geschickt. Ich bin knapp mit dem Leben davongekommen, und danach bin ich direkt zu den Feds gegangen. Wie es weiterging, wissen Sie ja.«

»Schon, aber was ich nicht weiß, ist, wie Sie die Explosion in dem geheimen Haus überlebt haben.«

»Jemand mit einem reineren Gewissen als ich könnte von göttlicher Vorsehung reden. Ich denke, es war nichts als pures Scheißglück. Ich war gerade im Keller unten, als die Bombe hochging, hab Wäsche gewaschen, stellen Sie sich vor. Das halbe Haus ist um mich herum eingestürzt, aber irgendwie bin ich davongekommen.«

»Aber hat man nicht DNA von Ihnen gefunden?«

»Sobald die Feds erfuhren, dass ich Krebs hatte, zogen sie unter der Hand einen Arzt hinzu. Er hat ein paar Proben entnommen, die ins Labor geschickt werden sollten. Sie lagen zum Zeitpunkt des Knalls noch auf dem Küchentresen. Es kam mir wie ein Geschenk des Himmels vor, als ich davon hörte. Zuerst dachte ich daran, die Schweine zur Strecke zu bringen, die versucht hatten, mich umzubringen. Dachte daran, sie dafür bezahlen zu lassen. Doch dann sagte ich mir, scheiß drauf – vielleicht ist tot zu sein das Beste, was mir je passiert ist. Vielleicht kann ich noch mal neu anfangen. Meine restlichen Tage in Frieden verbringen. Ich hatte immer davon geredet, nach San Francisco zu ziehen, wenn ich mich mal aus dem Geschäft zurückgezogen hatte, und genau das tat ich dann.«

Hendricks beneidete Segreti um seinen Neuanfang. Er wünschte, er hätte es sich erlauben können, einfach so abzutauchen. Andererseits war auch Segreti nicht so weit abgetaucht, wie er gedacht hatte. »Was war eigentlich Ihre genaue Funktion beim Rat?«

»Es gibt keine richtige Bezeichnung dafür, aber ich habe immer gesagt, ich bin ›des Teufels Vollstrecker‹. Ich habe dafür gesorgt, dass das Wort des Rats Tat wurde.«

»Wenn der Rat also zum Beispiel einen Killer beauftragen wollte, um ein Problem aus der Welt zu schaffen …«

»… war ich derjenige, der ihn engagierte, genau.«

»Der Typ, der Sie rausgedrängt hat, wie hieß der?«, fragte Hendricks scheinbar beiläufig, doch Segreti war zu schlau, um darauf hereinzufallen.

»Ich sag Ihnen was. Zuerst liefern Sie mich sicher bei dieser Agent Thompson ab, dann verrate ich Ihnen seinen Namen.«

»Abgemacht«, sagte Hendricks. »Tun Sie mir nur einen Gefallen und sterben Sie nicht vorher.«

36. Kapitel

Cameron erwachte in einem tristen, engen Raum, kaum mehr als eins dreißig breit. Eine nackte Glühbirne war in die Halterung über ihr geschraubt, und der Fußboden, auf dem sie saß, senkte sich zu einem Abfluss in der Mitte ab. Die Wand, an die man sie gelehnt hatte, war voller Feuchtigkeitsflecken und roch nach Reinigungsmitteln. Ein Stahlwaschbecken ragte daraus hervor.

Eine Putzkammer, erkannte sie.

Allerdings war sie vollkommen leer. Keine Wischer, keine Werkzeuge, keine Flaschen mit Putzmitteln, nichts, was sie als Waffe benutzen könnte. Nicht dass sie in der Verfassung gewesen wäre zu kämpfen. Ihr Kopf pochte, ihre Glieder schmerzten, und es fiel ihr schwer, einen klaren Gedanken zu fassen.

Sie rüttelte an der Tür. Abgeschlossen. Sie hämmerte eine Weile dagegen und schrie sich heiser, aber niemand kam.

Ungefähr eine Stunde später ging die Tür auf. Das grelle Neonlicht aus dem Flur überfiel sie. Ein Mann mit irrem

Blick, dreckigen Klamotten und Cowboystiefeln stand davor und sprach mit dem Leiter des Krankenhaus-Sicherheitsdienstes. Dessen Nase war mit einem dicken Verband umhüllt, und als er zu ihr hinsah, verzerrte sich sein Gesicht vor Wut.

»Sie gehört Ihnen, Mr Yancey, aber passen Sie auf, sie ist kratzbürstiger, als sie aussieht.«

Sie zogen sie auf die Beine und fesselten ihr die Hände mit Kabelbinder auf den Rücken. Dann zerrte Yancey sie zu einem Personaleingang hinaus und wies sich gegenüber allen, die ihnen begegneten, als Polizeibeamter aus, damit niemand ihre Hilfeschreie ernst nahm.

Als sie über den Parkplatz auf Yanceys Mietwagen zugingen, wurden sie sogleich vom Nebel verschluckt. Cameron gelang es, sich seinem Griff zu entwinden, während er mit einer Hand die hintere Tür öffnete, doch er packte sie am Kragen und schlug ihr die Faust ins Gesicht. Sein Ring ließ ihre Wange aufplatzen wie eine überreife Tomate, und sie sackte benommen auf dem Asphalt zusammen. Er trat sie, bis sie das Bewusstsein verlor, und wahrscheinlich noch ein bisschen länger.

Als sie wieder zu sich kam, lag sie der Länge nach auf dem Rücksitz, hatte etwas, das sich wie ein Paar Socken anfühlte, im Mund, und die Füße waren nun ebenfalls gefesselt. Ihre Arme kribbelten durch die mangelnde Durchblutung, und bei jedem Atemzug taten ihr die Rippen weh. Ihr Gesicht war mit klebrigem, geronnenem Blut überzogen und derart geschwollen, dass sie das linke Auge kaum aufbekam.

In dem Cadillac stank es nach Zigarettenqualm. Unten holperte Straßenpflaster vorbei. Yancey telefonierte.

»… wird verdammt noch mal auch Zeit, dass sich was tut. Bleibt auf Position, bis ich komme, ich will dabei sein, wenn ihr reinstürmt.« Eine Pause. »Nein, ich rufe den Chef selbst an und gebe ihm Bescheid.«

Sie rumpelten über Bahngleise, und Cameron wurde für einen kurzen Moment in die Luft gehoben. Ihre Wange prallte beim Landen gegen die Armlehne. Es tat so weh, dass ihr die Tränen in die Augen schossen und sie unwillkürlich aufschrie, was jedoch von dem Knebel erstickt wurde.

Irgendwann – nach fünf Minuten? einer Stunde? – kam der Caddy schaukelnd zum Halten. Yancey drehte sich mit einer Hand auf der Kopfstütze des Beifahrersitzes zu ihr um und bedachte sie mit einem manischen Grinsen. Seine Backen waren hitzig rot, die Augen aufgerissen. »Bleib schön ruhig liegen, Schätzchen. Daddy muss jetzt was erledigen, aber keine Angst, er kommt bald wieder. Und dann werden wir zwei beide deinen Freund bezahlen lassen.«

Er drückte die Kindersicherung für hinten und stieg aus.

Sobald sie halbwegs sicher sein konnte, dass er weg war, begann Cameron, sich zu bewegen.

»Wie ist die Lage?«, keuchte Yancey, außer Atem nach seinem Trab über den Parkplatz. Er hatte den Mietwagen um die Ecke geparkt, weil er es nicht riskieren konnte, dass das Mädchen den Einsatz gefährdete, indem sie Lärm machte oder etwas sah, das sie nicht sehen sollte.

»Die Wärmesignaturen weisen auf zwei Personen im Innern hin, was mit unseren Informationen übereinstimmt«, sagte Osborne, der Mann, der ihn angerufen hatte.

»Bewaffnet?«

»Schwer zu sagen. Sieht für mich aus, als würden sie schlafen. Soweit wir erkennen können, haben sie keine Ahnung von unserer Anwesenheit.«

Der Imam hatte, wie sie jetzt wussten, die Wahrheit gesagt; er hatte nichts mit dem Bombenanschlag oder den Attentätern zu tun. Yancey allerdings war das von vornherein klar gewesen, genauso wie die Tatsache, dass die verdächtigen Männer während ihres Aufenthalts in der Stadt tatsächlich diese Moschee besucht hatten. Dessen ungeachtet hatte der Imam, nach einigem Überreden, eine Liste mit Namen von Gemeindemitgliedern ausgespuckt – buchstäblich sozusagen, zusammen mit einem Liter Starkbier und seinem Mageninhalt –, die Verfechtern von extremistischen Ansichten möglicherweise wohlwollend gegenüberstanden. Ein Bellum-Team war zu jedem davon entsandt und die Prozedur wiederholt worden, bis eine der Befragungen Früchte getragen hatte. Früchte in Form einer Adresse. Der Mann, der sie ihnen genannt hatte, war zusammen mit seiner Familie in Gewahrsam genommen worden, bis Yanceys Leute feststellen konnten, ob seine Information korrekt war.

An der Adresse in South San Francisco stand eine mit Rollläden verschlossene Autowerkstatt. Laut Bellums Quelle versteckten sich dort die übrig gebliebenen Mitglieder des »Wahren islamischen Kalifats« und planten ihren nächsten Anschlag.

War kein Wunder, dass das Geschäft nicht lief, dachte Yancey, denn die Werkstatt lag in einer öden Gegend voller Selfstorage-Schuppen, Lagerhäuser und alter Fabriken, die von Eisenbahngleisen in merkwürdigen Winkeln durchschnitten wurde.

Aber das war gut so.

Es bedeutete weniger Zeugen.

»Sind Ihre Männer in Position?«, fragte Yancey.

»Ja, Sir. Wir haben Teams an allen drei Eingängen und Scharfschützen auf den angrenzenden Dächern stationiert. Wir warten nur auf grünes Licht von Ihnen.«

»Haben Sie hiermit«, sagte Yancey.

Osborne gab den Befehl zum Zugriff. Seine Männer stürmten alle drei Eingänge zugleich. Einen Moment lang herrschte totales Chaos, Schreien, Brüllen, hektische Kampfhandlungen. Yancey blieb zurück und machte sich auf Schüsse gefasst, doch es kamen keine. Innerhalb von wenigen Sekunden war alles vorbei, die Männer drinnen überwältigt, ohne dass ein einziger Schuss gefallen war.

»Gesichert?«, rief Yancey von draußen.

»Gesichert!«

Er warf seine Zigarette auf den Boden und trat sie mit dem Stiefel aus. Hob die Kippe auf und steckte sie in die Tasche, ehe er hineinging.

Zwei Araber lagen an Händen und Füßen gefesselt mitten im Raum auf dem Bauch, ihre Rücken durchgebogen, die Knöchel in der Luft. Feste Knebel zogen ihre Münder in die Breite. Beide waren sie jung, dünn und hohläugig. Einer lag still, der andere weinte. Umgeben von bewaffneten Männern in Kampfausrüstung sahen sie eher verängstigt als beängstigend aus. So war es immer, dachte Yancey. Am Ende hatte sich jedes Monster, dem er je begegnet war, als ein Mensch voller Hoffnungen, Ängste und geistiger wie körperlicher Schwächen erwiesen. Was aber nicht hieß, dass es nicht trotzdem Monster waren.

Taschenlampenstrahlen zuckten durch die dunkle Werkstatt, als seine Männer sie durchsuchten. Es roch nach Schweiß und Motorenöl. Drei Schlafsäcke lagen neben den Gefesselten, zwei offen und zerwühlt, einer ordentlich zusammengerollt, die Nylonriemen so festgezurrt, dass die Enden auseinanderklafften. Ein Campingkocher und ein paar Blechtöpfe standen in der Nähe, darum herum leere Dosen – Spaghetti in Tomatensoße, Fruchtcocktail, Coca-Cola. Lustig, zu denken, dass Terroristen wie Vierjährige aßen. Yancey fragte sich, ob solches Essen als halal galt. Vielleicht war das ihrem Gott aber auch egal. Vielleicht hatten sie sich durch das Zerbomben der Brücke ihre Jungfrauen auf jeden Fall verdient und konnten essen, was sie wollten.

»Sir!«, rief einer der Männer. Welcher, wusste Yancey nicht. Durch die mattschwarzen Schutzhelme und -masken waren sie nicht voneinander zu unterscheiden.

»Was gibt's, Sohn?«

»Sehen Sie sich das hier an.«

Der Mann leuchtete mit seiner Taschenlampe über einen digitalen Camcorder auf einem Stativ und ein dreckiges Bettlaken, das als improvisierter Hintergrund an der Wand angebracht worden war. Neben dem Laken stand eine Werkbank. Yancey ging hinüber und inspizierte sie. Zwei Kampfmesser lagen darauf. Drei Handfeuerwaffen. Eine Kalaschnikow. Eine MAC-10-Maschinenpistole. Diverse Karten, Baupläne und Bombenschemata. Ein in Plastikfolie verpackter Ziegel Plastiksprengstoff, dunkelorange wie Cheddar aus Wisconsin. Und zwei halb fertige Sprengstoffwesten, geschmückt mit Borten aus buntem Draht und gespickt mit Kugellagern.

Yancey stocherte an den Gürteln herum. Besah sich die Schemata genauer. Wog die MAC-10 in der Hand. Warf das Stangenmagazin aus, lugte in die Öffnung und schob es mit einem Klicken wieder hinein. Dann trottete er hinüber zu den Terroristen und hockte sich neben sie, damit er ihnen ins Gesicht sehen konnte.

»'n Abend, Gentlemen«, sagte er. »Lange nicht gesehen.«

Einer der beiden starrte ihn mit hassblitzenden Augen an. Der andere hatte die Lider fest geschlossen. Tränen liefen ihm über die Wangen.

»Meine Güte, Waheeb, ich hätte dich nie für so einen Jammerlappen gehalten. Du solltest dir ein Beispiel an Al-Nasr hier nehmen und dich wie ein Mann benehmen. Ist ja zum Fremdschämen, wie du dich aufführst.«

Al-Nasr wollte etwas erwidern, wurde aber von dem Knebel daran gehindert. Yancey beobachtete ihn ein Weilchen amüsiert und entfernte dann den Knebel.

»Sie dürfen nicht so reden mit Waheeb«, sagte er mit starkem Akzent. »Er ist zehnmal mehr Mann als Sie.«

»Wenn du meinst«, sagte Yancey. »Da ihr beiden noch am Leben seid, vermute ich, dass Bakr das Boot gesteuert hat. Heißt das jetzt, dass er die Arschkarte oder das große Los gezogen hat? Ich weiß nie, ob ihr Leute es wirklich ernst damit meint, für euren Gott zu sterben, oder ob ihr euch alle bloß an die Brust schlagt und insgeheim hofft, dass einer von euren Kumpels sich freiwillig meldet.«

»Bakr war ein Held«, sagte Al-Nasr. »Er ist ehrenvoll gestorben. Wir sollten alle so viel Glück haben.«

»Findest du? Ich finde nämlich, er war ein elender Feigling, der ohne Grund einen Haufen Leute umgebracht hat. Ein wertloses Stück Scheiße, zu dumm, um zu merken, dass er sein ganzes erbärmliches Leben lang in die Irre geführt worden ist. Ich wette, er hatte wortwörtlich die Hosen voll, als er starb.«

»Mir ist klar, dass Sie sein Opfer nicht begreifen.«

»Ich sag dir mal, was *mir* klar ist. Mir ist klar, dass Bellum euch hergebracht hat, um euch besser für den Kampf gegen Assad auszubilden, und ihr uns im Gegenzug Insiderinformationen und feie Bahn innerhalb eures Territoriums zugesagt habt. Mir ist klar, dass ihr aus der geheimen Wohnung, die wir für euch organisiert haben, verschwunden seid, und zwar etwa zu der gleichen Zeit, als ein ansehnlicher Vorrat an Semtex aus unserem Ausbildungszentrum verschwunden ist.

Mir ist klar, dass ein Mitglied der Stadtteilmoschee, die ihr von uns empfohlen bekommen habt, euch gesteckt hat, dass der Laden hier leer steht und ihr euch hier verkriechen könnt, ohne aufzufallen. Was mir *nicht* klar ist, das ist, warum ihr beschlossen habt, uns zu verkackeiern, oder woher ihr den Schlepper und die Bombenbaupläne hattet, denn die stammen verdammt scheißsicher nicht von uns.«

»Sagen wir einfach, wir haben ein paar sehr großzügige Freunde.«

»Ach, und da dachte ich, *wir* wären eure Freunde. Aber offenbar beißt ihr lieber die Hand, die euch füttert, als euer Heimatland von Unterdrückung zu befreien.«

»Sie denken, wir schulden Ihnen Loyalität?« Al-Nasrs Gesicht drückte pure Verachtung aus. »Wir schulden Ihnen gar nichts. Allah wird uns belohnen für das, was wir getan haben.«

»Echt? Na, dann grüßt ihn mal schön von mir.« Yancey hob die MAC-10 und jagte einen Kugelhagel in Al-Nasr und Waheeb. Er ließ den Abzug nicht los, bis die Pistole leer klickte und die beiden Syrer kaum mehr als Fleisch und Knorpel waren.

Die Bellum-Männer kamen herbeigerannt, nahmen aber ihre Waffen herunter, als sie merkten, dass keine Gefahr bestand. Yancey dröhnten die Ohren. Die Werkstatt stank nach entleerten Gedärmen und verschossener Munition.

Osborne packte Yancey zornesrot am Kragen. Er übertraf ihn um acht Zentimeter an Körpergröße und gut zwanzig Kilo an Muskelmasse. »Verdammt noch mal, was soll der Scheiß?«, brüllte er.

Yancey ließ die MAC-10 fallen und legte die Hand an den Holzgriff seines Revolvers. »Nehmen Sie Ihre gottverdammten Flossen weg. Wir hatten klare Anweisungen.«

»Aber wenn wir dazu gekommen wären, diese Arschlöcher zu verhören, hätten wir vielleicht herausgefunden, wer ihnen bei der Ausführung des Anschlags geholfen hat!«

»Klar, es sei denn, die Feds hätten spitzgekriegt, dass wir Verdächtige in Gewahrsam haben, und sie uns abgenommen, bevor sie den Mund aufgemacht hätten. Was glauben Sie, was los wäre, wenn alle Welt erfahren würde, dass Bellum diese verdammten Turbanträger unter falschem Vorwand ins Land gebracht und ihnen Zugang zu Sprengstoff ermöglicht hat? Ich schätze mal, dieses Szenario würde mit Gefängnisstrafen enden, und ich bin nicht scharf darauf, die Matratze für den Abschaum zu spielen, den ich zwanzig Jahre lang gejagt habe.«

»Als wir sie hierhergebracht haben, konnten wir nicht wissen, dass sie vorhatten, uns zu hintergehen.«

»Hören Sie sich mal selbst zu. Glauben Sie wirklich, das würde jemanden interessieren? Je länger diese zwei am Leben geblieben wären, desto größer die Gefahr, dass Bellums Rolle bei dem Anschlag, wie unbeabsichtigt auch immer, aufgedeckt worden wäre. Wenn Sie sie einfach beim Reingehen abgeknallt hätten, brauchten wir diese Diskussion nicht zu führen.«

»Wir sind nicht dafür ausgebildet worden, Menschen zu erschießen, die keine Bedrohung darstellen.«

»Tja, dann sollten Sie mir dafür danken, dass ich Ihnen die Mühe erspart habe.«

»Ich Ihnen danken? Sie sind doch …«

Yancey brachte ihn mit erhobenem Finger zum Schweigen. Sein Handy brummte in seiner Jackentasche. Er nahm es heraus und ging ran. »Hallo, Mr Wentworth. Ja, es ist erledigt. Danke, Sir, aber das Lob gebührt vor allem unserem Einsatzteam, die Männer haben gute Arbeit geleistet.« Er hielt das Mikro des Handys zu und sagte zu Osborne: »Möchten Sie noch etwas hinzufügen, oder sind wir uns einig?«

Osborne kochte, sagte aber nichts mehr.

Yancey beendete das Gespräch. Dann kniete er sich hin, zog ein Taschentuch heraus und wischte damit seine Fingerabdrücke von der MAC-10 ab.

»Durchkämmt den Laden hier von oben bis unten«, sagte er. »Nehmt das Semtex und alles andere mit, das auf Bellum zurückgeführt werden könnte, und sucht in Teams die umliegenden Gebäude nach Zeugen und Kameras ab.«

»Das könnte die ganze Nacht dauern.«

»Dann dauert es eben die ganze Nacht. Wir sind hier auf der Zielgeraden, mein Sohn. Wir wollen doch jetzt nicht noch stolpern, weil wir nicht richtig aufgepasst haben.«

»Jawohl, Sir«, antwortete Osborne mit zusammengebissenen Zähnen.

»Guter Mann.« Yancey klopfte ihm herablassend auf die Schulter, ging zur Tür und zündete sich eine neue Zigarette an, als er wieder in den Nebel hinaustrat.

Cameron saß in der fauligen Brühe, die aus einer verrosteten Mülltonne gesickert war, und versuchte, ihre Fesseln an dem gezackten Rand des Lochs durchzusägen. Sie sah nicht, was sie tat, weil ihre Hände auf den Rücken gebunden waren, aber ihre Handgelenke brannten bei jeder Abwärtsbewegung, und von ihren Fingern troff das Blut.

Ich krieg die Krise, wenn ich das hier überlebe, nur um dann an Tetanus zu sterben, dachte sie.

Kaum dass Yanceys Schritte im Nebel verklungen waren, hatte sie sich in die Fötusstellung gekauert und versucht, ihre Hände nach vorn zu bringen, indem sie sie an ihrem Hintern vorbeiführte und die Beine hindurchsteckte. Doch sie war zu eng gefesselt, das V ihrer Arme zu schmal.

Die Anstrengung hatte sie erschöpft, zumal sie durch die zusammengeknüllten Socken in ihrem Mund und ihre blutverkrustete Nase kaum Luft bekam. *Wenn ich hier rauskommen will,* dachte sie, *muss ich irgendwie diese verfluchten Socken loswerden.*

Sie hatte den Mund so weit aufgesperrt, wie es ging, und mit der Zunge gegen die Socken gedrückt. Es schien ewig zu dauern, aber irgendwann schaffte sie es, sie herauszuwürgen. Sie leckte sich die trockenen Lippen und spuckte Fusseln auf den Rücksitz.

Yancey hatte die Kindersicherung hinten aktiviert, und gefesselt, wie sie war, hatte sie keine Chance, nach vorn zu klettern, um die Tür zu öffnen. Also blieb ihr nur eine Möglichkeit ... und die war mit Lärm verbunden.

Cameron rutschte in die richtige Position, zog die Knie an die Brust und trat so fest sie konnte gegen das rechte hintere Seitenfenster.

Das Auto wackelte, ihre Beine schmerzten, aber das Fenster zerbrach nicht.

Sie versuchte es wieder. Immer noch nichts.

Salven aus einer automatischen Waffe hallten durch die Nacht. Cameron erschauerte vor Furcht und zwang sich, nicht zu weinen. Dann verdoppelte sie ihre Anstrengungen.

Beim siebten Stoß zerschmetterte die Scheibe. Sie holte Schwung und warf sich durch die Öffnung, landete mit dem Gesicht nach unten auf dem Asphalt.

Im ersten Moment löschten die Schmerzen alles andere aus. Sie brauchte jedes Fünkchen Willenskraft, um nicht zu schreien.

Mit etwas Unterstützung durch das Auto schaffte sie es aufzustehen. Sie versuchte davonzuhüpfen, stürzte aber bald und war gezwungen, auf dem Bauch weiterzukriechen. Der

Nebel hüllte sie ein. Schließlich schlängelte sie sich um eine Ecke, außer Sicht vom Parkplatz und dem Wagen.

Sie fand sich in einer schmalen Seitengasse wieder, die in lange Schatten getaucht war und nur schwach von den entfernten, umnebelten Straßenlampen beleuchtet wurde. Ihr erster Gedanke beim Kriechen hinter den Müllcontainer war, sich einfach dort zu verstecken, aber dann hatte sie das Loch entdeckt und gehofft, dass die Ränder scharf genug waren, um damit die Fesseln zu durchtrennen.

Jetzt fragte sie sich, was das für Schüsse gewesen waren. Hoffte, dass Yancey getötet worden war. Trotzdem sägte sie beständig weiter, denn ihr Gefühl sagte ihr etwas anderes.

Dann hörte sie Geräusche hinter der Ecke, ein unterdrücktes Fluchen und das frustrierte Schlagen einer Faust auf ein Autodach, und wusste, dass er zurück war. Sie erstarrte und atmete so leise sie konnte.

Sekunden vergingen, vielleicht auch Stunden oder Jahre. Irgendwann stieg ihr Zigarettenrauch in die Nase, und eine nahe Stimme sagte: »*Da* bist du, du kleines Miststück. Hatte ich nicht gesagt, dass ich gleich wiederkomme?«

Cameron duckte sich und trat mit ihren gefesselten Füßen nach ihm, als er heran war. Er schlug ihre Beine beiseite, zerrte sie an den Haaren hoch und boxte sie zweimal fest in den Bauch.

Die Luft entwich zischend aus ihr wie aus einem Blasebalg. Sie krümmte sich vor Qual, und Yancey nutzte ihre Vorwärtsbewegung, um sie sich über die Schulter zu werfen und zurück zum Auto zu tragen.

Als er sie in den Kofferraum stopfte, flehte sie: »Bitte bringen Sie mich nicht um.«

»Keine Sorge, Kleines. Ich bring dich nicht um – jedenfalls nicht, bis du mir geholfen hast, Segreti zurückzukriegen.«

37. Kapitel

»Ich muss mit Ihnen reden.«

Eine männliche Stimme, reibeisenartig vom Rauchen. Aber es war Camerons Nummer.

»Woher haben Sie dieses Handy?«, fragte Hendricks.

»Genau darüber müssen wir reden. Sehen Sie, ich habe Ihr Mädchen.«

Hendricks rutschte das Herz in die Magengrube. »Welches Mädchen?«

»Komm schon, Blödmann, du weißt, welches Mädchen. Süßes kleines Ding. Frisches Gesicht, hat's faustdick hinter den Ohren. Na ja, nicht mehr ganz so süß und frisch, seit ich sie in die Finger bekommen habe, um ehrlich zu sein. Jedenfalls hat sie Ihre Nummer unter den Kontakten und sonst keine.«

»Diese Kleine bedeutet mir nichts«, bluffte Hendricks. »Sie ist ein Groupie, eine Amateurin. Ein verwöhntes reiches Ding auf der Suche nach Nervenkitzel. Ich versuche schon seit einer Woche, sie loszuwerden.«

»Tatsächlich.«

»Ja.«

»Warum zeigt ihr Telefon dann zwölf verpasste Anrufe von Ihnen an?«

Hendricks atmete einmal tief durch. »Warum kommen wir nicht einfach gleich zur Sache, und Sie sagen mir, was Sie wollen?«

»Ist eigentlich ganz simpel. Ich habe jemanden, für den Sie sich interessieren, Sie haben jemanden, für den ich mich interessiere. Scheint mir naheliegend, dass wir tauschen sollten.«

»Wie kommen Sie darauf, dass ich Segreti einfach so hergebe?«

»Tun Sie's nicht, stirbt die kleine Schlampe hier, und zwar schön langsam.«

»Das behaupten Sie. Woher weiß ich, dass sie nicht schon tot ist?«

Ein Rascheln am anderen Ende und wieder die Raucherstimme, vom Mikrofon abgewandt: »Sag deinem Kumpel Hallo, Schätzchen.«

»M-M-Michael?« Hendricks zog sich das Herz zusammen, als er das Beben in Camerons Stimme hörte.

»Hallo, Kid. Bist du okay?«

»Glaub Yancey nicht, egal, was er dir …«

Sie hatte das schnell hervorgestoßen, aber genauso schnell entriss Yancey ihr das Telefon wieder. »Ich denke, das genügt fürs Erste«, sagte er. »Also, wo und wann wollen Sie den Austausch vornehmen?«

»Ich habe noch nicht gesagt, dass ich es mache.«

»Oh, Sie machen es, und an Ihrer Stelle würde ich nicht zu lange überlegen. Wenn ich nicht bald was von Ihnen höre, könnte ich Langeweile bekommen.«

»Lassen Sie das Handy an«, sagte Hendricks, »ich melde mich.«

Er legte auf, bevor Yancey etwas erwidern konnte. Als er sein Telefon wieder in die Hosentasche schob, merkte er, dass er zitterte. Die Luft um ihn herum kam ihm auf einmal stickig, abgestanden, muffig vor. Für einen Augenblick lehnte er sich schwer an das nächste Boot. Dann beschloss er, dass er dringend aus dem Schuppen rausmusste. Ohne eine Sekunde daran zu denken, wer ihn sehen könnte, stürzte er sich hinaus in die Dunkelheit und sog gierig die frische Luft ein, während er den Kai entlangging.

Die Nacht war kühl und still, der Nebel sogar noch dichter als zuvor. Hendricks konnte spüren, wie er sich vor ihm teilte. Er roch nach Meer – Salz, Schwefel, Fäulnis – und dimmte die Lichter am Ufer, verengte die Welt auf drei Quadratmeter waberndes Grau. Hendricks fühlte sich gefangen, schwebend in dem Niemandsland zwischen Tag und Nacht, Leben und Tod, zwischen seinem Bedürfnis, Lester zu rächen, und dem Wunsch, dass nicht noch jemand für seine Sache geopfert wurde.

Dicht hinter ihm plötzlich ein Räuspern.

Er wirbelte herum und zog dabei die Pistole. Normalerweise konnte man sich nicht so an ihn heranschleichen. Das Fieber hatte ihn schwach gemacht. Unkonzentriert. Er war nicht in Form.

Es war Segreti. Die Hände in den Taschen, die Stirn mitfühlend gerunzelt. Er zuckte nicht mit der Wimper, als er die .45 vor der Nase hatte. Blickte nur ruhig in den Lauf, bis Hendricks sie herunternahm.

»Alles in Ordnung mit Ihnen?«, fragte Segreti.

»Ganz ehrlich? Nein.«

»Lassen Sie mich raten: Yancey hat Ihre Freundin.«

»Sie ist nicht meine Freundin«, erwiderte Hendricks. »Ich kenne sie eigentlich kaum.«

»Offenbar sieht Yancey das anders, und was man auch über ihn sagen kann, dumm ist er nicht.«

»Yancey soll sich ins Knie ficken.«

»Da sag ich nichts gegen, aber das hilft dem Mädchen wenig.«

»Hey, sie ist mir nachgelaufen, nicht umgekehrt. Ich habe sie nie darum gebeten mitzumischen. Ich bin hierhergekommen, um herauszufinden, was Sie über den Rat wissen, damit ich die Scheißkerle erledigen kann. Das Schlaueste wäre jetzt, zusammen von hier zu verschwinden, ohne uns noch mal umzudrehen.«

»Typen wie wir sind nicht immer für das Schlaueste gemacht. Außerdem bin ich nicht sicher, ob man es als schlau bezeichnen kann, es mit dem Rat aufzunehmen. Was haben Sie überhaupt für ein Problem mit denen?«

»Sie haben mir letztes Jahr einen Killer auf den Hals gehetzt, und der hat meinen Partner umgebracht.«

»Das tut mir leid. Hören Sie, es geht mich nichts an, aber ich weiß so einiges über den Rat und auch über Verrat und Rache. Der Weg, den Sie da eingeschlagen haben … daraus erwächst nie etwas Gutes.«

»Und was soll ich Ihrer Meinung nach tun?«

»So grundsätzlich? Scheiße, keine Ahnung. Aber da draußen ist ein Mädchen, das wirklich Ihre Hilfe braucht. Das wäre schon mal ein guter Anfang, scheint mir.«

»Sie wissen, dass er Cameron gegen Sie austauschen will, oder?«

»Ja, hab ich mir gedacht. So wie Sie sich wahrscheinlich schon gedacht haben, dass er plant, Sie aufs Kreuz zu legen und uns alle drei umzubringen.«

»Der Gedanke ist mir gekommen.«

»Dann ist wohl die nächste Frage, was machen wir jetzt?«

»Ehrlich gesagt«, antwortete Hendricks, »hätte ich da schon eine Idee, aber es ist keine gute. Sie wären verrückt, sich darauf einzulassen.«

»Können wir die Kleine dadurch retten?«

»Ich denke schon.«

»Werde ich überleben?«

»Wenn Sie sehr, sehr viel Glück haben.«

Segreti lachte. Unbefangen und aus vollem Herzen, sodass es laut durch die Nacht hallte und nur wenig durch die Nebelsuppe gedämpft wurde. »Vorsicht, Freund«, sagte er dann. »Machen Sie es mir bloß nicht zu schmackhaft.«

»Ich will Ihnen keinen Mist erzählen. Ich will, dass Sie mit offenen Augen in die Sache reingehen.«

»In Ordnung«, sagte Segreti. »Dann lassen Sie mal hören.«

38. Kapitel

Die Kofferraumklappe ging auf, und kühle, saubere Luft strömte herein. Camerons Lider flatterten. Sie regte sich und wimmerte, was jedoch durch die erneut in ihren Mund gestopften Socken kaum zu hören war.

»Auf geht's«, sagte Yancey. Er weckte sie mit ein paar Ohrfeigen und zog sie an den Haaren aus dem Cadillac.

Tränen schossen ihr in die Augen. Ihr Gesicht und ihre Kopfhaut brannten. Sie versuchte, aufrecht zu stehen, aber nach einer Nacht gefesselt im Kofferraum waren ihre Glieder steif und schwer wie Blei. Folglich landete sie auf dem Betonboden, dessen Kälte sofort durch ihre Kleider kroch.

Sie befanden sich in einem Parkhaus, das auf dieser Ebene bis auf den Cadillac leer war. Der neue Tag dämmerte, war aber noch nicht angebrochen. Die Welt draußen war in Blau getaucht, alle Konturen verwischt durch den Nebel.

»Ich nehm dir jetzt den Knebel raus und schneid dich los, aber wenn du schreist oder wegzulaufen versuchst, erschieß ich dich, ich schwör's bei Gott. Verstanden?«

Cameron nickte.

Er schnitt die Kabelbinder mit einem Taschenmesser durch und zog die Socken aus ihrem Mund. Sie hustete so stark, dass sie glaubte, sich übergeben zu müssen. Er hatte sie viel tiefer hineingestopft als beim vorigen Mal, und das Herausziehen hatte den Würgreflex ausgelöst.

»Hier«, sagte er, schraubte eine Flasche Wasser auf und gab sie ihr. »Trink das.«

Vorsichtig trank sie einen Schluck. Sie spülte den Mund aus und schluckte, vor Schmerz grimassierend. Dann gab sie ihm die Flasche zurück, wobei ihre Hand so sehr zitterte, dass etwas verschüttet wurde.

»Willst du nicht mehr?«

Sie wurde rot. »Ich … ich muss pinkeln.«

Yancey zwang sie, sich hinter den Cadillac zu hocken, und sah zu. Es schien Stunden zu dauern. Als sie ihren Reißverschluss hochzog, erhaschte sie einen Blick auf ihr Spiegelbild im Fenster. Er hatte sie so schlimm verprügelt, dass sie sich selbst nicht wiedererkannte.

»Das ist für dich.« Er setzte ihr einen Schlapphut und eine übergroße Sonnenbrille auf. »Jetzt gib mir deine Hände.«

Sie gehorchte. Er fesselte sie wieder, diesmal aber nach vorn, und breitete einen billigen Regenponcho für Touristen darüber.

»Ich verstehe nicht«, sagte sie. »Was passiert denn jetzt?«

»Das liegt ganz bei deinem Kumpel. Er hat vor ein paar Minuten angerufen und gemeint, wir sollten uns bei Sonnenaufgang bereithalten. Offenbar bedeutest du ihm wohl doch etwas.«

»Sie werden ihn nicht austricksen, wissen Sie. Er ist zu gut.«

»Lustig. Genau deshalb, denke ich, werde ich es.«

Yancey fuhr auf einen Parkplatz in Laurel Heights, auf dem sich jede Menge Bellum-Mitarbeiter tummelten. Nachdem er den Cadillac rückwärts in eine freie Lücke eingeparkt hatte, steckte er den Schlüssel ein.

»Ich sag dir jetzt, wie's läuft«, knurrte er. »Wenn du nicht tust, was ich dir sage, mach ich dich kalt. Wenn du unaufgefordert redest, mit meinen Männern, deinem Kumpel oder sonst jemand, mach ich dich kalt. Wenn du mich auch nur schief ansiehst, mach ich dich kalt. Haben wir uns verstanden?«

»V-verstanden«, antwortete Cameron.

»Gut. Jetzt bleib ruhig sitzen und fass nichts an.«

Als er ausstieg, kündigte sein Handy bimmelnd eine Nachricht an. Sie schien von einem anonymen E-Mail-Account zu kommen, der Name des Absenders lautete »Tick Tock«. Der Inhalt bestand aus einem Foto von seiner Tochter mit ihren kleinen Zwillingen, aufgenommen durch das Fenster des Kinderzimmers.

Yancey überlief es kalt. Er verfluchte Lombino leise und schickte schnell eine Antwort: *Lassen Sie sie in Ruhe. Zielperson erfasst.* Als er das Handy gerade wegsteckte, entdeckte Reyes ihn und kam herbeigetrabt.

Reyes' Anzug war völlig zerknittert und hatte Grasflecken an den Knien und den Ellbogen. Sein Hals war fleckig von Blutergüssen, und er sah aus, als hätte er weder geschlafen noch geduscht. Als er Cameron durch die Windschutzscheibe bemerkte, stutzte er.

»Oh, Gott, Chef, das Mädchen sieht ja schlimm aus. Sie haben doch nicht …«

»Natürlich nicht«, blaffte Yancey. »Sie sah schon so aus, als ich sie übernommen habe. Und nach allem, was ich gehört habe, geschieht es ihr recht. Sie hat den Männern, die sie ergriffen haben, ganz schön zu schaffen gemacht.«

»Wenn Sie meinen«, sagte Reyes zweifelnd. »Wer ist sie? In welcher Verbindung steht sie zu unserem Verdächtigen?«

»Tut mir leid. Ich bin nur autorisiert zu sagen, dass der Kerl, der uns unseren Gefangenen weggeschnappt hat, sich genug für sie interessiert, um einem Austausch zuzustimmen. Wenn alles gut geht, haben wir sie alle drei noch vor heute Abend in Gewahrsam.« Yancey dachte nicht daran zuzulassen, dass irgendwer von den dreien lebendig gefasst wurde, aber er brauchte die Ressourcen von Bellum, um nahe genug an den Gegner heranzukommen, damit er sie alle ausschalten konnte. Wenn er Reyes dazu einen Haufen gequirlter Scheiße erzählen musste, dann bitte sehr. »Haben Sie erledigt, was ich Ihnen aufgetragen hatte?«

»Ja. Die örtliche Polizei fahndet nach dem Mann, der uns im Haus der Broussards angegriffen hat. Sie haben strikte Anweisung, uns sofort zu informieren, wenn er gesichtet wurde, dabei aber auf Abstand zu bleiben. Ich habe sein Foto auch der Presse zugespielt mit der Warnung, dass er weitere Überfälle planen könnte. Es gibt bereits Online-Artikel dazu, und sein Bild wird innerhalb der nächsten Stunde im Fernsehen veröffentlicht. Das FBI hat mir zugesichert, jeden glaubwürdigen Hinweis, der über das Sondertelefon hereinkommt, sofort an uns weiterzuleiten. Außerdem habe ich Bellum-Teams in der ganzen Stadt postiert, sodass wir ihn einkreisen können, wo auch immer er auftaucht. Nicht so viele, wie ich gern einspannen würde, allerdings, da einige von unseren Jungs mit Gott weiß was beschäftigt sind …«

Yancey unterbrach ihn mit erhobener Hand. »Okay, Sie sind frustriert, das verstehe ich. Es nervt, wenn man nicht eingeweiht ist. Aber Sie müssen verstehen, dass Sie noch neu im Unternehmen sind und Ihre Fähigkeiten erst unter Beweis stellen müssen. Dieser Einsatz könnte Ihre Chance dafür sein, aber zuvor muss ich wissen, ob ich auf Sie zählen kann. Also, was sagen Sie, Reyes – sind Sie dabei oder nicht?«

Reyes musterte stirnrunzelnd das Mädchen in dem Cadillac. »Ich will offen zu Ihnen sein. Nichts von alledem hier leuchtet mir ein, und wenn es vorbei ist, erwarte ich ein paar gottverdammte Erklärungen. Aber Bigelow liegt auf der Intensivstation, und Weddle ist die ganze Nacht lang operiert worden. Der Dreckskerl, der das zu verantworten hat, sollte dafür bezahlen müssen. Und wenn dieses Mädchen, wie Sie sagen, uns helfen kann, dafür zu sorgen ...«

»Das kann sie.«

»Dann bin ich dabei.«

39. Kapitel

»Wie hältst du dich so, Kid?«

Hendricks versuchte merklich, einen leichten, zuversichtlichen Ton anzuschlagen, aber Cameron hörte ihm sogar durch den verzerrenden Lautsprecher an, dass er besorgt war, und das machte ihr Angst.

Sie sah Yancey fragend an. Der nickte. »Es ... es geht«, sagte sie.

»Ich nehme an, Yancey hört mit.«

»Ja. Du bist auf Lautsprecher.«

»Wie viele Männer hat er bei sich?«

»Antworte nicht darauf«, knurrte Yancey und dann zu Hendricks: »Sie haben nicht gesagt, dass ich allein kommen soll.«

»Nein«, antwortete Hendricks milde, »das stimmt. Hör zu,

Kid, weißt du, wo du gerade bist? Kannst du irgendwelche Straßenschilder sehen oder so was?«

Wieder kam Yancey Cameron zuvor. »Was zum Teufel interessiert Sie das?«

Diesmal reagierte Hendricks weniger milde. »Yancey, wenn Sie Segreti jemals wiedersehen wollen, sollten Sie jetzt das Maul halten und sie antworten lassen.«

Yancey machte ein finsteres Gesicht, fügte sich aber.

»Wir sind auf dem Parkplatz eines alten Universitätsgebäudes in Laurel Heights«, sagte Cameron.

»Okay«, antwortete Hendricks, dann war es einen Moment still. »Ich will, dass du und Yancey zu der Bushaltestelle an der Ecke California und Laurel Street geht. In drei Minuten kommt ein Bus in östliche Richtung. Steigt beide ein, lasst die Gorillas zurück.«

»Und was dann, Klugscheißer?«, wollte Yancey wissen.

»Ich rufe bald wieder an und will dann mit Cameron sprechen.«

Hendricks legte auf.

Yancey wandte sich an einen Mann, der ein speziell für den Außeneinsatz entwickeltes Tablet mit gummierten Kanten in der Hand hielt. Er war aufgelebt, als Hendricks anrief, blickte jetzt aber mürrisch drein. »Und?«, fragte Yancey ihn.

»Noch nichts.« Der Mann öffnete die Hecktür eines in der Nähe stehenden Humvees mit einer großen Antenne auf dem Dach und fummelte an einem elektronischen Gerät dort drin herum. Es war ein StingRay, erkannte Cameron, wobei ihr vor Panik die Magensäure hochkam. StingRays waren Vorrichtungen zur Überwachung von Mobiltelefonen. Sie sandten ein Pilotsignal aus, welches das des nächsten Mobilfunkmasts verdrängte und Mobilfunkgeräte in der direkten Umgebung dazu brachte, sich stattdessen mit dem StingRay zu verbinden. War ein Handy einmal dort eingeloggt, konnte es über seine GPS-Koordinaten verfolgt werden. »Ich kann das Gespräch zwar über das Handy des Mädchens glasklar auffangen, aber nicht sagen, von wo aus der Gesuchte anruft, er ist zu weit weg. Ich muss näher herankommen, um seine Position zu orten.«

»Na schön, dann spielen wir sein Spiel fürs Erste mit. Ich und das Mädchen steigen in den Bus, ihr folgt uns mit dem StingRay. Außerdem will ich zusätzliche Teams in nicht mehr als zwei Häuserblocks Entfernung in allen vier Himmelsrichtungen um uns herum. Sobald wir ihn im Visier haben, schlägt das Team zu, das am dichtesten dran ist. Denkt daran, dieses Arschloch ist skrupellos und bestens ausgebildet, und er hat schon mehrfach unter Beweis gestellt, dass er ohne Zögern handelt. Wenn ihr eine Schussmöglichkeit bekommt, nutzt sie. Das ist ein Befehl.«

Seine Männer drängten sich in die Humvees.

»Reyes«, fuhr Yancey fort, »nehmen Sie den Caddy und geben Sie mir Rückendeckung. Achten Sie darauf, dass Sie nicht bemerkt werden. Sie sind meine Lebensversicherung, falls die Sache in die Hose geht.«

»Alles klar.«

»Aber er hat gesagt, dass wir allein kommen sollen«, protestierte Cameron.

Yancey packte sie am T-Shirt und holte zu einer Ohrfeige aus. »Du unverschämtes kleines Miststück. Hatte ich dir nicht verboten, unaufgefordert den Mund aufzumachen?«

Cameron zuckte zusammen und stammelte etwas.

»Ruhig, Chef«, sagte Reyes. »Sie macht es sicher nicht wieder, stimmt's?«

Sie schüttelte heftig den Kopf. Yancey ließ sie mit einem Schubs los. »Er hat gesagt, dass wir allein in den Bus steigen sollen, aber kein Scheißwort davon, dass uns niemand folgen darf. So, Euer Hoheit, können wir jetzt los, oder willst du das noch weiter ausdiskutieren?«

Cameron schluckte schwer. »Wir können los.«

»Gut«, sagte Yancey und steckte sich einen Bluetooth-Hörer ins Ohr. »Auf geht's.«

Es war früh am Montagmorgen. Die aufgehende Sonne hatte den Nebel noch nicht ganz aufgelöst. Die Luft war kühl und feucht, der Himmel milchig weiß. Als sie an der Bushaltestelle ankamen, hatte der Fahrer gerade die Türen geschlossen und schien abgeneigt, sie wieder zu öffnen. Yancey hämmerte ans Fenster, bis er nachgab, und kramte dann eine volle Minute in seiner Hosentasche nach dem genau abgezählten Fahrgeld. Der Fahrer musterte ihn mit kaum verhohlener Gereiztheit.

Der Bus war halb voll mit morgendlichen Pendlern, vorwiegend aus der Arbeiterschicht. Ihre Augen waren müde und lauernd, ihre Züge abgehärmt. Cameron, lädiert und blutbeschmiert unter ihrem Hut und der Sonnenbrille, fühlte ihre Blicke auf sich lasten, als Yancey sie zu den nächsten beiden freien Plätzen hinschob, hinter einer älteren asiatischen Frau in einer farbigen Pflegerinnenuniform, die sie aufmerksam musterte, als sie an ihr vorbeigingen.

Als Cameron sich setzte, wandte die Frau sich nach hinten und wollte mit besorgter Miene etwas zu ihr sagen, doch Yancey fuhr ihr über den Mund. »Drehen Sie sich verdammt noch mal um, Lady. Hier gibt's nichts zu glotzen.«

Die Frau sah Cameron fragend an, die knapp nickte, und gab mit offensichtlichem Widerstreben nach.

Der Stoßverkehr schlingerte dahin, die Straßen wurden mit jeder Haltestelle voller. Cameron zählte elf Stopps, bis Hendricks wieder anrief.

»Seid ihr allein?«, fragte er.

Yancey hatte ihn nicht auf laut gestellt, weil jetzt Zivilisten um sie herum waren. Er hielt Cameron das Handy ans Ohr und neigte es so, dass er mithören konnte. Als sie mit der Antwort zögerte, stieß er ihr den Ellbogen in die Rippen. »J-ja«, sagte sie.

»Gut. Steigt an der Kreuzung Clay Street und Van Ness Avenue aus. Überquert dann die Straße und steigt in den nordwärts fahrenden Bus nach Fisherman's Wharf.«

Als Hendricks aufgelegt hatte, tippte Yancey mit dem Zeigefinger auf seinen Ohrhörer. »Habt ihr das alles? Gut. Konnten Sie ihn diesmal orten? Das darf doch nicht wahr sein, wofür bezahle ich Sie eigentlich?« Er wurde laut dabei, schrie fast. Die anderen Fahrgäste drehten sich um und starrten ihn an. Yancey wurde rot und verstummte.

Als der Bus die genannte Kreuzung erreichte, stiegen sie aus und joggten über die Straße. Sie mussten fünf qualvolle Minuten auf den nächsten Bus warten, und währenddessen glitt der Caddy in eine gebührenpflichtige Parklücke in der Nähe. Der Humvee mit dem StingRay war zu groß, um am Straßenrand zu parken, und musste daher um den Block kurven. Cameron war erleichtert, als er außer Sichtweite verschwand.

Die zweite Busfahrt kam ihr viel länger vor. Alle Plätze waren besetzt, sodass sie stehen mussten. Sie suchte die Gesichter ihrer Mitfahrenden ab und bemerkte, dass Yancey das Gleiche tat. Doch sie erkannte niemanden, und er offenbar auch nicht.

Der Rushhour-Verkehr um sie herum geriet ins Stocken. Die Passagiere stießen bei jedem Gasgeben und Bremsen aneinander. Die Nerven lagen blank, die Gemüter waren erhitzt, hier und da brauste jemand auf. Die neuesten Meldungen von der angespannten Bedrohungslage hatten die Leute noch nervöser gemacht. Cameron erspähte verschwommene Fotos von Hendricks auf jedem Smartphone- und Tabletbildschirm.

Einen halben Block weiter vorn sauste ein Toyota Prius über eine rote Ampel und wurde von einem Lieferwagen gestreift. Bei dem lauten Knall, als die Kotflügel zusammenstießen, schrien die Fußgänger draußen auf, und durch den Bus ging eine Welle von Nervosität. Selbst Yancey, der all die Angst und Unruhe selbst gesät hatte, schien sich von der Stimmung der Menge anstecken zu lassen. Er wurde mit jeder Minute erregter und zischte seinen Männern einen Schwall von Befehlen zu.

Als Hendricks sich wieder meldete, wies er sie an, bei der Ecke North Point und Mason auszusteigen, und blieb so lange in der Leitung. Cameron, die den Humvee mit der überdimensionalen StingRay-Antenne ein paar Blocks entfernt aus dem dichten Verkehr herausragen sah, wollte ihm zurufen, er solle auflegen, wagte es aber nicht. Der Caddy war diesmal nirgends zu sehen.

»Okay, du Wichser, wir sind aus dem Bus raus. Was jetzt?«

»Rechts von Ihnen ist ein Einkaufszentrum. Gehen Sie in das Parkhaus und halten Sie sich rechts. Bleiben Sie auf der ersten Ebene und beeilen Sie sich.«

Hendricks legte auf, und Yancey steuerte mit Cameron auf das Parkhaus zu. Er zerrte sie am Arm, wobei die Kabelbinder unter dem Plastikponcho in ihre Handgelenke schnitten.

»Habt ihr ihn endlich, verdammt noch mal?«, bellte er in seinen Hörer. »Ich will keine beschissenen Ausreden hören, was ich will, ist seine Position!« Sein Gesicht war rotfleckig, sein Blick manisch. Als er Cameron durch die offene Parkhaustür schob, schwankten ihre Gefühle stark zwischen Furcht und Hoffnung.

Ein Mann in Trainingskleidung sah sie auf ihrem Weg über die Parkebene und legte verdutzt den Kopf schräg. Er war Ende dreißig, Anfang vierzig, sportlich-muskulös und verschwitzt. Er wartete, bis sie heran waren, und stellte sich ihnen in den Weg.

»Entschuldigen Sie, Miss, ist alles in Ordnung mit Ihnen?«

»Alles bestens«, antwortete Yancey.

»Sorry, Cowboy, ich habe die Frau gefragt, nicht Sie.«

Yancey packte Cameron fester am Arm. »Sag dem Mann, dass es dir gut geht, Schätzchen.«

Sie verzog vor Schmerz das Gesicht. »Es … es geht mir gut.«

»Verzeihen Sie, wenn ich das sage, Miss, aber Sie sehen nicht so aus.«

»Lass uns in Ruhe, Arschloch«, brauste Yancey auf, »ich bin von der Polizei.«

»Gut«, entgegnete der Mann, »dann haben Sie sicher nichts dagegen, wenn ich 911 anrufe und mir das bestätigen lasse.« Er holte sein Handy heraus und wählte.

»Wissen Sie was?« Yancey tippte auf die Taste an seinem Bluetooth-Hörer, mit der die Verbindung getrennt wurde. »Für diesen Scheiß haben wir keine Zeit.«

Er zog seine Pistole und drückte ab.

Der Schuss hallte laut durch den Betonbau. Der Mann fiel um, seine Brust ein blutiger Brei. Cameron heulte auf, und ihre Knie gaben nach, aber Yancey hielt sie eisern fest.

Sein Handy klingelte, er ging ran. »Scheißkomische Sache hier«, sagte er. »Hatte plötzlich kein Netz mehr, scheint jetzt aber wieder okay zu sein.« Dann zerrte er die verzweifelt weinende Cameron weiter durch das Parkhaus.

Hendricks rief erneut an. Cameron bekam kaum ein Wort heraus und atmete keuchend. Kleine Lichtpunkte tanzten am

Rand ihres Gesichtsfelds. Er fragte sie, was passiert sei, aber Yancey entriss ihr das Handy, ehe sie antworten konnte. »Wahrscheinlich vermisst sie Sie einfach«, bellte er.

Hendricks befahl ihm, rechts in die Bay Street einzubiegen. Sie kamen an einer dunklen Sushibar vorbei, an einem Starbucks, einem Trader Joe's. Yancey musterte alle Entgegenkommenden argwöhnisch, aber Cameron glaubte bei all ihrer Todesangst immer weniger, dass Hendricks sich hinter der nächsten Ecke verbarg.

In ihrer Vorstellung sah sie ihn konzentriert auf die Verkehrsverbund-App starren, die sie auf seinem Handy installiert hatte, und Yancey damit kreuz und quer durch die Gegend jagen, um die Beschatter abzuschütteln. Der Gedanke beruhigte sie, und sie hatte eine leise Ahnung, wohin er sie als Nächstes schicken würde.

Ihr Handy klingelte wieder. »Kannst du schon die Taylor Street sehen?«

»Ja«, stieß sie hervor. »Wir sind gerade am oberen Ende.«

»Gut. Geht nach links und macht schnell. Dort sollte ein Cable Car warten.« Dann war die Leitung wieder tot.

Im Straßenbahnwagen herrschte gähnende Leere. Angst und Schrecken hatten die Stadt fest im Griff, und in den Straßen fehlten die sonst allgegenwärtigen Touristengruppen. Yancey brachte den größten Teil der Fahrt damit zu, seine Leute anzuschreien.

»Was soll die Frage, wo ich bin? Das müsstet ihr doch wissen?« Eine Pause. »Na toll, jetzt sind wir auch noch außer Reichweite. Ganz großartig, verfluchte Scheiße!«

Er legte auf und warf wütend den Hörer von sich. Schäumte vor sich hin, während die Straßenbahn den Hügel hinabrumpelte.

An der Endstation Powell Street stiegen sie aus. Normalerweise drängten sich dort Schaulustige in drei Reihen, um zuzusehen, wie das Cable Car auf der klapprigen alten Drehscheibe herumgedreht wurde, doch heute hasteten die Menschen auf den Gehwegen alle vorbei, begierig, an ihr Ziel zu gelangen.

Yanceys Kopf zuckte herum wie der eines aufgeregten Vogels, als er versuchte, alles zugleich zu überblicken. Eine Ader pulsierte mitten auf seiner Stirn. Von seiner Bellum-Eskorte war weit und breit nichts zu sehen.

Camerons Handy klingelte, Yancey ging ran. »Hör zu, du Wichser, ich hab es langsam satt, von dir an der Nase herumgeführt zu werden. Wenn du so weitermachst, jag ich der kleinen Schlampe hier vielleicht einfach eine Kugel in den Kopf und bring dich danach in aller Ruhe zur Strecke.«

»Entspannen Sie sich«, sagte Hendricks, »es ist bald geschafft. Es gibt eine Rolltreppe über die Market Street, nehmen Sie die.«

Sie befolgten seine Anweisung, Yanceys linke Hand dabei wie ein Schraubstock um Camerons rechten Oberarm gespannt. Als sie die Rolltreppe betraten, schaltete Yancey das Handy mit dem Daumen auf Lautsprecher. »Wo bist du, Arschloch? Ich verlier allmählich die Geduld.«

Es knisterte nur, die Verbindung wurde schlechter. Zwei Balken schwanden zu einem, als sie auf der anderen Seite wieder hinunterfuhren. Cameron machte sich Sorgen, dass der Anruf abgebrochen wurde. Hendricks ließ sich Zeit, er brauchte eine Ewigkeit, um zu antworten.

»Ich bin in Oakland. Nehmen Sie die Bahn nach Richmond/Daly City. Und an Ihrer Stelle würde ich mich beeilen, sie fährt in neunzig Sekunden.«

Hoffnung keimte in Cameron auf. Deshalb also war der StingRay nicht nahe genug an ihn herangekommen, um ihn zu orten. Er war gar nicht mehr in San Francisco, sondern auf der anderen Seite der Bucht.

Yancey sperrte sich. »Das schaffen wir nicht!«

»Wenn Sie Segreti wollen, sollten Sie sich ranhalten«, erwiderte Hendricks.

»Aber …« Sie waren am Fuß der Rolltreppe angekommen.

Kein Signal mehr.

Die Verbindung brach ab.

Yancey stopfte Camerons Handy in seine Jackentasche, prüfte das Netz auf seinem eigenen Telefon und fluchte. Dann schob er sie auf die Fahrkartenautomaten zu.

Cameron begriff, dass Hendricks das von vornherein so geplant hatte. Selbst wenn Yancey seine Kumpane über ihr Fahrtziel informieren könnte, würden die ewig dorthin brauchen. Und wenn sein schickes verschlüsseltes Handy hier schon kein Netz hatte, durfte man davon ausgehen, dass es im Zug genauso sein würde. Die Strecke verlief unterirdisch, bis sie auf die Transbay Tube traf, und dann ging es rund fünf Kilometer in vierzig Meter Tiefe unter der aufgewühlten Bucht von San Francisco hindurch.

40. Kapitel

Hendricks, fiebrig und kribbelig, wie er war, schaukelte in der Mitte des bevölkerten Bahnsteigs auf seinen Fußballen, als der Zug aus San Francisco einfuhr. Bremsen quietschten, warme Luft traf seine Wangen, Lautsprecheransagen hallten von den gekachelten Wänden wider.

Da er wusste, dass Yancey die Bodycam-Aufnahmen von ihm an alle Nachrichtensender und Polizeibehörden in der Region geschickt hatte, hatte er sein Aussehen so gut es ging verändert. Die Windjacke hatte er weggeworfen und trug nun eine tief in die Stirn gezogene Kappe der Oakland Raiders. Über seiner Nase klebte ein breites medizinisches Pflaster, als hätte er sie sich gebrochen. Er hoffte, dass das genügte, um ihn unkenntlich zu machen, befürchtete jedoch, dass sein abgerissenes Aussehen den einen oder anderen neugierigen Blick auf sich ziehen würde. Sein dunkelblaues Knopfleistenshirt war verdreckt und dunkler dort, wo die Wunde durchgeblutet war. Seine Hose war steif vom Meerwasser, denn als sie zum Hafengebiet von Oakland gekommen waren, hatte er aus dem Dinghy springen müssen, um es in den Schatten eines Anlegers zu ziehen. Jedes Mal, wenn die Bahnpolizei vorbeikam, wandte er den Blick ab, und er hatte darauf geachtet, sich in den toten Winkel einer Überwachungskamera zu stellen.

Als er den Blick über die Menschenmenge schweifen ließ, stellte er fest, dass er, abgesehen von seinem nervösen Gezappel, der Einzige war, der still stand. Überall um ihn herum schoben sich Menschen in Bürokleidung in Züge oder aus welchen heraus. Die meisten wirkten angespannt und wachsam. Andere hantierten zwanghaft mit ihren Handys herum.

Sein Handy steckte in der Hosentasche, tot und nutzlos. Er hatte den Akku entleert, indem er Cameron und Yancey kreuz und quer durch die Stadt lenkte, und beim Wechseln der Batterieanzeige auf Rot hatte er sich gefragt, ob er sie noch hierherlotsen konnte, bevor es sich ausschaltete.

Doch der Saft hatte gereicht, und jetzt war ihr Zug da.

Segreti befand sich in Position.

Es war so weit.

Sosehr er Cameron zuerst damit geneckt hatte, erwies es sich nun als Geniestreich, dass sie die BART-App auf seinem Handy installiert hatte. Wenn alles lief wie geplant, würde diese Voraussicht eine entscheidende Rolle dabei gespielt haben, ihr das Leben zu retten. Und wenn nicht … besser nicht daran denken. Angesichts seines angeschlagenen Zustands – die pochende Messerwunde, sein erhitztes Gesicht, die Schweißperlen auf der Stirn trotz des zugigen Bahnsteigs – standen seine Chancen nicht optimal, falls dieses Treffen schiefging.

Yancey stieg aus, sein Blick zuckte durch die Gegend. Er schob Cameron beim Gehen vor sich her, hatte die linke Hand so fest in ihre Schulter gekrallt, dass die Knöchel weiß hervortraten. Seine rechte Hand war von seinem Sakko verdeckt, das er vorn zusammengezogen hatte, um die an die Seite des Mädchens gedrückte Waffe zu verbergen. Hendricks legte seine Rechte an den Griff der SIG Sauer, die er Reyes abgenommen hatte und die nun unter seinem Shirt im Hosenbund steckte.

Als Yanceys Blick auf ihn traf, nickte Hendricks ihm mit einem kaum merklichen Anheben des Mützenschirms zu. Yancey grinste wölfisch und steuerte Cameron durch das Gedränge der ahnungslosen morgendlichen Pendler in seine Richtung.

Ein Regenponcho war über ihre gefesselten Hände gelegt,

und sie trug einen albernen Hut und eine Sonnenbrille. Trotz dieses Aufzugs sah Hendricks sofort, dass sie brutal geschlagen worden war. Ihre Schultern zuckten leicht, als würde sie das Weinen unterdrücken.

»Wo zum Teufel ist Segreti?«

»Lassen Sie das Mädchen los, dann sage ich es Ihnen.«

»Sie sind nicht ganz bei Trost, wenn Sie glauben, dass ich mich darauf einlasse. Sie sind ein gesuchter Verbrecher, und ich bin praktisch von der Polizei. Wenn Sie mich dazu zwingen, schieße ich Sie beide hier an Ort und Stelle nieder.«

»Schön langsam«, sagte Hendricks. »Wenn Sie cool bleiben, bekommen wir alle, was wir wollen.«

Yancey lachte. »Keine Chance«, sagte er. »Dieser Zug ist für mich abgefahren, als Segreti wieder aufgetaucht ist. Alles, was ich wollte, war, dass der Drecksack tot blieb, nachdem ich ihn umgebracht hatte.«

»Soweit ich weiß, war er nicht der Einzige, der an dem Tag starb.«

»Was seine Wiederauferstehung umso bedauerlicher macht. Jetzt sind diese Leute auch noch umsonst gestorben.«

Eine Durchsage plärrte über ihnen. Hendricks neigte lauschend den Kopf.

»Entschuldigung«, sagte Yancey, »langweile ich Sie?«

»Keineswegs«, antwortete Hendricks. »Nur dass diese Ansage Ihrer Bahn galt. An Ihrer Stelle würde ich mich beeilen, sie zu bekommen.«

Yancey blinzelte ihn verwirrt an und folgte dann seinem Blick zu dem Zug nach San Francisco auf der anderen Seite des Bahnsteigs. In dem nächststehenden Waggon entdeckte er Segreti, der zusammengesackt über zwei Sitzen hing, die Augen geschlossen, eine Hand mit Handschellen an den Metallgriff des Sitzes am Gang gefesselt.

Cameron sah ihn ebenfalls und sagte: »Michael, nein, das kannst du doch nicht …«, aber Yancey brachte sie zum Schweigen, indem er ihr den Pistolenlauf in die Rippen stieß.

»Lebt er?«, fragte Yancey.

»Als ich zuletzt nachgeguckt habe, ja«, antwortete Hendricks. »Allerdings war er etwas … unkooperativ, als ich ihm von unserer Abmachung erzählte, daher musste ich ihn unter Drogen setzen.«

Yancey schnaubte. »Das klingt nach dem Segreti, den ich kenne.«

Hendricks nahm einen kleinen silbrigen Schlüssel aus der Tasche und gab ihn Yancey. Ein Handschellenschlüssel. Yancey musste entweder Cameron oder die Pistole loslassen, um ihn entgegenzunehmen. Er entschied sich für Ersteres und riss ihn Hendricks aus der Hand. Dann packte er Cameron schnell wieder und wollte sie rückwärts zu dem Zug hinziehen. Ob er vorhatte, sie bis zur letzten Sekunde als Deckung zu benutzen oder sie mitzunehmen, war nicht klar, aber Hendricks würde keins von beidem zulassen.

Sie spielten einen Moment Tauziehen mit ihr. Der Zug zischte. Die Türen begannen, sich zu schließen. Yancey war gezwungen, eine Wahl zu treffen.

Er ließ Cameron los, die in Hendricks' Arme taumelte.

Yancey fuhr herum und rannte los. Er wurde beinahe von den Türen eingequetscht, als er zwischen ihnen hindurchsprang.

Hendricks sah ihm nach, während er die zitternde Cameron an sich drückte, der vor lauter Erleichterung die Tränen über die Wangen liefen. Plötzlich erstarrte sie. Über Hendricks' Schulter hinweg glaubte sie, flüchtig ein bekanntes Gesicht in der Menge zu sehen. Bekannt, aber unliebsam.

Einer von Yanceys Männern. Doch kaum hatte sie ihn erspäht, war er auch schon wieder verschwunden.

»Ich … ich glaube, sie sind uns gefolgt«, stieß sie schniefend hervor. »Yanceys Männer, meine ich. Keine Ahnung, wie, aber es ist so. Wir müssen schnell hier weg.«

»Ist schon gut«, beruhigte Hendricks sie. »Du bist jetzt in Sicherheit.«

»Nein, du verstehst nicht …«, widersprach sie.

»Doch, Kid, glaub mir. Du bist verängstigt, fix und fertig. Niemand ist euch gefolgt, ich schwör's dir. Jetzt komm, verschwinden wir erst mal hier.«

Er durchtrennte ihre Fesseln mit dem Schablonenmesser, nahm ihre Hand und wollte sie auf die Rolltreppe zur Straße oben führen. Doch Cameron blieb wie angewurzelt stehen, bis der Zug die Haltestelle verließ und Yancey zurück in den Tunnel unter der Bucht brachte.

41. Kapitel

Das Schlimmste war nicht die Angst vor dem Sterben, dachte Segreti. Sondern die Ungewissheit. Sich schlafend zu stellen.

Sein Mund stand offen, seine Muskeln waren entspannt. Unter halb geschlossenen Lidern hervor beobachtete er, wie Yancey in letzter Sekunde in den Wagen sprang und mit Wucht gegen nichtsahnende Passagiere stieß.

»Pass doch auf, Arschloch!« Ein drahtiger Punk in einem Dead-Kennedys-Shirt fuhr zu Yancey herum und schubste ihn. Yancey zog ihm die Pistole übers Gesicht, dass er blutend zusammenbrach.

Die anderen Fahrgäste wichen schreiend zurück und drängten sich zu den Türen, doch es war zu spät. Die Ausgänge hatten sich geschlossen, und der Zug fuhr mit einem leichten Schaudern an.

»Alle mal herhören!«, schrie Yancey und hielt seinen amtlichen Ausweis in die Höhe wie ein Polizeiabzeichen. »Ich bin ein Bundesermittler und habe Grund zu der Annahme, dass sich eine Bombe in diesem Wagen befindet! Zu Ihrer Sicherheit fordere ich Sie daher auf, sofort in einen der anderen Waggons hinüberzugehen!«

Panik machte sich breit, und die Leute drängelten und kletterten übereinander hinweg, als alle gleichzeitig versuchten, durch die schmalen Verbindungstüren zu gelangen. Innerhalb kürzester Zeit war es bis auf das Schienengeratter still in dem Wagen.

Yancey schlenderte durch den Gang auf Segreti zu. Als er näher kam, schloss Segreti seine Augen ganz, um sich nicht durch einen Blick aus schmalen Schlitzen zu verraten. Yancey stank nach Zigaretten und Aftershave. Sein Schatten verlieh Segretis Augenlidern ein noch tieferes Blauschwarz.

Yancey schlug ihn mit dem Handrücken ins Gesicht, dass seine Lippen an den Zähnen aufplatzten und bluteten. Es kostete Segreti enorme Willenskraft, die Augen geschlossen zu halten und den Kopf baumeln zu lassen, aber er wusste, er hatte nur diese eine Chance, lebend aus dem Zug herauszukommen, und die musste er nutzen.

»Wach auf, du Scheißer«, sagte Yancey. »Ich will, dass du mich ansiehst und weißt, dass ich dich nach all den Jahren doch noch drangekriegt habe. Und dass dich diesmal niemand retten wird. Dass es keinen Ausweg für dich gibt.«

Er beugte sich vor und boxte Segreti in den Bauch. Segreti krümmte sich, jedoch ohne die Augen zu öffnen, also glitt

Yancey in die Sitzreihe hinter ihm, riss ihn an den Haaren in eine aufrechte Position und drückte ihm den Lauf seiner Pistole in den Nacken.

»Ach, komm schon, Segreti«, sagte er. »Dich kaltzumachen ist nur halb so befriedigend, wenn du dabei nicht wach bist. Ich muss gestehen, die Umgebung hier wäre nicht meine erste Wahl für eine Hinrichtung gewesen, aber günstigerweise betreibt eine der Tochtergesellschaften meiner Firma die Sicherheitskameras für den ganzen beschissenen BART-Verkehrsverbund, also auch die in diesem Zug. Und all unsere Überwachungssysteme sind mit einem Hintertürchen für Notfälle ausgestattet, sodass es für mich ein Leichtes sein wird, die Festplatte zu löschen, bevor jemand etwas spitzkriegt – aber natürlich erst, nachdem ich deinen Freunden vom Rat eine Kopie geschickt habe. Was bedeutet, dass ich das Vergnügen haben werde, diesen Zugwagen mit deinem Gehirn zu bemalen, und niemand meiner Darstellung der Ereignisse widersprechen wird. Im Moment denke ich an den Klassiker ›*Als ich ihn zur Vernehmung festnehmen wollte, hat der blöde Penner nach meiner Waffe gegriffen*‹, aber ich bin für andere Vorschläge offen.«

»Yancey!«

Der Ruf kam vom vorderen Ende des Wagens. Segreti lugte wieder unter seinen Augendeckeln hervor, und es fiel ihm schwer, keine Miene zu verziehen. Reyes stand an dem Durchgang zum nächsten Wagen, mit hochgezogenem linken Hosenbein, das an seinem leeren Knöchelholster festhing, und einer Remington R51 neun Millimeter in der Hand.

»Mein Gott, Reyes«, sagte Yancey, »ich dachte, ich hätte Sie schon vor einigen Kilometern verloren. Sie können die Waffe runternehmen, der Dreckskerl hier ist bewusstlos.«

»Wie wär's, wenn Sie erst mal Ihre runternehmen?«

Yancey tat es nicht. »Ich weiß nicht, wie viel Sie gerade gehört haben, aber es ist nicht so, wie es aussieht.«

»Gut. Denn es sieht so aus, als wollten Sie gerade einen bewusstlosen Menschen kaltblütig erschießen. Sie haben gesagt, dieser Mann wäre eine Person von besonderem polizeilichen Interesse im Zusammenhang mit dem Anschlag auf die Brücke, aber das hier scheint mir eher ein persönlicher Racheakt zu sein.«

»Weißt du, Sohn, ich bekomme langsam den Eindruck, dass du mich nicht besonders magst.«

»Nicht besonders, nein.«

»Dann sag mir, was ich tun kann, um unsere Beziehung, äh, neu aufzubauen.«

»Nun, Sie könnten damit anfangen, indem Sie mich diesen Mann dem FBI übergeben lassen.«

»Bin ich ganz und gar dafür«, sagte Yancey. »Ich werde ihn sogar gerne auch persönlich übergeben.«

»Das ist nicht nötig«, erwiderte Reyes. »Ich habe die Feds vom Bahnhof aus verständigt. Sie warten auf uns am anderen Ende des Tunnels.«

Yancey seufzte. »Ich wünschte wirklich, du hättest das nicht getan.«

»Warum?«

»Weil Segreti, ob du's glaubst oder nicht, ein kriminelles Stück Scheiße ist und du dagegen zwar ein Depp bist, aber immer noch einer von den Guten. Und jetzt kann ich keinen von euch beiden hier lebend rauslassen.«

Yancey riss Segreti am Kragen hoch, duckte sich hinter ihn und zielte mit seiner Pistole auf Reyes.

Da Segreti im Weg war, konnte Reyes nicht schießen, und auf diese Entfernung konnte Yancey ihn nicht verfehlen.

Hilflos sah Reyes zu, wie Yanceys Zeigefinger sich um den

Abzug spannte. Da schlug Segreti die Augen auf, zog seine Hand aus der Handschelle und drehte sich blitzschnell um. Er schlug mit der flachen Hand gegen Yanceys Schussarm und schob gleichzeitig die andere Hand in die Tasche seiner Sweatshirtjacke. Reyes hatte sich schon gegen den Einschuss gewappnet, doch die Kugel flog weit an ihm vorbei und schlug ein Loch in das nächste Fenster. Kalter, metallischer Wind pfiff hindurch.

Drei weitere Schüsse folgten schnell aufeinander. Yancey richtete sich ruckartig auf seinem Sitz auf. Dann schwankte er einen Augenblick, bevor er in den Gang kippte und den Revolver fallen ließ.

Seine Augen waren weit aufgerissen, sein Gesicht schmerzverzerrt. Sein Bauch erblühte rot.

Segreti stand auf, die .45, die Hendricks ihm gegeben hatte, weiter auf Yancey gerichtet. In der Sitzlehne waren drei Einschusslöcher, die Ränder vom Mündungsfeuer versengt.

Yancey drückte in dem vergeblichen Versuch, sein Blut dort zu behalten, wo es hingehörte, die Hände auf seinen Bauch. Es quoll blubbernd zwischen seinen Fingern hervor. Sein Gesicht wurde bleich und schlaff. Seine Hände fielen herab. Seine blicklosen Augen starrten zur Decke. Er war tot.

Segreti hielt die Waffe zur Sicherheit noch dreißig Sekunden auf ihn gerichtet, dann senkte er sie.

»Danke«, sagte Reyes, der immer noch grob in seine Richtung zielte. »Sie haben mir das Leben gerettet.«

»Kein Problem«, antwortete Segreti.

Reyes deutete mit dem Kopf auf die Handschellen, die von dem Haltegriff an der Sitzlehne baumelten. »Wie sind Sie denn aus den Dingern rausgekommen?«

»Die sind nicht echt, nur Plastikspielzeug. Haben einen versteckten Öffnungszapfen an der Seite. Ein Kumpel von mir ist auf dem Weg hierher in einen Sexshop eingebrochen und hat sie geklaut.«

»Derselbe Kumpel, der Sie aus unserem Gewahrsam im Haus der Broussards befreit hat?«

Bei der Erwähnung von Lois' Nachnamen huschte ein Schatten über Segretis Züge. »Genau der.«

»Sie hatten nichts mit dem Anschlag auf die Brücke zu tun, oder?«

»Nein.«

»Wie wär's dann, wenn Sie Ihre Waffe ablegen und mir erzählen, warum Yancey Sie umbringen wollte?«

»Das ist eine lange Geschichte«, sagte Segreti. Er hielt die Pistole weiter auf den Boden gerichtet, ließ sie aber nicht fallen.

Reyes nahm seine langsam herunter und sah aus dem Fenster in die vorbeirasende Dunkelheit draußen. Der Waggon ratterte über die Schienen, leer bis auf sie beide. Yanceys blutende Leiche lag ausgestreckt im Gang zwischen ihnen. »Sieht aus, als hätten wir reichlich Zeit.«

»Hey«, sagte Segreti, »stimmt das, was Sie über die Feds am anderen Ende gesagt haben, oder war das geblufft?«

»Das war kein Bluff. Ich habe sie verständigt, als sich mir der Verdacht aufdrängte, dass Yancey ein falsches Spiel spielt. Sie warten auf uns im nächsten Bahnhof.«

»Verdammt. Ich kann mich nicht von ihnen festnehmen lassen.«

»Warum nicht?«

»Die Leute, für die Yancey gearbeitet hat, werden nicht aufhören, mich zu verfolgen, bis ich tot bin. Und wenn ich in Untersuchungshaft bin, wissen sie genau, wo sie mich finden.«

»Das verstehe ich nicht – was hat Bellum denn gegen Sie?«

»Nicht Bellum«, sagte Segreti. »Die anderen.«

»Welche anderen?«

Segreti runzelte die Stirn. »Gibt es wen in Ihrem Leben, an dem Ihnen was liegt? Freunde, Familie, Haustiere?«

»Klar. Hat doch jeder, oder?«

»Die Glücklichen, ja. Und da Sie sich zu denen zählen, ist es besser, wenn Sie es nicht wissen.«

»Okay, dann sagen Sie aber wenigstens dem FBI, wer es auf Sie abgesehen hat. Ich bin sicher, die können für Ihren Schutz sorgen.«

»Sie haben keine Ahnung, wie sehr Sie sich irren«, erwiderte Segreti. »Das Schlimmste ist, dass ich wirklich dachte, ich hätte diesen ganzen Mist hinter mir gelassen. Jetzt muss ich einsehen, dass man seiner Vergangenheit nicht entkommen kann. Wohin man auch geht, sie sitzt einem immer im Nacken. Hey, haben Sie schon mal von einem Typ namens Heraklit gehört?«

»Wer?«

»Egal, ist nicht von Bedeutung. Von Bedeutung ist, dass ich dieses Leben gründlich satthabe, es gehört mir sowieso nicht mehr. Und ehrlich gesagt mache ich mich lieber auf meine eigene Art davon, als darauf zu warten, dass die Wichser, für die Yancey gearbeitet hat, mich erwischen.«

»Sie sollten nicht so reden«, sagte Reyes. »Wir beide gehen zusammen hier raus, okay? Alles andere wird sich dann regeln, darauf gebe ich Ihnen mein Wort.«

»Ihr Wort«, echote Segreti. »Das habe ich schon mal gehört. Sogar von ihm vor langer Zeit.« Er stieß Yancey mit dem Fuß an. »Glauben Sie mir, es tut mir leid, dass Sie das mit ansehen müssen, aber wenn es Ihnen ein Trost ist – ich bin todkrank, wissen Sie, Scheißkrebs. Ich habe sowieso nicht mehr lange zu leben.«

»Hören Sie, Sie werden doch jetzt nicht …« Reyes brachte den Satz nicht zu Ende.

Segreti holte tief Luft und setzte die .45 an seinen Kopf. Als Reyes schrie, er solle aufhören, drückte er ab. Sein Kopf flog zurück, und er fiel.

42. Kapitel

Cameron und Hendricks sahen Segreti in den Abendnachrichten sterben, in dem Loch von einem Hotelzimmer, in das sie sich verkrochen hatten. Die Überwachungskameras des Zugs hatten alles aufgezeichnet. Es war ein bedrückender, schrecklicher Anblick, erschütternd genug, dass Cameron wegsehen musste. Hendricks dagegen verfolgte jede Sekunde. Das war er Segreti immerhin schuldig, fand er.

Der Zug war kurz darauf angehalten worden, und die Passagiere hatten im Gänsemarsch durch den schmalen Wartungsgang des Tunnels bis zur nächsten Station gehen müssen, die noch in Oakland lag. Der Tunnel war danach für Stunden gesperrt gewesen, in denen er auf Schäden untersucht wurde und die Tatortermittler ihre Arbeit machten. Der gesamte öffentliche Nahverkehr zwischen den beiden Städten war während dieser Zeit ausgesetzt.

Die Fernsehberichte gaben Segretis Namen preis und verbreiteten eine zurechtgebogene Version der ganzen schmutzigen Geschichte. Ein untergetauchter Gangster. Ein ehemaliger FBI-Mann, der ihn wiedererkannt und es sich zur Aufgabe gemacht hatte, ihn aufzuspüren, wild entschlossen, den Entkommenen festzunehmen. Eine blutige Auseinandersetzung, bei der beide Männer gestorben waren. Einer wurde als Abschaum hingestellt, der andere als Held.

Was, wenn man Hendricks fragte, gar nicht so falsch war, nur dass sie leider die Personen verwechselt hatten.

Segretis Tod beherrschte die Schlagzeilen allerdings nicht lange. Gegen Abend gab das Weiße Haus bekannt, dass Sondereinsatzkräfte der Polizei eine Autowerkstatt im Süden San Franciscos gestürmt und nach einem längeren Feuergefecht, wie es hieß, zwei Mitglieder des »Wahren islamischen Kalifats« getötet hätten, wovon einer der Mann aus dem Bekennervideo sei. In der Werkstatt seien Handfeuerwaffen, Sturmgewehre und zwei teilweise bestückte Sprengstoffwesten gefunden worden, außerdem ein Stadtplan von San Francisco, auf dem das Federal Building, das Bundesbehördengebäude, sowie mehrere Ziele im Castro-Viertel markiert gewesen seien.

Bellum Industries wurde in der Erklärung kein einziges Mal namentlich erwähnt, und doch schoss der Aktienkurs des Unternehmens mit dem Ertönen der Morgenglocke in der Wall Street steil in die Höhe.

Hendricks' Erinnerungen an die folgenden sechzehn Stunden waren bruchstückhaft. Seine Wunde sah schlimm aus, und er wurde von einem heftigen Fieber geschüttelt. Er schmierte sich mit antibiotischer Salbe ein und schluckte Aspirin wie Tic Tacs, bis das Fieber herunterging. Cameron hatte solche Angst um ihn, dass sie sich weigerte, sich in einer Notfallpraxis in der Nähe untersuchen zu lassen, bis er damit drohte, seine Medikamente abzusetzen. Wie sich herausstellte, musste sie genäht werden und brauchte eine Tetanusspritze, aber zum Glück hatten Yancey und die Arschlöcher in dem Krankenhaus ihr nichts gebrochen.

Als Hendricks sich gut genug fühlte, um weiterzuziehen,

verabschiedeten sie sich voneinander. Cameron wirkte niedergeschlagen, protestierte aber nicht. »War wohl blöd von mir, zu denken, dass ich dir helfen kann … das Gleiche machen kann wie du«, sagte sie.

»Ach, ich weiß nicht«, antwortete er. »Du hast dich ganz wacker geschlagen. Und es könnte gut sein, dass ich hin und wieder ein bisschen Hilfe brauche, verstehst du. Ausweise. Aliasse. Ein bisschen Hintergrundrecherche vielleicht. Du weißt schon, so Sachen, die du von deinem Zimmer im Studentenwohnheim aus machen kannst, schön weitab der Schusslinie.«

»Einverstanden«, sagte sie. »Aber ich fange nicht wieder an zu studieren, bis ich genau weiß, was und wozu.«

»Und in der Zwischenzeit?«

Sie zuckte die Achseln. »Es gibt so viele Bürgerinitiativen, die Freiwillige suchen. Ich glaube, ich werde versuchen, ein bisschen was Gutes zu tun, während ich überlege, wie es weitergehen soll.«

»Irgendetwas sagt mir, dass du eine Menge davon tun wirst.«

Sie umarmten sich. Cameron drückte ihn so fest, dass die Naht wieder schmerzte. Als sie ihn endlich losließ, hatte sie Tränen in den Augen. »Tu mir einen Gefallen dort draußen, ja?«

»Und der wäre?«

»Stirb nicht.«

Hendricks lächelte, sagte aber nichts darauf.

Er wollte kein Versprechen geben, das er nicht halten konnte.

43. Kapitel

Charlie Thompson stand in einer Wohnung voller Umzugskisten und fragte sich, wo zum Teufel sie die Schlüssel hingelegt hatte.

Offiziell war sie erst vor vier Tagen bei O'Brien ausgezogen, nachdem ihre Versetzung bewilligt worden war. Zu dem Zeitpunkt hatten die Umzugsleute ihre Kisten eingeladen und sie hierhergefahren. Doch inoffiziell hatte sie schon seit dem ganzen Mist in San Francisco jede Nacht in einem Hotel geschlafen. Kaum zu glauben, dass Kate und sie vor weniger als drei Wochen noch verlobt gewesen waren. Jetzt war sie plötzlich single, wohnte in einem Apartmenthaus mit einem Teilblick auf den Lake Michigan und arbeitete im Außenbüro Milwaukee.

Sie hatte noch nie erlebt, dass eine Versetzung so schnell durchgegangen war. Aber O'Brien war hoch motiviert gewesen. »Du hast Glück, dass du dein Abzeichen behalten darfst«, hatte sie gesagt. »Wenn es nach mir ginge, würdest du in Ketten hier rausgeführt werden.«

Thompson entdeckte ihre Schlüssel auf dem Kaminsims, schnappte sie sich und ging zur Tür. Sie war spät dran. Schon halb draußen, lief sie noch einmal zurück und nahm eine braune Aktenmappe vom Küchentresen. Sie hatte sie gestern aus dem Büro mit nach Hause genommen und würde sie heute brauchen.

Sie fuhr los und ließ sich von ihrem Navi durch die unvertrauten Straßen zur I-43 leiten. Allerdings fuhr sie nicht in Richtung Süden zum Außenbüro, sondern nach Norden, auf eine Kleinstadt namens Grafton zu. Zu ihrem neuen Auftrag.

Der Himmel war blau und klar, der Verkehr an diesem frühen Samstagmorgen spärlich, die Septemberluft gerade kühl genug, um an das Vergehen des Sommers zu erinnern. Sie fuhr mit heruntergelassenen Fenstern und ausgeschaltetem Radio, ließ ihre Haare flattern und genoss das Rauschen des Winds in den Ohren und den wärmenden Sonnenschein durch die Windschutzscheibe.

Die Landschaft war flach und grün, der Highway in der Mitte durch einen Grasstreifen geteilt und zu beiden Seiten mit Bäumen bestanden. Hin und wieder gab es eine Lücke zwischen den Bäumen, und man blickte auf weites Farmland.

Schließlich fuhr sie von der Schnellstraße ab und in westlicher Richtung durch ein Gewerbegebiet, bis um sie herum eine Stadt aus dem Boden wuchs.

Immer schmalere Straßen, immer mehr Wohngebiete, bis sie endlich vor einem bescheidenen einstöckigen Haus in einem nichtssagenden Vorort hielt. Es war weiß mit roten Dachschindeln. Bogenfenster und -türen gaben ihm ein beinahe spanisches Flair und machten es zu so etwas wie einer Kuriosität in der Nachbarschaft.

Thompson betrat die Veranda über einen kurzen Gartenweg und klopfte zweimal an die Haustür. Ein Agent lugte durch ein kleines Fenster daneben. Er öffnete – Riegel klapperten, Vorlegeketten rasselten – und ließ sie hinein. »Wo ist er?«, fragte sie.

»Küche«, antwortete der Agent.

Er saß gerade beim Frühstück. Eine halbe Grapefruit, eine Tasse Kaffee. Ein Tablettenschieber lag neben seinem Teller, von der Sorte mit einem Fach für jeden Wochentag, und auf seinen knochigen Beinen schnarchte leise ein hellbraunes Fellknäuel. »Agent Thompson«, begrüßte er sie lächelnd.

»’n Morgen, Frank«, sagte sie.

Hendricks’ Plan hatte ihr kein bisschen gefallen, als er sie angerufen und davon in Kenntnis gesetzt hatte. Viel zu gefährlich, hatte sie gefunden, es konnte viel zu viel schiefgehen.

Und es *war* ja auch einiges schiefgegangen. Die Abmachung hatte gelautet, dass Yancey ihnen lebend übergeben werden sollte, damit er für seine Taten zur Verantwortung gezogen werden konnte. Doch er hatte Segreti letztlich keine Wahl gelassen, und Thompson würde sich darüber keine grauen Haare wachsen lassen. Yancey war ein übler Zeitgenosse gewesen. Bei der Bombenexplosion, die Segretis erstes sicheres Haus dem Erdboden gleichgemacht hatte, waren neun Bundesbeamte ums Leben gekommen, einige davon Freunde von ihr. Und dann war da noch der arme Kerl, den Yancey in dem Parkhaus erschossen hatte – ein Fall, der offiziell unaufgeklärt blieb, weil Cameron nicht aussagen konnte, ohne dass damit die Ermittlungen des FBI gegen den Rat gefährdet wurden.

Thompson wusste nichts über die Rolle, die Yancey dabei gespielt hatte, die Mitglieder des »Wahren islamischen Kalifats« ins Land zu holen. Bellum hatte dafür gesorgt, dass alles, was die Firma mit dem Bombenanschlag auf die Golden Gate Bridge in Verbindung bringen konnte, beseitigt wurde.

Segretis scheinbaren Selbstmord, der eigentlich hätte stattfinden sollen, nachdem Yancey unschädlich gemacht und aus dem S-Bahn-Wagen abgeführt worden war, hatte Thompson als ein weiteres Manko empfunden. Sie hielt ihn für waghalsig und unnötig. Doch Segreti hatte nur gegen den Rat aussagen wollen, wenn die Welt ihn für tot hielt. Nicht zu seinem eigenen Schutz, wie er beharrte, sondern weil er kein neues Albuquerque auf dem Gewissen haben wollte, und also hatte sie nichts dagegen tun können.

Die Sache zu inszenieren war ziemlich einfach gewesen. Jeder Zug des BART-Verkehrsverbunds war mit acht bis zwölf

Kameras ausgestattet, und so hatten sie einfach die überzeugendsten Aufnahmen den Medien zugespielt und Reyes, Hendricks' Kontaktmann bei Bellum, dazu gebracht, diejenigen zu löschen, auf denen zu erkennen war, dass Segreti fünfzehn Zentimeter an seinem linken Ohr vorbeigeschossen hatte.

Reyes zum Mitmachen zu bewegen war allerdings ein Stück Arbeit gewesen. Hendricks hatte ihn ein paar Stunden vor dem geplanten Austausch von Segreti gegen Cameron kontaktiert, über die Nummer aus den SMS, die Cameron abgefangen hatte. Zuerst hatte Reyes stinkwütend reagiert – Hendricks hatte ihn schließlich angegriffen und mehrere seiner Männer ins Krankenhaus gebracht. Hendricks hatte ihn sich austoben lassen, und als ihm irgendwann die Luft ausgegangen war, hatte er ihm gesagt, was er über Yanceys Interesse an Segreti wusste.

»Erwartest du im Ernst von mir, dir einfach so zu glauben, dass Yancey ein Handlanger irgendeiner weitverzweigten kriminellen Verschwörung ist?«, fragte Reyes.

»Nein«, antwortete Hendricks. »Deshalb möchte ich, dass du dich mit Special Agent Charlotte Thompson vom FBI in Verbindung setzt.«

Hendricks hatte ihm keine Kontaktinformationen gegeben, sondern darauf bestanden, dass Reyes sich die selbst beschaffte, damit er wusste, dass Thompson echt war. In der Zeit, die er brauchte, um ihre Telefonnummer herauszufinden, hatte Hendricks sie über sein Gespräch mit ihm informiert und ihr in groben Zügen seinen Plan geschildert. Als Reyes dann mit im Boot war, hatten sie nur noch alles richtig einfädeln und ihre jeweiligen Rollen spielen müssen.

Auf eine Art war Segretis scheinbares Ableben aber auch passend, fand Thompson. Er war vor laufender Kamera wiederauferstanden und auf die gleiche Weise erneut gestorben. Diesmal überließ das FBI jedoch nichts dem Zufall – außer ihr und ihrem handverlesenen Team wussten nur O'Brien und der Director selbst, dass Segreti noch lebte.

»Wie war's beim Arzt?«, erkundigte sie sich. Segreti schien abgenommen zu haben, seit sie ihn das letzte Mal gesehen hatte – was eigentlich nicht sein konnte, da es nur ein paar Tage her war –, und hatte eine kränkliche Blässe entwickelt.

»Gut«, sagte Segreti. »Er meinte, der Krebs reagiert auf die Behandlung. Vielleicht bleibt mir ja doch noch ein Jährchen oder so. Und er hat mir etwas gegen die Übelkeit gegeben, sodass ich das Essen jetzt besser bei mir behalte.«

»Das freut mich zu hören.«

Ella, das Hündchen, regte sich und sah kurz zu Thompson auf. Dann gähnte sie und legte sich wieder schlafen.

»Und wie geht es ihr?«, fragte Thompson.

»Jeden Tag ein bisschen besser. Obwohl Ihre Kollegen sagen, dass sie immer noch schrecklich winselt, wenn ich weg bin.« Er lächelte wieder. »Was haben Sie da?«

Thompson machte die braune Mappe auf und gab ihm das oberste Blatt. Als Segreti es sah, lachte er. Es war ein Totenschein mit seinem Namen darauf.

»Dachte ich mir, dass Sie Ihre Freude daran haben würden. In den Augen der US-Regierung sind Sie offiziell ein toter Mann.«

»Zum zweiten Mal jetzt. Haben Sie noch was anderes für mich dadrin?«

Sie reichte ihm das zweite Dokument. »Das ist eine Kopie der Vereinbarung über Ihre Straffreiheit. Alles genau so, wie wir es besprochen haben, und, wie Sie sehen, vom Justizminister unterschrieben.«

Segreti las alles sorgfältig durch und nickte, als er zu dem

Absatz kam, in dem gewährleistet wurde, dass Cameron und Hendricks für das, was in San Francisco passiert war, nicht strafrechtlich verfolgt werden konnten. Dann legte er das Schriftstück beiseite.

»So«, sagte Thompson, »und jetzt?«

Segreti lächelte. »Jetzt setzen Sie sich zu mir, und ich sage Ihnen alles, was ich über den Rat weiß.«

44. Kapitel

Scheinwerferlicht ergoss sich über Sal Lombinos Wohnzimmerfenster und warf ein Diamantmuster an die Wand, das langsam nach links oben wegglitt. Als Sals Ex-Frau mit ihrem Mercedes rückwärts aus der Einfahrt stieß, winkte ihm seine Tochter Izzie vom Rücksitz aus zu. Sal, der am Fenster stand, winkte zurück und setzte ihr zuliebe ein breites Lächeln auf. Sobald das Auto außer Sicht war, zog er finster die Stirn in Falten und murmelte: »Diese verdammte Hure.«

Es war eigentlich Sals Wochenende mit Izzie. Sie hätte bis morgen Abend bei ihm bleiben sollen, doch vor einer Stunde hatte Vanessa angerufen und gesagt, dass sie Karten für die heutige Abendvorstellung von *Disney on Ice* gewonnen hätte. Wenn er selbst ans Telefon gegangen wäre, hätte er diesen hinterhältigen Plan seiner Ex sofort platzen lassen, aber blöd, wie er war, hatte er Izzie abnehmen lassen, die natürlich ganz aus dem Häuschen gewesen war, sobald sie von den Karten gehört hatte. Sal hatte es nicht übers Herz gebracht, sie zu enttäuschen, und also eingewilligt, sie gehen zu lassen.

Es war ja nur ein Wochenende, sagte er sich – und Vanessa

sollte es besser auskosten. Eines Tages würde sie den Bogen überspannen, und dann würde er jemanden beauftragen müssen, sich um sie zu kümmern. Danach wäre jedes Wochenende sein Wochenende mit Izzie.

Wenigstens ermöglichte ihm das leere Haus, einen Anruf zu machen. Er hatte das eigentlich gleich am Montagmorgen erledigen wollen, aber da Izzie nun weg war, sah er keinen Sinn darin, die Sache länger aufzuschieben.

Er ging ins Gästezimmer, schaltete den Störsender ein und wählte das neueste Wegwerfhandy des Vorsitzenden an.

»Hallo, Sal.«

»Herr Vorsitzender«, sagte Sal.

»Ich bitte Sie. Ich bin zu Hause. Das Zimmer ist gesäubert worden, und elektronische Gegenmaßnahmen sind aktiv. Sie können frei sprechen.«

»Gott sei Dank, das macht es mir sehr viel einfacher. Ich habe gute Neuigkeiten.«

»Lassen Sie hören.«

»Diese Fotos von dem jungen Senator aus Texas haben erstklassige Wirkung gezeigt. Er ist nun ebenfalls der Meinung, dass seine Wählerschaft wohl kaum jemanden mit seinen … Neigungen wiederwählen wird, und hat mir zugesichert, dass wir am kommenden Mittwoch auf seine Stimme zählen können – vorausgesetzt, er kann auf unsere Diskretion vertrauen.«

»Er war der letzte Verweigerer, stimmt's?«

»Ja, was bedeutet, dass das Gesetz nun verabschiedet werden wird. Bellum wird Milliarden mit Regierungsaufträgen verdienen. Die Aktien sind jetzt schon durch die Decke gegangen und werden in die Stratosphäre schießen, sobald die Neuigkeit bekannt wird. Der Rat kann sich auf eine tausendfache Rendite für seine Investitionen freuen, Minimum.«

Die Mehrheit der Bellum-Anteile war im Besitz von Tarnfirmen des Rates, und das schon seit dem Börsengang vor fünf Jahren.

»Das sind wirklich gute Neuigkeiten! Gibt's was Aktuelles über die Ermittlungen?«

»Die werden langsam abgeschlossen, und nach allem, was ich von meinen Quellen höre, sind wir aus dem Schneider. Aus der Sicht der Feds ist Yancey als Held gestorben. Aus der Sicht von Bellum war er ein leichtsinniger Idiot, dessen mangelndes Urteilsvermögen dazu geführt hat, dass die Firma ungewollt mitschuldig an einem terroristischen Anschlag auf US-amerikanischem Boden wurde. Deshalb arbeiten sie dort im Moment fieberhaft daran, jegliche Beweise für ihre Beziehungen zum ›Wahren islamischen Kalifat‹ verschwinden zu lassen. Selbst der Rat hat keine Ahnung davon, dass Sie und ich Yancey auf seinen Posten manövriert und den Schlepper und die Bombenbaupläne in die richtigen Hände gespielt haben. Als wir das Ganze auf den Weg brachten, haben die Mitglieder schließlich deutlich gemacht, dass sie es so genau nicht wissen wollen.«

»Ein Glück. Ich will Ihnen nichts vormachen, dieser Drahtseilakt ist mir ganz schön auf den Magen geschlagen. Wenn Bellum irgendwie mit dem Anschlag in Verbindung gebracht worden wäre ...«

»... hätten wir wie besprochen Yancey so was von zum Sündenbock gemacht, dass er seinen Arsch nicht mehr gefunden hätte, und unser Bellum-Aktienpaket verkleinert, ehe die Sache bekannt geworden wäre. Entspannen Sie sich, Wentworth. Der Plan ist wunderbar aufgegangen. Wir haben das FBI und den Heimatschutz wie Deppen dastehen und Bellum als Retter in der Not auf einem weißen Ross herbeisprengen lassen. Haben aus dem guten alten Räuber-und-Gendarm-Spiel eine Milliarden-Dollar-Industrie gemacht. Und jetzt, da wir beide Seiten steuern, können wir Geld machen ohne Ende. Und als Sahnehäubchen obendrauf haben wir's geschafft, Segreti auszuräuchern und endgültig zu beseitigen.«

»Das war ein glücklicher Zufall.«

»Vielleicht«, entgegnete Sal, »vielleicht war es aber auch so etwas wie Fügung. Wenn er nicht gewesen wäre, hätte ich wohl nie die Golden Gate als Anschlagsziel ausgesucht.«

»Wie das?«

»Ach, Frank hat immer davon geredet, dass er sich mal in San Francisco zur Ruhe setzen wollte. Irgend so ein verschnarchter alter Film hatte ihn auf die Idee gebracht. Und nachdem er uns bei den Bullen hatte verpfeifen wollen, dachte ich mir, hey, wie könnten wir ihm besser eins auswischen? Wie sich herausstellt, hatte er es tatsächlich ernst gemeint. Schätze, er hätte lieber nach Boca ziehen sollen.«

»Hat Ihnen schon mal jemand gesagt, dass Sie ein nachtragender Mistkerl sind?«

»Ja, die Schlampe von meiner Ex-Frau, jeden Tag seit sieben Jahren.«

Als Sal auflegte, war er bester Stimmung. Wentworth hatte ihm offenbar verziehen – wäre ja auch noch schöner. Gemeinsam hatten sie nun, nach sieben Jahren Vorbereitung, ein dem Rat gegebenes Versprechen eingelöst.

Er war derart guter Stimmung, dass er, als er einen Unbekannten mit einer Pistole in der Hand an der Zimmertür stehen sah, nur lachend den Kopf schüttelte.

»Was ist so lustig?«, fragte der Mann.

»Sie!«, antwortete Sal. »Sie sind ein echter Pechvogel, Freund. An Ihrer Stelle würde ich ganz schnell wieder verschwinden, denn Sie haben sich das falsche Haus für einen Einbruch ausgesucht, glauben Sie mir.«

»Nein«, sagte der andere. »Hab ich nicht. Und ich habe das

Ende Ihres Telefongesprächs mit angehört, Sal, und muss sagen, Sie sollten der Mutter Ihrer Tochter ein bisschen mehr Respekt zollen.«

»Moment mal, hat Vanessa Sie dazu angestiftet? Das würde den Quatsch mit den Tickets erklären. Was hat sie sich dabei gedacht – dass sie Izzie aus dem Haus holt und irgendeinen vertrottelten Schläger herschickt, der mir ein bisschen hart zusetzen soll?«

»Ihre Ex hat nichts damit zu tun. Soweit sie weiß, hat sie diese Tickets ganz normal gewonnen.«

»Was soll der Scheiß dann?«

»Ich habe ein paar Fragen an Sie. Sie werden sie mir beantworten.«

»Ach, tatsächlich.« Sal zog amüsiert die Augenbrauen hoch.

»Ja, ob Sie's glauben oder nicht.«

»Für wen halten Sie sich eigentlich?«

»Letztes Jahr haben Sie und Ihre Leute einen Mann auf meine Fersen gehetzt, der mich umbringen sollte. Ich habe das persönlich genommen, und ich bin nicht der Typ, der die andere Wange hinhält. Nennen Sie es einen Charakterfehler.«

Sal wurde blass. Sein Herz hämmerte in seiner Brust. Jetzt wünschte er, er hätte verdammt noch mal eine Knarre hier im Gästezimmer. Doch da war keine, er hatte sich dagegen entschieden, weil das jemanden, der das Zimmer durchsuchte, auf die Idee bringen könnte, dass hier mehr vor sich ging, als es den Anschein hatte.

»Ich bin nicht ... wie haben Sie mich gefunden?«

»Ist eine lange Geschichte.«

»Dann geben Sie mir die Kurzfassung.«

»Okay.« Hendricks lächelte. »Frank Segreti lässt schön grüßen.«

Danksagung

Ich schätze mich überaus glücklich, ein paar der tollsten Leute im Verlagswesen auf meiner Seite zu wissen. Vor allem meinen Agenten, David Gernert, und meinen Lektor Joshua Kendall, die mir geholfen haben, das Beste aus diesem Buch herauszuholen. Danke, Gentlemen. Ich schulde euch eine Menge.

Ein besonderer Dank geht auch an Ellen Goodson, Anna Worrall und den Rest des Teams in der Gernert Company. An Pamela Brown, Sabrina Callahan, Betsy Uhrig und alle bei Mulholland/Little, Brown. An Sylvie Rabineau bei der RWSG Literary Agency sowie an Tracy Roe.

Außerdem danke ich Steve Weddle, auf dessen Anregung hin die Figur Michael Hendricks entstanden ist. Sowie meiner Familie, den Zweigen Burns, Holm und Niidas, die meine Bücher jedem andrehen, der in ihre Nähe kommt, und der gesamten Krimi-Gemeinde, die mich überall mit offenen Armen aufgenommen hat.

Meine tiefste Dankbarkeit ist meiner Frau Katrina vorbehalten. Weiß der Himmel, wo – oder wer – ich ohne ihre unerschütterliche Liebe und Unterstützung wäre.

Bad, Mad, Dead – Killer jagt Killer

CHRIS HOLM

SO WAS VON TOT

THRILLER

Michael Hendricks ist ein Auftragskiller der ganz besonderen Art: Er tötet ausschließlich andere Auftragskiller. Und er weiß, wen das organisierte Verbrechen als Nächsten aus dem Weg räumen will. Sein Geschäftsmodell: Er sucht das Opfer auf, sagt ihm gnadenlos die Wahrheit – und macht ein Angebot, das man nicht ausschlagen kann: Zahl mir zehnmal so viel wie dem Killer, der auf dich angesetzt ist, und ich blas dem Kerl das Lebenslicht aus. Bisher hat er noch nie danebengeschossen. Doch dann steht er plötzlich selbst auf der Abschussliste eines Auftragskillers …

»Das alles ist so munter und mörderisch verschachtelt, wie es sich liest. Holm plant so sorgfältig wie sein Held, ein intrikates Spiel des Ausspionierens und Belauerns wird jeweils vollzogen.«

Frankfurter Rundschau